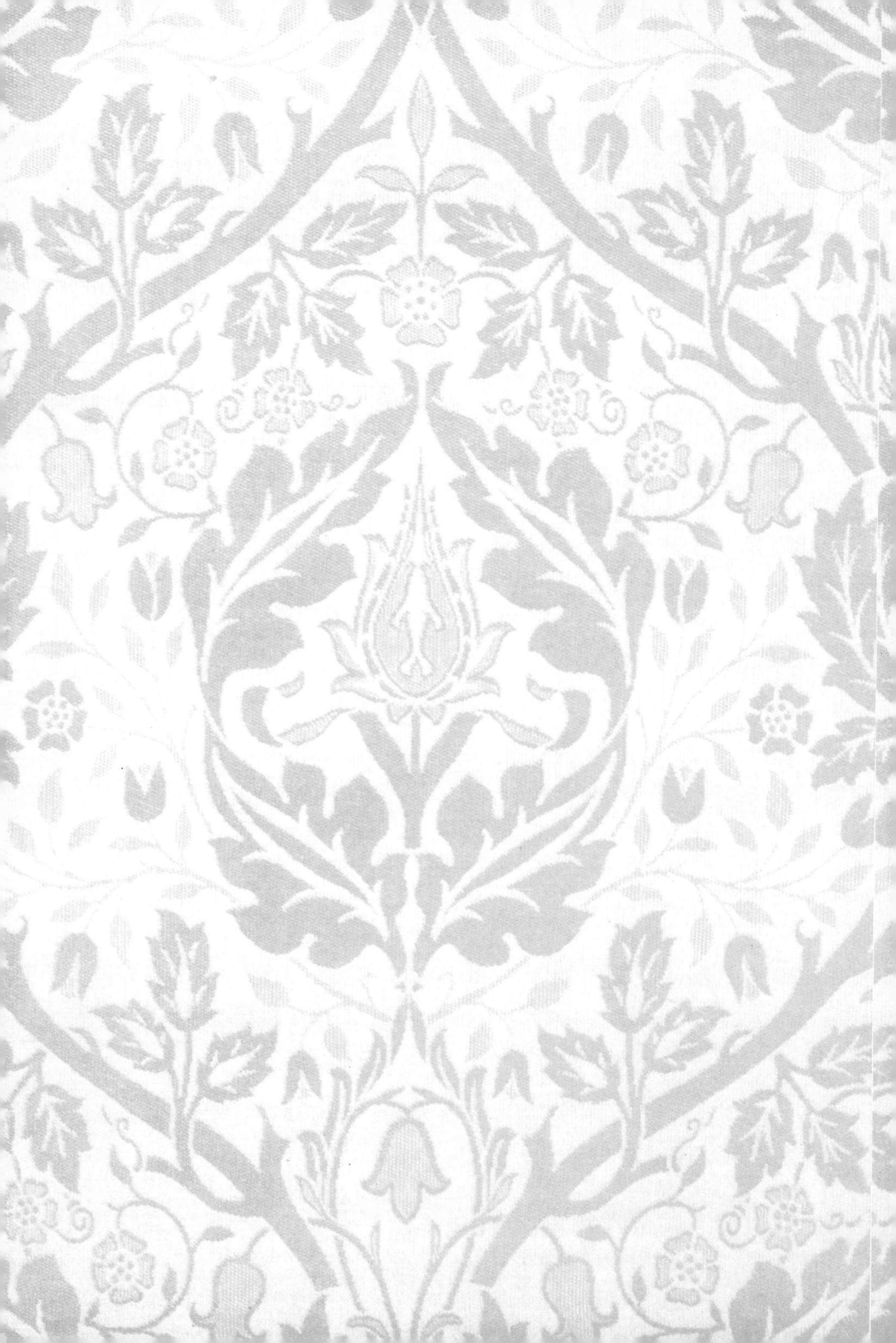

滄海叢刊

比較文學叢書 ⑥

記號詩學

古添洪 著

1999

東大圖書公司印行

國家圖書館出版品預行編目資料

記號詩學／古添洪著. --初版二刷. --
臺北市：東大，民88
面； 公分. --(滄海叢刊)
參考書目：面
ISBN 957-19-0874-6 (精裝)
ISBN 957-19-0875-4 (平裝)

810

網際網路位址 http://www.sanmin.com.tw

著作人 古添洪
發行人 劉仲文
著作財產權人 東大圖書股份有限公司
臺北市復興北路三八六號
發行所 東大圖書股份有限公司
地址／臺北市復興北路三八六號
電話／二五〇〇六六〇〇
郵撥／〇一〇七一七五──〇號
印刷所 東大圖書股份有限公司
總經銷 三民書局股份有限公司
門市部 復北店／臺北市復興北路三八六號
重南店／臺北市重慶南路一段六十一號
初版 中華民國七十三年七月
初版二刷 中華民國八十八年四月
編號 E 81028
基本定價 伍元貳角
行政院新聞局登記證局版臺業字第〇一九七號

ISBN 957-19-0875-4 (平裝)

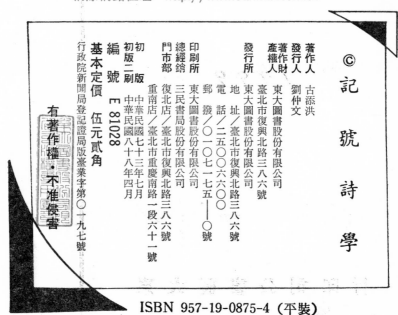

「比較文學叢書」總序

葉維廉

收集在這一個系列的專書反映着兩個主要的方向：其一，這些專書企圖在跨文化、跨國度的文學作品及理論之間，尋求共同的文學規律（Common Poetics）、共同的美學據點（Common Aesthetic Grounds）的可能性。在這個努力中，我們不隨便信賴權威，尤其是西方文學理論的權威，而希望從不同文化、不同美學的系統裏，分辨出不同的美學據點和假定，從而找出其間的歧異和可能滙通的線路；亦卽是說，決不輕率地以甲文化的據點來定奪乙文化的據點及其所產生的觀、感形式、表達程序及評價標準。其二，這些專書中亦有對近年來最新的西方文學理論脈絡的介紹和討論，包括結構主義、現象哲學、符號學、讀者反應美學、詮釋學等，並試探它們被應用到中國文學研究上的可行性及其可能引起的危機。

因爲我們這裏推出的主要是跨中西文化的比較文學，與歐美文化系統裏的跨國比較文學研究，是大相逕庭的。歐美文化的國家當然各具其獨特的民族性和地方色彩，當然在氣質上互有特出之處；但往深一層看，在很多根源的地方，是完全同出於一個文化體系的，即同出於希羅文化體系。這一點，是很顯明的，只要你專攻歐洲體系中任何一個重要國家的文學，你都無法不讀一些希臘和羅馬的文學，因爲該國文學裏的觀點、結構、修辭、技巧、文類、題材都要經常溯源到古希臘文化中哲學美學的假定裏、或中世紀修辭學的一些架構，才可以明白透澈。這裏只需要舉出一本書，便可見歐洲文化系統的統一性和持續性的深遠。羅拔特•寇提斯（Robert Curtius）的「歐洲文學與拉丁中世紀時代」一書裏，列舉了無數由古希臘和中世紀拉丁時代成形的宇宙觀、自然觀、題旨、修辭架構、表達策略、批評準據……如何持續不斷的分佈到英、法、德、意、西等歐洲作家。我們只要細心去看，很容易便可以把彌爾敦和哥德的某些表達方式、甚至用語，歸源到中世紀流行的修辭的策略。事實上，一個讀過西洋文學批評史的學生，必然會知道，如果我們沒有讀過柏拉圖、亞理士多德、霍萊斯（Horace）、朗吉那斯（Longinus），和文藝復興時代的意大利批評家，我們便無法了解菲力普•薛尼（Philip Sidney）的批評模子和題旨，和德萊登批評中的立場，和其他英國批評家對古典法則的延伸和調整。所以當艾略特（T.S. Eliot）提到「傳統」時，他要說「自荷馬以來……的歷史意識」。

這兩個平常的簡例，可以說明一個事實：即是，在歐洲文化系統裏（包括由英國及歐洲移殖到美洲的美國文學，拉丁美洲國家的文學）所進行的比較文學，比較易於尋出「共同的文學規律」和「共同的美學據點」。所以在西方的比較文學，尤其是較早的比較文學，在命名、定義上的爭論，不是他們所用的批評模子中美學假定合理不合理的問題，而是比較文學研究的對象及範圍的問題。在早期，法國德國的比較文學學者，都把比較文學研究的對象作爲一種文學史來看待。德人稱之爲 Vergleichende Literaturgeschichte。法國的嘉瑞（Carré）並開章明義的說是文學史的一環，他心目中的研究不是藝術上的美學模式、風格……等的衍變史，而是甲國作家與乙國作家，譬如英國的拜崙和俄國的普式金接觸的事實。這個偏重進而探討某作家的發達史，包括研究某書的被翻譯、評介、其被登載的刊物、譯者、旅人的傳遞情況，當地被接受的情況，來決定影響的幅度（不一定能代表實質）和該作家的聲望（如Fernand Baldensperger 的批評所代表的），是研究所謂文學的「對外貿易」。這樣的作法——把比較文學的研究對象定位在作品的興亡史——正如韋勒克氏（René Wellek）和維斯坦（Ulrich Weisstein）所指出的，是外在資料的彙集，沒有文學內在本質的了解，是屬於文學作品的社會學。另外一種目標，更加涇渭難分，卽是把民俗學中口頭傳說題旨的追尋、題旨的遷移（卽由一個國家或文化遷移到另一個國家或文化的情況，如指出印度的 Ramayana 是西遊記中的孫悟空的前身）視作比較文學。這種做法，往往也是挑出題旨而不加美學上的討論。但如果我們進一步問：印度的 Ramayana 在其文化系統裏、在其表義的構織方式中和轉化到中國文化系統裏、在中國特有的美學環境及需要裏有何重要藝術上的蛻變。這樣問則較接近比較文學研究的本質，而異於一般的民俗學。其次口頭文學（包括初民儀式戲劇的表現方式）及書寫文學之間的互爲影響，亦常是比較文學研究的目標；但只指出影響而沒有對文學規律的發掘，仍然易於流爲表面的統計學。比較文學顧名思義，是討論兩國、三國、甚至四五國間的文學，是所謂用國際的幅度去看文學，如此我們是不是應該把每國文學的獨特性消除，而追求一種完全共通的大統合呢？哥德的「世界文學」的構想常被視爲比較文學的代號。但事實上，如韋勒克氏所指出，哥德所說是指向未來的一個大理想，當所有的文化確然溶合爲一的時候，才是眞正「世界文學」的產生。但這理想的達成，是把獨特的消滅而只留共通的美感經驗呢？還是把各國獨特的質素同時並存，而成爲近代美國詩人羅拔特・鄧肯（Robert Duncan）所推崇的「全體的研討會」？如果是前者，則比較文學喪失其發揮文學多樣性的目標，如此的「世界文學」意義不大。近數十年來，文學批評本身發生了新的轉向，就是把文學之作爲文學應該具有其獨特本質這一個課題放在研究對象的主位，俄國的形式主義、英美的新批評、現象哲學分派的殷格登（Roman Ingarden），都從「構成文學之成爲文學的屬性是什麼？」這個問題入手，去追尋文學中獨有的經驗元形、構織過程、技巧等。這個轉向間接的影響了西方比較文學研究對象的調整，第一，認定前述對象未涉及美感經驗的核心，只敍述或統計外在現象，無法構成可以放諸四海而皆準的美感準據。第二，設法把作品的內在應合統一性視爲研究最終的目標。

我們可以看見，這裏對比較文學研究對象有偏重上的爭議，而沒有對他們所用的批評模子中的美學假定、價值假定懷疑。因爲事實上，在歐美系統中的比較文學裏，正如維斯坦所說的，是單一的文化體系，在思想、感情、意象上，都有意無意間支持着一個傳統。西方的比較文學家，過去幾乎沒有人用哲學的眼光去質問他們所用的理論作爲理論及批評據點的可行性，或質問其由此而來的所謂共通性共通到什麼程度。譬如「作品自主論」者（包括形式主義，論新批評和殷格登）所得出來的「內在應合的統一性」，確是可以成爲一切美感的準據嗎？「作品自主論」者因脫離了作品成形的歷史因素而專注於作品內在的「美學結構」，雖然對一篇作品裏肌理織合有細緻詭奇的發揮，也確曾豐富了統計式考據式的歷史批評，但它反歷史的結果往往導致美學根源應有認識的忽略而凝滯於表面意義的追索。所以一般近期的文學理論，都試圖綜合二者，即在對作品內在美學結構闡述的同時，設法追溯其各層面的歷史衍化緣由與過程。

問題在：不管是舊式的統計考據的歷史方法、或是反歷史的「作品自主論」，或是調整過的美學兼歷史衍化的探討，在歐美文化系統的比較文學研究裏，其所應用的批評模子，其歷史意義、美學意義的衍化，其哲學的假定，大體上最後都要歸源到古代希臘柏拉圖和亞理士多德的「關閉性」的完整、統一的構思，亦即是：把萬變萬化的經驗中所謂無關的事物摒除而只保留合乎先定或預定的邏輯關係的事物，將之串連、劃分而成的完整性和統一性。從這一個構思得來的藝術原則，是否貞的放在另一個文化系統——譬如東方文化系統裏——仍可以作準？

是爲了針對這一個問題使我寫下了「東西比較文學中模子的應用」一文。是爲了針對這一個問題使我和我的同道，在我們的研究裏，不隨意輕率信賴西方的理論權威。在我們尋求「共同的文學規律」和「共同的美學據點」的過程中，我們設法避免「壟斷的原則」（以甲文化的準則壟斷乙文化）。因爲我們知道，如此做必然會引起歪曲與誤導，無法使讀者（尤其是單語言單文化系統的讀者）同時看到兩個文化的互照互識。互照互對互比互識是要西方讀者了解到世界上有很多作品的成形，可以完全不從柏拉圖和亞理士多德的美學假定出發，而另有一套文學假定去支持它們；是要中國讀者了解到儒、道、佛的架構之外，還有與它們完全不同的觀物感物程式及價值的判斷。尤欲進者，希望他們因此更能把握住我們傳統理論中更深層的含義；即是，我們另闢的境域只是異於西方，而不是弱於西方。但，我必須加上一句：重新肯定東方並不表示我們應該拒西方於門外，如此做便是重蹈閉關自守的覆轍。所以我在「中西比較文學中模子的應用」特別呼籲：

> 要尋求「共相」，我們必須放棄死守一個「模子」的固執，我們必須要從兩個「模子」同時進行，而且必須尋根探固，必須從其本身的文化立場去看，然後加以比較和對比，始可得到兩者的面貌。

東西比較文學的研究，在適當的發展下，將更能發揮文化交流的眞義：開拓更大的視野、互相調整、互相包容。文化交流不是以一個既定的形態去征服另一個文化的形態，而是在互相尊重的態度下，對雙方本身的形態作尋根的了解。克羅德奧・歸岸（Claudio Guillen）教授給筆者的信中有一段話最能指出比較文學將來發展應有的心胸：

> 在某一層意義說來，東西比較文學研究是、或應該是這麼多年來〔西方〕的比較文學研究所準備達致的高潮，只有當兩大系統的詩歌互相認識、互相觀照，一般文學中理論的大爭端始可以全面處理。

在我們初步的探討中，着着可以印證這段話的眞實性。譬如文學運動、流派的研究（例：超現實主義，江西詩派……），譬如文學分期（例：文藝復興、浪漫主義時期、晚唐……），譬如文類（例：悲劇、史詩、山水詩……），譬如詩學史，譬如修辭學史（例：中世紀修辭學、六朝修辭學），譬如文學批評史（例：古典主義、擬古典主義……），譬如比較風格論，譬如神話研究，譬如主題學，譬如翻譯理論，譬如影響研究，譬如文學社會學，譬如文學與其他藝術的關係……無一可以用西方或中國既定模子、無需調整修改而直貫另一個文學的。這裏只舉出幾個簡例：如果我們用西方「悲劇」的定義去看中國戲劇，中國有沒有悲劇？如果我們覺得不易拼配，是原定義由於其特有文化演進出來特有的局限呢？還是中國的宇宙觀念不容許有亞理士多德式的悲劇產生？我們應該把悲的觀念侷限在亞理士多德式的觀念嗎？中國戲劇受到普遍接受的時候，與祭神的關係早已脫節，這是不是它與希臘式的悲劇無法相提並論的原因？我們應不應該擴大「悲劇」的定義，使其包含不同的時空觀念下經驗顫動的幅度？再舉一例，Epic 可以譯爲「史詩」嗎？「史」以外還有什麼構成 epic 的元素？西方類型的 epic 中國有沒有？如果有類似的，但沒有發生在古代（正如中國的戲劇沒有成爲古代主要的表現形式——起碼沒有留下書寫的記錄而被研討的情形一樣），對中國文學理論的發展與偏重有什麼影響？跟着我們還可以問：西方神話的含義，尤其是加插了心理學解釋的神話的「原始類型」，如「伊蒂普斯情意結」Oedipus Complex（殺父戀母情意結）、納茜斯 Narcissism（美少年自鑑成水仙的自戀狂）……在中國的文學裏有沒有主宰性的表現？這兩種隱藏在神話裏的經驗類型和西方「唯我、自我中心」的文化傾向有沒有特殊的關係？如果有，用在中國文學的研究裏有什麼困難？

顯而易見，這些問題只有在中西比較文學中才能尖銳地被提出來，使我們互照互省。在單一文化的批評系統裏，很不容易注意到其間歧異性的重要。又譬如所謂「分期」、「運動」，在歐美系統裏，是在一個大系統裏的變動，國與國間有連鎖的牽動，有不少相同的因素引起。所以在描述上，有人取其容易，以大略年代分期。一旦我們跨中西文化來討論，這往往不可能。中國有完全不同的文學變動，完全不同的分期。在西方的比較文學中，常有「浪漫時期文學」、「現代主義文學」，集中在譬如英法德西四國的文學，是正統的比較文學課題。在討論過程中，因爲事實上是有相關相交的推動元素，所以很自然的也不懷疑年代之被用作分期的手段。如果我們假設出這樣一個題目：「中國文學中的浪漫主義」，我們便完全不能把「浪漫主義」看作「分期」，由於中國文學裏沒有這樣一個文化的運動（五四運動裏浪漫主義的問題另有其複雜性，見筆者的"Historical Totality and the Studies of Modern Chinese Literature" *Tamkang Review*, X•1 & 2, Autumn & Winter, 1979, pp. 35–55），我們或者應該否定這個題目；但這個題目顯然另有要求，便是要尋求出「浪漫主義」的特質，包括構成這些特質的歷史因素。如此想法，「分期」的意義便有了不同的重心。事實上，在西方關於「分期」的比較文學研究裏，較成功的，都是着重特質的衡定。

由是，我們便必須在這些「模子」的導向以外，另外尋求新的起點。這裏我們不妨借艾伯林斯（M. H. Abrams）所提出的有關一個作品形式所不可或缺的條件，即世界、作者、作品、讀者四項，略加增修，來列出文學理論架構形成的幾個領域，再從這幾個領域裏提出一些理論架構形成的導向或偏重。在我們列舉這些可能的架構之前，必須有所說明。第一，我們只借艾氏所提出的條件，我們還要加上我們所認識到的元素，但不打算依從艾氏所提出的四種理論；他所提出的四種理論：模擬論（Mimetic Theory），表現論（Expressive Theory），實用論（Pragmatic Theory）和美感客體論（Objective Theory，因爲是指「作品自主論」，故譯爲「美感客體論」），是從西方批評系統演繹出來的，其含義與美感領域與中國可能具有的「模擬論」、「表現論」、「實用論」及至今未能明確決定有無的「美感客體論」，有相當歷史文化美學的差距。這方面的探討可見劉若愚先生的「中國文學理論」一書中拼配的嘗試及所呈現的困難。第二，因為這只是一篇序言，我們在此提出的理論架構，只要說明中西比較文學探討的導向，故無意把東西種種文學理論的形成、含義、美感範疇作全面的討論。我另有長文分條縷述。在此讓我們作扼要的說明。

經驗告訴我們，一篇作品產生的前後，有五個必須的據點：㈠作者。㈡作者觀、感的世界（物象、人、事件）。㈢作品。㈣承受作品的讀者。和㈤作者所需要用以運思表達、作品所需要以之成形體現、讀者所依賴來了解作品的語言領域（包括文化歷史因素）。在這五個必須的據點之間，有不同的導向和偏重所引起的理論，其大者可分為六種。茲先以簡圖表出。

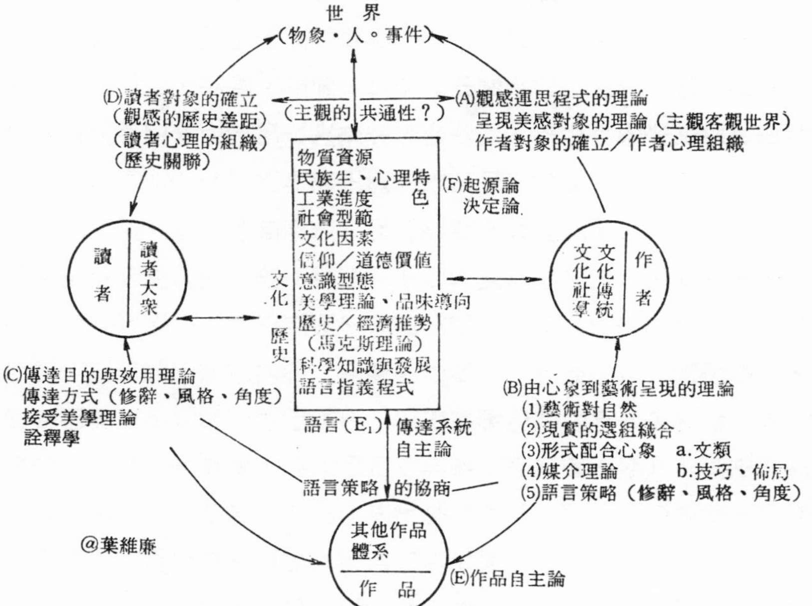
世界
（物象・人。事件）
(D)讀者對象的確立
（觀感的歷史差距）
（讀者心理的組織）
（歷史關聯）
（主觀的 共通性？）
(A)觀感運思程式的理論
呈現美感對象的理論（主觀客觀世界）
作者對象的確立／作者心理組織
物質資源
民族生、心理特色
工業進度
社會型範
文化因素
信仰／道德價值
意識型態
美學理論、品味導向
歷史／經濟推勢
（馬克斯理論）
科學知識與發展
語言指義程式
(F)起源論
決定論
讀者
讀者大衆
文化・歷史
作者
文化傳統
文化社羣
(C)傳達目的與效用理論
傳達方式（修辭、風格、角度）
接受美學理論
詮釋學
語言（E_1）
傳達系統自主論
(B)由心象到藝術呈現的理論
(1)藝術對自然
(2)現實的選組織合
(3)形式配合心象　a.文類
(4)媒介理論　b.技巧、佈局
(5)語言策略（修辭、風格、角度）
語言策略的協商
其他作品體系
作品
(E)作品自主論
@葉維廉

(A)作者通過文化、歷史、語言去觀察感應世界，他對世界（自然現象、人物、事件）的選擇和認知（所謂世界觀）和他採取的觀點（着眼於自然現象？人事層？作者的內心世界？）將決定他觀感運思的程式（關於觀、感程式的理論，譬如道家對眞實具體世界的肯定和柏拉圖對眞實具體世界的否定）、決定作品所呈現的美感對象（關於呈現對象的理論，譬如中西文學模擬論中的差距，譬如自然現象、人事層、作者的內心世界不同的偏重等）、及相應變化的語言策略（見(B)）。作者對象的確立、運思活動的程序、美感經驗的源起的考慮各各都產生不同的理論。

(B)作者觀、感世界所得的經驗（或稱爲心象），要通過文字將它呈現、表達出來，這裏牽涉到藝術安排設計（表達）的幾項理論，包括(1)藝術（語言是人爲的產物）能不能成爲自然的討論。(2)作者如何去結構現實：所謂「普遍性」即是選擇過的部分現實；所謂「原始類型」的經驗即是「減縮過」的經驗。至於其他所提供的「具體的普遍性」、「經驗二分對立現象」，如李維・史特羅斯（Levi Strauss）的結構主義所提出的，如用空間觀念統合經驗、用時間觀念串連現實、用卦象互指互飾互參互解的方式貫徹構織現實，都是介乎未用語與用語之間的理論。(3)形式如何與心象配合、協商、變通。這裏可以分爲兩類理論：(a)文類的理論：形成的歷史，所負載的特色、配合新經驗時所面臨的調整和變通……。（請參照前面有關「文類」的簡述。）(b)技巧理論。(4)語言作爲一種表達媒介本身的潛能與限制的討論，如跨媒體表現問題的理論。(5)語言策略的理論，包括語言的層次，語法的處理，對仗的應用，意象、比喻、象徵的安排，觀點、角度……

…等。有些理論集中在語言的策略如何配合原來的心象；但在實踐上，往往還會受制於讀者，所以有些理論會偏重於作者就「作品對讀者的效用」（見C）和「讀者的歷史差距和觀感差距」（見D）所作出的語言的調整。

(C)一篇作品的成品，可以從作者讀者兩方面去看。由作者方面考慮，是他作品對讀者的意向，即作品的目的與效果論（「教人」、「感人」、「悅人」、「滌人」、「正風」、「和政」、「載道」、「美化」……）。接着這些意向所推進的理論便是要達成目的與效用的傳達方式，即說服或感染讀者應有的修辭、風格、角度的考慮。（這一部分即與(B)中語言策略的考慮相協調。）

從讀者（包括批評家）方面考慮，是接受過程中作品傳達系統的認識與讀者美感反應的關係。譬如有人要找出人類共通的傳達模式（加以語言學爲基礎的結構主義所追尋的所謂「深層結構」，如語言作爲符號所形成的有線有面可尋的意指系統。）

由作者的意向考慮或由讀者接受的角度考慮都不能缺少的是「意義如何產生、意義如何確立」的詮釋學。詮釋學的理論近年更由「封閉式」的論點（主張有絕對客觀的意義層）轉而爲「開放式」的探討：一個作品有許多層意義，文字裏的，文字外的，由聲音演出的（語姿、語調、態度、情緒、意圖、意向），與讀者無聲的對話所引起的，讀者因時代不同、教育不同、興味不同而引發出來的……「意義」是變動不居，餘緒不絕的一個生長體，在傳達理論研究裏最具哲學的深奧性。

(D)讀者（包括觀衆）既然間接的牽制着作者的構思、選詞、語態，所以讀者對象的確立是很重要的，但作者只有一個往往都很難確立，讀者何止千萬，我們如何去範定作者意屬的讀者羣（假定有這樣一個可以辨定的讀者羣的話）？作者在虛實之間如何找出他語言應有的指標？反過來說，如果作者有一定的讀者對象作準（譬如「普羅」、「工農兵」、「婦解女性」、「教徒」……）其選擇語言的結果又如何？讀者對象在作者創作上的美學意義是什麼？他觀、感世界的視限（歷史差距）和作者的主觀意識間有着何種相應的變化？因爲這個差距，於是亦有人企圖發掘讀者心理的組織，試着將它看作與作者心理結構互通的據點，所謂「主觀共通性」的假設。這裏頭問題重重。這個領域在我國甚少作理論上的探討，而在外國亦缺乏充分的發展。顯而易見，這個領域的理論雖未充分發展，但俱發生在創作與閱讀兩個過程裏。事實上，從來沒有人能夠實際的「自說自話」。

(E)一篇作品完成出版後，是一個存在。它可以不依賴作者而不斷的與讀者交往、交談；它不但能對現在的讀者，還可以跨時空的對將來的讀者傳達交談。所以有人認爲它一旦寫成，便自身具有一個完整的傳達系統，自成一個有一定律動自身具足的世界，可以脫離它源生的文化歷史環境而獨立存在。持這個觀點的理論家，正如我前面說過的，一反一般根植於文化歷史的批評，而專注於作品內在世界的組織。（俄國形式主義、新批評、英格登的現象主義批評。）接近這個想法，而把重點放在語言上的是結構主義，把語言視爲一獨立自主超脫時空的傳達系統，而把語言的歷史性和讀者的歷史性一同視爲次要的、甚至無關重要的東西。這是作品或語言自主論最大的危機。

(F)由以上五種導向可能產生的理論，不管是在觀、感程式、表達程式、傳達與接受系統的研究，作者和讀者對象的把握，甚至連「作品自主論」，無一可以離開它們文化歷史環境的基源。所謂文化歷史環境，指的是最廣義的社會文化，包括「物質資源」、「民族或個人生理、心理的特色」、「工業技術的發展」、「社會的型範」、「文化的因素」、「宗教信仰」、「道德價值」、「意識型態」、「美學理論與品味的導向」、「歷史推勢（包括經濟推勢）」、「科學知識與發展」、「語言的指義程式的衍化」……等。作者觀、感世界和表達他既得心象所採取的方式，是決定於這些條件下構成的「美學文化傳統與社羣」；一個作品的形成及傳達的潛能，是決定於這些條件下產生的「作品體系」所提供的角度與挑戰；一個作品被接受的程度，是決定於這些條件所造成的「讀者大衆」。

但導向文化歷史的理論，很容易把討論完全走出作品之外，背棄作品之爲作品的美學屬性，而集中在社會文化現象的縷述。尤有進者，因爲只着眼在社會文化素材作爲批評的對象，往往會爲一種意識服役而走上實用論，走上機械論。如庸俗的馬列主義所提出的社會主義現實主義。但考慮到歷史整體性的理論家，則會在社會文化素材中企圖找出「宇宙秩序」（道之文——天象、地形）、「社會秩序」（人文——社會組織、人際關係）及「美學秩序」（美文——文學肌理的構織）三面同體互通共照，彷彿三種不同的意符（自然現象事物、社會現象事物、語言符號）同享一個脈絡。關於這一個理想的批評領域仍待發展。一般導向文化歷史的理論的例子有(a)作者私生活的發掘，包括心理傳記的研寫；(b)作品本職的研究，包括出版與流傳的考證；(c)社會形象的分析；(d)某些社會態度、道德規範的探索，包括精神分析影響下的行為型範（如把虐待狂和被虐待狂視作一切行為活動的指標）；(e)大衆「品味」流變的歷史；(f)文學運動與政治或意識形態的關係；(g)經濟結構帶動意識形態的成長；比較注重「藝術性」，但仍未達致上述理想的批評領域的有(h)文類與經濟變遷的關係；(i)音律、形式與歷史的需求，或(j)既成文類和因襲形式本身內在衍化的歷史與社會動力的關係。一般說來歷史與美學、意識型態與形式的溶合還未得到適切的發展。

我們在中西比較文學的研究中，要尋求共同的文學規律、共同的美學據點，首要的，就是就每一個批評導向裏的理論，找出它們各個在東方西方兩個文化美學傳統裏生成演化的「同」與「異」，在它們互照互對互比互識的過程中，找出一些發自共同美學據點的問題，然後才用其相同或近似的表現程序來印證跨文化美學滙通的可能。但正如我前面說的，我們不要只找同而消除異（所謂得淡如水的「普通」而消滅濃如蜜的「特殊」），我們還要藉異而識同，藉無而得有。在我們計劃的比較論文叢書中，我們不敢說已經把上面簡列的理論完全弄得通透，同異全識，歷史與美學全然滙通；但這確然是我們的理想與胸懷。這裏的文章只能說是朝着這個理想與胸懷所踏出的第一步。在第二系列的書裏，我們將再試探上列批評架構裏其他的層面，也許那時，更多「同異全識」的先進不嫌而拔刀相助，由互照推進到互識，那，我們的第一步便沒有虛踏了。

一九八二年十月於聖地雅谷

附錄：比較文學論文叢書第一批目錄

學詩號記 —18—

八、周英雄：樂府新探
九、鄭樹森：現象學與文學批評
十、張漢良：讀者反應理論
十一、陳鵬翔：主題學研究論文集（編）

記號詩學

——及其在中國文學研究上的實踐與開拓

目次

第八章 結 語

第二部分 在中國文學研究上的實踐與開拓

記號與文學（代序）

古添洪

（一）

美國記號學（semiotics）先驅普爾斯（Charles S. Peirce,1839–1914）曾說：「如果我們不能說這宇宙是完全由記號(sign)所構成的話，我們至少可以說這宇宙是滲透在記號裏」❶那就是說，我們面對著的不僅是物態的世界，同時也是記號的世界。我們面對宇宙諸物時，我們往往並非面對其本質，而只是把它們看作記號；或者更準確地說，我們把他們看作是物也同時把他們看作是記號。讓我們用法國記號學家巴爾特（Roland Barthes）所舉的例子，看「物」如何轉化爲記號。當一位男士送上一束玫瑰花給一位女士時，這一束玫瑰花在這表義過程裏，就不僅是物態的一束玫瑰花，而是愛情的表達，轉化爲一個記號了。那就是說，當我們純然把一束玫瑰花看

❶Charles S. Peirce, *Collected Papers* (Cambridge: Harvard Univ. Press, 1931-1958), 5.488n.

作是玫瑰花時，這玫瑰花並不是記號；當這玫瑰花進入表義過程裏，被看作是愛情的表達時，那就轉化爲記號了❷。於是，一個記號是包含著兩面：①玫瑰花；②愛情的表達。前者，記號學家命之爲記號具（signifier）；後者，命之爲記號義（signified）。一個記號乃是記號具及記號義的合一。誠然，這「玫瑰花」徵候在人們的社交習俗裏出現很多，只是我們沒有這「記號」觀念時，往往忽略了其記號的角色。我們打領帶表示正規，買一兩張畫往牆上掛表示高雅；在餐廳裏菜點到吃不完爲止表示濶綽，買一部名牌轎車表示其地位等等，都在在證明我們的生存空間是朝向記號世界走去。

我們最通常遇到的記號，莫過於語言文字了。當我們聽到「鳥」這一個語音或看到「鳥」這一個文字時，我們所注意的並不是「鳥」這一聲音或「鳥」這一書寫形狀，而是其所表達的語意。單是就「鳥」這一音及形而言，它不是一個記號，因爲它不對我們陳述意義。當這「鳥」這一音及形表達「鳥」這一語意時，它就成爲了一個記號了。在這一例子裏，「鳥」這一字音或字形乃是記號具，而「鳥」這一語意乃是記號義。故「鳥」這一音及形（兩者皆爲物理事實）轉化爲記號的過程，與上例玫瑰花之轉化爲一記號，是完全相同的。只是，語言文字一直是運作於表義系統裏，故我們往往忽略其由物態的事實（音及形）轉化爲記號的過程；同時，由於我們不甚知

❷Roland Barthes, *Mythologies*, trans. by Annette Lavers (New York: Hill and Wang, 1972), pp. 112-13.

道我們的社交行爲實乃是一表義過程，故不知道當一位男士向一位女士呈上一束玫瑰花之時，這玫瑰花已不僅是玫瑰花而是一記號了。由於近代記號學的長足發展，我們對這由物態事實轉化爲記號的過程有較清晰的認識，我們得以把許多的行爲（如語言行爲，社交行爲）看作是表義行爲，得以把這些行爲理出其條理來而歸納爲記號系統。於是，我們有語言記號系統，音樂記號系統，繪畫記號系統，電影記號系統，及諸種行爲學上的記號系統。於是我們得以把這些諸種不同的記號系統作比較，論其同異以表彰其個別系統的特質，其潛能及局限。故記號學本身是有著比較的本質，或爲超越不同記號系統或爲超越國界的同一記號系統的比較。故晚近記號學家薛備奧（Thomas Sebeok）即對記號學作如下的界定：記號學乃一科學，「研究諸種可能的記號，研究控制著記號底衍生、製造、傳遞、交換、接受、解釋等的法則」❸。簡言之，記號學的精神，乃盡可能把所有表義的媒介（語言、文字、圖象、樂音、物件、姿式等等）看作是記號，把這些記號形成及運作的過程找出來，成爲系統，一方面加以比較，一方面也尋求其共同的表義過程。

瑞士記號學先驅瑟許（Ferdinand de Saussure, 1857–1913）把語言學納入其預言式的記號學之餘，認爲語言學乃是記號學中的主幹及主要模式。他說：「語言是最複雜也是最具普遍性的表義系統，也是最具記號典型的。在這意義上，語言學可作爲記號學通體的模式，雖然語言僅

❸Thomas Sebeok, ed., Preface to *Sight, Sound, and Sense* (Bloomington: Indiana Univ. Press 1978), p. viii.

是其中的一個記號系統❹。」追隨瑟許的學者，當他們企圖建立語言以外的記號系統時，多以語言記號系統作爲其模式。不過，這趨勢在晚近裏已漸漸扭轉。從義大利籍記號學家艾誥（Umberto Eco）底集大成的經典之作「一個記號學理論」（一九七六）裏，就可看出記號學學者們已相當地超越了語言學所能提供的模式與觀念❺。

（二）

記號學既是研究諸種記號系統，而文學乃語言記號系統裏重要的一環，用記號學底精神、方法、觀念來研究文學者，頗不乏人。用記號學來研究文學，其興趣不在個別作品的詮釋，而在於對文學這一表義系統的充分了解，著重於其基本表義原理之探求，蓋記號學本身興趣乃在於表義過程及支持此表義過程的基本面及原理。

誠然，記號學所提出的模式與觀念，都著眼於文學這一表義系統的通盤了解。玆略舉如下：㈠文學乃奠基於語言記號系統而又在此系統上按文學的表義規則自建其「副系統」。語言記號系統乃是首度對現實世界模擬並同時加以模型化的記號系統，故奠基於此系統之上的文學，乃是二度對現實世界模擬並同時加以模型化的記號系統。㈡文學與單篇文學作品的關係，有如結構語言

❹Ferdinand de Saussure, *Course in General Linguistics,* trans. by Wade Baskin (NewYork: McGraw-Hill, 1958), pp. 16–17.

❺Umberto Eco, *A Theory of Semiotics* (Bloomington: Indiana Univ. Press, 1976).

學裏語言系統（*langue*）和一個具體話語（*parole*）的關係。那就是說，文學乃是一抽象的結構系統，而一篇文學作品乃是這一抽象的結構系統的表達。換言之，一篇文學作品是爲其背後的抽象的結構系統所支持而得以完成其表達之任務。㈢雅克愼（Roman Jakobson）據瑟許語言二軸說以界定「詩功能」爲把選擇軸上的對等原理加諸於語言軸上，而把「對等」提升爲組合語串的構成法則的現象；雅克愼並提出語言行爲實含攝六面及其相對六功能的模式，以界定文學爲詩功能佔優勢的話語❻。㈣洛德曼（Jurij Lotman）根據資訊交流理論及語言含攝之諸種層次，界定詩篇爲一諸語言層次（卽語音、韻律、辭彙、語法、文理等層次）所構成的綜合結構，各層次上可自身或相互成爲平行或對照，而所有形式上的品質，皆可連接到內容層上而成爲語意化，容納更多的資訊（information）❼。

簡言之，記號學對文學作研究時，是尋求文學底下的諸要面及法則，就猶如語言學尋求語言底下的諸要面及法則。語言之表義必賴於文法（雖然當我們運用本國語時不必意識到文法的存在

❻Roman Jakobson, "Two Aspects of Language and Two Types of Aphasic Disturbances," *Selected Writings*: Ⅱ (The Hague: Mouton, 1972), pp. 239-259; and "Closing Statement: Linguistics and Poetics," in *Style in Language*, edited by Thomas Sebeok (Cambridge: M. I. T Press, 1960), pp. 350-77.

❼Jurij Lotman, *The Structure of the Artistic Text*, trans. by Gail Lenhoff and Ronald Vroon (Ann Arbor: Univ. of Michigan Press, 1977).

，但事實上，這文法已內化於我們心中），就猶如文學之表義必賴於其背後之表義法則。洛德曼在其所著「電影記號學」（一九七六）的「結論」裏說，我們對語言、文字，或其他表義行爲作研究時，我們必須把「說」所賴的法則和「說」的內容分開來；而記號學乃是著意於前者[8]。那就是說，當我們研究整個文學或一篇文學作品時，記號學式的文學研究者將會探討文學或一篇作品是怎樣地表義的，探討其賴以表義的法則，而不是文學或一篇作品所表達的內容，不是尋求一個新的詮釋。考勒（Jonathan Culler）在其近著「記號的追尋」（一九八一）裏，即開宗明義地在第一章裏指出文學研究必須跨越「詮釋」這一狹窄的觀念。從事文學的研究並非要產生對莎士比亞李爾王一劇的又一解釋，而是要提高我們對構成文學這一東西的諸種成規及其運作過程的了解。這樣的了解，才是對文學的了解。他同時指出，由於上述狹窄的觀念，使得許多有潛力的、能對文學通盤的認識有所提供的文學理論從歐洲引進美國時，遭受誤解、排斥，削減了美國批評界對文學（而非對一篇作品）的認識[9]。

（三）

[8] Jurij Lotman, *Semiotics of Cinema*, trans. by Mark Suino (Ann Arbor: Univ. of Michigan Press, 1976), p. 106.

[9] Jonathan Culler, *The Pursuit of Signs* (Ithaca: Cornell Univ. Press, 1981); see Chapter 1 ("Beyond Interpretation"), pp. 3–17.

論到記號，就不免提到研究記號的記號學，不免粗枝大葉地把記號學式的文學研究的旨趣略述如前。現在讓我們對記號這一東西作進一步的觀察。回到前面「玫瑰花」的例子，我們要問「記號具」和「記號義」兩者的關係是如何的呢？普爾斯曾經從不同的角度對「記號」作分類（共分六十六類），其中就「記號具」和「記號義」之關係著眼而把「記號」分作三型：卽肖象（icon，兩者有內在的關聯），標記（index，兩者有因果或鄰近關係），和符號（symbol，兩者沒有內在關聯，主要靠例習聯起來）。當代記號學家傾向於把第一型記號的特質名之爲肖象性（iconicity）或內在姻緣性（motivatedness）而把第三型的特質名之爲例習性或俗成性（conventionality），並用此兩種性質來討論記號具與記號義的關聯。就玫瑰花這一例子來說，我們不難看出其肖象性——玫瑰花的鮮豔、芬芳等與愛情有著相當的關聯。但如果我們進一步追問，爲什麼要用玫瑰花來表示愛情而不用其他花朵呢？那就看出，在這肖象性的後頭，尙有其例習性來支撐著——最初某人用了玫瑰花來表示愛情，然後大家都用了，我只好也用了；否則，我用了他種花朵，她未必能把這花朵看作愛情的記號。我們反看「鳥」這一個例子。就語音而言，我們不難一眼便看出其依賴著例習性，缺乏了肖象性。但就字形而言，則有著相當的肖象性；如果我們用甲骨文作例子的話，其肖象性就更提高了一點。但無論如何，無論「鳥」這一個書寫體如何迫近「鳥」的形狀，但這迫近仍然是有限度的。一隻鳥是立體的，而書寫體的鳥是平面的；把立體譯作平面以成書寫體，把平面的書寫體還原爲立體的鳥，都依賴於許多視覺的例習；更遑論眞正的鳥能飛能唱了。這同樣證明記號底肖象性的後頭，必有例習性作支柱。我們回過頭來再問「鳥」這一個字音（或拼音語言的書寫體）是否是絕對的例習性，毫無肖象性可言？瑟許雖強調例習性爲語言記號系統的特徵，但他仍承認某些語辭得有某程度的內在姻緣性。近代語音學家開始注意字音與字義的關係，認爲兩者可能有其若干程度的肖象性。他們愛用「*i*」（讀作衣之短音）及「*u*」（讀作烏）來證明語音的肖象性。在語言研究室裏，證明「*i*」往往與細小、微弱、不重要等品質構成一聯想系列，而「*u*」則往往與巨大、宏亮、重要等品質成爲另一聯想系列。然而，根據我們日常的經驗，語音與語義並無多大關聯，甚或相違背。對語音肖象性作了長期研究而又深信語音肖象性的學者吳爾夫（Benjamin Whorf）曾作如下辯解。他認爲語音能產生某程度的低層次的內心的情緒。但語言本身有著其邏輯的運作力量，使得語言的運作獨立於這些低層次的內心情緒層，有時把這些語音情緒壓服，有時把這些語音情緒表彰出來；無論如何，語音把語言征服於其語言的運作規則裏，而不管這些語音與語義所作的關聯如何。假如語音和語義相表裏，這語音的情緒感便增加，一般人都可覺察到；假如語音並不協和於語意，語音的情緒感便改變而遷就語意；這點，一般人未必能察覺到[10]。就「鳥」這一個字音看來，如果我們把它與「鵬」（大鳥也）的字音相比較，我們也許可以隱約看到這字音的肖象性。「鳥」這一字音比「鵬」這一字音

[10] Cf. Roman Jakobson and Linda Waugh, *The Sound Shape of Language* (Bloomington: Indiana Univ. Press, 1979); see Chapter 4 ("The Spell of Speech Sounds"), pp. 177-231.

削而弱，無怪鳥終指一般之鳥並傾向於指小鳥，而鵰則指大鳥。我們這裏無意要強調語音的肖象性，但我們從玫瑰花及「鳥」字二例子來看，我們不難在理論上假設每一記號的建立，是同時建立於肖象性及例習性上，以不同的程度。相片（尤其是電影上的靜片）可說是肖象性最高而例習性最少，而語言則在這兩極的另一端。

這記號的形立須賴於記號具及記號義的肖象性及例習性的同時作用，提供了我們對文學怎樣的認識？擴大來說，文學的表義過程也就是記號的形成過程，也就是一束玫瑰花成爲了愛情的記號的過程，也就是「鳥」這一音、形表達了「鳥」這一語義的過程。縮小而看，文學上所謂的比喻、象徵、諷喻 (allegory) 等，其形成之過程實亦即是記號的形成過程。顯然地，文學這一套比喻、象徵、諷喻系統，是傾向於玫瑰花型，其肖象性之比重是大於其例習性。每時代或某作家所運作的比喻、象徵、諷喻系統，也可就肖象性及例習性的比重以觀察之。

同時，由於記號本身肖象性的高低，記號也帶來給予自己特具的潛力與局限。我們把兩極的記號羣（電影裏的靜片在一邊，文學裏的語音文字在另一邊）作一分析，便可明瞭。「鳥」這一個文字，因其肖象性低之故，可用於不同語言層次裏而指稱至少三個不同抽象層次的記號義。其一：一隻說話人正看著的特具的鳥：其二：一隻看不到的鳥（如我告訴你鳥往往在黃昏時飛進校園來啄食）；其三：一個抽象的鳥的概念。在第一層次裏，我們所得的是全面姿態的一隻鳥；在第二層次裏，我們所得的是糢糊的平面的鳥的意象；在第三層次裏，我們所得是一個抽象的概念。語言運作的層次，通常是在第二層次裏。我們不妨問，文學是否一直在努力於衝破這模糊的平面層次，一方面要迫近第一層次的獨特性而又一方面要迫近第三層次的普遍性？反過來看電影記號系統裏的一張「鳥」的靜片，只能指稱第一層次的具體的鳥。職是之故，電影要耕耘自己擁有的記號使它們能進入第二或第三層的抽象層次，以便成爲一完整的表義系統。蒙太奇的運用卽爲這種努力之一。誠然，對記號作不同的考察，將對不同記號所構成的記號系統提供根源性的認識，能對文學及諸種藝術之潛能、局促有所了解，並知道文學、藝術的工作者如何在其記號系統裏，不斷發揮其潛能及突破其局促。

（四）

記號尙可以由許多的角度來檢討。現在讓我們集中在詹姆斯尼夫（Louis Hjelmslev）所提出記號底四次元的模式。此回我們將細述此理論並試把詹氏原爲語言學的模式用之於文學上，把本文前三節裏只能做到對各主要觀念作粗枝大葉的概說平衡一下。

詹姆斯尼夫在其著作「導向一語言理論」中，把記號分爲兩互賴的層面，卽表達層及內容層（相當於記號具及記號義），而假設一記號功能（sign-function）把兩者結合一起而成爲一記號。他考察不同的語言系統（如丹麥語、英語、法語等），以「意旨」（purport）作爲不同語言要講述同一東西時的共同分母——此意旨在內容層上稱爲內容底意旨（content-purport），在表達層上則稱爲表達底意旨（expression-purport）——而指出表達層及內容層皆應細分爲二次元，卽形式（form）及材質（substance）。那麼，一個記號在理論的結構式裏卽涵有四次元，卽表達底形式（expression-form），表達底材質（expression-substance），內容底形式（content-form），與內容底材質（content-substance）。他以語言記號作例，語言記號的內容層，乃指思想；而表達層，則爲語音串。他舉例說，英文的「I do not know」與法文的「*Je ne sais pas*」（筆者按：用中文說是：我不知道），在內容層而言，其「意旨」乃一。但這共相式的「意旨」本爲模糊的一團思想，現却於不同的語言中給予不同的秩序、陳述與形式。在英文裏，先「我」，然後是「否定詞」，然後才是觀念性的「知道」。在法文，先「我」，然後是模稜的一種否定，因「*ne*」有時並不意含否定，然後是「知道」，最後是可稱爲否定詞的「*pas*」，但「*pas*」的原義本指脚步。英文、法文皆沒有「受詞」，但在丹麥語裏是有受詞的。筆者按：中文的說法（「我不知道」）與英文相近，但英文的否定詞由一個模稜的「do」與一個清晰的否定「not」構成；而中文則直接用一個否定詞「不」承擔否定的任務。可見內容應分爲「形式」與「材質」兩次元。在語言的運作裏，「內容底形式」加諸於一團模糊的思想上，而給予它秩序形狀而成爲「內容底材質」。從上例可知每一語言系統，都有其獨特的「內容底形式」加諸於思想上而塑成獨特的「內容底材質」。詹姆斯尼夫說得好：「每一語言系統在這模糊的一團思想上劃下它底界限，以不同的秩序安排以強調某些因素，安置若干不同的重心並給予他們不同的強度。」同理，詹姆斯尼夫說，表達層也可以假設有一作爲共同分母的「表達底意旨」，而「表達底形式」在這共相式的「意旨」從上蓋下去（superimposition）而刻劃出「表達底材質」；這點，在對城市或國名的音譯裏最能看出。如「柏林」一城市的發音，英語、丹麥語、日語雖皆盡量模擬德語原來的發音，但都有差別，因爲英語、丹麥語、日語等語音系統裏，有其特定的形式，而造成了這「形式底材質」（實際發音）的差異。詹姆斯尼夫再進一步從各語言的語音系統來論述此點。譬如說，一般語言的發音，就口篷的位置而言，分爲三區，卽居後的K區，居中的T區，與居前的P區。但在Eskimo及Lettish二語言裏，K區是功能地被厘別爲二區。那就是說，語音的全程（vocalic continuum）本身可視作共相式的「表達底意旨」，而個別語言的發音形式，則從上蓋在這語音的全程上而產生個別的表達底材質⓫。

詹姆斯尼夫這一個記號模式，是否可移用於文學的研究上？此模式是一個比較模式，我們是否可以把一篇要探討的作品用不同的語言來重塑，然後加以比較，以表彰這作品獨特的形式，加諸於假設上的模糊的內容層與表達層上，而形成了獨特的材質？翻譯提供了這麼一個試驗場地。當我們把一篇詩翻譯成他國文字時，我們原則上是要在內容層上相同，故假設一共同享有的「內容底意旨」是順理成章的。在翻譯裏，我們並不尋求譯品與原著語音串上的相同。職是之故，譯品和原作品間語音串上的差別是顯然得一瞥便知。但如果我們討論一首詩的諸種吟唱或朗誦時，

⓫Louis Hjelmslev, *Prolegomena to a Theory of Language*, trans. by Francis Whitfield (Madison: Univ. of Wisconsin, 1961), pp. 47-60.

我們則建立表達層的共同意旨，著眼於各種吟唱形式加諸於形式層而形成多姿的形式底材質上。故移用此模式時，是著眼於內容層，而非音串層，著眼於諸「內容底材質」上差之毫釐却謬遠千里的差別。

現在讓我們用柳宗元的「江雪」作例子：

千山鳥飛絶
萬徑人踪滅
孤舟簑笠翁
獨釣寒江雪

下面是葉維廉教授在其譯著「中國詩選：諸種體式及文類」的英譯：

A thousand mountains—no bird's flight.
A million paths—no man's trace.
Single boat. Bamboo-leaved cape. An old man
Fishing by himself: ice-river. Snow.⓬

⓬Wai-lim Yip, trans., *Chinese Poetry: Major Modes and Genres* (Berkeley: Univ. of California 1976), p. 317.

下面是邱燮友教授在其「新譯唐詩三百首」的語譯：

連綿不盡的山上沒有飛鳥
所有的路上也沒有行人
只有一個披簑戴笠的漁翁
獨釣著寒江上的白雪⑬

用古典詩作例子，除了外國語的譯品外，尚可以把白話語譯納入討論。選擇這兩個譯本，目的在選上乘之譯作，這樣假設原作與譯品共有「內容底意旨」比較來得信服，同時對他們細微的差異討論起來才入癢處。內容層上的形式，可從不同的角度來刻劃，而因此可產生不同的內容層上的材質。詹姆斯尼夫的例子裏，是針對語言裏的詞性及語序來討論；當我們討論詩篇時，則可以針對文學形式上的諸要素來考慮。然而，詞性及語序這一要素在文學形式裏也是頂重要的。我們在此就沿用這角度來分析原詩及其翻譯。因爲篇幅有限，我們在此僅分析首句，以顯示這模式的可應用於文學便止。在比較之下，我們發覺，或者說，更清楚的看到在原詩裏，是先有「千」作爲形容詞，有「山」作爲名詞，合而爲「千山」。然後有「鳥」作爲名詞，有「飛」作爲動詞

⑬邱燮友，新譯唐詩三百首，修訂再版（臺北：三民，一九八一），頁三三七。

。然後有「絕」作爲動詞。由於「絕」字的動詞身份，使得「鳥飛」變爲一子句，變爲「鳥之飛」。而事實上，「絕」字的動詞身份似乎慢慢喪失，而成爲表態形容詞，而作用有如一否定詞。其變化過程可圖解如下：

千	山	鳥	飛	絕
形容詞	名詞	名詞	動詞→名詞	動詞→形容詞→否定詞
詞組		子句		單詞

英譯裏，「鳥飛」已直接譯作「鳥之飛」，其詞性變化過程已看不到，「絕」字已直接看作否定詞，而依照文法的慣例置於「鳥之飛」之前。白話語譯則以「連綿不盡」代「千」，加入一「的」字把形容詞及動詞連接起來。「鳥飛」或「鳥之飛」已直接譯作「飛鳥」；把由動詞而變成否定詞的「絕」直接譯作否定詞「沒有」，而依照文法置之於「飛鳥」之前。原文與英譯及語譯的差別是：英譯及語譯皆是陳述句，明白地說沒有鳥飛或沒有飛鳥。但原詩句是一有動有抑的活動，由鳥飛而至於鳥之飛而至於其否定。用詹姆斯尼夫的詞彙說，原詩中的重力中心分置於「鳥飛」之變爲鳥之飛及「絕」這一由動詞變爲否定詞上；這兩重力中心相較，後者是更具力量，因爲它否定了前者之所有。上述細節分析是否完全能使人信服是無關重要的（事實上，在這層次上是

可容納分析上的見仁見智），因爲此處之目的只是要證明文學作品在理論上可依詹姆斯尼夫的記號模式分爲四次元，並可以討論其因特具的形式加諸於內容層或表達層上而造成的特具的「材質」，並且證明用語序及詞性來作爲形式上的一重要因素來分析「材質」是有價值的。或者，總結的說，研究文學不得不著眼於構成文學的媒介——語言記號。

（原發表於中華日報副刊，一九八二年四月十二日至十四日。此處文字略有更動）。

第一部分　記號詩學

第一章　緒論——記號學與記號詩學

第一節　何謂記號詩學？

何謂記號詩學？顧名思義，記號詩學乃是用記號學（semiotics）底精神、方法、概念、辭彙來建構的詩學。詩學（poetics）一詞，遠兆自西哲亞里斯多德（Aristotle），在當代文學批評術語裏，不僅指涉詩篇，而是指涉整個文學。記號詩學乃是應用記號學，是記號學應用於文學之研究。記號學之精神，乃儘可能把所有表義的媒介（語言、文字、圖象、樂音、物件、姿式等等）歸化爲記號（sign），把這些記號的形成及運作過程找出來，作系統性的了解，一方面加以比較，一方面更尋求其共同的表義過程。就這個意義而言，記號學實亦可看作表義學，而記號詩學實亦可看作表義詩學。記號詩學之基本興趣乃在於文學書篇的表義過程及其所賴之法則及要面。記號詩學之有著比較之本質，有著超越國界之一般本質，一如記號學。

記號學在西方傳統裏可遠溯自希臘（西方記號學源流，可參 John Deely 1982），在中國文化而言，某些記號學概念亦可遠溯至易經之肖象主義，莊子之言意之辯，及儒家正名之說。然而，作爲當代新興之學術而言，作爲當代最具發展潛力的前景的學術而言，記號學尚在起步階段，得容納不同角度的探討，才能健康壯大地發展。國際性的「記號學期刊」（*Semiotica*）的文約正顯示著這種精神：「邀請各方有意於記號學底概念之發展者寫出其在科學的大前提下想鼓勵與發展之路向」。記號詩學的發展亦應作如此觀。

第二節　何謂記號學？

要進一步界定記號詩學就得對記號學作進一步的認識。對記號學一詞的定義、範疇、精神等作一簡賅的了解，或可從當代諸大家對記號學一詞所下的定義裏窺探並規劃出來。當代記號學有兩大先驅，卽在語言學上發展的瑞士語言學家瑟許（Ferdinand de Saussure, 1857–1913）以及在哲學與邏輯學上發展的美國學者普爾斯(Charles S. Peirce, 1839–1914)。承瑟許傳統者蓋用 "semiology" 一詞，承普爾斯傳統者則蓋用 "semiotics" 一詞，然於一九六四年的國際記號學會議上已決議採用 "semiotics" 一詞作爲通名，而事實上這兩大傳統在目前已有相當的合流。

普爾斯把記號學看作是記號底律法，此觀念乃是從陸克（Locke）繼承過來。普爾斯說：「

記號學（按：普爾斯蓋用“semiotic”而不用“semiotics”）乃記號衍義（*semiosis*，約相當於今日通用的“signification”一詞）底本質及其基本面貌背後之律法」(Peirce 1931-58:5.488)。普爾斯充分了解記號的普遍性與重要性，他指出我們面對者乃一個已爲記號所滲透了的世界。他說：「如果我們不能說這宇宙是完全由記號所構成的話，我們至少可以說這宇宙是滲透在記號裏」(5.448n)。誠然，我們面對宇宙諸物時，我們往往並非面對其物質世界，而只是把他們看作記號；或者，更準確地說，我們把他們看作是物並同時把他們看作是記號。從我們現在的角度來看，任何物只要進入記號衍義或表義過程裏，就換上了記號的身份了。瑟許從語言學出發，界定記號學（瑟許用“semiology”一詞）爲一科學，以研究包括語言在內的各種記號在社會裏的生命；它將歸屬於社會心理學與及更廣延的一般心理學之內。(De Saussure 1959:16。法原著一九一六）他說：「記號學將展示構成記號之要件及其法則」（頁十六）。記號學之建立將有助於語言系統及其他記號系統之了解：「語言學只是一般記號學的一部分。記號學所發現之法則將能應用於語言學上。……語言問題主要是記號學的。……如果我們要發現語言的眞諦，我們要研究語言與其他記號系統息息相關的地方。……把禮節、社會習俗等當作記號來研究，我相信我們將會給予他們新的洞察並同時了解把他們列入記號學的範疇而加以記號學的法則來解釋他們的需要」（頁十六—十七）。瑟許雖然強調記號學統攝語言學，但仍認爲語言學乃是記號學的主幹及模式。他說：「語言是最複雜也是最具普遍性的表義系統，同時也是最具記號典型的。在這意義上，語言學可作爲記號學通體的模式，雖然語言僅是其中的一個記號系統」（頁六十八）。法國記號學家及文學理論家巴爾特（Roland Barthes, 1915-1980）雖追隨瑟許的模式，但他却以語言以外的各種記號系統作爲記號學的正規研究範疇，與瑟許以記號學統攝語言學一概念相違。他說：「記號學企圖把任何的記號系統納入其研究範疇，不管其品質及局限；舉凡圖象、姿式、樂音、物件、與及上述諸品所構成的複合品——此複合品乃是儀式、習俗、大衆娛樂底內容——皆納入其中。他們如果不能構成所謂語言，他們最少構成了表義的記號系統」(Barthes 1967:9。法原著一九六四)。他接著指出，這些記號系統對語言（自然語）來說皆是二度秩序的語言（second-order language），其最低單元大於語言的最低單元；語言以語音單元（phonemes）爲最低單元，而語言以外的記號系統，其最低單元已是一個論述（discourse）的構成部分。同時，巴爾特認爲語言學（他當以瑟許的結構語言學作爲心中之語言學）對語言及語言以外的記號系統二者皆納入其研究範疇，而前者則爲正規範疇，而後者則爲「超語言學」（trans-linguistics）範疇，故記號學得隸屬於語言學云云。（頁十一）

俄國記號學是或多或少地受到瑟許的影響，但却又能自立門戶。俄國記號學家指出所有的記號系統皆是規範系統（modeling system）。所謂規範系統也者，是說記號系統把現實納入記號系統的模式裏，以致我們的思想、行爲受著這記號系統底模式的規範與控御。記號系統規範功能之發現，乃得力於俄國記號學家把記號系統置於神經機械學（cybernetics）上加以考察而得。

伊凡諾夫（V.V. Ivanov）對此歸結說：「每一記號系統的基本功能乃是把現實世界加以規範。根據 N.A. Bernštejn 的神經機械心理學對人類活動之研究，每一記號世界所展示之模式皆可視作對社會羣體與個人行爲的一個軟體程式」（Ivanov 1977:36）。追隨著這個俄國記號學裏的基本概念，洛德曼（Jurij Lotman）更進一步謂語言爲首度的規範系統（primary modeling system），而其他的記號系統則爲二度的規範系統（secondary modeling system），上置於前者之上，蓋其認爲語言乃最早及最有力的資訊交流系統，對人類的心理及社會行爲有著莫大的影響。同時，洛德曼認爲二度規範系統得賴語言系統所提供的模式以建立起來。（Lotman 1977:9-10）。他歸結說：「只要我們承認人類的意識是語言化的，所有其他建構於這語言意識上的各種模式的上層結構皆可界定爲二度規範系統」（頁九—十）。然而，近日的記號學研究，尤其是沿著普爾斯，經莫瑞斯（Charles Morris），而到薛備奧（Thomas Sebeok）的美國派，大大地擴大了記號學的領域，並同時鼓吹語言以外的記號學模式。薛備奧對動物界表義行爲之研究，成就卓然，記號學的範疇已擴大至動物界（Sebeok 1968; 1972）。正如艾誥（Umberto Eco）在其集大成的經典之作「一個記號學理論」（1976）一書所展示的，記號學正著力於發展廣延的模式與概念，以能統攝語言及其他記號系統。於是，我們進入薛備奧爲當代記號學界定的較爲廣延而抽象的定義：「記號學乃爲一科學，研究諸種可能的記號，研究控御著記號底衍生、製造、傳遞、交換、接受、解釋等的法則；記號學有兩大互補的範疇，即資訊交流與記號底表義過程」（Sebeok

1978: Preface)。於是，我們進入了薛備奧所看到的記號學底龐大、駭人的領域及科學精神：「遺傳語碼、生化語碼(此指由荷爾蒙作爲媒介在細胞間的溝通程式)、包括人類在內而占著相當數額的有機體所用的非語言的語碼、唯屬於我們人類的語言記號以及其以不同形式參與的各種藝術功能，舉凡文學、音樂、圖畫、建築、舞蹈、戲劇、電影、與及各種綜合藝術，與及上述各項間的比較，皆列在二十世紀記號學的研究議程上」(Sebeok 1979:125)。簡言之，記號學是探求人類的表義過程及資訊交流，如可能的話，尋求其科學與生物的基礎，藉相互的啓發而促進兩者的了解。在如此雄心勃勃的一個視野裏，記號學的終極可說是科學地解開人類成爲文化動物之秘密。

第三節　本書所作的選擇與定位

記號詩學應從誰開始呢？那恐怕是一個頗令人困惱的問題。同時，那些文學理論家應列入記號詩學家的範疇呢？這也是頗費周章的問題。幾本關於記號學在文學理論上作回顧性探討的書（Cesare Segre 1973; Maria Corti 1978; Terence Harkes 1977; Jonathan Culler 1981; Robert Scholes 1982），皆沒有特別地提出這些問題，而他們所涵蓋的文學理論家亦大有出入。我這裏並沒有野心要解答這兩個問題，只是在這裏表明一下我這裏所作的選擇而已。

首先，我們沒有多大理由把記號詩學上溯至當代記號二先驅（瑟許與普爾斯）之前的文學理論。然而，我們是否可以把記號詩學的源頭定自瑟許與普爾斯二人身上呢？唯一的困難是他們二人並非從事詩學的探討。但這一個困難並不能抹殺把他們看作記號詩學的源頭的優點。當今所有被目爲從事記號詩學的學者，都大量地接受了這兩位先驅的記號學理論；就這一點而言，我們就有足够理由把記號詩學的源頭置諸於這二人身上了。就筆者而言，這兩位記號學先驅彷彿是兩座寶山，可讓我們不斷回顧，不斷尋求啓發。他們所提出的許多概念，尙可進一步發展。職是之故，筆者決定把記號詩學的始點置之於二先驅身上，而從記號詩學（不是僅從記號學）的角度，把他們的觀點加以描述推廣，而這也算是本書的一個努力所在。

要把記號詩學和其他詩學劃分開來，要界定某些爲以記號詩學爲根本的文學理論家，是二而一的問題；這個問題也是非常困難而界限不清的。結構主義（甚至俄國的形式主義）與記號學（尤其是普爾斯傳統以外的）都受到瑟許的語言學的影響，故結構詩學與記號詩學是藕斷絲連的。許多被目爲當代記號詩學家者，如雅克愼、洛德曼等，也被目爲結構主義詩學家。但就時間而言，我們不妨謂記號詩學自結構詩學發展開來；就精神而言，就比較複雜。作爲一個暫時的歸納，我們不妨說：㈠記號詩學對記號這一個觀念特別強調，考慮到各種記號的共通性與差異性；㈡結構主義所強調的封閉系統漸漸打開，與外延的歷史、文化系統相連接；㈢加入了普爾斯的記號理論，尤其是其中的肖象性及記號無限衍義說；㈣引進了一些其他訓練與學術，如資訊交流理論（information theory），神經機械學（cybernetics）等。就這個大綱式的歸劃裏，我們可看出一些詩學家的某些建構無寧是結構主義多於記號學，而另一些詩學家的某些建構無寧是記號學多於結構主義。就俄國而言，普拉普（Propp）的「俄國民間傳說型態學」（Propp 1968）完全是結構主義式的，而洛德曼則是記號詩學居主導。就法國而言，李維史陀（Lévi-Strauss）的神話研究（1968）、葛里瑪（Greimas）對敍述文體的研究（1966）等，無寧是結構主義成份遠勝於其記號學成份。在瑟許的語言學裏，記號學是以預言的姿態出現的，雖然後起的學者，如巴爾特，或有以其結構語言學的模式以建構記號學。直至葛黑瑪的「結構語意學」（1966）的最後一章裏，記號學仍不免是將來式的。葛黑瑪指出語意學之研究必須置入更廣延的記號學裏，但並沒有認爲其在書中所建構者爲記號學。我們不妨說，在結構主義盛行的時期裏，記號學與記號詩學是以一種將來式前景式的姿態出現，一直到晚近，許多書名及扉頁簡介才正式標幟著記號學與記號詩學。換言之，結構主義者慢慢地轉向記號學一透視並結集於其旗下。事實上，大多數的記號詩學家都經過了結構主義階段。以巴爾特爲例，他是法國結構主義大家，但其後期的研究則移向記號學式。他對拉辛（Racine）的研究（1964。法著一九六三）是正宗結構主義的；他的「記號學諸要元」（1967。法著一九六四）却以記號學專著的姿態出現，雖然其模式主要是瑟許結構語言學式的；而他在「S/Z」（1974。法著一九七〇）一書裏所作的文學閱讀（全書爲對巴爾札克（Balzac）一篇幅較長的短篇“Sarrasine”的閱讀），却被批評界目爲記號學式的（參 Chatman, 1973）。然而，「S/Z」不僅反映了巴爾特從其結構主義移至其記號學，尚反映了他其時所處的文學理論環境，這又把我們帶入另一問題。

這另一問題不再是記號詩學與結構主義詩學藕斷絲連的問題，而是在記號詩學沿著它自己的信念（使問題更複雜的是：這信念也不免正在發展中，是進行式的）發展的同時，記號學與其他的文學理論相激盪而相互影響的問題。

在目前裏，記號詩學與其他的詩學理論互爲激盪，如解構主義詩學、讀者反應理論、現象學詩學等。就記號詩學的角度而言，記號詩學得把其系統更開放以容納解構主義與現象學詩學所帶來的豐富的意義，同時得把讀者的反應在衍意過程或資訊交流過程裏所扮演的角色加以高度的考慮。同時，既是一個互爲激盪的現象，故前面所述的記號學以外的幾個主流也相當地受到記號詩學的影響；結果，他們某些觀念也不免是記號學的。這一個互爲滲透的現象，恐怕必須再等一段時光的考驗才能容易編述。因此，在目前而言，要界定某些詩學家、某些觀念是記號詩學的專利或與記號詩學相接近，恐怕是一個勾劃者面臨的困難的取捨，而沒法有絕對的客觀事實作根據。

使到勾劃記號詩學更爲複雜化的一個現象是：許多記號詩學的觀念是爲記號詩學家所共享，而其相互之影響也使到很難決定某個觀念源自某人。所以，下面把某些觀念歸入某人之下來討論，有時並非有絕對的歷史客觀性，只是因爲某些觀念在某人手裏獲得深入的詮釋與推廣。

本書對記號詩學之探討，將始自當代記號學二先驅——瑟許與普爾斯。在討論二人之時，我將從記號詩學的角度來勾劃二人基本的概念與模式，觀察這些概念與模式的進一步發展的可能。接著，在直接從事記號詩學的學者裏，我將始自雅克愼（Roman Jakobson）。這一方面由於他繼承並發展了瑟許的結構語言學，倡導了俄國文學研究上的形式主義（Russian Formalism），推廣了普爾斯記號學裏某些概念，一方面也由於他所提出的概念與模式最爲基本、最有廣延性、而其影響力也最大之故。在現今俄國記號詩學家裏，我單取其最富代表性的洛德曼，並主要就其最重要的著作「藝術書篇的結構」（1976。俄著一九七一）一書而論。在法國的記號詩學家裏，當以巴爾特最爲主要。我此處主要是討論其在「S/Z」一書裏所提出的五種語碼讀文學法。最後，在意大利的記號詩學家裏，我則就其最享有國際盛譽的艾誥而論。在我個人的觀感裏，艾誥所提出的概念及其對概念的建構是最爲記號學的。因此，在我對其記號詩學的介紹裏，我將重點置於其最富創意最爲深入的概念上。

本書所刻劃的記號詩學，顯然不在源流的論證，而是在模式與概念。故下面對瑟許、普爾斯、雅克愼、洛德曼、巴爾特、艾誥諸人記號詩學之論述，是著重於模式與概念，而非其整個詩學理論。而事實上，除了洛德曼及艾誥朝向整個系統的建立外，其他諸家未必有此企圖。雖然本書所勾劃的記號詩學僅就上述諸大家並僅就他們所提出的主要模式與概念而論，但由於他們之富有代表性、影響性、與權威性，故此處所展示者亦未嘗不是當今西方記號詩學的一個實在風貌，有相當的代表性。同時，我在每一章的首節裏，都有一些簡賅的介紹，介紹該國的記號詩學概況或該大家的詩學大概，這些都可稍補本書結構上對記號詩學全盤介紹之不足。無論如何，這個記號詩學的勾劃裏是不無遺漏或遺憾的，德席克（T.A. Dijk），李法德（Michael Riffaterre），克絲達華（Julia Kristeva）等人所提出的一些詩學概念，都應給予他們一些篇幅。既然記號詩學尚在發展中，讓這些留待日後再處理吧。最後，我願意說，對書中諸家的模式與概念的論述，我希望不只是一種介紹，在某些場合裏，也將是一種評詁，一種再發展。

說到再發展，就可順理成章地帶入本書的第二部分（實踐部分）以作這緒論的結束。在關於話本系統一論文裏，我是應用了雅克慎的語言六面六功能一模式。雅氏提出了這模式，但沒有正式用於書篇的分析上，而其詩功能是就詩篇而論。在我的實踐裏，我却能應用這模式來刻劃話本小說的系統，並著實地分析了「碾玉觀音」一話本以刻劃其背後代表著的記號系統。這一方面證明了這模式的應用性，並證明了可用之於詩篇以外的文學書篇。在討論王維的「輞川二十首」裏，輪廓性的架構與觀念（內延與外延系統及二度語言的規範功能）是來自洛德曼，但其中的操作是自己的，是繼承了結構主義的相對組法的縱橫運用。在討論「孔雀東南飛」一文裏，我是應用了巴爾特的五種語碼閱讀法。在巴爾特的原著裏，其分析對象是一個短篇小說，而我的分析對象是敍事詩，同爲敍述體，但却在小說與詩歌這分類上有所差異。我雖沿用巴爾特的五種語碼，但運用中亦有一些自己的操作。同時，我彷照「S/Z」的閱讀模式，在閱讀裏作一些停步，歧出一些「鑰」，在其中我繼承並發展了一些記號詩學的概念，並作了一些文化記號學的努力。從這些「實踐」裏，我們不難看出這些模式與概念的廣延性，也同時看出所謂「實踐」，並非奴隸性的，而是相當地把原有的模式與概念深化、豐富化；因爲我們從模式、概念裏所獲得的只是名義上的架構，這架構須在實踐裏成形、成質。最後一篇的「實踐」，並非「實踐」於文學書篇裏，而是利用當代某些記號學與記號詩學的觀念來讀出讀入於易經、莊子底言意之辯、及象形文字，以勾劃中國古代典籍及思想裏的一些記號學與記號詩學的概念與傾向，是一種尋源並同時向未來開拓的一個作業。

最後，一個論文格式的問題。在第一部分裏，我採取了記號學論著的論文格式，把參考資料按作者字母先後及出版年次列於後，而不於章末另作出處之註明。在「序」及第二部分裏，我則採取 MLA 的論文格式，每一篇皆統攝其自身之註解而不另列參考書目。這些格式上的安排都只是為了閱讀之方便而已，無關宏旨。

第二章　記號學先驅瑟許的語言模式

第一節　記號學誕生之預言

瑟許 (Ferdinand de Saussure, 1857–1913) 是瑞士語言學家，是歐洲結構語言學的奠基人。他留下來的「普通語言學論稿」(1959) 一書是幾位學者從他在日內瓦大學任教時學生的筆記及他自己的一些筆記彙集而成，於一九一六年出版。該書出於一九五九年由 Wade Baskin 譯為英文出版，對英語言學術界之影響遂大大增加。於歐洲風行一時而影響深遠的結構主義是直接、間接、衍變自瑟許的結構語言學。文學上及人類學上結構主義所產生的困難，未嘗不是由於由語言模式運於他種文化範疇所產生的困難，未嘗不是結構語言學本身的某些困難，甚或未嘗不是後人對其語言模式了解、應用失當之故。然而，從瑟許的語言學回過頭來批判源於此模式的文學及文化人類學上的結構主義是超出本書的範疇。不過，也許得強調，文學上及文化人類學上的結構主義底強有力的開闢性，實是瑟許模式的力量所在。

瑟許的「普通語言學論稿」是語言學的著作，但他以預言式的姿態預言記號學（他用semiology而不用 semiotics）的誕生，而事實上，就今天反省的眼光來看，他的語言學是放在記號學的大透視裏來考察的。他說：「語言是一個由表達意念的記號羣所構成的系統，因此，可以與書寫的系統相比較，可以與聾啞人所用的手語相比較，可與象徵性的儀禮、表示禮節的規矩、軍事的暗號等等相比較。然而，它是所有這些系統裏最爲重要的。」（頁十六）在這引文裏，瑟許是把語言看作一個系統而非一個個的語彙，對手勢等其他表義行爲也就其系統而言而非個別的表義記號；並且，語言系統與其他表義系統可作比較。這兩點完全是符合當代記號學精神的；或者說，當代記號學是繼承了瑟許這些觀念而發展著。這些表義系統的綜合研究就是記號學，故緊接著上面的引文，瑟許即預言記號學的誕生：「一個研究記號在社會上的生命的科學是可以預期的。這科學將會是社會心理學的一環並將最終地歸入一般心理學的範疇裏。這個科學我稱之爲semiology（這辭彙是從希臘字 *sémeion* 過來的）。記號學（semiology）將展示構成記號的要件及其法則。既然這個科學尚未存在，沒人能說它將會是怎麼的一個樣子。但它有它的權利去存在，預占一個位置。語言學只是一般記號學的一部分。記號學所發現的法則將能應用於語言學上，而語言學將在廣大的人類學的諸事實上自規劃爲一妥善地界定的領域。……語言問題主要是記號學的。

……如果我們要發現語言的眞諦，我們需研究語言與其他記號系統息息相關的地方。……把禮節、社會習俗等當作記號來研究，我相信我們將會給予他們新的洞察並同時了解把他們列入記號學的範疇而加以記號學的法則來解釋他們的需要」（頁十六至十七）。誠如瑟許所指出，把語言與其他表義系統綜合爲一個記號學的範疇來研究，是有助於語言及其他表義系統的相互闡發，而記號學所獲致的通則當能貫通於語言及其他表義系統裏。就語言與其他表義系統的關係而言，瑟許雖確認語言僅爲諸記號系統之一，但也却認爲語言學仍是記號學的主幹及模式，因爲俗成武斷記號最能實現他心目中的表義過程（記號義與記號具沒有內在的關聯，可相當自由地以某記號具指稱某記號義而成爲記號），而語言所用的記號是最爲俗成武斷的。他乃歸結地說：「語言是最複雜也是最具普遍性的表義系統，也是最具記號典型的。在這意義上，語言學可作爲記號學通體的模式，雖然語言僅是其中的一個記號系統」（頁六十八）。但爲了避免誤解瑟許這段話，我們得追問「如何建構這語言學」這一問題並以他前面的話代答說：當然，要建構這語言學時，我們得將其他表義系統加以考慮，因爲「如果我們要發現語言的眞諦，我們需研究語言與其他記號系統息息相關的地方」。誠然，語言應該置於廣涵的記號學範疇去考察；晚近的語言學者萊恩（John Lyons）在其所著「語意學」(1977) 第三章裏，即以語言乃一記號系統這個角度來討論語言。

無論如何，相當多的後起的學者跟隨著瑟許的看法，以語言學作爲記號學通體的模式，並以瑟許的結構語言學來作通體的模式。巴爾特在「記號學諸要元」(1967) 及「記號的王國」(1970)

二書裏，即遵循此模式並以此模式勾劃服飾、傢俱等「語言」。洛德曼把語言看作首度規範系統而把其他表義系統看作二度規範系統，原因之一也是因其他的二度規範系統可就語言的主要模式而建立（Lotman 1977:7-12）。現在反省起來，這樣地屈從於瑟許在其著作所顯示的語言學模式，是不免忽略了瑟許要尋求語言與其他記號系統的相互闡發這一要點。艾誥的「一個記號學理論」（Eco 1976）是記號學研究的一個里程碑，從裏面我們可以看到語言學獨據爲記號學通體模式的情形已相當地被打破。

平心而論，瑟許所提出的結構語言學模式應是或多或少地有著其心目中尚未充分成形的記號學，而其所提出的模式也著實有相當的廣延性。如何把這語言模式和其他語言學模式與及其他源衍自其他記號系統的記號模式相比較與溶滙以尋求更廣延與更豐富的記號學模式，是饒有意義的作業，但這當然不在本書範圍之內。瑟許的語言模式，是由許多的相對組構成的一個龐大的系統，下面諸節是摘其要者加以論述，並從詩學的角度加以考察。

第二節　記號的兩面——記號具與記號義

瑟許界定一個記號（sign）爲兩個互賴互動的構成面——記號具（signifier）和記號義（signified）——所構成。就語言記號來說，記號具是一個音象（sound-image），而記號義是一個概念（concept）。如「樹」這一語言記號是由其音象（樹之音）與其概念（樹之概念）所構成。（頁六五——六七）當然，瑟許會說，換了另一種記號，也許其記號具就不再是音象了。然而，是否「記號義」永遠是「概念」呢？那就不得而知了。

記號具與記號義的關聯是互相依賴的。瑟許指出，在語言之前，「思想」只是模糊、沒有分辨的一團，並沒有什麼先存的各種概念。同樣地，作爲語言記號具底物質條件的「音」，也是模糊不可劃分的一團而已。瑟許把記號具及記號義看作兩個可塑造的面，而記號行爲則把二者劃分爲若干相應的單位，若干記號。他圖解如下：

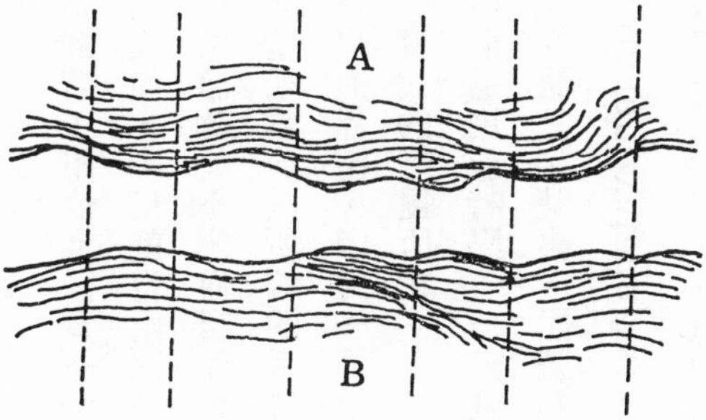

他解釋說，「語言乃是一連串的連續區分行爲，在亂作一團的不固定的概念層A與及同樣地模糊不清的語音層B上區分爲相應的若干單位」（頁一一二）。瑟許又把記號義與記號具比作紙的兩面，他們不能只切前面而不切後面，一切就得兩面都牽動（頁一一三）。

所以，瑟許告訴我們，一個語彙並不能僅認作是某一記號義與某一記號具的聯合，因爲這樣地界定一個語彙，將會把這語彙孤離於其所賴的系統（頁一一二）。一個概念並不先存，而是在語言行爲裏、在連續區分行爲裏而界定，因此一個語彙之界定應界定於其互相關聯著的系統上。「關聯」與「系統」是瑟許底模式的關鍵所在。

瑟許指出了語言記號的兩個通則或特點：一是就記號具與記號義的關係而言，一是就記號具的表義演出而言。瑟許指出，在語言記號裏，記號具與記號義之間並沒有內在的關聯（natural bond or internal relation, or motivatedness），本是武斷（arbitrary，卽缺乏內在關聯）而靠俗成（convention）而組合在一起。（頁六七——七〇）如「樹」一記號，其音與義並沒有內在的關聯，本是武斷，但却因俗成的力量（說話羣同意用該音代表該義）而組合在一起。雅克愼對此有點微詞，認爲音與義之間或存在某個程度的內在關聯性，此卽語音之象徵；這留待討論雅克愼的詩學時再細論。瑟許指出，語言底記號具的表義演出是平行軸的，也就是依賴著時間，一個記號占據著一個可衡量的時間（頁七〇）。雅克愼亦不以爲然，謂一個語言記號的表義不僅是水平軸的，也是垂直軸與空間軸的，在語音層辨素（distinctive features）這個層次而言卽是如此。一個語音最低單元（phoneme）是由一羣由相對組構成的語音厘辨素所界定，卽送氣不送氣，聲帶顫動不顫動等等（如國語音標ㄅ與ㄆ的分別卽在此）；在這層次上，任一個語音最低單元是在這許多厘辨相對組所構成的網裏界定的，故是並時、垂直、空間性的（Jakobson and Waugh 1979）。從現在的角度看來，雅克愼對瑟許兩個通則的修正無寧是正確的。

如果以所有的記號作考察，我們不難了解到，記號具與記號義兩者之間內在關聯性之有無，是一個「程度」的問題；並且，其內在關聯性可能從不同的角度來界定。我們閱讀一個「書篇」時，在某一個意義上，是一個時間的經驗，一個字接著一個字讀下去。但我們同時也知道，當我們去了解或去經驗這「書篇」的記號世界時，就不再是那麼的一個時間經驗，而往往是一個重新的組合，一個近乎網狀的組合，裏面有著許多交接，許多平行與對照。同樣，當我們「閱讀」一幅畫時，在某一個意義裏，是一個空間的經驗，圖中各種東西的左右前後關係。然而，如果一幅畫大到不能讓我們一覽無遺時，我們就得從這裏「覽」到那裏，「時間」因素在作用著；卽使在一覽無遺的狀況下，假如我們要分析其中的空間結構，這「分析」過程也未免賴乎「時間」的作用，先分析這個然後分析那個。所以，所謂時間藝術與空間藝術的分野，有它的「大概上」的確實性，但並非如我們想像的那麼絕對性。總之，瑟許所提出的語言記號的兩個通則所包攝著記號的兩個相對組的特質（關聯性與沒有關聯性、時間性與空間性）有助於我們觀察諸種記號的行爲與及諸種藝術的表義系統。

第三節　表義二軸說

瑟許的語言二軸說是影響最爲深遠也是最爲核心的。事實上，這二軸說可用於任何記號系統，故此處特稱之爲表義二軸說。瑟許指出語言的表義過程有賴於兩條軸的作用，卽毗鄰（語序）軸（syntagmatic axis）與聯想軸（associative axis）。毗鄰軸卽是講出來的有效的一串語音，是由水平連續性所支持(故此軸又稱水平軸，而聯想軸又稱垂直軸）。但語義之表出不僅賴於這實在出現的軸，而尙得依賴那隱藏著的聯想軸，才能全面。要了解一個字的全面意義除了這字在這毗鄰軸的位置外（卽與其他字的關聯），尙得放在這字與和這字有聯想關係的諸字所構成的聯想軸裏作界定。（頁一二二——一三一）這字與和這字有聯想關聯的諸字構成了這個字的「系譜」(paradigm)，故此隱藏著的聯想軸又稱爲系譜軸（paradigmatic axis）。用筆者的例子說，要了解「神」字，尙得與「神」字有聯想關係的祀、祟、申等字所構成的聯想軸或系譜軸裏去考察。但得注意，瑟許所謂的「聯想」，並非心理上的聯想，而是在每一說話人的語言庫裏所構成的諸語彙、片語、句子等的「系譜」，而每一語彙、片語、句子等卽賴其在這些「系譜」裏的位置而得以界定其含義。當然，一個語言學家可以把所有的語彙分門別類而建立一相當完整的語彙系譜網，每一個語彙都有著自己所屬的「系譜」，而各「系譜」之間又有著關聯。這一個建構或能獲致相當的客觀性。當然，一般尋常的說話人不一定有意地建構著這些「系譜」，而他們卽使建構「系譜」，也與前面所說的語言學家所能從事者有詳略及其他差別。但無論如何，在語言行爲裏，這隱藏著的聯想軸或系譜軸是必然地被作用著，雖然被牽動的語彙（也就是其時所建構的系譜）或多或少而因人而異。我們說話時，當然要選擇用字，選擇用字的本身就是這聯想軸被作用的鐵證。我們選用這個語彙而不用其他可能的語彙，這個語彙與其他沒有被選用的語彙本身就構成了一個最直接的「系譜」，而這個被選用的字底含義得以在這「系譜」所構成的背景裏界定。嚴格說來，每一個記號被應用時（說或聽），其含義都因應用者在腦裏所帶動的聯想軸略有不同而產生某些差異。這已除開心理聯想不談，單就記號系統的內延而談，如果把心裡因素加入，尤其是病態語言學加入考慮，則可能產生的差異更大。

無論如何，意義的表達需賴話語內的毗鄰關係與及話語外的聯想關係（這聯想關係存在於我們的腦袋），缺一而不可。瑟許說：「毗鄰關係是演出於話語裏。它是兩個或以上的語彙在其所構成的有效的一串語言裏所顯示的關係。與這情況相反，聯想或系譜關係是把話語以外的語彙連接起來而成爲一賴記憶而組合起來的一個潛伏的語串。從這兩軸的角度來看，一個語言單位就像一座建築底固定的部分，如一根柱。這根柱與其所建構的建築有著某一種關聯。建築物裏的兩個構成物在空間所展示的關係是謂毗鄰關係。在另一方面，假如這根柱是 Doric 風格的，它就會引起與其他風格的聯想性的比較（如 Ionic, Corinthian 風格等），雖然這 Ionic 等風格的柱子並不出現於這建築空間裏。這個關係是謂聯想關係」（頁一二三——四）從引文裏我們可以看出來，這毗鄰關係可以是時間的（就語言而言），也可以是空間的（就建築而言）。「毗鄰」只是兩個單元在演出軸上相接近，共同效力於這演出軸而產生某種關聯，這樣既可以是「時間」也可以是「空間」的，視媒介而定。就「話語」而說，好像是絕對的時間性；但事實恐怕不這麼簡單，把一段「話語」錄於錄音帶，我們立刻知道其中每一單位都占著一個空間。同樣，一個建築物的「毗鄰」關係看來絕對是空間的；但如果我們考慮其建構的過程，我們不難知道整個建築並不是在「一瞬」裏建就，而是每一個單位都要一段「時間」來建就。

瑟許的二軸說貌似簡單，但事實上却可以有很豐富的發揮。為了方便我們進一步的討論，我們先把二軸圖解如下：

我們現歸納一下我們前面的觀察如下：

㈠意義的表達需賴這兩條軸的作用。

㈡毗鄰軸是實際出現的話語；聯想軸並不出現在話語裏，是一條隱藏的軸，存在於說話人的腦袋。

㈢毗鄰軸與聯想軸是處於一個辯證的關係。從一方面來說，如果從語言庫出發，毗鄰軸上實際出現的「話語」可說是從其隱藏軸裏（整個的語言庫的有關部分）衆多的可能裏被選擇出來的一個「話語」；從另一方面來說，如果從「話語」出發，聯想軸乃是毗鄰軸上實際出現的「話語」在我們整個的語言庫裏所牽動了的那部分。在表義的角度來看，毗鄰軸上出現之「話語」，其意義乃在聯想軸作爲比較的背景下而變爲可能並得以充分界定。

㈣一個國家語言的語言庫並不是如我們想像的那麼有穩定性，但其中的語彙庫大致上比較穩定，並且可以作相當系統性的「系譜」性的處理。但說話者所擁有的個別的語言庫則因人而異；而在表義行爲裏所實際牽動的語言庫部分，所實際牽動的聯想軸，更是因人因時因地而異了。然而，雖然聯想軸有著這麼大的不穩定性，它在表義行爲裏之不可或缺是不容置疑的。

㈤所謂毗鄰關係，如果擴大至所有記號系統，是包括「時間毗鄰」與「空間毗鄰」。而事實上，時與空之分別在某意義裏也恐不如我們想像中的絕對。

現在我們進一步去觀察瑟許的語言模式對這兩種關係提供了什麼進一步的界定。在聯想系譜軸上，他的語言學例子指出可就四個方向而聯接（頁一二四）：

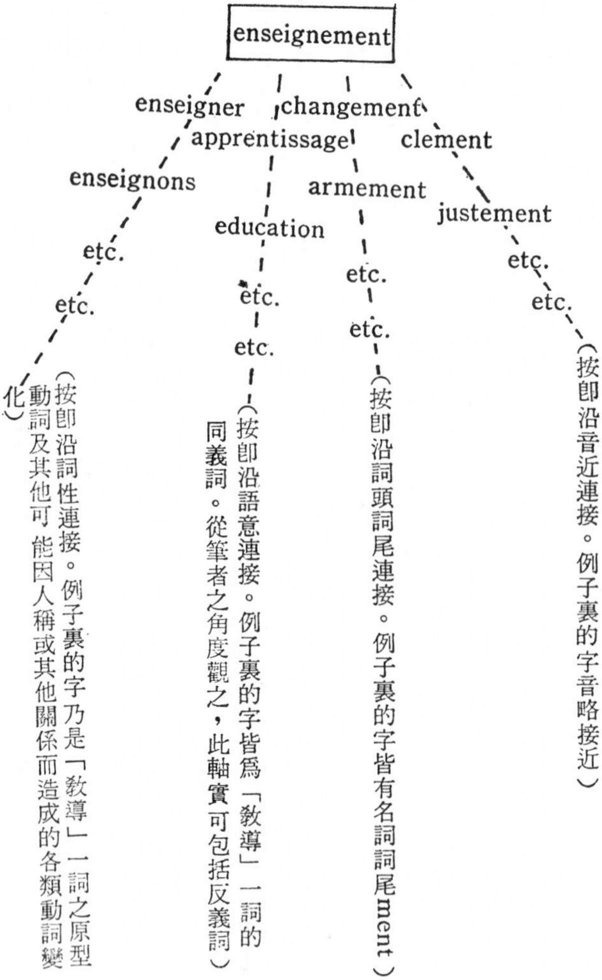

（按即沿音近連接。例子裏的字音略接近）

（按即沿詞頭詞尾連接。例子裏的字皆有名詞詞尾 ment）

（按即沿語意連接。例子裏的字皆爲「教導」一詞的同義詞。從筆者之角度觀之，此軸實可包括反義詞）

（按即沿詞性連接。例子裏的字乃是「教導」一詞之原型動詞及其他可能因人稱或其他關係而造成的各類動詞變化）

他說，「一個語彙就像一個星座的中心，它是一個由許多互相連絡著、數目不一定的語彙羣的一個交接點」（頁一二六）。如果我們要從一個語彙開始作聯想軸上的聯想，「我們沒法預知我們

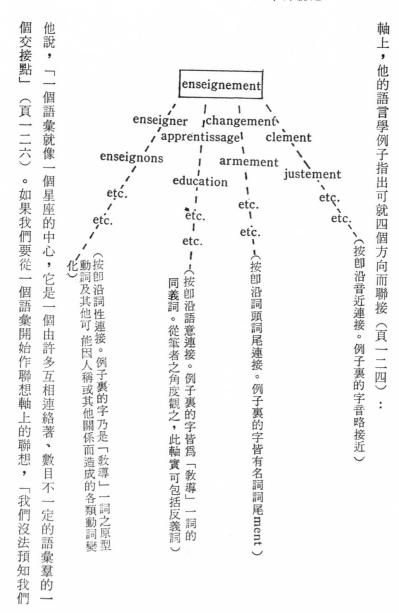

的記憶將會提供給我們什麼字，也無法預知這些字出現的先後次序」（頁一二六），這聯想軸的因人因時而異的不穩定與開放性前已有所述及。

至於毗鄰軸，我們得先從瑟許對毗鄰軸所下的定義下手。「毗鄰軸是由連續性所支持。每一個毗鄰單元（syntagm）是由兩個或以上的連續單位所構成」（頁一二三）。「毗鄰關係可見於語彙、字羣、以至任何長度任何類型的複合體（複詞、衍生字、片語、句子等）」（頁一二四）。「一個毗鄰單元界定了其所涵攝之一定數目的單位與及這些單位的出現次序」；這與聯想軸之數目與次序之不穩定性大異其趣（頁一二六）。在一個毗鄰單元裏，其所涵攝之諸單位，其關係並非是相加而是相互作用而提升至高一層次的表義（頁一二八）。舉例來說，「你好嗎？」的含義並非是「你＋好＋嗎＋？」，而是提升到另一個表義層次，是一個「向人問好」的表達。或者，用更準確的語言來說，一個毗鄰單元是一個完整的「記號」。瑟許攻擊傳統的「文法」，謂其不當地僅把「語形學」（morphology）和語法學（syntax）納入其範疇，而置「語彙學」(lexicology)於「文法」範疇之外；指出三者實乃密不可分，並提出應用二軸說的架構以代替之（頁一三六）。這語言學範疇的問題也就牽涉到語言的分層。職是之故，毗鄰軸的考慮尙應與語言的分層合而論之；如此，毗鄰關係乃包括顯示在各個層面上的毗鄰關係。語言的諸層次也許可大致分別如下：

語音區辨素層

(distinctive features)

語音基本單元層

(phonemes)

……………………………………………………

語　彙　層

(the lexical-morphological level)

詞　組　層

(the phrasal level)

句　子　層

(the syntactic level)

句子以上層

(the trans-sentential level)

每一個語言層次上其毗鄰之連接必有其一套法規，其總範疇即爲這毗鄰軸上的諸種法規。如瑟許所說，「無論是聯想軸或毗鄰軸上所作的語言聯接或組合，大部分已被語言系統所制定」（頁一二七），故語言系統也就是統御著這兩條軸上各種聯接的各種法規。那麼，我們的二條軸圖解便複雜化如下：

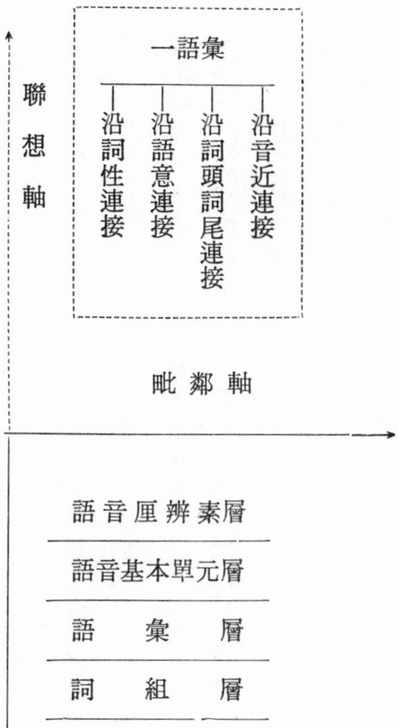

圖解上所建構的聯想軸，只是就語彙層及其所牽動的二個語音層而言而已；其他較高語言層（片語、句子層等）所牽動的聯想軸將更爲複雜，更爲不穩定。在語彙層而言，一個語言裏的語彙總滙（lexicon）是可知的，故某字所牽動之聯想軸亦大致可界定。但在語彙以上的層次，其「總滙」則是潛能性質居多。

當這語言模式用諸於其他記號系統時，會產生怎樣的情形呢？這不是此處用力的地方，我只能略爲帶過。如前面所說的，毗鄰軸不僅是時間的，也是空間的，隨一般所謂的時間藝術與空間藝術而有不同。在毗鄰軸上的諸層面而言，各記號系統恐怕也有自己的各個層面，而未必可彷照語言模式；卽使可以，也未必必然要如此做。卽使我們彷照語言模式，這些語音區辨素層、語音基本單元層、語彙層、片語層、句子層等，恐當只是比喻用法，只是一種後設語言的借用而已。很顯然，在圖畫或音樂裏，如何界定一個語音基本單元（phoneme）呢？如何界定一個詞彙呢？在聯想軸而言，在語言這一表義系統裏，我們可以界定一個語彙總滙，但在繪畫、音樂等記號系統裏，語彙總滙之能否建構倒成爲一個問題了。然而，在某些場合上，這個「語彙總彙」觀念，似乎又能發揮其功能。如國畫中各種葉的點法、各種樹之畫法等，皆可作相當穩定的聯想軸。就聯想軸這一意義言，「芥子園畫譜」無寧是提供了朝向這方面的一個基礎及可能性。在不同的記號系統裏，尤其是包括藝術以外的諸種記號系統，也許我們可以看到有在某一軸上較爲豐富而另一軸上較爲貧瘠的情形。如服飾而言，其毗鄰軸有相當大的局限性而聯想軸則相當地開放而有各種的樣式。較爲根本的問題，是毗鄰軸上如何被界劃爲許多的單位而得以讓他們相互作用並得以建構他們的聯想軸以探討之。在語言模式裏，無論在某一語言層次上，其「單位」之界定與確立皆有相當的明確性。但在語言以外的記號系統裏，那就不是那麼容易操作了。巴爾特在各種記號系統所作的二軸構想與作業(Barthes 1967; 1970)，洛德曼與麥慈(Christian Metz)在雷影學上的研究 (Lotman 1976; Metz 1974)，爲我們提供了研究這二軸說的許多參考。

我現在比較關心的是這語言二軸說在「書篇」的表義過程裏所產生的複雜性。這複雜性之根本來自於「書篇」與一般語言行爲的關係。雅克愼也許會認爲可以把整個的語言模式移用於「書篇」上，把語言學上所可界定的諸層面與及諸毗鄰關係移用過來，與詩篇的「內容」或「意義」相連接便可。而巴爾特也許會認爲語言學之正規研究範疇止於句子，要在「超語言學」（tran-linguistic）的層面裏建立層次，並在毗鄰軸上作超語意學式的單位劃分。在一篇傳統結構主義的論文裏，他綜合李維史陀、普拉普、托鐸洛夫（Tzvetan Todorov）等結構大家之研究，謂「敍述體書篇」之結構分析應分爲結構功能層（level of functions），動作層（level of actions）和敍述層（level of narration）（Barthes 1977a。法著一九六六）。其後，在「S/Z」一書裏，則提出五個語碼的閱讀法，也就是把「書篇」分爲五個層面。洛德曼的「藝術書篇的結構」一書，其架構也可以看作是依循語言二軸說（包括其劃分之各語言層）並擴大至其他的非語言學層面。俄國記號學把「文學書篇」看作是上置於「自然語言」的一個二度結構，是一個較好的方法以引導我們去探求「文學書篇」的結構。如果我們遵循這個觀念，「文學書篇」（以下簡稱書篇）的二軸則是由語言學界定之二軸與及上置於此語言二軸上的另一個二度結構的二軸。至於前者，瑟許已提出了一個基本架構（如前面圖解所示），但亦可以根據晚近語言學的發展而加以擴充修訂。至於後者，似乎各結構主義大家皆有不同的提出，如巴爾特先後提出的三個層面與及五個語碼層面等。並且，就「單位」之劃分而言，更沒有具體的模式可循。所以，如要沿著二軸說來進一步發展，面臨的問題是如何根據「超語言學」的視野來界定毗鄰軸上的諸層面與及每一層面上諸「單位」的劃分。一個「書篇」可在毗鄰軸上作不同層次的劃分及作不同單位的劃分並牽動其相對的聯想軸上的建構。這個現象爲「書篇」在表義上相當程度的開放性提供了基礎，也爲讀者反應所作的開放性提供了基礎。當然，這超語言學諸層次之劃分與在其內諸單位之劃分是處於互動的關係；同時，這超語言學的二軸與置於其下的語言學的基本二軸也是息息相關的。所有的建構都與後設語言相表裏，故整個二軸現象是非常繁複，含攝著許多變素。

總括說來，二軸說可含攝的問題是：㈠二軸間的關連；㈡毗鄰軸上單元的劃分；㈢毗鄰軸上層次的劃分與及其中的高下階級梯次；㈣二與三項的互動關係；㈤聯想軸上能否建構出與毗鄰軸相表裏的各種系譜（paradigm）；㈥聯想軸在實際的演出時是因人因時而變；㈦如果是語言，其模式是語言學式的；如果是語言以外的記號系統，則需要考慮是否依循語言學的模式爲通體模式；㈧如果是以「語言」爲下層建構的二度規範系統，則要考慮在這語言學二軸上建構超語言學的二軸以探求這二度規範系統的二度表義；㈨最後，「書篇」之表義並不僅賴於「書篇內」；也就是說，不僅賴於「書篇內」的二軸關係，尚賴「書篇外」的關係，這「書篇外」的關係之一，就是目前受到廣泛注意的「書篇間」（inter-textuality）的關係。要討論「書篇間」的關係，就得建立「書篇系統」，也就是建立以「書篇」爲單位的聯想軸。一個「文學書篇」的二軸表義可圖解如下（圖中之步驟①②③只就了解或分析方便而設，實際上是同時進行並互動的）：

1)A（語言二軸）

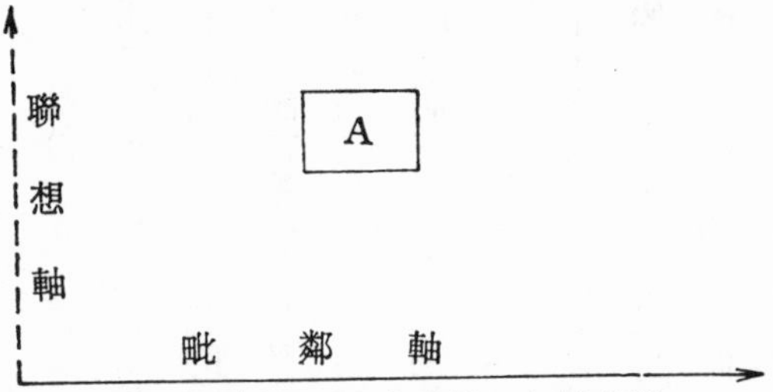

（二軸皆依照語言學來建構，即單位及層次之劃分皆依語言學來建構，參前面之圖）

2)設B爲二度的二軸，把B置於A之上而成AB（B爲依超語言學的後設語言而建構之二軸，巴爾特的三層面說或五個語碼說皆爲諸種可能之一）。

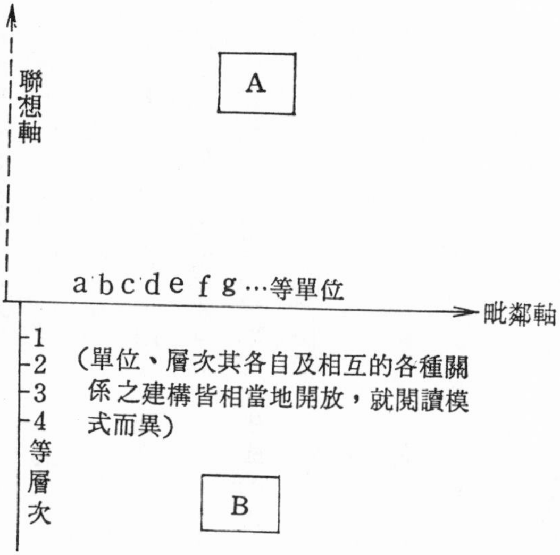

3)把AB(即B上置於A而爲一體)看作一個單位以建立其聯想軸，毗鄰軸可視作只有一個單位。所建立之聯想軸即爲書篇系統。

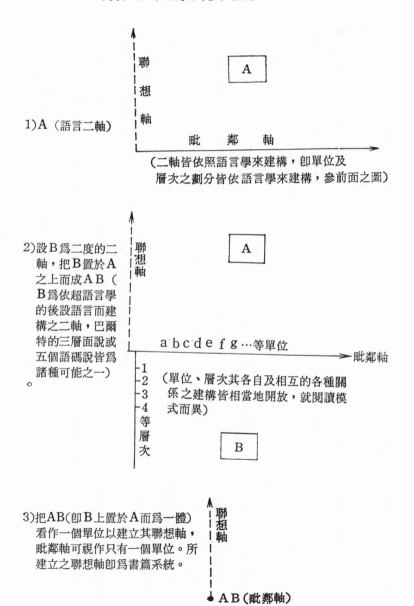

第四節　系統（*langue*）與話語（*parole*）

在瑟許的語言模式裏，另一個主要的分野，是語言系統（*langue*）和話語（*parole*）的分野。「話語」是人們日常聽講的個別話語，而「語言系統」則是在話語背後的系統，爲說話羣體所共享，支持著話語而使話語能作用而爲說話人與受話人所了解。

瑟許說，「語言系統是一個倉庫，由某一說話羣體經由不斷的說話而塡滿。它是一個文化的系統，潛存於每一腦袋裏，或者，更確實地說，潛存在一羣人的腦袋裏。語言系統並不完成於任一說話人口中；它的全體存在於羣體裏」（頁十三——四）。瑟許爲語言系統與話語作了許多分別。語言系統屬於社會羣體而話語是屬於個別的說話人。語言系統是基本的而話語是附庸或多多少少偶發的。語言系統是一個根源於姿態繽紛的諸話語事實而構成的統一體，而話語是姿態繽紛的。語言系統與個別話語可分別開來研究，但話語是無限而無法一起研究的（頁十四——十五）。「語言系統」與「話語」之間的關係是雙面的，是互爲依賴的。「要說話能被了解並產生其效果，語言系統是必需的條件。然而，要建立語言系統，說話又反過來是必需的條件，並且在先後的次序裏，說話又得居先。……語言系統與說話是互爲依賴的；前者既是後者的工具又是後者的產品。他們的互賴性並不能阻止他們乃兩個不同的東西這一事實」（頁十八——九）。

如前面討論記號義與記號具的關係所言，一個記號應從其系統裏界定，而系統乃是一個不斷的區分。瑟許說，每一個語彙本身是由於它與其他語彙相對，與其他語彙有所不同。一個語彙之形成（成爲一單元、涵有它的語意值）乃由於這「相對」（opposition）與「相異」（difference），而非由於其實質。語言系統是由「相對」與「相異」建立起來的，如「單數」與「複數」之相對等等。因此，語言是建立在相對組上，像代數程式般似的，由許多的相對關係建立起來。所以，瑟許總結說：「語言系統是形式的而非實質的。」（以上據頁一二二）。在瑟許的語言學裏，最能證明語言系統乃建立在相對組上這一概念者，乃是其所建構之語音系統，而瑟許的語音系統在雅克愼手裏更臻完善。

瑟許所作語言系統與話語的分別，是結構主義與及繼承結構主義的結構主義記號學所遵循。記號學家興趣所在者，不可於個別話語的詮釋，而在於個別話語底背後之系統之建立。如瑟許所言者，語言系統既是個別話語所據又是個別話語的產品。故記號學家勾劃文學的記號系統時，乃是據於個別的話語（那就是個別的書篇了！）以勾劃之，以求反過來對個別書篇之認識與表義加以界定。如果瑟許所陳述的語言系統與話語的辯證互動關係是可以成立的話，那麼文學系統與個別文學作品的辯證互動關係也應同樣可以成立。如果一個語言學家可以依據有限的若干個話語以勾劃其背後之語言系統，一個文學理論家也有著同樣的信念，可以依賴有限度的若干書篇以勾劃其背後的系統。成功與否與成功的程度，則似乎賴乎我們的後設語言，賴乎我們的方法學，賴乎我們的後設語言與方法學是否如語言學家所有者那麼地富有廣延性及鞭辟入裏性了。普拉普對俄國民間傳說在「結構點」這一層面所作的研究似乎爲這一個信念作了一個有力的支持。

最後，筆者願意強調「形式」這一個觀念。記號學所要著力的，不是詮釋，而是系統的勾劃，而系統的本質是「形式」的，一如數學。「相對」是一種形式，「相異」是一種形式，「階梯次」(hierarchy) 是一種形式，語言的六面與六功能的一種形式，平行與對照是一種形式，任何一種「關係」皆是一種形式（「關係」本身就是一種形式！）。這些「形式」在實際的話語裏、在實際的書篇裏被賦予形體與實質。其結果是：「其爲物也多姿，其爲體也屢遷」（借用陸機語）——一個繽紛多姿的話語與書篇世界。

第五節　兩種研究型態：並時與異時

瑟許除了作了「語言系統」與「話語」這一個重要分別之外，尚提出了「並時」(synchronic) 和異時 (diachronic) 兩種研究型態。並時研究是橫切面的研究，把時空而引起的差異擱置不顧；異時研究則是縱切面的研究，著眼於因時間之變遷而做成的變遷，如古音之變爲中古音之再變爲近代音，或語意上之變遷等等。瑟許告訴我們，這兩者的研究是截然不同的，他以樹幹的橫切面與縱切面作喻，所得景觀截然不同。並時研究是要獲得該語言系統所存在的狀況 (language-state) 而異時研究只是循著時間之軸上溯而指陳所產生的一些改變的事實。瑟許又把語言系統的存在狀況比作一盤棋的棋子布局。每一棋子所得的棋價是依賴這棋子與其他棋子在棋盤上的相互關係，就猶如一個語彙的含義是由它與其他語彙的各種相對關係而界定。同時，下棋時，棋子的棋價與及行棋的規則已經預先決定，從頭到尾都得遵守著。這規則之預先同意同樣見於語言。這些規則是表義系統的不變體。每一個棋陣布局都是瞬間的，下一步（也就是只是移動一個棋子）又把整個棋陣布局改變了，各棋的相互關係也改變了。也就是說，我們已進入了另一個橫切面，另一個並時面。然而，這「移動」本身却是異時的。首先，這「移動」只是局部的，只是一個棋子，就猶如語言上局部的改變。其次，這「局部的移動」影響了整個棋局，棋子間的關係受其振盪而改變而成爲另一個關係。然而，這「移動」本身與前一瞬間棋盤上所展開的棋局和這一瞬間棋盤上所展開的棋局都沒有關係，或者說，是兩回事。（頁八八）。「並時」本身是靜態的，是一個時間裏的存在狀態，並時研究是陳述這一個靜態裏各個單位間的相互關係及其背後不變的表義規則。而「異時」只是這「變動」本身，是在時間裏進行的。所以，前面下棋的例子是一個「A→A1」的情形，A是第一瞬間的棋局、第一瞬間的並時狀態，A1是第二瞬間的棋局、第二瞬間的並時狀態。「→」是這局部的移動，但「→」既不是A也不是A1。我們不妨進一步說，這個「變動」是A與A1相比較而界定的，是由兩個「並時狀態」相較而界定。以法文爲例，「*pas*」在昔日法語是兼「腳步」及「否定詞」兩個語意，但在現代法語裏，則僅涵攝後者。在昔日法語裏，「*pas*」有兩個語意是把這語彙置入其語言系統裏而得知的；同樣，「*pas*」在現代法語裏不再有「腳步」義，是把它置入現代法語系統裏而得知的。在兩個「並時狀態」裏，「*pas*」與其他法文語彙（假設其他語彙都不變）的關係改變了：「*pas*」字在昔日法語裏有「足」及「否定詞」義而到了現代法語失去了「足」義是一個「異時」的觀察（這觀察貫通了兩個時間面）。但如果我們僅說①在昔日法語裏，*pas* 兼「腳步」及「否定詞」二含義，或僅說②在現代法語裏 *pas* 意指「否定」，我們是作了兩個「並時」的觀察，因爲在這兩個「並時」的觀察裏，我們皆只是觀察著這個語彙與其他語彙的關係而界定其語意。瑟許爲並時研究與異時研究作了很多分別，而結論謂：「並時語言學只關心邏輯與心理的一面，關心這些並時存在的各個語彙如何依賴這些邏輯與心理的關係而組成一個存在於說話羣的集體心志裏的系統。異時語言學將會研究在不同時間裏的各個語彙是如何聯接起來，一個替換著另一個但並沒有構成任何系統，也並不爲集體心志所意識」（頁九九—一〇〇）。所謂不爲說話羣底集體心志所意識者，概是指說話的人羣並不需要了解這個異時的改變但仍能運用其語言，蓋現代法國人不必知道「*pas*」以前兼指「腳步」及「否定詞」，而仍能用「*pas*」來指陳否定，蓋「*pas*」之在現代法語意指「否定」乃在現代法語的語意系統裏界定，而不在其「異時」的透視裏界定。

「並時」與「異時」雖互相牽動，但仍可分爲兩個截然分開的透視，兩個截然分開的研究型態；其互相牽動與互可分開已如前例所述。這個分野不單在語言的研究上有其功效，實亦表現於其他記號系統上；文學之作爲二度語言系統，亦可在其內作如此區分。文學作爲一個二度語言系統，也就是採取「並時」的透視，是對系統的勾劃，而非對文學的演變作關注。如果我們要研究中國詩歌如何經由詩經而楚辭而漢賦而唐詩而宋詞元曲等，則我們所採取的是一個「異時」的研究，但如果我們把詩經、楚辭、漢賦、唐詩、宋詞、元曲等置於今日的「並時」裏，把它們置於一個平面上，研究他們在這「並時平面」上的相互關係等等，所採取則是並時研究。而文學系統是以並時作爲本質的。

在文學這一個範疇裏，其並時與異時二軸的關聯也許會比語言範疇來得密切與複雜。在語言範疇裏，現代人當然不會再說古代或中古的語言了，而語言底「異時」的變遷對現代語言的運作也沒有太大的關聯。一個法文語言學家也許會製作一個句子，用「*pas*」來意指「腳步」以自娛，他的外行的朋友一定不解，而得等待他的「異時」解釋方能明瞭。但無論如何，這個法文語言學家恐怕不會常常地運用這種「異時」語言學於其日常對話中。但文學的寫作，其情形則不一樣。作家却有時插入一些古字，一些典故，用一些古體等等；並且，當他這樣作時，往往企圖創造一種時間感，與書篇中的其他單位相對照；那麼，在這情況下，這「異時」的變動就相當地影響著這「並時」的系統了，因爲「異時」這一概念正成爲這「並時」系統的諸結構之一。閱讀者（尤其是研究者）也往往如此，有著整個「異時」發展在其心志裏。他閱讀一個書篇時，某些語彙、母題、情節等會引起他作「聯想」（瑟許的聯想軸），想到不與這書篇同時但却是有關的語彙、母題、情節等，並且同時意識到他所聯想的語彙、母題、情節等屬於不同時代。所以，我們不妨說，在文學系統裏，「異時」成爲了這系統（其本質爲並時）的一個結構。

我們前面說，如果我們把詩經、楚辭、漢賦、唐詩、宋詞、元曲等置於今日的「並時」裏，界定其相互關係，勾劃其系統，是一個「並時」的研究。現在我們進一步追問，既然詩經、楚辭、漢賦、唐詩、宋詞、元曲等是在不同時代出現的，對一個文學研究者而言，他們底「異時」關係是明顯地意識到的，那麼，如要把他們置於一個並時的平面上則需要很大的「綜合」的智力。如此說來，文學系統是一個「並時」的架構，把許多的「異時」壓爲一個平面，故像拉滿的弓那樣充滿著緊張。當然，如前面所從事的，承認「異時」爲這系統裏的一個結構，將能緩和這個「異時——並時」張力。

第三章　記號學先驅普爾斯的記號模式

第一節　楔　子

普爾斯（Charles Sanders Peirce, 1839-1914）是美國記號學的奠基人。他原研究化學，其後其學術之投注轉移於邏輯數理與哲學，而終被推崇爲近代記號學的奠基人之一。根據 Max Fisch 的看法，普爾斯於一八六五到六九年間鋪下了他底記號理論的最初基礎而於隔了四十多年的晚年再度發展而達到高潮，而於一九〇三到一九一一期間所寫者最爲豐富（Fisch 1978）。無論如何，在他的著作裏，他並沒有眞正地勾劃出一個記號學的系統來，只是在他的著作裏，到處皆有與記號學有關的討論而已。如瑟許一樣，普爾斯也同樣認爲記號學是在催生階段，他本人只是一個開荒者而已。他晚年（一九〇七）時仍只形容他自己爲「一個開荒者，一個墾丁，作著清理場地的工夫，把我所說的記號學這一個場地開出來，而記號學者乃是研究各種基本的記號表義活動底本質的一套律法」(5.488)。

普爾斯對記號有關的論述，是片斷的、開創性的、相當晦澀難懂，而所沿用的詞彙與透視也頗不一致，很難獲致一個完整而調和的系統；然而，在另一方面却是充滿著活力，具有切入的能力，非常豐富。記號詩學對普爾斯底記號理論之發揮，似乎尚嫌不足；也就是說，其記號理論尚具有很大的開發潛力。目前最廣為記號學家所應用的觀念，也許要算記號底肖象性 (iconicity) 以及記號底無限衍義 (unlimited *semiosis*)；前者為雅克愼所充分發揮而後者則為艾誥深遠地耕耘。

普爾斯的記號理論引起了學界很大的興趣與衆多的研究，而最能體大而簡賅者或仍推克蘭里 (Douglas Greenlee) 的原為博士論文的論著(1973)。由於普爾斯關於記號的討論原為片斷性與開創性，加上其晦澀及不一致性，學者們對其理論提出了許多的看法。這些看法對普爾斯底理論的了解都提出了某些幫助。克蘭里指出其記號理論與普爾斯底對宇宙的認識的分類有密切不可分的關係，指出其記號學底類向 (normative) 特質，像代數般有其普遍而代入的能力 (Greelee 1973)。費斯 (Max Fisch) 則指出其記號學與邏輯數理密切不可分，其一生對邏輯數理之研究可謂是在記號學的大範疇裏進行；指出其記號學底唯名主義 (nominalism) 傾向及其後普爾斯從唯名主義迫入實在主義 (realist) 的努力；指出普爾斯的記號理論是企圖刻劃把個人底個別心理去掉後記號底表義活動底純形式的一面；其時，人心之定義是數學的，一如一條直綫所獲得的數學定義，不受綫條的個別性而影響（Fisch 1978）。艾詰對普爾斯記號學的解釋與發展，是沿著其形式的、普遍性的一面，並置入語意學的範疇裏來討論（Eco 1976; 1979）。當然，較早於上述諸種基本態度而具有深遠影響者，則是莫瑞士（Charles Morris）對普爾斯記號理論的「語用主義」（pragmaticism）的強調，強調記號與記號使用者的關係，與行為主義相連接（Morris 1971）。（對普爾斯「語用主義」之強調在最近又有了新的注視，如 Eco 1979）薛備奧則把記號衍義行為推及動物界，並將若干觀念（如肖象性）推廣及整個人文現象（Sebeok 1976; 1979）。

在這一章裏，筆者的目的只是要平穩地介紹普爾斯的記號學，但由於普爾斯的討論原為片斷、開創、晦澀、不一致等，筆者也不得不大膽地作一些連絡、作一些解釋，以便於了解。同時，從記號學引渡到記號詩學的工作則交給有心的讀者；我只是偶爾作一些筆到的勾連而已。

第二節　一個三連一的記號定義

從某一意義而言，一個對於「記號」而作的周延的定義，也就差不多是一個記號理論的撮要了。誠然，普爾斯對記號所作的描述是相當複雜的，是形式的（formal），是關係的(relational），牽及一個記號之成立所依賴的各個要元。對普爾斯底記號定義的了解，也可以說是對其記號學理論的一個初步了解了。這一節卽作如此的初步作業。綜合普爾斯對記號所作之描述，一個記號之成立主要是依賴三個活動主體，卽記號（sign），記號之「對象」（object）及作用於記號與其對象間的「居中調停記號」（interpretant）；這三個主體的關係是相連互動的，不能削減爲幾個雙邊的互動。在上述這個初步的關係網裏，普爾斯對記號所作的指述更產生某種複雜化，需作進一步的澄淸與界定。爲了作進一步論述之方便，現把普爾斯對記號所作的若干描述徵引如下：

①一個記號經由這記號所產生或界定的概念（idea）而代表某一東西。……它所代表的東西是謂「對象」（object），它所傳達者，是謂「意義」（meaning）；它所產生的概念是謂「居中調停記號」（interpretant）。（1.339）

②記號乃是指任何一個東西與第二個東西（此卽其對象）藉某一品質（quality）如此地相關聯著，以致帶出第三個東西（此卽居中調停記號）並使其與這同一的「對象」進入某種關聯，並同時以同樣的方式帶出第四個東西並使其與這「對象」進入某種關聯，如此地以至於無限。（2.92。引自 Greenlee 1973:24）

③所謂記號衍義行爲（*semiosis*）乃是一個活動，一個影響運作，涵攝著三個主體的相互作用；這三個主體是爲記號，記號底對象，與及居中調停記號。這是一個三方面互連的影響運作（tri-relative influence），決不能縮爲幾個雙邊的活動。（5.484）

④我底記號的概念是如此地經由一般化過程而獲得的，以致我感到相當困難讓人們了解它。

> 爲了方便了解起見，我現在把「記號」限爲任何東西，這東西一方面是如此地被其「對象」所決定或特殊化，又另一方面如此地決定著「解釋者的心志（mind)」，以致「解釋者的心志」經由中間調停地、間接地爲決定這「記號」的這一個「對象」所決定。這也許可看作是高度一般化了 (excessively generalized) 的定義吧！我把這個對解釋者心志的「決定」(determination) 稱作「中間調停記號」。(NE3:886。引自 Fisch 1978:55)。

從上述諸引文裏，正如我們前面所說的，每一個記號的成立，也就是每一個記號衍義行爲，皆牽涉著三個主體，並且，是一個三方面互連的一個運作。然而，每一引文裏所表達者，仍略有些差異，這些差異開放了某些不同的透視。在第一引文裏，先有記號，「記號」產生並界定其「居中調停記號」，以代表其「對象」。似乎，其出發點爲「記號」。並且，其「居中調停記號」是一個「概念」，是由記號而產生而界定。在第二引文裏，是先有了「記號」與「對象」兩個主體的對立，然後經由他們的相關而產生「居中調停記號」。這樣，三者才產生關連。而且，「記號」與「對象」兩個主體是經由某一「品質」而相關聯著。最複雜的是，除了因「記號」與「對象」的互相關聯而產生了一個「居中調停記號」而成立了一個三者互連的關係外，這記號行爲尚可衍生而帶來第二個第三個「居中調停的記號」，以至無限。也許，記號底衍義或表義行爲，可視作許多瞬間，而帶來一個又一個的「居中調停記號」。有著這個認識而回到第一引文，其突然在三個主體以外冒出來的所謂「意義」，也許可看作是另一個「居中調停記號」。第三引文比較富有形式傾向，強調三方面互連的影響運作，不能縮爲幾個雙邊的活動。但究竟是一個如何的「三方面互連的影響運作」呢？我們憑著前面數條引文的幫助，雖未必能具體地握住這「三方面互連的影響運作」，但最少可以感覺到如此的一個互連。在第四引文裏，普爾斯指出他對記號的意義是經由一般化作用而獲致的，也就是形式上的，假設記號、對象、居中調停記號三個主體，而把這三個主體的「獨特性」擱置不管。但這種形式上的定義，比較難爲一般人所了解，因此在這「方便」的界定裏，加上了「解釋者的心志」。普爾斯大概是以「解釋者的心志」來輔助「居中調停記號」的不易把握。換言之，「居中調停記號」是出現於記號使用者的心志上。他把記號對解釋者心志的「決定」稱作「居中調停記號」。在第一引文裏，他用「概念」(idea) 來指稱「居中調停記號」，而此處則用更爲廣延與抽象的「決定」一詞以指稱之。「決定」一詞的涵義與第三條中的「影響」一詞的涵義相當地互爲呼應。但無論如何，「決定」一詞的涵義是不易決定的。但這絕不成爲普爾斯記號概念的弱點，蓋本來一個記號對記號使用者所產生的那個「interpretant」本就是複雜、豐富、瞬間、不易決定的。第四引文是見於他寫給 Philip Jourdain 的信上（一九〇八年九月五日）；過了三個禮拜左右，在他寫給 Lady Welby 的信裏（九月二十三日），他表達了相類的看法，謂記號「給予了人一個效果」(determines an effect upon a person)，並謂「給予了人」這幾個字只是爲了方便人了解而已(W80-81)（引自 Fisch 1978:55）。他這裏用了「效果」一詞，恐更只是爲了方便了解之故。如前面所說，普爾斯的記號定義本是形式性質的，其所提出的記號表義活動所賴的三個主體——記號、其對象、其居中調停記號——都是摒除了他們底獨特性的，是一般化了的本體。在這純形式的定義裏，甚至連記號使用者這一個要素都可被擱置。事實上，要把記號活動的三個主體（記號，其對象、其居中調停記號）的品質或獨特性加入考慮，要把記號使用者加入考慮（假如是獨特的個人的話），那麼，整個衍義行爲就非常繁複的。當然，加入這些要件來考慮是必要的，但科學的思辯，需按部就班，普爾斯對記號一詞所下的定義（至少就上述最標準的引文看來）是一個最基礎性的定義，在其上我們可以建立更複雜的架構。但作爲一個最基礎、最形式化、最一般化了的定義而言，普爾斯所提供的定義與思考誠然極具價值。

我們不妨試圖用一個隨手拈來的例子，納入普爾斯上述的基本模式裏，看我們能作如何的應用。「樹」作爲一個記號（一個中文的書寫語言記號），是代表而不等於樹（樹的全概念等等或實在的樹），這「記號」與其「對象」乃是一種「替代」(standing-for)的關係。單就從這「樹」記號與「樹」對象的關係而言，普爾斯會假設這「對象」對這「記號」有著一「決定」、一「影響」，兩者間以某一「品質」相連繫等。如果我們單是這樣說，我們很難眞正界定兩者的關係，我們最多只能說因爲先假設或先有了這個「樹」對象才產生了這「樹」記號；這「樹」記號基本上是一個武斷俗成記號，與「樹」對象並沒太大關聯；不過，就其書寫系統而言，也有若干肖象性，如此字從木，而「木」字具有相當肖象性；或者更進一步說，由於這「樹」記號與「樹」對象已經因武斷俗成關係連在一起，好像兩者已有相當程度的互爲浸透云云；或者更說，在某些記號裏，其「對象」之成立不免是因其「記號」之產生之故。即使我們說得這樣複雜，恐仍未免陷於普爾斯提醒我們不要犯的毛病，不要把「三方面互連的影響運作縮爲幾個雙邊的活動」。我們必須說，「樹」記號與「樹」對象的關係不僅如此，兩者的關係是如此地界定以致帶出第三個東西，帶出其居中調停記號，也就是「樹」記號（在我們的心志裏）的一個影響、一個作用、一個決意、一個效果；其影響作用等等，有時是一個爲這「樹」記號所產生或界定的「概念」，有時是一個爲這「樹」記號所產生或界定的「反應」等等，這作爲居中調停記號的「樹」概念或反應，不等於「樹」對象的全部，但却是朝向它走去。所謂三者互連影響運作，是說當我們界定任何二者的關係時，我們是把這二者與第三者的互連關係納入其關係裏。「樹」記號與「樹」對象的眞正關係，不僅包括這二者的相互作用，尙包括這二者與其「居中調停記號」的互動關係。要界定「樹」記號與其「居中調停記號」之關係，亦復得把二者與「對象」之關係納入其中。一取就三者皆取，不能取其二而遺其一。尤有甚者，上述是「樹」記號、樹「對象」、與一個「居中調停記號」的關係。但當這三者自成其互動關係之餘，這「樹」記號尙可帶來另一個居中調停記號，這一個居中調停記號又得進入這本已成爲互動的三者關係裏去活動。假如我們假設「樹」記號帶來並界定了一個概念（樹乃植物的一種，供應木材等等）作爲其居中調停記號。這個概念當然與「樹」記號及「樹」對象有某種的關聯，並讓前者通向後者。同時，這「樹」記號又可滋生另一個概念或反應，如「綠意」、「森林」、「自然界」等等，於是這個新的居中調停記號與前面原已構成了一環節的三個記號主體作用著。這作爲居中調停的記號可以一個又一個地滋生，覆合於一次又一次的「三個互連的影響運作」，不停地推衍下去。普爾斯的記號概念誠然是非常繁複的。

第三節　普爾斯的現象學與其記號分類法

上面以三個主體構成的基本表義過程是關係的 (relational)、類向的 (normative)、形式的 (formal)，並且把解釋者暫時拋開，故其表義過程是一個內延 (immanent) 系統。在這內延系統裏，三個主體的進一步界定與及其相互關係的進一步界定，將會使這個內延表義系統更爲具體地豐盛。要對這些作進一步的界定，也許我們可以說，要對這些主體及關係作「品質」上的考慮，就需要與普爾斯的哲學聯結在一起來討論了。克蘭里把普爾斯的記號分類與其現象學相連接討論，加深了我們對普爾斯記號學的了解。西門 (J.Jay Zeman) 甚至稱普爾斯的記號理論爲經驗的理論，爲意識的理論，並以其現象學爲其記號理論的脊骨 (1977)。普爾斯把記號學列入其類向科學 (normative science) 之中，包括邏輯、美學及倫理學，但普爾斯未明言其記號學屬於三者中之何者。克蘭里認爲記號學不是與邏輯相認同便是屬於邏輯中的一部分 (Greenlee, p. 15-16)，蓋普爾斯謂「所有思想皆經由記號而進行，而邏輯也許可看作研究記號底通則的科學 (1.

444）。然而，普爾斯進一步說：「現象學(science of phenomenology)必須作爲類向科學的基礎」(5.39)。普爾斯底現象學的中心所在也許是其爲現象學所提供的一個三分法。他說，這三個範疇或概念是把「思想」邏輯地加以分析而來，可以用來描述「存在」(being)，可以用來描述阿里斯多德與及康德底十二範疇。(1.300) 這三個範疇或概念是爲「首度性」(firstness)，二度性(secondness)和三度性(thirdness)。普爾斯這些現象學概念是非常艱深晦澀的。

普爾斯說，「首度性」是指一種存在型態(mode of being)，實存而不需依賴與任何其他東西發生指涉而言；「二度性」是指一種存在型態，二度而丟開三度性不關；「三度性」是指一種存在型態，把一個「首度」與一個「二度」帶入一個相互關係。(8.328)「首度性」是以「新鮮、生命、自由」爲其特性(1.302)，大概是指「存在」底豐富而不可捉摸的品質，是未進入「二度」時的存在型態。「二度性」是以限制(constraint)、因果(causation)、止歇(static)爲其特性(1.325)，大概是指存在於時空的作爲事實性(factual)存在的世界，對「首度」的「存在」而言是謂「二度」。「三度性」很顯然是一種居中調停性(mediation)，把「首度」與「二度」帶入某種關聯。與這「三度性」相啣接的概念，有一般性、無限性、連續性、分散性、成長性、理知性等(1.340)；也許，「三度性」這一範疇是以這些概念或規法把存在底「首度性」、「二度性」居中調停而啣接起來，把新鮮、生命、自由的首度存在世界與有著各種限制的事實性的二度存在世界居中調停而啣接起來。誠然，普爾斯以「認知」(cognition)歸屬於「三度」。(1.537)

克蘭里把這存在型態的三個範疇與普爾斯的「或存」(might be)，實存（happen to be）與「依條件而存」(would be) 相提並論，有助於對這三個存在範疇之了解 (Greenlee 1973:33-42)。無論如何，普爾斯提醒我們，這對存在型態所作的三個分類尚達不到「概念」這個層次，不妨稱之爲「思想底調子」(moods or tones of thoughts) (1.356)。

「記號這一觀念」(idea of sign) 是屬於「三度性」(1.339)。記號行爲本身是一個居中調停行爲、是一個認知行爲，是界定於存在型態裏的第三型態。普爾斯謂：「在這眞正的三度性裏我們看到記號的運作」(1.537)。然而，普爾斯底「首度性」、「二度性」、「三度性」不僅應用於「存在型態」底分類上，尚泛濫地應用於各處。如前面所言，記號的運作是屬於「三度」存在型態，而在此「三度」範疇裏，普爾斯會進一步把「記號」描述爲「首度」，其「對象」爲「二度」，其「居中調停記號」爲「三度」。同時，這首度、二度、三度的觀念尚應用於其對「記號」依各種透視而作的分類上。

普爾斯於一九〇三年左右提出了三個三分法以描述記號的可能分類。他說：

> 記號可以三個三分法來分門別類。第一個是依記號本身來區分；看它是否僅爲一品質（quality)，抑或是一存在物(actual existent)，抑或是一通則性的東西(general law)而言。第二個是根據記號對其對象的關係來區分；看其關係之成立是否在於記號本身有

著某種特性(character)，抑或在於二者間有著某種存在的關係(existent relation)，抑或在於兩者間的居中調停記號而帶上關係而言。第三個是根據記號底居中調停記號而區分；看這居中調停記號把這記號表現爲一個「可能」(possibility)的記號，抑或一個「實際事實」(fact)的記號，抑或一個「論辯」(reason)的記號(2.243)。

依照第一個分類標準，普爾斯區分記號爲品質記號(qualisigns)、實事記號(sinsigns)和通性記號(legisigns)(2.244)。依照第二個分類標準，得肖象記號(icons)、指標記號(indexes)和武斷俗成記號(symbols)三類(2.247)。依第三個分類標準，得詞類記號(rhemes)、命題記號(dicisigns)與論辯記號(arguments)三類(2.250)。而事實上，這三個分類標準都只是「記號」底三個面，故一個「記號」可就其含攝這三個面中的某一項而界定(如含攝品質性、肖象性、詞類性而構成一個記號)。依這個方法而進行，普爾斯提出了十個記號類別(2.254 ff)。其後，普爾斯更擴大記號的分析面，擴大至十個三分法，互相配合而成爲六十六個類別(8.344)。

普爾斯上述的三個分類標準及其每一範疇的三分法與其存在型態之初度、二度、三度之三分法有著某種關聯。第一個、第二個、第三個分類標準，與存在型態之一度、二度、三度相平行。在每一範疇裏，其一、二、三類亦可與其存在型態之一度、二度、三度相平行。第一個分類依記號本身而分，不受記號底對象(二度性)及記號底居中調停記號(三度性)影響。第二個分類依記號與其對象之關係而分，涉及了記號底對象（二度性），涉及了存在型態之二度性，非僅就記號本身而分。第三類依記號底居中調停記號表現記號爲何這一角度而分，涉及了記號底居中調停記號（三度性），涉及了存在型態之三度性，蓋其涉及這「三度世界」如何調停其前行之一度、二度這一問題。在這三個大範疇裏的第一項皆有著一度性（品質記號之品質、肖象記號之性格、詞類記號之不管眞假的可能性），第二項皆有二度性（實事記號的事實性、指標記號的因果性、命題記號之眞僞可論性），第三項皆有著三度性，也就是居中調停性（通性記號之通則性、武斷俗成記號之記號關係、論辯記號之論辯性）。

無論如何，我們得牢記記號乃經由三個主體的互動關係而構成這一個基本架構。在這個架構之下，所謂「記號」已不是作爲記號活動的三個主體之一的「記號」，而是含攝著其對象、其居中調停記號的「記號」，是一位三體的「記號」。上面「記號」之分類也就是這「三位一體的記號」的分類。當普爾斯提出第一個分類，謂「依記號本身來區分」，並非說記號可排除了其對象、其居中調停記號而能成立，只是把這二主體擱置不論而已。普爾斯對這第一範疇裏的三種記號有進一步的解釋如下：

> 記號或屬於表象（筆者按：據下文，實應稱表象底品質），此我稱之爲品質記號；或是一個別的客體或事件，此我稱之爲實事記號；或屬於一般類型的，此我稱之爲通性記號

。當我們通常用「字」這個詞彙時，如「這」是一個字，「一」是一個字等，這個「字」是一個通性記號。但當我們說這頁書上有兩百五十個「字」而其中二十個為「這」時，這個「字」是一個實事記號。當一個實事記號以這種形式來給予一個通性記號以身軀，我稱前者為後者的複製。品質記號與通性記號皆不是個別的東西，兩者的分別是：通性記號有一定的身份界定，雖然在外形上可有各種差異。「&」、「and」、與及其發音皆是同一字。相反地，品質記號却沒有其身份界定。它只是表象底品質（quality of an appearance），而且是瞬間地不斷變化著的。雖然品質記號沒有身份界定，但它却有其類似性，假如改變太多的話就不免被稱作另一品質記號了。(8.334)

從上面的引文裏，這三個分類是就記號本身而著眼，但所謂記號本身，恐非所謂「記號具」(sign-vehicle)，而是記號之隸屬於存在型態之一度、二度、三度而言。品質記號與通性記號皆非個別的東西，但通性記號所經由其複製的實事記號去界定、去了解；但品質記號就不易了解了，蓋其屬於存在的「一度」型態，是新鮮、生命、自由的存在世界。這一個分類範疇是特別地現象學的，記號活動雖屬「三度」，但又却是如此地迫近存在之「一度」、「二度」。

同樣地，當普爾斯置其第二分類的立足點於記號及其對象的關係時，並非謂記號活動可從三元互動削減為幾個二元活動，只是謂在三元活動之前提下，作如此的低次元的觀察。故肖象記號之依賴其本身特質，指標記號之依賴其對象的存在相關性，武斷俗成記號之依賴其居中調停記號，並非謂三主體互連互動的記號構成被忽略，而只是就其所依賴的重點而分。在進一步討論這個被普爾斯稱爲是最根本的三分法（2.275）之前，讓我們徵引其簡單的界定如下：

> 對記號底本質作分析的結果，使我們確信每一個記號都由其對象所決定。記號或在其對象底性格上作參與，此我稱之爲肖象記號；或在實際上在其存在上與其個別的對象有關聯，此我稱之爲指標記號；或帶著相當的確定性，知道其將會被解釋爲指陳其個對象——這是由於「習慣」而來的，我以「習慣」爲一種自然的傾向——此我稱之爲武斷俗成記號。（4.531）

普爾斯對這個三分法作過很多次的描述，每回都有些差異，甚或有些矛盾；我這裏無法也無意要調解這些矛盾或綜述所有差異，只能強調幾點我以爲根本或有啓發性者。在前面「記號可以三個三分法來分門別類」一引文裏，普爾斯並沒有強調「對象」決定「記號」這一看法，而在這一引文裏，記號的形成幾乎是由於其對象之故，是強調了「代表」（standing-for）這一記號關係。記號（肖象記號）促進我們了解其對象、記號（指標記號）爲我們指向其對象，記號（武斷俗成記號）爲我們指陳（denote）其對象。普爾斯在此處及在他處（2.247）告訴我們，肖象記號在其

「對象」底性格上作參與，擁有其對象某些特質。那麼，經由肖象記號便可對其所代表的對象有所認知了。誠然，普爾斯說，構成「肖象記號」的特殊性，乃是經由對它的直接觀察，我們可以發現某些關於其「對象」的認知（truths）(2.279)。讓我們暫時縱容我們的想像力，把「人」看作一個記號，也就是把活生生的一個實存的「人」看作一個「記號」，也就是把他置入存在型態的第三度裏，把他置入我們的思維裏加以思維，加以居中調停。這作爲「記號」的「人」與這實存的「人」便成爲了記號行爲裏的兩個主體，即「記號」及其「對象」，其中間可以引發許多「居中調停記號」。當然，這個「人」記號與這個「人」對象共有著許多特性，或者說，這個「人」記號參與了「人」對象的個性；於是，對這「人」記號的各種現象、各種調停、各種思辨，當然對這「人」對象（活生生實存的個人）有所認知了，蓋研究此「人」記號在某意義上也就是研究此「人」對象。再降一個層次來論，一個畫家或彫塑家爲某一實存的「人」作畫或塑像，其所成畫或塑像乃是此「人」（此時變爲了記號之對象）之記號了，如果我們把這畫或塑像與這人連起來而以此畫或塑像作爲此人之記號的話。當然，當我們審視這畫這塑像時，我們是可以增進對其對象之認知（當然，這個認知也許也會錯誤的！）。事實上，畫家或彫塑家去作這個「對象」的記號之時，是居中調停了二者，是解釋或發掘了其「對象」的某些特性，並非僅是外表的類似，而或更有其精神、風采上的發掘、把握等，故這畫這塑像這記號實亦參與了其「對象」的個性。從這個角度來看，以相似性（likeness）來描述肖象記號，來描述其記號與其對象的關係，恐怕是不足的，雖然普爾斯在另些場合裏一再說肖象記號是建立在類似關係上（2.247；2.281）。在原始社會的類同魔術裏，以草或其他東西紥成某人之形而以利器穿插之以害某人，雖然這「草人」（記號）及其要害之某人（對象）是建立在「相似」關係上；但很顯然的，在使用這魔術的人（記號使用者）來說，這「記號」對這「對象」並非僅是「相似」，而是在生命裏相通。（如果這魔術奏效的話，更顯然證明這記號及其對象並非僅建立在類似關係上了！）

如果在肖象記號裏其記號及其對象是如此地密切相貫著（並非僅僅的相似），指標記號却只能帶引我們至其「對象」之前庭，而無法參與其「對象」，雖然在指標記號裏其「記號」與其「對象」有著因果或事實性的關聯。普爾斯對指標記號最少提出了五至六次較詳的陳述，但每次都有點差異甚或互爲矛盾（參 Greenlee 1973:84-93）。普爾斯一回說：「一個指標記號並不堅稱什麼。它只是說：『看，這裏！』它好像抓住我們的眼睛，勉強我們的眼睛朝向某一特殊對象，然後就在這裏停下來了」（3.361）。讓我們用醫療上的所謂病癥來作例。生病往往有著其病癥，如頭痛發燒等，最爲常見。當頭痛發燒被準確地被解釋爲感冒的病癥、感冒的指標記號時，頭痛發燒這一個指標記號的功能就停止了，它不能再進一步進入其對象（感冒）的世界裏而讓我們對「感冒」有所認知（最多的認知只能說感冒往往會頭痛發燒；但頭痛發燒之成爲感冒之指標記號已先含攝這個認知；故對指標記號之觀察並不能增加對其對象之認知）。

武斷俗成記號則將會解釋爲指陳其對象。從我們上面的透視裏，肖象記號是參與其對象之性

格 (4.531)，指標記號則到達其對象之前庭便停止 (3.361)，武斷俗成記號則「指陳」(denote) 其對象 (4.531)。然而，什麼是「指陳」呢？它不是參與性、不是存在關係的指標性，剩下來的選擇就恐怕只是名義上的「代表」(standing-for)關係，也就是最正常的記號關係了。在另一場合裏，普爾斯用「資詢」(referring) 一詞，謂「一個武斷俗成記號乃如此地被解釋而得以資詢到其對象」(2.249)。也就是說，一個武斷俗成記號底「記號」本身不能告訴我們什麼，只是一個作爲其所資詢的「對象」的一個名而已。但同時，普爾斯指出一個武斷俗成記號所含攝的「對象」必須是通性的，武斷俗成記號必須是一個通性記號 (legisign) (2.249)。如前面所說的，一個通性記號並非一個個別的物，但其却有著身份之界定。簡言之，武斷俗成記號的對象常是一個概念，而其本身是一個通性記號。如果一個武斷俗成記號只含有一個分子，也卽是只含有一個複製，那麼，這個記號是被稱爲「一個次貨的武斷俗成記號」(degenerate symbol)。無論如何，在這三類記號裏，就其「記號」與其「對象」的關係而言，武斷俗成記號不經由其記號之參與或事實上的指標作用 (僅經由解釋) 而直接代表其對象，而其對象又必爲通性者，有著身份之界定 (identity)；那麼，它是最爲「三度」，最適合於成爲思想的媒介，蓋思想本身乃存在型態之三度。

事實上，肖象記號、指標記號、與及武斷俗成記號是代表著三個記號與其對象的三個關係，可就其所代表之關係而稱之爲肖像性 (iconicity)，指標性 (idexcity) 和武斷俗成性 (symbolicity)。猶有進者，武斷俗成性實亦存在於前二種記號中，存在於前二種的表義行爲裏，蓋無論記號與其對象有著多麼密切的肖象關係或指標關係，記號之代表其對象仍得靠某種解釋而加以聯繫、靠某種習慣而作如此如此地解釋而加以聯繫。普爾斯在某些場合裏對此有所言及，指出肖象記號的「相似性」可受成規 (conventional rules) 之助 (2.279)，指出指標記號需賴記號使用者的記憶把這記號帶進其對象 (2.305)。所以，如克蘭里所指出，武斷俗成性實爲所有記號行爲所必具，只是在肖象記號裏尚有其肖象性所產生的助力（克蘭里根據普爾斯的論述而界定出其所謂展示功能，p. 79），只是在指標記號裏尚有指標性所產生的助力（普爾斯界定出其所謂推動功能）(2.306)。如果我們應用當代流行的「上置」模式，我們不妨謂這肖象性（及其展示功能）、這指標性（及其推動功能）是上置於這記號行爲必賴的武斷俗成功能之上。同時，由於武斷俗成記號之缺乏（或不缺乏而僅貧弱）前二者，遂以其「依賴於習慣」爲其自身的辨別；而所謂習慣，如前面普爾斯所言，乃是一種自然的取向，故亦非完全武斷者。如果我們擴大我們的視野來看，什麼東西不可與另一東西產生某種相似性或某種事實關聯的指標性？這只是一個程度的問題，甚或只是一個觀點問題，甚或只是一個文化上的習慣問題。就這個意義而言，表義過程裏記號與其對象之間所擁有的肖象性、指標性及武斷俗成性，只是就我們底文化所造就的自然取向裏，我們會如此地作次元性的區分。

在我們結束對普爾斯討論之前，讓我們很簡短地略述一下其第三個三分範疇。第三個範疇是就記號底居中調停記號把記號解作詞類記號 (rheme)、或命題記號 (dicisign)、或論辯記號

(argument) 而分。這三者的關係就猶如傳統對詞彙 (term)、命題 (proposition) 和論辯 (argument) 所作的辨別 (8.337)。所謂詞類記號，是一個詞彙，是一個命題的單位，本身無所謂眞假，它只是一個可能。命題記號有眞假可言，但並不是要堅稱什麼。一個論辯記號却是一個論辯，但論辯並不是一定需要慫恿什麼 (8.337)。在記號構成一活動裏，記號、對象、居中調停記號是三連一的，上述的三個三分法及其後的三分法皆是用各種觀點來界定記號(含攝著另二要元)的分類。事實上，我們也可以在承認三連一的前題下，從「對象」及「居中調停記號」的角度對「對象」及「居中調停記號」分類。普爾斯把記號底「對象」分作兩類，一爲「直接對象」(immediate object)，一爲「動力對象」(dynamic object)。前者「爲記號所代表著」；後者「不爲記號所代表」，乃「來自物界」(from the nature of things) (8.314; cp. 4.536)。普爾斯把「居中調停記號」分作三類，卽「情緒居中調停記號」(emotional interpretant)，「動力居中調停記號」(energetic interpretant) 與「知性居中調停記號」(intellectual interpretant)。這個分類是用來解決一個「概念」底「意義」這一問題的。「情緒居中調停記號」是記號引起記號使用者的一個感覺 (feeling)，這個感覺證明了這「記號」的存在。接著，記號使用者會在這「感覺」之上，產生一個需要動力的反應，這反應或會產生實際行動 (如，放下「武器」這個記號或會引起這麼一個相應動作)，但往往產生心象居多。這個居中調停記號是爲「動力居中調停記號」。「理性居中調停記號」則有別於前二者，簡單言之，是一個一般性的概念(以上據 5.475)

。但這「理性居中調停記號」並非僅停止於概念而已，它會刺激我們內心世界而使其有所行動，比較而言是屬於將來式的（5.481）；並且，會進一步改變我們的習慣（5.491）。普爾斯上述對「居中調停記號」的分類及描繪，開出了其記號學的語用範疇（pragmaticism），同時增進了我們對居中調停記號及整個記號構成行爲之了解。由於篇幅有限，我們僅略述如上。至於其他的諸種分類，不得不置於本綜述之外了。

記號是複雜的一個東西，什麼東西都可以成爲記號，同時，「什麼東西都不是記號，除非它被解釋爲記號」（2.308）。記號底活動所包括的三個主體是豐富的，其三連爲一的記號關係是繁富的，他們皆可以從不同的透視或角度裏去描繪；然而，這各種的透視與角度不正是牽涉及整個人文現象嗎？結果，一個周延的「記號」底定義竟與整個人文現象相表裏，從這個意義上來看，對「記號」的描述是無止境的，並且由於這無止境，對其描述不得不是暫時性的，我們得決定在那裏停止。也許這是我在這個綜述所獲得的結論吧！無論「記號」是如何的繁富，對它的描述是如何地無止境，我們畢竟生活在一個爲宇宙所滲透了的世界：「如果我們不能說這宇宙是完全由記號所構成的話，我們至少可以說這宇宙是滲透在記號裏」（5.488n）。誠然，我們面對宇宙諸物時，我們往往並非面對其物質世界，而只是把他們看作記號；或者，更準確地說，我們把它們看作是物並同時把他們看作是記號。

第四章　雅克愼的記號詩學

第一節　楔子

雅克愼（Roman Jakobson）是國際上享有盛名的語言學家（尤其是語音學），並從語言學的範疇擴大至記號學，並同時以語言學、記號學來探討詩學。他原是俄國形式主義（Russian Formalism）的健將，是俄國莫斯科語言學會（Moscow Linguistic Circle，創於一九一五）及繼起的捷克布拉格語言學會（Prague Linguistic Circle，創於一九二六，許多成員乃移民於捷克的俄國學者）的主要人物之一。這兩個語言學會都有著共同信念，即開創科學的方法以研究語言及詩學及確認兩者之必然滙通。關於雅克愼這段時期之學術活動，可參艾力區（Victor Erlich）的經典之作「俄國形式主義」一書（Erlich 1965）。其後，雅克愼於一九四一年移居美國，參與紐約語言學會(New York Linguistic Circle)，而紐約語言學會於一九四三年建立，相當地繼承著柏拉克語言學會的精神，集中於科際整合及結構主義。雅克愼備受歐洲記號學先驅也同時是結構語言學奠基人瑟許的影響，受到一點現象學家胡塞爾 (Edmund Husserl) 的影響(參Elmar Holenstein 1976)——雅克愼的語音學基本上是結構主義模式的，其結構語音學即爲結構主義大家李維史陀所本——其後又引進美國記號學先驅普爾斯的記號理論，尤其是記號底「肖像性」 (iconicity)，擴大「記號」的領域及語言學的視域。目前，在廣大的記號學範疇裏，從事語言學與詩學合流的學者中，當以雅克愼用力最深，而其影響也最深遠。

雅克愼記號詩學的根本著眼點是：「什麼東西使到一話語成爲一語言藝術品?」(Jakobson 1960:350) 他的答案，簡單地說，是「詩功能」 (poetic function) 與其涵攝之「對等原理」(principle of equivalence)。雅克愼的「詩功能」是建立在許多條件上，是界定在許多的範疇裏，而這些條件與範疇都是關係性的；「詩功能」或「對等原理」只是雅克愼詩學的一個簡寫體，其眞正的內涵却是極爲豐富的。正如雅克愼的追隨者華芙 (Linda Waugh) 在其獻給雅克愼八四誕辰的一篇關於詩功能與語言本質的論文的結論裏所說：「焦點置於話語本身、以對等關係作爲話語底連續體的結構原則、詩底內延性及相對自主性、記號與客體的分野、詩話語底多重意義、音喻（尤其是相關語）之應用、語音厘辨素的直接表義、詩篇爲記號系統底自主系統、詩篇作爲一結構、詩歌中之文法應用，尤其是文法上之平行主義及喻況，辭彙法之作爲結構法等等—

——所有這些都是這詩功能的定義」（Waugh 1980）。這篇文章主要是根據雅克慎的著述而寫成的，對雅克慎的觀念有很好的闡釋與聯絡，這結論上的任一點都可以從雅克慎的著述裏得以印證。雅克慎的「詩功能」或「對等原理」是在語言行爲的六面及其相對六功能一模式裏界定的（此模式乃擴大自 Bühler 的語言三面三功能模式而來），是與其他五功能相對待而成爲詩篇中各功能的主導（dominance）。其謂：「詩功能者乃把選擇軸上的對等原理加諸於組合軸上。對等於是被提升爲組合語串的構成法則」（Jakobson 1960:358）。這詩功能之界定基礎乃是語言表義二軸說。此語言二軸說是源自瑟許，選擇軸基於類同原則，組合軸基於毗鄰原則；雅克慎把此二軸說與語言喪失症（*aphasia*）相印證，付予語言二軸說一科學的基礎（Jakobson 1956）。當詩功能被如此地界定，組合軸上之各種對等便可一一論之；於是有語音上的、文法上的、辭彙上的、語句上的對等；這可綜合名之爲詩歌中之文法表義。我們得注意，這些對等（也就是平行與對照）乃是形式上的，結構上的，但同時也是表義的，與詩篇之「內容」相連接。除了這組合軸之諸種對等外，另外一種對等，也就是記號具與記號義間的對等，也就是音與義的對等，亦可得而論之。在詩歌裏，音與義並非絕然的武斷，可發揮語音的肖象性，此語音之肖象性即是雅克慎晚期努力耕耘的「語音象徵」（sound symbolism）。雅克慎與 華芙綜合前人的研究所得，賦予「語音象徵」一個相當的科學基礎（Jakobson and Waugh 1979）。概言之，雅克慎的記號詩學模式主要是語言學的（語言的六面六功能、語言二軸說、各種對等皆以語言學所劃分的諸層次而浮雕、語音象徵等)，但這語言學顯然是一個領域被擴大了的語言學。同時，如前面所指出的，雅克愼詩學是形式的、結構的、模式的、科學的，故具有高度的涵蓋性，也隨著帶來高度的應用性。

雅克愼也從事了一些實際的批評，他先後與鍾絲 (Lawrence Jones) 分析了莎士比亞十四行詩中的第一二五首「精力消耗於可恥之浪費」（"Th'expence of spirit in a waste of shame"）(Jakobson and Jones 1970)；與結構主義大家李維史陀分析了法國象徵詩人波多尼爾 (Baudelaire)「貓」("*Les chats*") 一詩 (Jakobson and Lévi-Strauss 1972)；與華芙分析了美國詩人 E.E. Cummings 的短詩「愛情稠厚於忘却」("love is more thicher than forget") (Jakobson and Waugh 1979)。這些實際批評都可與其詩學相印證；但可惜在這些分析裏並沒有充分地應用其語言行爲六面六功能模式。同時，雅克愼對俄國詩歌用力更深，但多以俄文撰寫，英語的讀者尙無法問津。

如前面所言，雅克愼的詩學是形式的、結構的、模式的，故乃是靜態的、抽象的。當置於實際的作品而加以浮雕其形式、結構與模式並聯接於實際之「內容」時，就顯出其豐富的姿式了。雅克愼的詩學好比是一個零架構，實際之應用與發揮尙賴應用者的操作。更準確地說，其記號詩學之具體運作，賴於作品、分析者、與此零架構三者通力合作與互動方能完成。證諸於筆者運用雅克愼語言六面六功能模式以硏究話本小說一實例(見本書實踐部分)，這三者之互動情形昭然若揭。在這篇論文裏，可以充分看出雅克愼詩學應用之廣延性與闡發能力，其零架構不單可用諸於詩歌，尚在用於話本小說，詩功能及對等原理實是貫通了所有文學。事實上，如這篇論文所展示的，其他諸項功能實亦可轉變爲詩功能，只要他們在本身演出了平行與對照。其實，所謂詩底形式，是可以在詩篇的各個層面上的平行與對照上來刻劃的；對等原理是一個兼容並蓄的東西，最能適合用以作爲詩形式的基礎。我國的現代詩一直在「形式」上向批評家挑戰：現代詩究竟有沒有形式？「對等原理」爲探討現代詩底形式（一個內在的兼容並蓄的形式）提供了一個可能途徑。我對陳明台詩的一篇論文即指向了這個可能性（古添洪，一九八三）。

如前面所述的，雅克愼的記號詩學是相當地尋求科學的基礎的，因此，當我們介紹他的詩學時，我們得相當地把精神放在其所提供的論證上，而非僅把他的結論覆述。同時，由於其記號詩學本身是一個零架構，我們也可以在其零架構上作深化、作充實化、作複雜化等，以求進一步的發展。下面諸節就依著這兩個方向而進行，把其詩學上幾個概念細述並擴展。

第二節　語言表義二軸與喻況語言二軸

如前面所說，雅克愼詩學的架構是建立在六面模式及語言表義二軸說上，故證明並發揮瑟許的二軸說遂成爲了相當重要的一個作業。雅克愼先後對語言喪失症作了許多研究。他把語言喪失症之二型與瑟許之語言二軸說相對照，爲語言二軸說提供了一個科學的根據。雅克愼更把這二軸說與隱喻（metaphor）與旁喻（metonymy）相印證，謂兩者即各別爲這聯想軸及毗鄰軸之簡體云云。上述見解見於其有名的「語言二軸與語言喪失症之二型」一文（Jakobson 1956。即 W II 239–259。原見Jakobson and Halle 1956）。此文一波三折，第一波爲雅克愼對瑟許語言二軸說之論述；第二波爲語言二軸說與語言喪失症相印證；第三波是伸入詩學範疇而提出的隱喻與旁軸二軸說。雅克愼從繁富而貌似分歧的諸語言現象裏，歸納出其背後的基本的相對組——類同與毗鄰——乃是高度性的綜合思維之運作。下面試就此三波一一論述之。

雅克愼根本上沿用瑟許的語言二軸說（但雅克愼認爲語言記號並非僅是時間連續性的，蓋在語音區辨素這一層面上，其區辨功能是靠許多相對組之同時作用，頁二四三），謂話語乃基於「選擇」（selection）與「組合」（combination）二種運作而成：「任何話語的形成乃是經由選擇以選取某些語言單元及組合以把它們組成高層次而複合的語言單元」（頁二四一）。「選擇」意涵著一個替代著另一個的可能性，兩者間有著相同與相異；選擇與替代實是一物的兩面。同時，「組合」意味著任一記號一方面是其所涵攝的低一次元的諸單位的指涉範疇（context），另一方面是高於其層次的單元裏的一個分子而已；其身份均是雙重的。（頁二四三）在一個語言行爲裏，「聽話人把一實際給予出來的話語（也就是 message）看作是某些語言組成單元（如句子、語彙、基本語音單元等等）的一個組合，選自由所有的可能的語言單元構成的語言庫（也就是code）。一個指涉範疇所涵攝之諸組成單元乃是在一種毗鄰（contiguity）的狀態；而〔這話語上的〕記號以不同程度的類同性（similarity）經由替代軸〔與其他隱藏的記號〕連接起來，這類同性的範疇擺盪在同義詞的『相等』與反義詞所擁有的『共同基礎』兩端之間」（頁二四三—四）。（譯者插入的話乃是爲了瞭解之方便）雅克愼同時指出，一個有效的雙邊語言行爲或資訊交流，說話人（addresser）和受話人（addressee）雙方需享有相當一致的語碼／規（code）方可（頁一三四）。（我把 code 有時簡譯爲語碼，有時簡譯爲語規，視該理論之所偏重而定）

從一個語言層次上升到另一個語言層次，就是語言裏的所謂「階級梯次」（hierarchy）。這語言之諸層次及其所構成之階級梯次，乃是結構主義用諸於人文現象底分析所往往遵循的模式。一個階級梯次之建立，一方面得要求層次分明，一方面得要制定構成階級梯次之基準。雅克愼底語言階級梯次模式可堪稱爲範模。雅克愼對語言各層次簡賅地分析以後，結論地說：

> 結果，各語言層次上的組合形成了一個以「自由」爲基準的上升階級梯次。〔在愈高的層次裏，各組成分子的組合擁有愈多的自由。〕語言使用者要把語音厘辨素（distinctive features）組合而成語音基本單元（phonemes），其享有的自由度是零；蓋每一語言的語規裏已預先制定了其各種的可能組合。在基本語音單元組合而成單個語辭的自由只能在已規劃好的範圍裏進行；這自由只是一個邊際的活動，也就是鑄造新字。把語辭組合起來而成爲句子，其限制是減却了。最後，把句子組合起來而成爲話語，語法上的強制力就不再存在，而語言使用者在這層次裏便享有大幅度的自由以創造嶄新的指涉

範疇。當然，各種類型化的現成語對此自由度的削減仍不得忽略。（頁二四二—三）

雅克愼的模式很標準，由下而上地由語音區辨素而到語音基本單元（以上語音層）而到語辭（字）而到句子（語法層）而到話語，而以語言使用者在各層次所擁有的自由度作基準，愈在下者，其自由度愈低。

下面讓我們接著討論語言二軸說與語言喪失症二型這一部分。如前面所言，類同軸與毗鄰軸上之運作，乃二種不同型態之運作：前者是指根據「類同原則」的選擇與替代，後者是指根據「毗鄰原則」的組合與指涉範疇的建構。當然，這二原則之運作，與語言之諸層面之分野及其階級梯次密不可分。在這認知基礎上，雅克愼指出一軸上出現干擾與錯亂，病人在操作語言時則往往依賴另一軸而以另一軸之運作以彌補。雅克愼之用力所在乃是證明語言二軸說與語言喪失症之相互平行與闡發：語言喪失症有助於語言二軸之證明，而語言二軸說則有助於語言喪失症之了解。根據雅克愼的分析，在類同軸或毗鄰軸上出現干擾錯亂的病人，分別顯示出許多相反的症候（或者，反過來說，許多貌似分歧的症候皆可視作分別淵源於類同軸或毗鄰軸上的干擾錯亂）。為方便了解起見，筆者在此歸納文中所述，各分為三大範疇以描述類同干擾及毗鄰干擾二型。現首先處理類同干擾型。這類型的病人，其繽紛的症狀可納入三大範疇以明之。

甲、依賴類同軸之語言運作受到干擾喪失：㈠後設語言能力之喪失（例：不能作「單身＝未婚者」等對等句）；㈡從一記號系統轉換到另一記號能力之喪失（這也可看作後設語能力喪失之一型。例：如病人不能用語言指稱實物，見「筆」不能指稱而只能說「寫」。同時，能說二種國別語及二種方言者，其國別語間或方言間的轉換亦受到干擾。）；㈢隱喻能力的衰退甚或喪失（對依賴類同原則的喻況語言未能充分了解及製作）。㈣語言重述能力之喪失（如叫他重覆「不」字，病人不能，却回答說：「不，我做不到」。表示 a = a 的類同原則能力之受到干擾）。

乙、依賴毗鄰軸的語言運作得以保持：㈠病人能把提供給他的字羣組合成一語串（可見組合能力不怎樣受影響）；㈡依賴語法及指涉範疇的字（如代名詞、代名詞狀的副詞、連接詞、助動詞等）比較不易喪失；㈢依毗鄰原則而構成的喻況語言（即旁喻及提喻）並沒有喪失；㈣病人傾向於以空間（毗鄰）關係來組織其指涉範疇（例：以橱窗所見來排列用品，用動物園所見來排列動物。）

丙、類同能力衰減而依賴毗鄰軸所顯示出來的特殊語言傾向：㈠病人的語言行爲是被動，能反應作答而不大能先發動語言；他的語言行爲依賴於實際的或語言構成的指涉範疇，如果缺乏這些指涉範疇，他的能力便削減（可見病人因類同軸上語言能力之衰退而依賴毗鄰軸的語言活動）；㈡在嚴重時期，病人之語句僅剩下文法的架構而已；㈢病人的語言是省略式的，一如在實際或想像的對話中（可見其依賴毗鄰軸上的指涉範疇）；㈣病人的詞彙或以抽象字眼取代具體（其具體性由指涉範疇而界定，可見其依賴指涉範疇），或根據指涉範疇而製造複詞以代單詞（如因指涉範疇不同而用「削鉛筆器」、「削蘋果器」等以代「刀」）；㈤一字重覆於不同的指涉範疇，竟僅表著同音而非表著同義（可見過份地依賴毗鄰軸，毗鄰軸侵略了類同軸的語言範疇）；㈥病人所用語言是屬於個人癖性的語言，不易爲人所了解，也同時不了解別人所用的語言；其所用語言對病人而言是唯一的眞實語言行爲，其他人講的並非語言；㈦其喻況語言偏用毗鄰性的旁喻與借喻，而旁喻與借喻，據雅克愼之說法，可看作是把毗鄰軸投射到類同軸的結果。

下面經前法以歸納毗鄰干擾之諸症候。正如雅克愼所言，其各種症候與上述一型剛相反：

甲、依賴毗鄰軸之語言運作受到干擾喪失：㈠由低層次語言本體以組合而成高層次的語言本體之能力消滅：無論在低於語彙及高於語彙的諸語言層次上皆顯出不合文法性（前者如詞頭詞尾詞性變化之揚棄，後者如語法上的不管平行與附屬，連接詞、介詞、副詞、冠詞等文法字的喪失）；㈡病人建構「命題」能力之受到損害；也就是說，不能建構最高的語言層次；㈢病人對自同一語根而衍生出來的字羣的應用與了解不足：病人或揚棄衍生字或未能把衍生字分爲語根及其他部分（語根及衍生字之關係乃毗鄰關係）；㈣病人未能把握、辨別、或重覆不表達意義之音串，如 ***féca fakė keʃá paʃé***（這表示這法國病人喪失了對法文底語音厘辨素及語音基本單元這兩個系統的了解能力）。

乙、依賴類同軸的語言運作得以保持：㈠語彙是保持著，選擇軸繼續運作，雖然構成「指涉範疇」的能力是瓦解了；㈡在稱爲 atactic 一型裏，病人僅保存他每一熟悉的字所構成的完整而不可分割的意象；㈢病人在音串裏看出某些字來，但這些字所含有的元音輔音是不爲病人所覺察（可見語彙之堅持而語音系統能力之衰退）；㈣其喻況語言傾向於所謂半隱喻性的語言，如以「小望遠鏡」代「顯微鏡」（類同軸在運作，蓋兩者形狀類似）。

丙、毗鄰能力衰減而依賴類同軸所顯示出來的特殊語言傾向：㈠句子的樣式及廣度大爲削減；㈡由於字序混亂與文法字及文法規則的大量喪失，做成所謂「電報式的語言風格」；㈢病人的語言能力向內縮，話語往往削減爲單句，單句往往削減爲單辭片語，單辭片語則削減爲一語音基元，回到孩童的語言，回到語言前的無語世界。㈣病人揚棄語言的階級梯次而把語言縮減至一語言層次，縮減爲語彙層或語音層。在前者，病人聽到一語音而可辨出其語義但却不能辨出其語音構成，後者是辨不出字義而把語音串看作一沒有語意相連的一個音結構而已。簡言之，病人未能把握語言底二度建構的性格，是語言階級梯次之未能把握，是毗鄰軸上的一種干擾。

上面的歸納純粹是爲了了解的方便；由於是綱目式之故，或對原來之繁富及互相關聯有所削減；同時，由於是一種重述，重述所帶來的某些差異，或亦恐難免。讀者若要討論雅克愼對語言喪失症與語言二軸說之相連觀察，得以其原文爲準。雅克愼在文中之分析，乃根據 Goldstein 所蒐集之病例。其後，雅克愼又撰有幾篇關於語言喪失症的著述，大旨相若。他根據 A.R. Luria 從醫學角度而歸納的六種語言喪失症，從語言學的角度（也就是語言二軸說的角度）重新分析。他提出三個相對組以解釋這六種語言喪失症，看其干擾是屬於類同上的還是毗鄰上的，屬於順時組合上的（sequence or successicity）還是並時組合上的（concurrence or simultaneity）

的，屬於語言能力之僅被局限（limitation）（如干擾僅出現於把語句組成話語上）還是整個的解體（disintegration）。他更進而根據 Luria 的研究，指出這些語言喪失症諸型之相互關係與腦部的受損相平行，並圖解如下（Jakobson 1971a:300）：

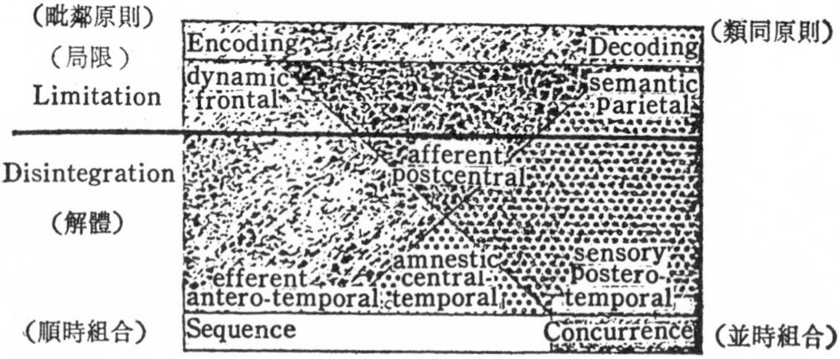

圖中爲三個相對組（已中譯者）與六個語言喪失（卽dynamic, semantic, afferent, amnestic, efferent, sensory 六種）及六個腦部位置（卽frontal parietal, postcentral, central–temporal, antero–temporal, postero–temporal 六種）之配搭。如圖所示，雅克愼謂 ，dynamic, afferent,, efferent 三型乃是毗鄰軸上之干擾，其相對腦部位置受損； semantic, amnestic, sens–ory 三型則爲類同軸上之干擾，其相對腦部位置受損；同時，如圖所示， afferent 型尙兼並時組合干擾，而 amnestic 型尙兼順時組合干擾，其相對腦部位置受損。（雅克愼在文裏把encoding等同於毗鄰原則，把 decoding 等同於類同原則，故圖中中譯直接用毗鄰及類同原則如此）

顯然地，雅克慎的企圖是把語言學帶進科學的範疇，把語言學與腦神經學相連接。這種努力是值得讚揚的，雖然這種從事是陷阱重重而得特別謹慎，並且總不免其擬測性。語言學一向是被認爲是人文科學研究裏最具科學精神，最接近自然科學，雅克慎之爲語言學尋求腦神經學之基礎，在某一意義上爲這個方向推前一步。

雅克慎把各種語言喪失症候歸納爲類同干擾及毗鄰干擾後，發覺第一型的病人藉類同原則而構成的隱喻能力有所匱乏，而第二型的病人藉毗鄰原則而構成的旁喻能力有所匱乏，正符合其語言二軸說。於是雅克慎指出隱喻與旁喻分別有類同軸上與毗鄰軸上語言活動最濃縮的表達，遂命類同軸爲隱喻軸，毗鄰軸爲旁喻軸，兩極地兩兩相對。於是，從語言學到詩學的道路便溝通了：

> 語言喪失症是樣式繁多而分歧，但他們總是在上面論述的兩極類型內。每一種語言喪失症都或輕或重地或在選擇與替代軸上有所損害或在組合與指涉範疇的組合上有所損害。前者包涵後設語言運作上的衰退而後者包括語言諸層次上階級梯次之破壞。隱喻關係在類同干擾型裏中止，而旁喻關係則在毗鄰干擾型裏停頓。
>
> 一個「論述」（discourse）可沿兩個不同的語意指向而發展：一個主題可經由「類同」或「毗鄰」而引進另一主題而把論述發展下去。前者可稱爲隱喻發展法，而後者可稱爲旁喻發展法，蓋兩者最濃縮的形式可分別見於隱喻（metaphor）及旁喻（metonymy）

。在語言喪失症裏，隱喻活動與旁喻活動會受到損害或完全喪失；語言喪失症所表現的這一個現象給予語言學家很大的啓發。在正常的語言行爲裏，兩種活動均在進行中；然而，細察之下，我們不難發覺在文化模式、個人性格、語言風格等因素影響之下，優先權或給予隱喻活動或給予旁喻活動。（頁二五四）

傳統的所謂喻況語言 (figurative language) 多分作明喻 (simile)、隱喻 (metaphor)、旁喻 (metonymy)、和提喻 (synecdoche) 四種。事實上，前兩種和後兩種是截然不同的，前者是根據喻依與喻旨的相似性，後者是根據喻依與喻旨的毗鄰性（提喻中部分與全體、具體與抽象等關係，亦可稱之爲毗鄰關係；華芙稱旁喻中的毗鄰關係爲外在的，稱提喻中的毗鄰關係爲內在的；Waugh 1980）。這四者皆稱爲喻況語言，蓋由於四者中皆是一種「A代替B」的語意轉換之故。雅克愼的隱喻應是包括明喻，而其旁喻則是包括提喻，而以「類同」及「毗鄰」分別界定這兩大類，對喻況語言之了解有所幫助。當然，雅克愼所提出的只是對喻況語言的綜合性了解。喻況語言所統攝的諸種型態的繽紛諸貌及其美學上的諸種差異，已成爲當代文學理論一個熱門的課題；此處不擬探討，而願意僅就喻況語言底構成所牽涉的基本條件以略爲擴充雅克愼的模式。

當我們仔細考察喻況的構成，我們可發覺一喻況是由五個要元並時構成，即喻依、喻旨、連接詞、替代所依之原則、替代所依之具體基礎。這五項要素在一喻況裏或出現（用十作記號），或隱存（用一作記號），遂構成喻況語言諸種基本的面貌。這五項構成條件之出現與否與上述所述之四種喻況型之關係可圖解如下：

	明喻	隱喻	旁喻	提喻
喻依	＋	＋	＋	＋
喻旨	＋	－	－	－
連接詞	＋	－	－	－
替代所依之原則	＋	－	－	－
替代之具體基礎	±	∓	－	－

我此處把用「是」作連接詞的一類喻況語納入「明喻」，那麼，隱喻便不帶連接詞，而其喻旨也隱存不現。「明喻」之用「像」或「是」作連接詞，皆指出二者所依爲「類同原則」，因爲據雅克愼的看法，用「是」字作成之對等句，乃是類同軸上之語言行爲。同時，在「是」字的直喻裏，喻依可看作是喻旨的後設語言。如前面所言，隱喻及明喻所依爲類同原則，而旁喻及提喻所依則

爲毗鄰原則。但在此基本原則下，尙有進一步的界定，以界定喩依喩旨得以替代的共同基礎。如「我底愛人像紅玫瑰那麼美麗」這一明喩裏，「美麗」是喩依與喩旨的共同基礎。在人民生活在「水深火熱」中這一隱喩裏，水火乃喩依，而「深熱」可視作是喩依與隱藏著的喩旨間的進一步界定。當然，把「水深火熱」看作是一完整的喩依亦可；這樣，在隱喩裏，替代所依之「具體基礎」便不會出現。在根據毗鄰原則的旁喩及提喩裏，我們只看到「喩依」，其他的條件都全部隱存。然而，從另一角度來看，只要他們底旁喩及提喩的關係確定後，其他四個條件就會毫不含混地可以指認出來。隱喩與旁喩及提喩三者之間擁有一共同關係：由於在三者裏，喩旨之不出現（喩旨不出現使到其他條件之出現幾爲不可能），「A替代B」的替代關係是必然的。在「明喩」裏，由於喩依、喩旨之相繼出現，我們比較難說喩依替代了喩旨。

雅克愼底「類同／毗鄰」相對組貫通了語言表義的基本二軸（卽瑟許的二軸），書篇裏「論述」所賴以發展的二軸（隱喩發展法與旁喩發展法），與及修辭學上喩況語言的二軸（隱喩與旁喩），是一個綜合性極強的相對組。但我願然指出的是，這三個不同的層次，不妨可認作是一個「上置」(super-imposition)的現象。修辭性的喩況語言上置於「論述」之上，而「論述」上之二發展法上置於語言二軸之上。無論主題是經由「類同」或「毗鄰」而引進另一主題而把論述發展下去，但整個論述所賴之語言仍然是順時的連續的語串；也就是說，是語言二軸中之「毗鄰」軸。因此，「論述」發展上之「類同發展法」或「毗鄰發展法」從上置於語言所必賴的毗鄰軸上，而毗鄰軸上的任一單位則與語言的聯想軸相連接以獲全面的表義。喻況語言二軸（類同喻況及毗鄰喻況）則進一步上置於「論述」發展上。也就是說，「書篇」裏的論述單位有著隱喻（包括明喻）與旁喻（包括提喻）的關係。在某一意義而言，無論是隱喻關係或是旁喻關係都應該是回歸於話語本身的一種安排；從這個角度來看，應是一種「詩功能」的表達。我們實在沒有多大理由把書篇裏的平行與對照看作是詩功能的表現，而把書篇裏的旁喻與提喻關係（如雅克愼本文中所提及的電影上的帶有旁喻關係的"set-ups"和帶有提喻關係的"close-ups"，與及其所提及的俄國小說家 Uspenskij 底旁喻提喻風格）置於詩功能之外。所以，雅克愼其後所界定之「詩功能」所統攝之「對等原理」，實應包括這旁喻與提喻關係。事實上，當「聯想軸」或「系譜軸」(paradigm) 被建構時，一個詞彙因旁喻與提喻而牽動的其他詞彙也應置入建構之中。同時，「書篇」內各單元的喻況關係因前面五種喻況條件而更形複雜。書篇內之各單元可有喻旨喻依的關係，或可同爲相同的喻旨X（這X甚或在書篇外）的喻依（文學上的象徵主義即以此爲基礎）；而事實上，一個藝術書篇卽往往擁有上述二種情形，並擁有明喻、暗喻、旁喻、提喻等各種關係。從「喻況」的角度來讀書篇中各單位的關係是饒有意義的。

雖然隱喻軸及毗鄰軸同屬喻況語言，雖然他們同効力於詩功能，但他們究竟是喻況語言的兩極，依不同的原則而形成，而許多的文學及藝術現象皆可就二者而論。雅克愼謂，抒情詩歌以隱喻發展法爲主導 (dominance)，英雄史詩以旁喻發展法爲主導；浪漫主義與象徵主義以隱喻爲建構所在，而寫實主義却以旁喻爲建構，「旁喻地從故事結構歧出到氣氛上，從角色歧出到爲時空所控御的場景上」（以上皆見頁二五五）。不但語言藝術是如此，在其他的記號系統裏，亦有這種擺盪於這兩極的情形出現：

> 從繪畫史上看來，我們有明顯傾向於旁喻法的「立體主義」（cubism），畫中的主體轉變爲一組「提喻」；接著，「超現實主義」（surrealism）則回之以一專心致志的隱喻手法。在電影藝術裏，自從 D. W. Griffith 以來，電影以其高度發展的角度的轉換、透視的轉換、景深之轉換等，創造了繽紛的提喻性的「極近鏡頭」（close-ups）和繁富的旁喻性的「場景鏡頭」（set-ups），電影遂與舞台藝術一刀兩斷。同時，在差利・卓別靈（Charlie Chaplin）和艾山思坦（Eisenstein）的電影裏，這些技巧却又從上被蓋上嶄新的隱喻性質的蒙太奇（montage），附帶著電影上所謂「溶景」（lap dissolves），也就是所謂「電影底明喻」。（頁二五六）（今按：溶景是舊景出新景入同時進行，故兩者有著明喻的關係。）

顯然地，無論是隱喻的或旁喻的建構都對詩功能有所貢獻，而其詩功能實貫通所有藝術功能。這隱喻與旁喻二軸不單貫通語言與藝術，並見諸於整個人文現象。雅克慎說：

> 隱喩與旁喩的相互競爭可見於任何象徵行爲裏；行諸個體之內或行諸社會之內之象徵行爲皆如此。因此，在探討夢之結構時，關鍵性的問題乃是夢中所用之象徵記號及其一個接一個的組合是基於毗鄰——這就是佛洛伊德的旁喩性格的「換位」(displacement) 與提喩性格的「濃縮」(condensation)——還是基於類同——這就是佛洛伊德的「同一」(identification) 與「象徵」(symbolism)。佛萊則 (Frazer) 把各種物我相通的魔法所據的原則歸分二類：一基於類同原則，一基於毗鄰原則。前者向被稱爲「同營性」(homoeopathic) 與模衍性的魔法，而後者則被稱爲「接觸性」(contigious) 的魔法。（頁二五八）

作爲一個語言學家與記號學家，雅克愼往往從語言出發（基於語言學），滙通語言學與詩學，伸入其他表義系統（如此處之伸入繪畫及電影），伸入整個人文領域裏，朝向文化記號學進行。或者，我們也不妨倒過來說，雅克愼的討論本來就是在廣大的記號學範疇裏進行的。

第三節　語言六面六功能模式及對等原理

一九五八年四月美國印第安那大學 (Indiana University) 召開了一個學術研討會，討論語言的風格，由語言學、心理學、文學批評三範疇的專家對此問題作科際整合式的討論。在此研討會上，雅克愼以其著名的「語言學與詩學」(Jakobson 1960) 一文作爲語言學角度的結語，在其中他提出了語言行爲之六面及其相對六功能的模式及對等原理，以解決「什麼東西使到一話語成爲一語言藝術品這一個詩學上根本的問題」（頁三五〇）。他指出語言行爲的成立，有賴於六個面的通體合作。每一面有獨特的功能，在各種的話語裏，可由於這六個功能在其建立的階級梯次裏的諸種安排，而成爲不同類型的話語；而詩歌者，乃是「詩功能」(poetic function) 占據著最高層而占有最優勢地位的話語。雅克愼的模式，實不僅是語言模式，而是涵蓋其他表義系統或記號系統，故實爲一記號學模式。雅克愼圖解其語言行爲模式之六面（頁三五三）及其相對之六功能（頁三五七）如下：

指涉
CONTEXT

話語
MESSAGE

說話人 ____________ 話語的對象
ADDRESSER ADDRESSEE

接觸
CONTACT

語規
CODE

指涉功能
REFERENTIAL

抒情功能 詩功能 感染功能
EMOTIVE POETIC CONATIVE

線路功能
PHATIC

後設語功能
METALINGUAL

在一個語言行爲裏，說話人講一段話給話語的對象聽。但要這幅「話語」產生作用，則尚賴於另外的三個面。其一，這話語中有所指涉陳述的內容，而其所指陳述的內容必須爲語言所勝任陳述而能爲話語的對象所能把握者。其二，說話人對話語的對象必須共有相同或大致相同的語規，這樣，這個話語才能被話語的對象所了解。其三，這個話語必須有效地到達話語的對象並爲其所接納，那就是說，話語的兩主體必須有著物理上的及心理上的聯繫，以確保此接觸，以完成其傳達的任務。（頁三五三）

雖然每一語言行爲必包括這六個語言面，雖然每一話語的完成實統攝了其他的五個面；事實上，個別的話語可強調其中的一面，發揮該面之功能，而顯出該話語的特質。以下筆者根據雅克愼的說法用中文的例子來說明這現象。「噢！我的天呀！」在這樣的句子，是抒情功能占著優勢。「您過來吧！」這句子是以話語的對象爲定位的。「臺北車站是交通頻繁的地方。」這樣的句子是以指涉爲重心。據雅克愼的說法，比較說來，第一人稱、第二人稱、第三人稱的句子分別強調抒情功能、感染功能、及指涉功能。線路功能的語句最常見於電話的對話，如：「你聽到我嗎？」，「你是在聽著嗎？」。後設語的功能是要看雙方是否用著同樣的語規，確保話語的不被誤解。如「你知道我這句話的意思嗎？」。至於詩功能，這是雅克愼著力之處，他界定如下：「整個安排是以話語本身爲依歸，投注於話語本身者，即爲語言的詩功能」（頁三五六）。簡言之，詩功能不指向語言行爲所統攝於其中的其他五面（說話人、話語的對象、指涉、接觸、語規）

而指向於話語本身，也就是話語本身形式上（當然也會連接到內容上）的安排。雅克愼的例子"I like Ike"中的首韻與母音的相同，與及我們日常看到的對聯（如「爆竹一聲除舊，桃符萬戶更新」）的平仄與對偶，都是話語底形式上的安排，都是「詩功能」之表達。雅克愼的貢獻，是根據他早已界定的語言二軸觀（見前節）來進一步界定這詩功能，賦予它語言學上的基礎及普遍性：

詩功能者，乃把選擇軸上的對等原理（principle of equivalence）加諸於組合軸上。「對等」於是被提升爲組合語串的構成法則。（頁三五八）

雅克愼底「對等原理」是一個綜合性的詞彙，表現於各方面上；也正如本章首節所言，是繁富而兼容並蓄的。簡言之，所謂「對等原理」應是把一單元的兩面或兩單元的同一面作一等號，然後探求其平行（類同）與對照（相異）。就記號具與記號具（也就是音與義）的對等而言，是指其音與義內在之相聯（也就是語音象徵）由潛伏而變爲外彰，被感覺出來（頁三七三）。雅克愼強調語音象徵有其客觀性，但這點我們將留待下一節再詳論。就形式與語意而言，形式上之對等需連接到語意上，以演出語意上的平行與對照。其謂：「在詩裏，在語言層次裏任何特出的相類似得連接到語意上的相類或相異來評詁」（頁三七二）。在詩歌裏無論在語音、文法、語意等層次上，語串裏的各單位都傾向於「對等」的建立（頁三五八及頁三七〇）。簡言之，可稱之爲「平行主義」（parallelism）（頁三六八）。當然，雅克愼的闡發重點是置於語言學諸層次上的「對等」，包括語音層、語彙層、語法層等。他說：「在詩歌裏，每一音節與語串中的任一音節對等化起來。重音與重音對等，輕音與輕音對等；長音與長音相配，短音與短音相配；字底界限與字底界限相對；沒界限與沒界限相對；語法上的停頓與語法上的停頓對等，不停頓與不停頓對等」（頁三五八）。最富啓發性的也許是在文法上藉「對等原理」而形成的所謂「文法的喩況」（grammatical tropes and figures）。所謂「文法的喩況」乃是文法上對等的經營，聯接於語意上，兩者產生了內在的關聯，有如喩況語言。雅克愼指出，許多詩篇旣沒有意象，也沒有由語彙構成的喩況語言，但這種詩篇往往却爲其豐富的「文法的喩況」所平衡。雅克愼稱之爲「文法的詩歌」（poetry of grammar），而這些詩歌所提供者乃「詩歌的文法」（grammer of poetry）（頁三七五）。這是一個重大的發現，豐富了我們對詩篇的了解。

當然，對等原理乃「類同原則加諸於毗鄰原則」的一個縮寫，大大地牽動了詩篇中的隱喩與旁喩二軸：

> 「類同」從上加置於「毗鄰」的結果，帶來了詩歌通體一象徵的、複合的、衆義的本質。這本質爲歌德底詩行優美地道出：「任何倏忽的東西不免是一個相似」。以較爲專門

的術語來說即是：任何連續體皆是一個【喻依喻旨的】明喻。在詩歌裏，「類同」被上置於「毗鄰」之上，任一旁喻都略帶上隱喻性格，而任一隱喻都有著旁喻的色彩（頁三七〇）。

雅克愼認爲這「把選擇軸上的對等原理加諸於組合軸上」的現象，使到話語成爲「自我投注的話語」(self-foucsing message)，使到話語產生「模稜性」(ambiguity)。雅克愼並以此爲詩底不可或缺之品質（頁三七〇——一）。雅克愼這個詩學結論或是可資議論的，假如把它從其整個詩學裏割裂出來作爲一個孤立的命題的話。我們應該知道雅克愼這個結論是在這六面六功能的語言模式裏界定的，是與其他諸種功能相對待的架構裏界定的。這個結論當然也離不開雅克愼更廣延的詩學概念——詩底內延性及相對自主性。但詩底內延性及相對自主性並不等於割離。遠在一九二八年，他已經確認「文學或藝術史是緊密地與歷史上其他的歷史環節連接在一起」。然而，「每一個文化環節都有著自身複雜的結構原則。除非這些原則被闡明了，否則是沒法科學地去建立文學一環節與其他歷史環節的相互聯絡」(Tynianov and Jakobson 1972。俄一九二八)。雅克愼所從事的詩學，是內延而相對自主，但並非與其他環節割離。

無論如何，如我們第一節所言的，雅克愼所提供的模式只是一個零架構（也正是這個原因，許多批評家指出其模式的不足），我們可以在其零架構上作深入化、作充實化、作複雜化等，以求進一步的發展。我們現在就沿著這個方向稍事探討。雅克愼對「詩功能」的界定最富普遍性，而詩功能之繁富亦已如前述，無容再贅。其他的諸面諸功能則有待進一步的充實。我們以「詩篇」作爲討論對象，我們卽發覺這「詩篇」的兩端，也就是「說話人」與「話語的對象」是相當地繁富。在「說話人」這方而言，我們不能直接把「說話人」與實際的「詩人」相對等。因爲作爲實際的個人的「詩人」與作爲寫這個「詩篇」的「說話人」仍然是有所差距的；我們用暫時的簡單的說法，可稱這「說話人」爲「詩人」底「作爲詩人的我」(the poetic seef) 而非實際的整個「我」。「話語的對象」這一主體更形複離。終究地說，「詩篇」不免是詩人對自己的自言自語（抒情詩在一端而敍事詩或戲劇詩在另一端）；但無論如何，在詩人這自言自語裏，無論他是否要把其詩篇給實際的讀者閱讀，但在製作詩篇這一傳統裏是有著讀者這一個環節，他的話語（詩篇）仍是跟隨著這傳統而假設著讀者；也就是說，「讀者」已成爲不可或缺的詩篇傳統裏的一個主體。就這麼簡單的透視裏，「詩篇」已統攝著兩個必然的「話語的對象」——而這兩個話語的對象是應成爲詩篇結構的一個影響因素。但如果「說話人」有著獨特的一羣讀者，或一個獨特的讀者（如實際的情詩），那麼「詩篇」又多涵了一個「話語的對象」了。然而，這些「話語的對象」乃在「詩篇」之外者，但「話語的對象」有時亦有出現在「詩篇」之內者。如華滋華斯 (Wordsworth)「汀潭寺」("Tintern Abbey") 詩內出現的「Dorothy」（詩人之妹）與及阿諾德 (Matthew Arnold)「杜非爾灘」("Dover Beach") 詩內所含攝的話語對象，都成爲

「詩篇」中的一個結構。前者因「話語的對象」之出現，說話人得在「詩篇」內說：「妳，我最親愛的朋友，我親愛親愛的朋友；於妳底音韻，我重獲我昔日心靈的語言；於妳底野放而外射的眼神，我重睹我昔日的歡娛。……這田園綠風景將變爲更珍貴，爲妳爲我之故」。後者因「話語的對象」出現之故，說話人得在「詩篇」內說：「來！到窗前，甜蜜是夜裏的空氣！……聽！妳聽那撩人的卵石的吼聲，卵石被潮水帶回，在回程裏被拋擲在高岸；始、止，又開始，以低顫的尾韻把永恆的憂鬱的調子帶進」。顯然地，「話語的對象」之出現於詩篇內，帶給了「詩篇」無窮的動力。這「話語的對象」已成爲了「詩篇」內的一個結構點；這「話語的對象」可完全是虛構的。這「話語的對象」並非僅是「詩篇」內的一個角色，而是這個「詩篇」底「話語的對象」——但它却走進了「詩篇」。

至於語言行爲的另三個，在「書篇」詩學裏也是不能忽略，並且也是非常繁複的。「指涉」與「詩篇」的關係是最爲複雜的，已爲我們熟悉的觀念如遠兆古希臘的「模彷」(*Mimesis*)，如近日所強調的「虛構性」(fictionality)，如俄國記號學家所提出的「記號系統爲規範系統」等觀念，都與這問題有關。我們在這裏順便補述雅克愼對此提出的幾個概念。一是文學環節與其他環節應有相互聯絡，但必須先弄清楚每一環節本身所依賴的結構法則；此點前已述及。二是「記號」與其「指涉」的離而復合，合而復離的關係。雅克愼說：「詩歌的功能是爲我們指出記號不等於其指涉。……我們一方面需知道記號與其指涉對等（A是A_1），但同時我們也應意識到這個對等的不足（A不是A_1）；沒有這個相對待，記號與其對象的相聯卽成爲機械化，而我們對現實的視覺便凋謝而去」（引自 Erlich 1965:47）。三是每一個話語現象都給予其所描寫的事實某種風格、某種改變，並且由於爲了影響讀者或爲了出版的制裁，詩篇中所出現者竟甚或與實際之經驗相反（參自 Erlich 1965:201）。雅克愼曾就詩與諸功能的關係而謂：「各種詩體以詩功能爲主導，但却包含著詩功能以外的諸功能的不同程度的參與。史詩，那是第三人稱的，強烈地含攝著指涉功能；抒情詩，那是以第一人稱爲定位的，是親切地與抒情功能連在一起；屬於第二人稱的詩是充滿著感染功能，帶有懇請性質或說服性質，這要看這詩裏第一人稱附庸於第二人稱還是第二人稱附庸於第一人稱」（1960:357）。把雅克愼這看法推衍開來，我們不妨假設，「接觸」及「語規」及其相對的「綫路功能」及「後設語功能」在某些近乎完整的語言行爲的「詩篇」裏，也許會順理成章地相對地比其他「詩篇」來得有份量。當我把雅克愼的語言六面六功能模式用諸「話本小說」之研究時（論文見本書），我不但證明了這模式不單可用於「詩篇」，尙可用於詩以外的「文學書篇」。同時，我觀察到在「話本小說」裏這兩種功能有著相當的演出，蓋說書人往往用一些話語來保持其對聽衆之接觸及對其所述事件有所解釋。同時，我觀察到詩功能以外的諸功能（我在討論裏只論及綫路功能及後設語功能）應亦可轉變爲詩功能，只要涵著這些功能的諸條話語本身有著某種形式的安排，「類同」上置於「毗鄰」之上。這樣，在藝術書篇裏其「藝術功能」占「優勢」這一概念便有了更具體的界定——其他功能轉化爲詩功能。

如果「後設語功能」不在「說話人」與實際的「話語的對象」這一雙邊關係上來界定，而從「詩篇」內來界定，也許我們會開出一個新領域來。這樣一來，凡「詩篇」內有「A解釋B」的現象出現，都可看作是「後設語功能」的演出。再以前面華滋華斯的「汀潭寺」爲例：「我再度看到行行的灌木叢；幾不能稱爲灌木叢哩！只是數行纖細的嬉戲的樹木放野起來」。後一半不正是解釋著前一半嗎？後一半不正是前一半的後設語言嗎？從這後設語言的出現，我們看到了「說話人」底「主體」(subjectivity) 的活動；這不是大大地幫助了我們了解「山水詩」中最重要的「主體與客體」這一關係嗎？如果我們願意援用普爾斯底記號無限衍義之說，「詩篇」裏在某一意義上不正是層層地衍義著，一個居中調停記號又帶來一個居中調停記號，一個後設語言又帶來一個後設語言嗎？

第四節 語音象徵與語言肖象性

結構語言學兼記號學先驅瑟許以武斷俗成性爲記號的第一要義，謂記號具與記號具之間並沒有內在的關聯。然而，瑟許以前與以後的語言學資料裏，却有很多資料顯示音與義之間有著相當內在的關聯，此可統稱之爲「語音象徵」(sound symbolism)。當然，「語音象徵」的存在對瑟許這「第一要義」或有所枘鑿；然而，瑟許謂武斷俗成性爲記號之要義時，其着眼點實置於記號之成爲記號一過程之上，置於語言行爲爲一雙邊的心理生理物理的綜合現象而言。「樹」一語音之成爲「樹」一記號義之記號具，所賴之必然條件乃是記號條件，乃是爲說話羣所共同遵守的武斷俗成性，武斷俗成地謂此語音代表此語義。「樹」一語音與「樹」一語義是否有關聯，與「樹」一語音之成爲「樹」之記號具之必然條件無涉。事實上，反過來說，卽使「樹」一「語音」與其「語意」有密切的關連，這「語音」終究不能讓我們必然地到達其所代表的「語意」。換言之，這「語音象徵」是可以在表義過程裏跨越過去。「語音象徵」只能證明「記號具」與「記號具」之間有些內在的關聯，兩者的選擇或非絕對的武斷；但同時我們知道，記號行爲本身是一種武斷俗成力量，它可以把最相左的音與義連在一起而成爲一個記號。無論法國詩人馬拉美（Mallarmé）如何抗議其母語的「日」(*jour*) 和「夜」(*nuit*) 是怎樣地和其語義相反，沈頓 (grave) 母音與輕尖 (acute) 母音恰好配搭錯誤（見 Jakobson 1960:373），但仍無法改變這一武斷俗成的記號事實。雖然「語音象徵」不能扭轉或阻撓記號表義所賴的武斷俗成性格，但「語音象徵」顯然可以帶給語音一個二度的表義。這二度的附加的表義，對詩歌來說異常重要，對人們的語言生活也未嘗沒有關聯。法國詩歌裏的「象徵主義」特別地發掘這種語音象徵，擴展了詩歌的領域；而我們日常語言裏之運用語音象徵，亦不乏例子，上節裏雅克愼引用的 "I like Ike" 卽爲一例。

雅克愼在其與華芙合著的「語言的音型」一書裏，以長達五十多頁的篇幅對「語音象徵」一問題作了廣延而深入的回顧與討論 (Jakobson and Waugh 1979: 177–231)；我們在此卽根據其資料與觀點對「語音象徵」作一簡述。

「語音象徵」乃是指音與義，也就是感官性的記號具（*signans*）和非感官性的記號義（*signatum*），兩者之間所存有的內在的類同關聯與聯想。這一個內在的類同關聯與聯想從很多的語音資料裏可以看到。根據 George von der Gabelentz 的研究，語音象徵可見於小孩底創造性的語音運用上。他的資料裏顯示，一個德國小孩用「m-m」一語根以指稱任何「圓」的東西。他用「mem」來指稱圓明之月與大圓碟，用「mom」或「mum」來指稱大圓盤，却用「mim-mim-mim-mim」（·i 讀若衣）以象徵的重覆來指稱天上閃亮的小星星。這裏我們可以看到「m」與「圓」的關聯，與及母音 i-e-o-u 與所指稱物體積之大小的關聯。更有趣的是，當這個小孩的父親披上厚厚的皮毛大衣時，在小孩的語彙裏，却由「papa」（孩子們一般以此稱其爸爸）變爲「pupu」了。這母音之從「a」（讀作國語音標ㄚ）變爲「u」（讀作國語「烏」）正與其體積之增大相配合。簡言之，這小孩的創造性使用語音裏，從前元音到後元音（i-e-o-u）卽與體積之從小到大相配合。（頁一七八）

元音「·i」（高前圓唇）的象徵價值一向爲語言學家所注意，Otto Jesperson 對此寫有專文論證，謂「i」往往指稱「小」、「輕」、「不重要」及「弱」等。（頁一八三）也許單獨來觀察一個語音的象徵價值，是不易察覺。但如果用相對組的方法來檢查，那麼元音與子音的象徵價值就往往昭然若揭了。如 I. Fónagy 的研究（對一羣匈牙利的成人與兒童作測驗）所展示的，「·i」

與「u」的相對待是顯然的。兩兩對照之下，「i」是比較輕快、比較細小、比較美麗、比較友善，比「u」硬度大；而「u」則是稠厚些、空洞些、黑沈些、憂鬱些、頓挫些、苦澀些，比「i」較爲強度些。（頁一八七）在同樣的相對組法的處理下，waxime Chastaing觀察到（研究對象爲法國人），「r」往往與「粗糙、強度、暴力、沈重、濃烈、困難、熟落、與苦澀」掛鈎，而「l」往往與「輕鬆愉快、優雅、清楚俐落、平滑和順、荏弱、甜蜜、與保持距離」掛鈎。（頁一八七）

「語音象徵」的研究毫無疑問地幫助了我們對「五官交接現象」（*synesthesia*）的了解。具有切入能力的方法當然仍是相對組法。E. H. Gombrich用「語言遊戲」來解釋這個相對組法。假如我們只能用兩個相對語音"ping"與"pong"（讀如乒與乓）來命名周遭諸物。如果這裏有一隻「象」與及一隻「貓」，我們將會如何運用這ping與pong呢？我們將會用"ping"來指稱「貓」而用"pong"來指稱「象」。如果是熱湯與冰淇淋呢？我們也許會認爲「冰淇淋」是"ping"而熱湯是"pong"。推而廣之，則女性是"ping"，男性是"pong"。美麗的少女是"ping"，阿巴桑則是"pong"了。（頁一八九）。在顏色與語音的關聯裏，後元音之分配於暗色與前元音之分配於淡色，已幾是不爭的事實，爲語言學家所注意並確認。

對「語音象徵」（包括其所統攝的五官交接現象）用力最深而見解最爲深刻的，也許要算是Benjamin Whorf了。在其研究報告裏，他指出：

在心理測驗裏，人們往往把亮、冷、尖銳、硬、高、輕、快、高音、窄等經驗相連接爲一長串；相反地，把暗、熱、忍讓、輭、鈍、低、沉重、慢、低音、寬廣等經驗相連接爲另一長串。

然後，Whorf 指出，無論代表這些五官經驗的「語彙」(words) 底語音與這些經驗是否有類似性，引文中所作的五官聯繫照樣地出現。然而，當這些代表著這些五官經驗的「語彙」底元音與子音與其代表的五官經驗有類似關係時，一個普通的人便會注意到這些「語彙」與這些「經驗」的關聯。他接著指出，元音 a,o,u 在語言實驗室裏顯示與「唔、熱、忍讓」這一串經驗相連繫，而 e 與 i 則與「亮、冷、尖銳」這一串相連繫。（頁一九二）

然而，音與義互爲枘鑿的情形也屢見不鮮。如何解釋這個現象呢？我們的心理世界如何反應意義之和諧與枘鑿？Whorf 認爲語言之構成原則壓服了這音義的枘鑿而硬把語音與語義連起來，並同時改變語音自然產生之心理品質以遷就字義。他說：

語言內攝邏輯強制性，不受語言所引起的心理下層的情緒的影響。這語言邏輯性有時把這些心理下層的情緒壓服，有時把他們提出來，有時把他們一脚踢走；這樣子把語彙們的各種暗示品質 (nuances) 從心所欲地依照其〔指語言底邏輯強制性〕法則以塑造之，而不管一字之語音與其心理之連繫是否相協。當語音協和時，這語音底心理品質便增強，而能爲外行者所察覺到。當語音不協和時，其心理品質則改變以遷就語意，無論其是多麼地與其語音相枘鑿。這倒是不爲外行人所察覺到的。（頁一九二）

雅克愼盛讚 Whorf 的解釋，最能把握語音之雙重性格，一方面爲語音單位之組合，一方面爲感覺情緒之表達，包握住兩者之間的相連與相競爭。

上面對語音象徵之觀察幾可全適合中國語言現象。如從「戔」音之形聲字多有小義，與「洪」同音者多有「大」義等，都可看出前面「i」與「u」這一相對組的普遍性。也許最特別者，莫過於連綿字（双聲連綿、叠韻連綿等），在中國語彙裏特別多，其表義也非常特殊，往往能表達非連綿字所能表達的某種況味。這種連綿字之應用，在漢魏詩中特多，如古詩十九首、阮籍詠懷詩等，開創了一表義的領域。同時，中國語言有四聲及陰陽之辨，這些都應與語音象徵相關。中國同音字特別多，蓋中國語以單音語爲主；此現象靠「複詞」以獲得某程度的平衡。這些構成了中國語音形的特色。

當我們討論「詩篇」之「語音象徵」時，我們不應僅把「詩篇」中局部的「音」提出來，謂其「音」與「義」相調和或相枘鑿，產生某種語音象徵。我們應更進一步採取語言學家研究語音象徵時所採取的相對組法，以觀察「詩篇」中出現的元音、子音、甚或語音厘辨素，看其出現的模式，以探討整個詩篇的語音象徵，看其如何與詩篇的「語意」相呼應。雅克愼對實際詩篇之分析，提供了我們一些很好的參考。

事實上，語言並不是僅有語音可論，其書寫之字形，與及書寫體之內部結構，亦對詩學的建構有所幫助。要討論拼音文字之書寫形的象徵作用，也許相當困難。但中國文字爲象形文字（此處象形文字是一個廣延的概念），其書寫體與語意可有肖象之關聯。筆者曾在一研究論文裏對不懂中國文字的美國學生作一個小問卷，提出「空」與「實」、「黑」與「白」、「肥」與「瘦」三個相對組，分別開來讓答卷人與其相屬之語意搭配，百分之九十以上都配搭對了。同時，單就中國文字的書寫外形來看，我歸納了一些很容易看出來的相對組，略舉如下：如扁平（皿）與瘦直（身）相對、並排（輔）與重叠（叠）相對、單數（木）與複數（林）相對、細小（小）與龐大（龐）相對等。這充分看出了中國文字在書寫上是有結構可言的。這些也許會洩露了遠古創字時我們祖先的某些美感活動與觀念。毫無疑問的，這些字形象徵，對詩學的建構是有關的。中國文字向有六書之說。六書是中國造字的六種原則。用比較當代的辭彙，我們不妨認爲六書乃是六種字彙內部的表義結構。所謂表義結構，乃是謂「字之含義已於此表義結構中有某程度的指陳。瑟許所討論的記號底某程度的內在關聯性，如英文自十三至十九都以"-teen"作詞尾，部分屬於此處所謂之文字底表義結構。（De Saussure 1959:131-34）中文裏的「」（刷），「以手持巾於戶下」以表其義。英文也未嘗沒有近似的情形。英文以「ideogram」來稱中國文字，「ideogram」一詞之含義已於其組成分子「ideo-」（意念）和「-gram」（書寫體）裏大致表出。中國文字之表義結構，或象形、或指事、或會意、或轉注（用龍宇純說）、或形聲、或假借（以上之次序乃筆者就表義結構之肖象性由強而弱而分），與詩學及記號學息息相關，因爲他們實是各種不同的表義方法，各種不同的表達技巧。事實上，中國文字所含攝之表義原則及詩學原則給予西方當代藝術思潮相當影響，艾山斯坦之在電影（蒙太奇技巧）、龐德（Pound）之在詩學（意象主義），已是耳熟能詳的例子了。當我們以中國文字作爲考察對象時，我們會發覺語言之象徵，實不限於語音象徵，尙應包括字形象徵與及表義結構上的象徵。如果我們改用普爾斯的詞彙，以肖象性代替象徵，則我們可統稱這三者爲語言的肖象性。要打開詩歌（尤其是中國詩歌）隱微的堂奧，恐怕就得要研究語言底肖象性的全域，包括其在詩學上記號學上的提示。這一個語言底肖象性的鑰將領我們到達詩及詩學的一個未盡開闢的地帶。（請參古添洪一九八一，第一章與第五章；及本書「中國古代記號學的一些概念與傾向」一文。）

第五章　洛德曼的詩篇結構（資訊交流模式）

第一節　楔　子

俄國的記號學可以說是經由形式主義、結構主義發展過來，而形式主義與結構主義當然是強烈地受到瑟許語言結構學及預言式的記號學的影響。在這發展的旅程上，雅克愼的影響是重要的，但雅克愼主要是從語言學的角度出發，而其於一九四一年已移居美國。另外一個有著重要影響的記號學家是繼承莫斯科語言學會的捷克布拉格語言學會的主要人物穆可洛夫斯基 (Jan Mukařovský)；他也是從形式主義及結構主義過來，主要是分析文學及藝術，著重美學的考慮 (Mukařovský 1977; 1978)。在俄國記號學發展的過程裏，百克丁 (M.M. Bakhtin) 的貢獻是不能忽略的。他批評形式主義與結構主義所強調的「內延系統」，這一個批評有助於形式主義及結構主義的開放出來，與歷史文化作深入的連接。並且，在最近的重估裏（V.V. Ivanov 1974），百克丁許多關於記號學的基本理念已預先道出了當代在記號學裏的許多理念。特別重要的是，他指出了記號系統與意識型態（ideologies）系統是息息相關，記號之研究與意識型態之研究是密切關連著，蓋所有的意識型態之活動皆不免是記號的活動。百克丁說，「沒有記號就沒有意識型態」，而「任何屬於意識型態的東西都擁有記號學上的意義」。（同上）把結構主義打開是重要的，因爲，在某一意義而言，記號學就是一個對結構主義的打開。在俄國記號學的發展上，是結構主義作爲基礎，然後結構主義被打開，引進了「資訊交流理論」（information theory），引進了「神經機械學」（cybernetics）等，與歷史文化相連接，與歷史文化的動力相連接。如果我們要簡單地用一個詞彙來形容俄國記號學的特色，那就是辯證文化的。如陸斯德（Daniel Lucid）所言，俄國記號學讓我們知道人不僅用記號來交流資訊，並且相當地爲記號所控御。如俄國記號家所言，記號系統是一個規範系統，我們創造這個系統，但這個系統同時相當地規範著我們的行爲。記號系統所涵攝的階級梯次與各種的機械構成（mechanisms）控御著我們對現實的視覺、控御著我們互相交流資訊的模式。在這個意義而言，「人」同時是「記號」的創造者與被創造物。（Lucid 1977: Introduction）俄國記號學希望綜合內延與外延，綜合異時與並時，也就是說，一方面在規範系統之內來研究其內延的結構系統，一方面又在系統之外來研究這系統在某一時空歷史文化環境裏的構成。

最能代表俄國這個本土精神而成就特爲顯著的，那就要推洛德曼 (Jurij Lotman) 了。俄國記號學的一個重鎭是對文化之研究，而洛德曼與烏斯邦斯基 (Uspenskij) 的成就在此最爲出色（參 Ann Shukman 1978:198-99）。同時，洛德曼本身對俄國文學史的研究，用功極深。顯然地，他在文化及文學史上的興趣與修養影響著他的記號詩學。俄國的記號詩學，如洛德曼所言，「是有機地與結構語言學、記號學、資訊交流理論、神經機械學所提出的方法與概念連接起來的」（引自 Lucid 1977:2）。當然，這個描述也就是對其記號詩學的描述了。洛德曼是達杜大學（Tarto University）的教授，圍繞著這一個研究圈子的學派，向稱爲達杜派（Tarto school）。

洛德曼第一本詩學專著「演講集」（俄著一九六四）基本上是結構主義思維模式的。全書分三大部分，即藝術論、詩語論、及詩篇論；貫通這些理論的研究方法是相對組法。（據 Shukman 1978）「演講集」是爲講演而撰寫的，故不免是粗略。最能代表洛德曼詩學之成就者，當是其稍後的「藝術書篇的結構」（1977。俄著一九七〇）了。梭門（Shukman）謂，如果「演講集」的主要概念是「相對組」的話；那麼，在「藝術書篇的結構」裏的主要概念則是「系統」（system）了。梭門同時指出，洛德曼在最近的幾篇論文裏，則特別強調文化上辯證的動力。洛德曼認爲，文化一方面要各分子朝向齊一的系統化，一方面又要它們離開這系統而個性化；這樣，文化才能繁衍發展下去。一個嚴格的並時性的對「系統」的描述是有所匱乏的，這樣的描述並沒有充分注意到「系統」本身並沒有絕對的內在秩序。正由於「系統」並沒有絕對的內在秩序，所以這「系統」能作各種變動而其行爲並非全然可以預測。「客體」(object)所潛藏的創造資訊的能力，遠勝於一個嚴格的並時性描述所能描述者。換言之，「系統」是隨著時間而有所改變，而結構主義所提出的「嚴格」(strict)的並時描述未能把「異時性」的改變加以充分考慮；換言之，洛德曼希望把並時系統開放出來，容納異時的改變。(以上主要參考Shukman 1978)。不過，就筆者的觀察，在「藝術書篇的結構」一書裏，洛德曼已朝向這個方向進行，已相當地考慮到「系統」與「非系統」兩者的辯證及其產生的動力，已相當地把「異時」因素置入其藝術書篇底「系統」裏。毫無疑問地，「藝術書篇的結構」一書是洛德曼在詩學上最重要也最成熟的著作。其後他曾依這個詩篇模式來對電影這一表義系統作一勾劃，寫就「電影記號學」一書(1976。俄著1973)，也曾用這模式輕量級地對具體的詩篇作了實際的分析，寫就「詩篇的分析」一書(1976。俄著1972)。無論如何，就理論的興趣而言，仍以「藝術書篇的結構」一書最重要。

本章將僅論述「藝術書篇的結構」一書。該書系統龐大，各個概念與因素互相連接，以勾劃「詩篇」底結構，是一個由後設語言構成的詩學。其主要基礎是建於「資訊交流理論」上，把「詩篇」底繁富的結構視作「詩篇」底資訊容量度特高的條件；同時，與「神經機械學」連接，指出「詩篇」底規範功能；更加上「詩篇外」歷史文化以及讀者等異時因素以擴大自結構主義以來的「內延系統」。但無論如何，記號學的系統本質上仍是內延的，雖然這內延系統已被開放而容納許多的外延因素。下面的論述即根據這個概念來進行。

第二節　文學為二度規範系統

洛德曼遵從記號學的理念，謂文學、藝術，以及各種風俗習慣等皆爲「語言」(language)，而洛德曼對「語言」的定義是：「任何使用記號的資訊交流系統，有其獨特的記號安排方式」（頁八）。然而，任何一個「語言」，也就是任何一個記號系統，都有著規範的功能。記號系統給予我們它獨特的一套語彙及結構以塑造我們對現實世界的視覺；於是，現實世界被納入記號系統的模式裏，以至我們的思想行爲受著這記號系統的模式的規範與控御。把記號系統的規範功能加以指認，是受到神經機械學的啓發。

洛德曼認爲「自然語」（也就是我們通常所謂的語言）是首度規範系統，而文學、藝術、與及各種風俗習慣等則爲二度規範系統，蓋後者乃是建構在前者之上而成爲一個二度系統。他指出，自然語是最早而且是對人類最具影響力的資訊交流系統，伸入人類社會生活及心理的所有面。同時，二度語言可根據自然語言的模式而建構。音樂可看作是由許多的毗鄰單元所構成，雖然嚴格說來，樂音並沒有所謂語意；繪畫及電影系統，皆可用毗鄰軸和聯想軸來建構。他歸結說：「只要我們承認人類的意識是語言化的，所有其他建構於這語言意識上的各種模式的上層結構皆可界定爲二度規範系統」（頁九——十）。

文學作爲二度規範系統與自然語的關係也許會較其他二度記號系統更爲密切與複雜，蓋兩者皆用同樣的媒介。洛德曼並不把文學語言與非文學語言割裂開來，而認爲文學系統從上置於(superimposition)自然語系統之上。(「上置」一概念在俄國形式主義以來的詩學上占著一個重要的地位。)換言之，文學語與自然語並非割裂爲二的東西，他們的分別不在於各別的用語上(他們的媒介是相同的)，而在於他們各別建立的系統上，因其系統不同，故個別的用語在不同的系統裏產生表義上的差異。洛德曼說：「文學是經由一獨特的語言系統而表達。這語言系統是從上加蓋於自然語之上而成爲一個二度規範系統。……說文學有其屬於自己的語言系統，與自然語不同而從上加蓋於自然語之上，等於說文學擁有其屬於自己的、內延的記號系統，有其不同的組合法則，俾能建構特別的話語，非經由其他手段所能建構者」。(頁二一)

就規範功能而言，「自然語」已對現實世界作了「首度」的規範，把現實世界納入其模式裏。「文學」作爲上置於「自然語」的二度系統，則是對已爲「自然語」規範了的世界作「二度」的規範。然而，「二度」的規範是否使已首度規範了的世界更爲狹窄呢？洛德曼似乎沒有對此有明確的說明。不過，就洛德曼對二度系統的描述上再爲推衍，我們不妨認爲並不傾於狹窄，有時反而把首度規範了的世界再度打開。二度系統裏所特爲強調的「內容」與「形式」之互爲滲透、「對等」、與及「歧異」(deviation)等，不免會把「自然語」所作的首度規範世界打開。這二度規範與首度規範兩者的複雜辯證關係，也正是文學系統與自然語系統的辯證關係。所以，所謂「上置」並非一種附庸關係，而是一種假設上之先後關係及其兩者間的辯證關係，是促進對文學的了解的一個方便法門。

洛德曼追隨瑟許所作「系統」(*langue*) 與「話語」(*parole*) 的分野以進一步討論記號系統的規範功能。在自然語裏，有其語言底「系統」及其個別具現的「話語」。在文學裏，也有其文學底「系統」及其個別具現的「書篇」(text)。「系統」給予現實世界一個普遍的模式，而「話語」或「書篇」則是對具體的現象的個別模式化。洛德曼說：「經由『系統』所創造的宇宙模式是比經由『話語』所創造者更來得有普遍性，蓋後者在創造過程裏是最富有個別性者。我們也許可以同樣地說，個別的『詩篇』爲某些具體的現象創造了一個藝術模式，而文學底系統却以其最具普遍性的諸範疇把宇宙納入了一個模式；在這模式裏，這些最具普遍性的範疇乃是宇宙底最具普遍性的內容，乃是具體事物與現象底存在的形式。因此，研究文學作品所賴之系統不單對文學底資訊交流這一獨特的模式有所了解，同時也等於把文學中所塑造的宇宙模式重建起來，以其最具普遍綱領的姿態重建起來」(頁一八)。(凡是英譯原文用 "language" 一詞者，本書中譯裏有時譯作語言，有時譯作語言系統，就行文之方便而定。所可注意者，洛德曼用 "language" 一詞時，其所指往往是該記號系統底系統的一面，請勿忽略。)

當然，界乎文學作爲一語言系統與及一篇文學作品之作爲一文學「話語」之間，尚有許多的居中的階段可論；如某一文學時代，某一文學流派，甚或某一文學類型、風格等，洛德曼皆以「語言」名之，也就是把他們看作文學系統下的「次系統」。當然，就規範功能而言，這些「次系統」也把宇宙世界納入屬於其系統內的模式裏。當然，這些「次系統」與文學系統的關係，亦可以「上置」一關係以名之。因此，一個「詩篇」對現實的規範，如果從這個角度來看，是一個多重的「上置」現象，一系統上置於一系統又上置於一系統上以規範這宇宙世界；但系統間的關係是辯證的。文學作爲一個規範系統，遂得與現實世界連接；文學作爲一個內涵著許多一個上置著一個的次系統，而這些次系統往往是異時性格的，遂得以歷史相連接；這些都使到洛德曼的詩學跳出了往昔封閉的並時系統的局限。但這問題將留待第四節再詳細討論。

第三節　詩篇底系統㈠：內延

如前節所言，文學乃二度規範系統，上置於自然語系統之上。現在，問題是什麼叫「系統」？而文學這一個「二度系統」如何建構？洛德曼把這問題置入「詩篇」來考察，蓋文學總得經由「詩篇」而表達。故其所考察者，並非一個別的「詩篇」，而是「詩篇」這一個通體。換言之，所從事者乃「詩學」而非「詮釋」。洛德曼從資訊交流理論出發，謂不能納入系統的東西則不能被了解，也就不能貯存及傳遞資訊；故建構一個「詩篇」的先決條件，也就是爲這「詩篇」建構一個系統。洛德曼從「詩篇」同時給予人們認知（cognition）與感官印象（sense perception），也就是知性樂趣和感官樂趣這一爲人們公認的事實作考慮，謂前者賴乎系統化一步驟以獲得，而後者則賴乎「不爲系統化」而來，而「詩篇」則兼容二者，超越其相對性。他說，認知的過程可看作話語（詩篇）的詮解。閱讀者操縱一個語規（code）來與這話語（詩篇）相作用以詮解之。在這過程裏，話語（詩篇）裏某些東西被系統化，而遂成爲資訊的貯藏及傳遞工具。此爲閱讀時知性的樂趣。不能被系統化的東西遂在這過程裏被擱置、被揚棄，不被認爲帶有資訊。然而，當這話語（詩篇）被如此詮解被系統化以後，它仍在那兒以其物態（physical materiality）刺激著我們的感官，逗引著我們的感官反應。這也許證明一般人所認爲的知性與感性的兩分。但洛德曼接著說，如果我們稍爲轉移我們觀察的角度，我們會發覺感官印象的獲致也是「資訊」的獲致；而感官印象之獲致是經由一些未被某語規系統化的東西轉到其他語規上而獲致的。（請注意，洛德曼「語規」所涵攝的領域很廣。）「粗略地說，我們可以把感官樂趣界定爲來自未系統化的東西所帶來的資訊」（頁五八），與經由系統化而獲得的資訊相對待。然後，他進一步指出，這兩種樂趣與資訊是處於一個互依的辯證關係而在理論上成爲一綜合體。並且，他進一步說，記號底物態性一方面以其物態性逗引我們五官而成爲感官樂趣的內容，一方面它又被記號行爲轉變爲知性的記號；結果，一個詩篇便成爲了一個「半物質性的建構」（a quasi-material fabric）云云（頁五九）。洛德曼這樣的處理詩篇，恐怕已稍爲超越了記號學正常的疆域了。無容贅言，洛德曼原來的論述比我們此處的勾畫複雜得多。但如果我們願意用更簡單的語言來說，我們不妨謂「詩篇」底系統乃是一複雜的系統，其中包含著許多次系統（非系統的、缺乏一般語意而在一般資訊交流系統裏所認爲的所謂「噪音」等等，都成爲了詩篇系統內的一環），互爲對待互爲聯接，其資訊之容量度因而比其他的資訊交流系統高出甚多，可謂已由量之改變轉爲質之改變。

然而，具體地說，「詩篇」底系統是如何的一個複雜架構以致能達到無比的資訊容量度呢？我們下面卽根據其在書中所論綜合述之。

洛德曼認爲一個「詩篇」可由三個條件來界定：㈠有一個由記號組成的表達層，㈡有一個界定的範疇，如圖畫上的框，構成一個詩篇的空間，在這空間以外者皆爲「詩篇外」。㈢有一個內部的結構使到詩篇成爲一個結構上的整體。顯然，這三者是互相關聯著的（頁五一——三）。細節一點說，這表達層的極致功能，我們不妨把它認作是前面所說的使到詩篇成爲「半物質性」。「詩篇」的空間則把「詩篇」與「詩篇外」分開，在「詩篇」內的一切東西都受其內在整體結構的影響，有其屬於自己的各種安排，自成一世界。「詩篇內」與「詩篇外」是互爲相對並互爲對方的基礎。同時，由於一個「詩篇」是一個整體，故可稱作爲一個「記號」。當然，這個由有限空間構成的「詩篇」（如一畫之大小，一詩之長度等）之所以能自成一獨立的世界，得賴於其內在的結構。故終究而言，「詩篇」之結構乃爲根本之所在。洛德曼談論文學時用「系統」一詞，而談論「詩篇」時則用「結構」之詞，筆者此處則除了某些行文之便外，蓋用「系統」一詞。

「詩篇內」的系統是如何建構的呢？首先，他指出「詩篇」乃是由許多層面所構成，而每一層面實可謂構成了一個「次詩篇」，而這些層面或「次詩篇」形成了一個階級梯次」(hierarchy)（頁五三），但他們的關係不是一座數層的大樓那樣層層阻隔，而是相連相通互爲作用。洛德曼所辨別的詩篇層面主要是語言學的（如語音層、音律層、詞彙層、語法層等等）；但他在這些層次之上又討論詩篇的所謂「章法」(composition)，討論了故事結構 (plot)、人物、敘述觀點等。這「章法」及其上諸層無寧是超乎語言學的層次，與結構主義者所從事超語言學的諸層次劃分（如巴爾特的三分敘述體爲敘述功能層、動作層、敘述層，Barthes 1977a）同趣。就這個意義而言，洛德曼是集兩者之大成，兼容語言學及超語言學的層次。但可惜的是，他未能把二者內在地聯結起來。綜觀全書，似乎凡是可以辨認的因素（如詩行、風格等等），洛德曼都加以討論，認爲是「詩篇」底結構之一。職是之故，洛德曼的詩篇「系統」是包羅萬有的。

當然，洛德曼也繼承了結構主義的二軸說與俄國形式主義以來的對等原理；但却把這二者加以若干的改變與複雜化。就二軸說而言，瑟許的毗鄰軸是現存的，聯想軸是隱存的。順理成章地，我們當可把其毗鄰軸看作是詩篇內的，聯想軸是詩篇外的。但洛德曼却用「聯想軸上的連繫」(the paradigmatics) 來指稱把先後次序擱置不管後詩篇內的各種平行與對照。他選用「paradigmatics」這一個詞彙，大概是指詩篇內的各個組成互相平行與對照，有如一個系譜 (paradigm)。簡言之，他所謂的「聯想軸上的連繫」約相當於雅克慎的「詩功能」現象。但在洛德曼底「聯想軸上的連繫」裏，其「對等原理」不僅出現於語串上（卽一個毗鄰單位與另一毗鄰單位的平行與對照），尚出現於詩篇內各層面之間。同一個毗鄰軸上的單位（譬如說，一個詩行），其各層面可以產生各種「對等原理」現象（卽這個單位裏所含有的諸分子在各層面上的平行與對照現象），而成爲一個既平行又對照的多重複合體。洛德曼對此有很精采而清晰的論述（並有很好的例子）。他說：

「重覆」（洛德曼常用重覆一詞以代對等）乃是「對等」（equivalence）的同義詞，而「對等」乃是基於一種不盡相等的關係。它指稱某些單元有某一（或某數個）層面上是相等而在另一（或另數個）層面上是不相等。「對等」並非一種靜態的制服齊一而是必然含攝著相異。有著相同的諸層次把有著相異的諸層面組織起來而在其中建立了「類同」。同時，相異的諸層面却從事相反的作業，把相同諸層面裏的「相異」表露出來。（頁八十）

洛德曼既認爲文學爲二度規範系統，在自然語之上建立「二度語意」，故洛德曼特強調「內容」與「形式」間的互連，以作爲這二度規範系統之主要識別；故接著說：

既然詩篇底複雜的自我調整的系統的最終目的乃是建立一個不存在於自然語的新的語意處理，那麼，那些在自然語系統上僅擔任把形式與語意連起來（即把記號具與記號義合爲記號）的東西便扮演著新的（二度的）角色。語音與文法層將會把語意層上相異的單位組織進相同的語音及文法格局裏，把「相同」注入這語意上的「相異」裏。當語意層上相等時，這些形式上的格局將會在其中引發出「相異」，使到在自然語而言是相同的語意產生某種語意上的分辨。（今按：語意是一個極廣的概念。兩個句子語意相同，但置於不同的語音文法格局裏，吾人亦得謂這兩個句子在廣義的語意裏有所分辨。）我們可以說，在自然語意裏被稱作語意與形式的東西進入詩的結構後，經由對等原理之作用組成了一一互爲補充的組；也就是說：某些面的相同含攝著某些面的相異。（頁八十）

如此說來，這些「形式」上的東西，與「內容」相連接以後，他們把「語意」相同者加以分別，把「語意」相異者加以認同；因此，這些「形式」遂有表義的功能，帶上了語意，而這些爲「形式」所上蓋著的「語意」得一方面有了「形式」，也一方面可認作「語意」有所「附加」。如此，「詩篇」底語意容量度便大大提高。（當然，詩篇底語意容量度之提高尚有其他來源，後詳。）

與「聯想軸上的連繫」相對待者卽爲「毗鄰軸上的連繫」（the syntagmatics）。這個連繫也就是「詩篇」內順時的、語法的、指涉範疇上的建構。當「詩篇」底毗鄰軸上的發展爲「對等原理」或「重覆」所侵入而重覆著相同的元素時，「詩篇」遂帶上一有如幾個圖的形式（此點在格律上最爲明顯）；「詩篇」好像可依著這個幾何圖形不斷地重覆發展下去（如一章章地發展下去），而成爲一個沒有完結的詩篇。但「詩篇」的毗鄰發展尚有著另一力量，也就是連接不同的元素以組成一個指涉範疇，其內部結構有如一個有完結的片語。洛德曼謂前者之重覆相同的東西及後者之組合不同的東西、前者之不組成片語連結及後者之組成片語連結（片語是比喻用法；洛德曼更有把詩篇的毗鄰結構比作一個字、一個句子者），兩者實是同時進行，互為辯證而連結在一起。再度回到其資訊理論，洛德曼更謂這形式上之設計遂走進了前景，成為詩篇之發展結構而變成語意化云云。（參頁八五——七）。除此以外，他更指出在毗鄰軸上的各種「違規」或「歧異」，違背語法上的、指涉範疇上的一般組合，特別饒有意義。也就是說，這種「違規」與「歧異」帶來了「資訊」。詩人可以不違規也可以違規，他選擇了「違規」，故「違規」便帶上了「資訊」。洛德曼的「資訊原理」是建立在「選擇」上，只要「有選擇」，所作的「選擇」便是一個「資訊」（這原理在原書的結論裏很清楚地說出）。這種違反通常的毗鄰關係的組合方法，這種「不能組合的組合」(uncombinable combination)，洛德曼指出實是把通常的毗鄰關係的某些限制解除；如把自然語底在組合詞彙，組合片語、組成句子，以及句子間的組合規則加以放鬆。從自然語的角度而言，這種放鬆是一種「沒秩序」，但這種「沒秩序」，在「詩篇」裏應視作是另一種「秩序」的安排。結果，詩篇獲得了一種特殊的「資訊的彌漫」(informational saturation)。（頁九〇——二）洛德曼甚至稱這文法上的、語意上的、風格上的各種「違規」或「歧異」為「毗鄰軸上的美學」(artistic syntagmatics)。當然，「違規」或「歧異」一詞已含有「異時性」，因為「違」與「歧」必須以通常的一般的毗鄰軸上的安排作對待才能成立。

總結說來，洛德曼底內延系統，是建立在二軸上。他的聯想軸是詩篇內的，是「詩篇」上各層次的平行與對照（把先後次序擱置不論）。他的毗鄰軸當然也是詩篇內的，但其強調却是「詩篇」在這毗鄰軸上的各種對自然語底毗鄰安排的放鬆與違背，而造成所謂毗鄰軸上的美學。而對等原理實亦貫通其毗鄰軸，使其加上了幾何圖形的形式，與毗鄰軸本身的依語法及指涉範疇的發展產生了對立及張力。到這點爲止，其詩學與雅克愼的詩學可稱是同根生的。但這一個內延結構，對洛德曼而言，其功能是㈠使到詩篇底系統與自然語系統相對待並有別，前者上置於後者之上；㈡使到詩篇底資訊容量度大幅度提高，使到詩篇語意瀰漫，表達非其他資訊交流系統所能表達者。我們這裏得強調地指出，洛德曼底「資訊」與「語意」可謂同義詞，就資訊交流理論而言是「資訊」，就詩篇的內容而言是「語意」。無論是「資訊」或「語意」，皆建立在「選擇」這一基礎上；有「選擇」就有「資訊」就有「語意」。洛德曼擴大了「資訊」及「語意」的含義，擴大了我們對這兩個詞彙的一般界定；換言之，也是最重要的，增廣了我們對「詩篇」所含有的各種「資訊」與「語意」的認識。或者，我們可以說，我們通常只認知詩篇裏各「語彙」所構成的「語意」與「資訊」，而把其他的東西排在這語意與資訊範圍之外；我們雖同時確感到這「語意」與「資訊」以外的許多東西（如各種語法上的平行對照，各種違規等等），但我們却無以名之，而讓他們溜出我們的掌握之外。但洛德曼却把他們一一收籠回來，並命之爲「資訊」與「語意」，而得以擴大了「詩篇」底資訊容量度。

第四節　詩篇底系統(二)．外延

所謂「內延」與「外延」，或者，所謂「書篇內」(intra-textual)與「書篇外」(extra-textual)，都只是爲了方便而設的分別；事實上，在洛德曼的記號詩學裏，所謂「外延」，所謂「書篇外」已是內化爲「詩篇內」的「內延」結構，是內延系統的一個環節。這點最重要，否則，洛德曼的詩篇「系統」就變成了兩個隔離的系統，與其他的內延研究外延研究的二分理論沒有根本的差別了。只有從這個角度來看，我們更能淸楚地看出記號詩學如何從一個舊式的內延系統開放出來，把「外延」的因素容納進去，而成爲一個內延包攝著外延、書篇內包攝著書篇外的內延系統。因爲，記號詩學所建構的系統必然在本質上是內延的、並時的、形式的；一如語言學的「系統」或「文法」。洛德曼曾指出，一般人有意無意地誤解記號學只建構封閉的內延系統，好像置內容、涵義、社會道德價值於不顧；但這個顯然是一個誤解，因爲「記號」本身就離不開「意義」。記號學並不是對「內容」沒有興趣，而是要了解「意義」產生所賴的一個系統，就猶如要了解一外國之語言，需了解該國語言所賴之文法系統（頁三二—三）。或者，我們不妨說，記號學是研究「意義」之演出所賴的系統，而系統在本質上必然是內延的；同時，在「詩篇」裏，所謂「形式」實已成爲「內容」，蓋當「形式」與「內容」相連接時已有著「表義」的功能，已經「語意化」而成爲「資訊」。

有了這個了解以後，我們就可以討論這個「詩篇外」，談論這個「詩篇外」與「詩篇內」的互爲涵攝，而不致陷於二元論的泥沼裏了。

洛德曼指出，「意義」（meaning）的產生，必賴兩個東西的「對譯」（re-coding）。「記號」的產生，可看作是表達層（也就是記號具層）和內容層（也就是記號義層）的「對譯」而成，各在其層面上取出一「單位」以「對譯」。用筆者的例子來說，從表達層取出「樹」這個語音，從內容層取出「樹」這個概念；於是經「對譯」而成爲「樹」這個記號。「對譯」可分爲二大類。一爲內延的對譯（internal recoding），其對譯之雙方乃屬於同一的系統。數學的對等即爲最佳的例子。如 a=b+c。音樂雖包涵音樂系統以外（extra-musical）的許多因素，如概念上及情緒上的因素等，但就嚴格的音樂系統而言，「意義」是經由其系統內的對譯而成。內延的對譯可以是系統內兩個或兩個以外的單位的對譯。另一爲外延的對譯（external re-coding）。記號的形成是一對一的外延的對譯。從一個表義系統迻譯到另一個表義系統，也是一對一的外延的對譯。但外延的對譯也可以是兩個以上的對譯。在一對一的對譯裏，一方可認作是表達層，另一方可認作是內容層，但在兩個以上的對譯裏，表達層與內容層的明顯相對就不再容易把持了。（頁三五－七）

這兩種對譯皆見於文學作爲一個二度規範系統上。大致說來，那些自認爲獲致普遍性、獲致自足的世界觀、獲致人類底現實的文學派別與作品，其經由內延的對譯而產生意義的情形特爲明顯；浪漫主義卽爲一例子。「意義」在浪漫主義的系統內界定、產生，而不必求諸於系統之外。洛德曼以「天才」（genius）一詞爲例。「天才」在浪漫主義底系統裏與「羣衆」相對待，這一個相對組從上置於其他的相對組上，如「偉大與小器」，「獨特與平凡」、「心靈與物質」、「創造與動物性」、「反叛與屈從」等。這些相對組遂連接起來而對譯（兩個單位以上的內延對譯），把天才、偉大、獨特、心靈、創造、反叛等置於一邊，而把羣衆、小器、平凡、物質、動物性、屈從等置於另一邊。在這些相對組裏，「天才」是站在「正面」的一方。然而，「天才」一詞在浪漫主義裏並不那麼單純，蓋它又與其他相對組連接。「天才」與「優美地順乎傳統」相對待，進入另一系列的相對組裏，包括「自我主義與利他主義」、「任性與繼承傳統」、「冷漠與熱情」、「理性主義與心靈主導」、「無信仰與宗教信仰」等。這時，「天才」未免是負面的了。無論如何，這「兩個以上的內延對譯」是進行於封閉的系統，而「語意」之產生是界定於系統之內，而不必靠外在的連接。相對而言，寫實主義系統却以沿「外延的對譯」而產生的意義爲主導。我們得注意，洛德曼所說的「系統」是一個廣涵的辭彙；浪漫主義是一個系統，故在其內的「對譯」是謂「系統內的對譯」。當洛德曼謂「寫實主義」沿「外延的對譯」以產生意義的，他並非假設一個外在的現實世界來讓「詩篇」中的內延世界相「對譯」，而是指寫實文學裏含著許多「次系統」，而這些「次系統」在「對譯」。洛德曼引 Lenskij 的詩例如下：

他想：「我將是她底救主。
我不能忍受這引誘者
以其發燒的嘆息與讚美
去引誘她青春的心；
醜惡、惡痛的蟲
去咬水仙花的莖梗；
一朵才兩個早晨老的花朵
萎謝於仍在半開放之中。」
朋友，整個的意思是說：
我要和我的情敵較個高下。

洛德曼指出括號內的思維是浪漫主義系統的，而後一句的敍述者的話是另一系統的語言。前者可謂是表達層而後者可謂是內容層，即前者爲表達，後者爲這「表達」客觀的內容。洛德曼稱此爲「外延的對譯」；可見「外延的對譯」仍是居於「詩篇」內的。洛德曼指出，外延的「對譯」狀況有時更複雜，尤其時當對譯的單位超過兩個以上時。有時，「詩篇」經由一系列主觀的系統以建構其共享的客觀的不變體（objective invariant），這客觀的不變體也就是現實（reality）了。然而，有時却剛相反，不斷的外延的對譯的結果，是證明了沒有客觀現實的存在；也就是，「現實」給解體爲一大羣的詮釋而已。（頁三五—三九）

根據前面所述，「內延」與「外延」的對譯皆可出現於「詩篇」內，其差別是賴乎我們認爲其「對譯」乃產生於同一系統內或不同的系統內。如上面的詩例所示，可見「詩篇」底系統已容納了「異時」的因素；蓋詩例中之浪漫主義系統是被看作一個異時的存在，一個已存在的系統，作爲現實主義者的一個批評對象。「現實」這個東西，我們通常把它置於「詩篇外」，但從洛德曼上述的論述裏，「現實」已進入了「詩篇內」，「現實」或爲多重系統所描繪或解體，成爲了「詩篇底系統」的一個環節。如此說來，洛德曼所構想的「詩篇底系統」已經由多重的外在的對譯而把「異時」因素及書篇外的「現實」置入於其系統內。

無論如何，上述內延與外延的對譯皆可視作產生於「詩篇內」，雖然某些的外延對譯已不可避免地涉及了「並時」因素及「詩篇外」因素，但這「並時」與「詩篇外」因素已是並時化了的、詩篇內化了的。要全面討論「書篇內」與「詩篇外」的關係，尚得置於瑟許底二軸說上，把「詩篇」聯接於其聯想軸上，看它作了何種選擇與何種揚棄。但當我們把「詩篇」聯接於其聯想軸而加以考察時，我們這考察當然會增進了「詩篇內」的了解；那麼，在這意義上也就內化爲「書篇內」，內化爲「書篇底系統」的一個環節了。同時，根據洛德曼的資訊理論，當「詩篇內」與「詩篇外」作連接時，由於「選擇」這一因素的作用，「詩篇」底資訊容量度便又大量提高了。

產生連接、產生選擇，就產生語意、產生資訊了。洛德曼把這「詩篇內」與「詩篇外」的連接放在「作者與讀者」這一透視裏來論述，更能把握其實際情形。從「作者」的角度來看：

> 作者不僅能在不同的片斷裏作選擇，並可在不同的結構模式上作選擇；作者不僅能在其藝術語言裏相等的局部裏作選擇，並可在不同的藝術語言裏作選擇。……但假如一個詩篇不能從兩個或以上的可能裏選擇其一，而是機械地跟著其所在的傳統用了其中的一個；那麼，這個詩篇即喪失了其傳遞資訊的能力。因此，增加選擇的可能性是「詩篇」的結構基礎。凡是在自然語中機械的、不可避免的東西都在詩篇裏被看作是許多相等的可能裏的一個選擇。實際生活的現實資料與「詩篇」內的關係與此情形相似。在現實裏被認作是唯一的可能時，這唯一的可能却在「詩篇」裏僅是其故事結構，僅是作者的一個選擇，蓋作者可以選擇任何的故事結構或選擇這故事結構的變異體。（頁二九六）

無容贅言，這「選擇」就是「資訊」的基礎。「選擇」雖說是在衆多的可能裏進行，但事實上，這衆多的可能是包裹在「可能」與「不可能」兩極之間，包裹在「容許」與「禁止」兩極之間。因此「選擇」或多或少地帶有「違規」(violation)與「歧異」(deviation)的本質。洛德曼指出，「一個詩篇與其外面的居於其前的一個禁止的系統相作用而產生功效。但這些禁止並非力量相等的。某些是絕對的而某些是可以克服的。」（頁一九四）。而這些「禁止」也就是所處文學系統所作的規範。在一頭，我們會碰到絕對的禁止；這禁止之破壞不能產生新意義而只導至這系統的破壞。在另一頭，我們會碰到許多的可遵守不遵守的限制；這些限制通常被違背了，以致這違背不能很積極地在內容層上引起反應。這樣下來，我們有四種可能，一是完全違背所有的禁止（但這不可能成為表義行為）；二是完全遵從所有的禁止；三是克服一些強勢的制止；四是克服一些弱勢的禁止。當然，所謂絕對的禁止、強勢的禁止、弱勢的禁止是隨著不同的歷史文化時代而有所改變的。至於「詩篇內」所表達的「宇宙世界的模式」也是如此，需把它與「詩篇外」的所有的「宇宙世界的模式」相對待，以後者作為背景，看前者作了何種「違背」或「歧異」。（頁一九六）

作為一個「詩篇」底聯想軸或背景的所有的「禁止」及其絕對性、強勢性等，以及這些「宇宙世界的模式」，是不容易有絕對的客觀性；但無論如何，這一個聯想軸、這一個背景是「詩篇」表義不可缺的條件（請參本書第二節筆者對瑟許表義二軸說的論述）。一個對某一「詩篇」底聯想軸的大致的客觀勾劃是可能的，但不會與原作者所作用的聯想軸相等，但大致上在許多層面上當不會距離太遠。洛德曼討論「詩篇」底「聯想軸」時置之於作者與讀者的聯綫上是對的，蓋讀者在閱讀時所作用著的聯想軸往往與作者有所差異。那麼，一個「詩篇」的表義在作者與讀者間註定有著差異。有時差異不大，有時却差異得驚人。那麼，洛德曼說，我們應首先問「在什麼情況之下藝術的資訊交流才可能？」（頁二八七）洛德曼指出幾個重要基礎。第一個基礎是雙方都把這「

詩篇」看作是詩篇，是文學作品。但我們得注意，文學與非文學的分別在不同的歷史文化時代裏是有所差異的，蓋這個「文學與非文學」相對組是與文化系統連接著的。第二，即使第一個條件符合了，雙方對「文學」的概念可能有根本的差異；當然這差異也造成交流上的障礙。第三，洛德曼提出「詩篇類型學」(the typology of texts) 一觀念。認爲「詩篇」底美學可建立在兩種不同的美學型態上，一是「以相同作爲美學基礎」(aesthetics of identity)，一以「以相異作爲美學基礎」(aesthetics of opposition)，前者可以民間傳說爲代表，後者可以當代前衞作品爲代表；前者在語規上是已知而經由即興而打破其機械性，後者在語規上是未知而多是與前代語規相異。如果讀者運用不同的詩篇類型以讀一「詩篇」，當然也產生窒礙不通了。（頁二八六—二九五）當然，除了這些基本的因素外，尚有其他許多的因素，這些因素都可以在我們前面所勾劃的「詩篇底系統」裏演繹出。所有的美學態度、結構上的各種考慮等等，總名之爲「語規」(code)。由於「語規」是這樣的含攝一切，那麼，藝術資訊交流的困難的根本所在，也就是說話人（作者）與受話人（讀者）建構與詮解一「詩篇」時所作用著的「語規」總是有所差距。但在資訊理論這一個立場而言，正由於這個「差距」，「詩篇」得以帶上更多的「資訊」，更多的「語意」。無可否認，「讀者」是「詩篇外」的一個因素。但如我們在討論雅克愼底語言模式所言，「說話人」說話時往往有「受話人」在其意識裏，這「受話人」便成爲其「話語」結構的一部分。因此，「書篇外」也不免終成爲「書篇內」。換言之，一些暫定爲「詩篇外」的東西，都因其與「詩篇」產生作用，成爲「詩篇」建構時的一個考慮，成爲了「詩篇底系統」的一個環節，遂得變爲「詩篇內」。換言之，我們得從這個角度來看「詩篇外」，這樣才能使它內化爲「詩篇內」，這就可以保有著記號詩學的固有的內延系統精神。

回到洛德曼底資訊理論，我們遂覺得其對詩篇所下定義是必然的了：「一個書篇之被稱爲詩篇者乃是說它所有的元素皆已語意化」（頁一四六）。當然，所有的元素是包括了書篇內與詩篇外的（即與詩篇相作用的詩篇外）：「當一個詩篇進入了詩篇外（extra-textual）諸種結構裏而與它們相交接，而每一元素進入了詩篇內（intra-textual）的各種結構裏與他們相關聯，這一個藝術作品便成爲帶著許多意義的東西，在其中各意義異常複雜地交接著」（頁三〇〇）。結果，「如我們所確認的，一個詩篇也許可看作一個組織特殊的有機體，其資訊集中情形遠遠地超過他者」（頁二九六）。洛德曼甚至在書末說，「在所有人類創造的東西裏，詩篇最能顯出那些結構要素，那些使到神經機械學家回頭注意有生命的組織所顯示的結構要素」（頁三〇〇）。

第六章　巴爾特的語碼讀文學法

第一節　巴爾特的記號學

巴爾特（Roland Barthes, 1915-1980）是法國結構主義大家，也是法國的記號學家，其結構主義及記號學皆導源於瑟許的結構語言學。不過，單是用結構主義與記號學來描述巴爾特對文學的探討是不足的，他本身對文學的學養，他一直保持著的文化社會透視，歷史的辯證角度，從拉岡（Jacques Lacan）過來的後期佛洛伊德的心理分析，以及他周遭的批評環境所給予他的激盪等，使到他的詩學甚爲複雜。單就結構主義與記號學而言，其最爲關鍵性的一點，也許是他對「系統」或「結構」的猶豫態度：他一方面遵循結構主義與記號學的基本態度，對表義行爲背面的「系統」或「結構」有很深的興趣與信念，但有時却不免對「系統」或「結構」的信念有所懷疑，尤其是後期的思維裏最能顯出這個矛盾。所以，他有最標準的關於結構主義的論著，如「結構主義者的分析活動」一文(1972。法著一九六四)；「敍述體結構分析導論」一文(1977。法著一九六六)；「論拉辛」一書(1964。法著一九六三)；有主源於瑟許式的記號學論著，如「記號學諸要元」一書(1967。法著一九六四)；「記號底王國」(L'Empire des signes)一書(1970)。在後期的著作裏，當以「S/Z」(1974。法著一九七〇)爲最重要，擺盪在「系統」與「非系統」之間。他一方面說要打破「系統」這一個概念，但一方面却認爲「詩篇」是由五種語碼／規(code)穿越過一個語言空間而成。大致說來，這五種語碼／規讀文學模式不妨認作是巴爾特後期詩學裏的一個記號學的模式，蓋這個閱讀模式基本上是提出了一個架構以讓意義演出。

我們之興趣既在於詩學模式，所以我們在本章裏只論述巴爾特在「S/Z」裏的語碼讀文學模式；然而在前些著作裏，巴爾特所遵循的瑟許底記號模式，實値得一提；而巴爾特曾根據這個模式對服飾系統、食物系統等作了一些很有意思的探討，故在本節裏根據「記號學諸要元」一書略爲介紹如下。

巴爾特跟隨瑟許的傳統，用「semiology」來指稱「記號學」。記號學包括各種表義系統的研究，如圖象、姿式、樂音、習俗等等元素構成的系統。這些系統對「自然語」而言，是「二度語言」(second-order language)，與自然語有所不同。在這些表義系統裏，其最基本的單位不再是語音層上的基本單元（語音層須連到語意層才產生意義），而是本身就含有意義、指向某些客體，是構成其「論述」全體的各個意義單元。從這個角度來言，「記號學」可稱爲「超語言學」(trans-linguistics)，是研究超乎語言以上的東西，如神話、敍述體等任何文化底素材，只要這些素材經由表達而表達了出來便行。但同時，他又扭轉瑟許「語言學爲記號學裏的一主幹」的看法，反過來謂記號學應隸屬於語言學，隸屬於語言學裏那處理大於語音基本單元的部分、那處理一論述裏各個大單位的部分。巴爾特似乎認爲語言學有兩範疇，一範疇是討論各低層次語言單位的關係，統攝於句子之內，如語音層上或語彙層上的各單位；一範疇却是討論各個獨立的大單位的關係，討論各個較大的「毗鄰單位」(syntagms)；而記號學則應隸屬於後者。當巴爾特如此說時，也許他本身就有著瑟許的結構語言學基本模式在其心中；所謂處理較大的有表義功能的語言單位的語言學範疇，實亦在瑟許二軸說之內。唯一的改變也許只是：毗鄰軸上的單元是較大而有獨立意義的毗鄰單位而已。因此他坦然承認他是從瑟許結構語言學裏的分析工具以建構其記號學，循瑟許的相對組思考模式及其架構，而得記號學的四大要元如下：㈠語言與話語相對；㈡記號具與記號義相對；㈢毗鄰單位與系統相對；㈣原義與引申義相對。（頁九——十二）在其記號學裏，巴爾特應用了詹姆斯尼夫(Hjelmslev)、雅克愼、李維史陀、拉岡等人在語言學、結構人類學、心理分析學上的研究以深化這四大要元。我們這裏無法細述巴爾特底瑟許式記號學，但巴爾特曾利用這模式對衣著系統、食物系統、傢俱系統、建築物系統作了饒有趣味的初步勾劃，我們不妨略述其衣著系統，以見一斑。

從「語言」與「話語」的對立（前者爲一抽象體而後者爲其個別演出）這一個角度出發，巴爾特把衣著系統分作三個範疇。第一個範疇是在服裝雜誌上的陳述，陳述時裝的各種樣式、配搭等等，是一個純語言的境地（a language in its pure state），因爲人們不會完全依照雜誌上所陳述而穿戴，故幾無相對的「話語」可言。第二個範疇是時裝雜誌上的照片。這些時裝服飾的「語言」乃從這些半眞的（照相的）衣著裏引繹出來；那在照片裏穿著某些服飾的「人」僅是名義上的，代表著某一種時裝與典範，是這「語言」的一個個別的話語。第三個是眞正爲人所穿戴著的衣服。其「語言」是由這具體的衣著情形所演繹出來，而這「語言」的「話語」也就是一個個體的實際穿著，這包括個人違背規定的穿戴以及某些個人性，如衣服的長度，清潔度等等（頁二六—二七）。無論如何，衣著「語言」的勾劃可依瑟許的二軸進行。在聯想軸而言（巴爾特稱之爲系統上的），是根據人體不能於同一部位同時穿戴者爲基準，以劃分各個衣著的組成部分，各自組成一組（如頭戴的有帽子、頭巾等），各組內有各種選擇，一改變就有所意義上的差異（戴帽子與戴頭巾便顯然有不同的意義）。在毗鄰軸而言，是穿著時各「部分」的毗鄰組合關係：如「裙子——襯衫——外套」構成一個毗鄰組合關係。（頁頁六三）

巴爾特其後對「神話」的記號學式的研究（1970。法著一九五七），把神話看作是一個二度語言，由「語言系統」與「後設語言系統」複合而成（一個「神話」是一個「記號」，其「記號義」卽爲神話之意義；而其「記號具」却又是由「語言記號」構成，有其自己的記號具與記號義；故「神話」兼兩個系統云云）；巴爾特對「圖畫」及「電影」的探討（1977），特別注意這記號系統的肖象性與這肖象性帶來的豐富意義及其表義上的局限與特色等；這些研究或皆可置於前述的記號學模式裏，但無容置疑地，對前述的模式有所推衍、深化。由於篇幅及體製所限，不擬多論了。

第二節　五種語碼讀文學法

如上節所述，巴爾特在其重要著作「S/Z」一書裏提出用五種語碼／語規（code，以下簡作語碼）來閱讀敍述體作品（事實上，可擴大至文學作品）的方法，並以巴爾扎克（Honoré de Balzac）的篇幅較長的短篇“Sarrasine”爲例，著實地進行了這語碼讀文學法。巴爾特就其意之所至而把該短篇分爲五六一個閱讀單位（lexia），在每一單位下稍作解釋，然後註明這單位所含的語碼，或一個或同時兼涵數個不等，而中間以星號分開。在巴爾特認爲可再進一步加以理論化或深化或歸納之處，他插入較長篇的他稱之爲「鑰」（key）的闡發，作爲一種閱讀上的另一筆。書中一共有五十三個這樣的「鑰」。這五個語碼，乃是：㈠疑問語碼（hermeneutic code）；㈡動作語碼（proairetic code or code of actions）；㈢內涵語碼（connotative code or code of semes）；㈣象徵語碼（symbolic code）；㈤文化語碼（cultural code）。這閱讀法的基礎乃是把「書篇」的構成與這五個語碼等同，視作一體。書篇乃一個網，經由這五種語碼構成（頁二一）。

巴爾特在「S/Z」裏所從事者，稍異於他於前所從事之著眼於系統之建立的傳統結構主義路向，隨著法國文學批評界的發展而發展。雖然巴爾特在書中開首不久後說，其目的是要證明閱讀作品「不必把書篇組織起來；書篇中每一分子皆無止地作數次的表陳意義，但他們並不需要被連接成一個終極的整體或結構」（頁一二）；然而，從現在的角度來看，這對一個終極的結構與結合的揚棄，並不等於對「系統」這一個概念之揚棄，只是使「系統」這個概念更爲廣延而更有容納能力吧了；事實上，「書篇」中每一單位表義時，總不離開這五個語碼所建構的語碼網；這「系統」之揚棄乃不免終極地陷於廣延的系統裏，蓋語碼網本身就是一個「系統」。「S/Z」裏所隱含的「系統」概念，將會在下文裏進一步地論述。

在「S/Z」封面的背頁裏，出現一段饒有意味的簡介文字，謂「S/Z」爲巴爾特底記號學的提煉；謂在此書裏，巴爾扎克的短篇“Sarrasine”在語意層上被支解，以發現不可預期的一層層的意義與意涵云云。雖然我們不易確實地看到「S/Z」與前述巴爾特「記號學諸要元」一書的直接關聯，但誠如下面將指出的某些基本的記號學概念仍可於書中追尋，而記號學是研究記號底表義過程的廣延科學，我們仍可視「S/Z」爲提供了一種探索表義過程的著作，有其獨特的著眼點。我們此處是把「S/Z」所提供的模式作爲廣延的記號學裏的一個閱讀模式來看待。

這一個閱讀模式有其特別的著眼點與目標；這一個著眼點與目標如被置於記號學（研究表義

過程的學問）的大領域裏，更能看出來。在雅克愼的語言六面及其相對六功能的資訊交流模式裏，說話人（作者）與受話人（讀者）間的「資訊交流」(communication) 爲基本架構所在；在洛德曼的「藝術書篇的結構」一書裏，無論是內延系統或外延系統，「系統」一概念是被強調著的；在李法德 (Michael Riffaterre) 的「詩篇記號學」(1978) 裏，詩篇底有機統一性是被強調著的。（當然，在這些模式與理論裏，也承認相當的不可言詮的質素與衆義性。）然而，在「S/Z」裏，「書篇」是由五種語碼穿越而成：「五種語碼構成一個語碼網 (network)，構成一個人已經走過的地帶 (*topos*)，一個作品經由這網這地帶便在其經由裏成爲一個書篇」（頁二十）。（筆者按：我大膽地把 *topos* 一詞譯作「一個人已經走過的地帶」。）「書篇」是在進行式裏的。巴爾特進一步告訴我們說：「假如我們並沒有努力去建構每一個語碼及其相互的關係，我們是存心這樣做的，因爲這樣我們可以獲致書篇的模稜多義性，與及其局部的回歸性」（同上頁）。事實上，巴爾特心目中的「語碼」，是不容易建構其系統的。巴爾特說：「此處語碼的意思並非指需要重新建構的一個表或一個系譜 (paradigm)。語碼是經由『引述(quotations)』的一個透視，是各結構的海市蜃樓。……他們是某些已經被讀過、寫過、做過、經驗過的東西的碎片；語碼是這『已經』(already) 的波瀾。經由對這『已經』的指涉，經由對這本大書（文化的，生命的，生命卽文化的）的指涉，這『書篇』成爲了這大書的預告」（頁二十——二十一）。事實，當我們回顧結構主義的努力所得，他們雖強調「系譜」或系統，但眞正做到系統以解釋個別話語的，恐怕只有普拉普（Propp）「俄國民間傳說的形態學」（1968。俄著一九二八）一書了。但普拉普只是在結構點（syntagms）這一個層次上建構成一個內延的封閉系統。在巴爾特的「S/Z」裏，其五個語碼所涵攝異常複雜。在比較容易建構的疑問語碼上，「S/Z」事實上已刻劃出一個略具規模的系統了。我們不妨說，在每一個語碼裏，「S/Z」並沒有建構出系統來；但「S/Z」的「系統」是在「以五個語碼來閱讀書篇」這一廣延「系統」上，雖然這五個語碼的相互關係並不怎樣明朗。

要了解「語碼讀文學法」這一個閱讀模式的著眼點及功能，需要從「作者的書篇」（writerly text）這一個基本點出發。巴爾特「作者的書篇」這一個概念是很難了解的。筆者只能在此甘冒誤解的情況之下而作如下的解釋：作者的書篇是我們正在寫，其時門徑是衆多的，文化網是打開的，語言是無限的。（頁五）換言之，是作者寫作時在心路歷程裏的「書篇」，而實際寫下來的「書篇」，則是「讀者的詩篇」（readerly text）；它已經是一個產品，而非是在進行式中的一個「產生」，前者的衆多性、開放性、無限性已不復得。筆者的看法，巴爾特的語碼讀文學法，把實際的「書篇」加以解體，跟隨讀者的意之所至而支解，好讓每一個閱讀單位與五種語碼相激盪而產生衆多的功能，並在閱讀中插入一些闡發之「鑰」以加深某些閱讀單元的意義，目的之一是要使閱讀接近「作者的書篇」所擁有的衆多性、開放性與無限性；但這並不意味著「閱讀」要回到作者寫作時的心理歷程，這是不可能、不需要、也不是巴爾特所企圖的。任何把「書篇」給予一個終極的結構或整體的企圖，將會削減了「書篇」的衆義性、開放性與無限性。這點，顯然與我們前面所述的李法德所強調的有機統一性大異其趣了。然而，巴爾特也並非完全廢掉相互的關聯，這相互的關聯，在五個語碼而言，好比是一個音樂五線譜，各占一行，而成為五部曲（巴爾特討論完 "Sarrasine" 的前十三個閱讀單位後，即於「鑰」十五繪一五線譜以顯出其關係。見頁廿九）。同時，他也承認疑問語碼及動作語碼要依循「書篇」中的發展順序；但其他三語碼則可回轉，可於任何時刻切入。（頁三十）

巴爾特對「作者」及「讀者」的界定是非常記號學式的，也同時是社會文化式的。先從「讀者」這一個角度來觀察。巴爾特說，「我讀這個書篇」("I read the text") 這種主詞、動詞、述詞的程序現象本身就未必成立。巴爾特說，「朝向書篇的這個我，本身是由衆多的書篇、語碼所構成的，而這些書篇與語碼是無限制的，或者更準確地說，已經失落了的，其源頭已不可辨」（頁十）。這個「我」並不是一個「天眞無邪」(innocent) 的主體。也許，我們會以為在「閱讀」時，我們以我們的「主觀性」(subjectivity) 來「附累」書篇；或者，我們會以為在閱讀時，我們是以「客觀性」(objectivity) 來進行。但巴爾特告訴我們，這所謂主觀性與客觀性都是子虛烏有的。「所謂主觀性只是『豐腴』底意象，藉此，我們以為我們正附累著書篇；但這騙人的『豐腴』在事實上只是建構著『我』的所有語碼的總波瀾而已；因此，所謂主觀性終究說來不免只是陳腔爛調的諸種類型反應而已。所謂客觀性也是同樣性質的『豐腴』：它像其他東西一樣只是一個想像的系統，只是它的閹割別人的姿態比其他更強，從優越的地位把『我』指稱出來，認知出來、甚或誤解出來」（頁十）。也就是說，主觀性與客觀性都是由構成這統體的「我」的諸語碼所組成，終究離不開這「已經」，這「陳腔爛調的類型反應」；後者只是在我們的文化裏帶著強勢把前者指稱出來，並誤以爲前者眞是屬於自己的「主觀性」吧了。總結說來，主觀性與客觀性只是兩個想像的豐腴的相對意象而已，而這「我」實只是「建構著我的所有語碼的總波瀾而已」。這個定義顯然是記號學式的，並帶有社會文化的傾向。假如作爲讀者的「我」可如此界定的話，我們不難推想，巴爾特也會對作爲作者的「我」作如此的界定。沿著這個方向而推進一步，我們不妨認爲雅克愼模式中的「說話人」與「受話人」的資訊交流，在此却變爲了兩個由語碼構成的語碼網的互相作用。整個雙邊交通實是一個語碼行爲，一個記號學行爲。巴爾特說，閱讀是「一個形式的作業（a form of work），而這個作業的操作方法是形勢幾何學的（topological)」（頁十）。閱讀「並不終止於書篇，也不終止於我；我所找到的諸意義並不是由我所建立，也非由他人所建立，而是基於諸意義的系統性（systematic mark)」（頁十）。巴爾特在「S/Z」裏對「系統」這一元素是態度曖昧的。也許我們可以說，他一方面試圖把「系統」從結構主義所一向從事的含義裏解放開來，但終究離不開「系統」這一個廣延的含義。

他所說的閱讀乃一個形式的作業，乃是形勢幾何學的，究竟意指什麼呢？我們不妨認爲這是指「書篇」經由五種語碼貫通而成，是指這五種語碼皆可作非實證的、名義或形式上的界定而言。現在我們就朝這個方向來看這五個語碼。

先談疑問語碼。「hermeneutic」一詞原指西方聖經的詮釋，尋求經義之眞諦。但這裏却是指書篇中的「疑問」的經營與解答，是屬於結構上的一個層面。巴爾特說：「疑問語碼是指那些以各種型態來經營一個疑問及其回應的各單位，其中當然也包括或細述此疑問或延遲其答案的各種偶發事情；這些單元甚或構結一個疑團並最終帶引至疑團之解開」（頁十七）。雖然巴爾特沒有聲稱他要把這個疑問語碼的系統建構起來，但他所提出的已相當地朝這個方向進行。他說，「在疑問語碼裏，我們將用各種形式上的詞彙，以陳述一個疑團之被辨出、暗示、經營；被懸掛而疑而不決；最後被解開」（頁十九）。同時，在一個稱爲「疑問語碼的句子」的闡發之「鑰」裏，他指出一個疑問語碼的句子「涵攝著一個主詞（疑團的主題所在），一個疑問的指陳（組成一個疑團），一個疑問號（疑團之提出），各種附屬的、插入的字句與媒劑（答案之延擱），然後通體地朝向最終的句子的陳述部分（疑團之解開）」（頁八四）。他繼而就「誰是 La Zambinella」這一個疑團裏，建構出問題、延擱、與答案三大部分，並細分爲十個形式上的結構點，卽：主題、疑團之構成、疑團之指出（以上屬於問題之建構）、答案之承諾、答案之延擱、答案之黏住不開、陷阱，局部答案、模稜（以上屬於延擱）、及解開（答案）」（頁八五）。其後，在另一闡發之「鑰」裏，他稱這些結構點爲疑問語碼的單元，並作了較抽象性的界定（頁二〇九—二一〇）。這些語碼上的結構點，是可以援用於其他書篇裏的。在這疑問語碼裏，巴爾特底形式或名義上的傾向是顯然的；職是之故，也是記號學路向的。

在動作語碼裏，巴爾特並不在系統上尋求建樹。正如「S/Z」書末所附錄的關於"Sarrasine"一小說的動作情節裏所顯示的瑣碎情形看來，巴爾特這一動作語碼作業是相當地隨意之所至而成。也許，正如巴爾特所說，「動作語碼的基礎是實證的〔按：即在書篇中如此地出現的〕而非理性的，要把這些動作強納爲律法般的一個次序是白費氣力的」（頁一九）。動作語碼是指涉一些動作連續體，是在閱讀時所建構的；換言之，我們在閱讀中抓住一大堆動作的資料，給他們賦予動作的名稱，以幫助我們對這些資料的把握；當然這些名稱也是這些資料所要求的。（頁一九）這些類屬性的動作名稱，或取自我們瑣屑的日常行爲（如敲門，約會等），或取自小說經常出現的設計（如引誘、示愛、謀殺等）。當然這些動作可以像樹一樣產生許多枝葉而擴展起來。（頁二〇四）巴爾特認爲這樣地縱容各動作連續體而不把他們歸納爲一整體，可以容納「書篇」原有的衆義性云云。也許要緊的是，巴爾特所界定的動作，是包含著動作及其反應兩面；即一個動作本身涵攝著這個動作的反應。譬如敲門卽涵攝著應門或不應門的反應（這是筆者的擧例）。因此，如此的一個動作是含攝著人類行爲的一個邏輯在，故巴爾特用「*proairetic*」一詞，並界定之爲「一種理性的能力以決定動作涵攝著一反應」（頁十八）。每一動作雖賴這麼的一個行爲邏輯而存在；但各動作之間的關係則不必如此。當然，當我們現在反省這一個問題時，我們會認爲動作間有邏輯在，但這也許會把我們的一隻脚放在疑問語碼裏了；也就是說，巴爾特是把諸動作放在實證的角度看（某些動作在書篇裏演出了！）而非在動作間的理則上；故其獲得的功能與視野也有別。

內涵語碼是書篇一些閱讀片斷所內涵（connote）的一些意義的片斷，如女性化、富有、國際化、神奇、複合、超自然、超越時空、幼稚、機械、空洞、世外等等（上述皆是巴爾特從"Sa-rrasine"一短篇所讀到的內涵語碼），他們主要是從角色、環境、與物件裏讀出來的。巴爾特在「S/Z」裏從事的，「只是把他們指陳出來，不嘗試把他們連接到角色或環境或物件上，也不把他們賦予任何秩序以使他們結合爲主題」（頁十九）。這樣做法的目的，是「讓他們保有其不穩定性，讓他們散佈開去，如塵之微粒，意義之閃熠」（同上）。從筆者的角度來看，這內涵語碼的吸引人處，確如其所說的要獲得意義之閃熠，不穩定而散布開去，而有別於我們一向從事的單向或諸種方向的主題閱讀路向。巴爾特的讀法，把書篇「閃熠的意義」這一面開放出來，而不爲主題所囿。巴爾特雖一方面要讓意義的片斷閃熠散播開來，但一方面又認爲一個角色實是他所帶有的內涵語碼的全部，並與意識型態相掛鈎（頁一九一）。也許我們會察覺，要讓意義的斷片充分地閃熠自如，不免與要把這些內涵語碼相連接以描繪一角色或一主題的操作成辯證關係：前者朝向非系統而後者則朝向系統的視察。

雖然巴爾特謂其不把內涵語碼結合爲主題云云，意味著內涵語碼與主題的演出有關，而事實上，其內涵語碼多就角色（兼及環境及物件）而設，與主題尙有相當距離。與主題比較更接近的，也許是其所界定的象徵語碼。巴爾特對象徵結構之界定，是採取相對組法，藉此而得把一連串的相對組連接起來，如在「我那時陷入一個白日夢境裏」一閱讀單元裏，可連接到院子與大廳、生命與死亡、冷與熱、室外與室內等相對組上（頁十七）。同樣地，巴爾特聲明說，他在閱讀"Sarrasine"時，他不把這些象徵語碼連接起來（頁十九）。然而，在接近「S/Z」書末而近乎總結的諸「鑰」之一裏，却從事了一些歸納。他說，在"Sarrasine"一短篇裏，其象徵場域爲一客體所擁有，這客體也就是人體（頁二一四——六）。他說：「"Sarrasine"說出了關於人體的各種越軌。內在與外在這一相對組被廢掉。底下，空無一物。人底複製繁殖被中止。慾的契約變爲虛假。」（同上）。巴爾特指出有三條途徑進入這個象徵場域。修辭之途讓我們發現這些相對之牆被越軌。閹割之途發現了慾望之全盤落空與及創造之延續被中斷。經濟之途發現幣制之虛假，中產階級所製作的金元不再是奠基於土地之上。而三者皆顯示著一個共通點，那就是在分類上產生了擾亂（disturbance）（同上）。如此看來，這三條途徑，第一條似乎是形式上的，後二條似乎是意義上的。巴爾特用近乎結論的語氣說：「"Sarrasine"正表達了『表達』本身的混淆，表達了記號、性、財富底毫無節制地、傳染病地流通開來」（同上）。

巴爾特承認所有語碼皆是文化的，但他仍特闢一文化語碼，這意味著文化語碼仍可自成一個語碼，有助於我們對書篇之了解。文化語碼是指各種的成規化了的知識或智慧，這些語碼在書篇裏被作爲參考的基礎（頁十九）。他稱這文化語碼爲「科學的語碼」；這裏「科學」一詞是指構成一個體系的學問而言。他指出，在"Sarrasine"一小說裏，我們可以看到許多片斷或間接的引文，指向「知識」這一無名大書，而這無名大書可說已在學校的課程手冊上看出其規模。也就是學生們在中產階級教育所常碰到的教科書，包括文學史（內含拜倫，一百零一夜等），藝術史（包括拉菲爾等畫家）、歐洲史、醫學大綱、心理學（包括情愛的、種性的等問題）、倫理學（基督教或堅忍派）、邏輯（三段論式的），修辭學，與及一本網羅一切的生活寶鑑。雖然文化語碼皆源自書本，但經由一中產階級意識型態慣用的逆轉，「文化」被逆轉爲「自然」，而這些「語碼」被裝扮爲「現實」、爲「生活」（頁二〇五——六）。巴爾特進一步說，這文學的豐盈，滿載著這些不免是陳腔的文化語碼，使到一作者陷於其中。作者要批評這些文化語碼，批評這些陳腔，是沒法做到的，除非經由詭計，把他們嘔吐出來（諷刺只是另一種陳腔而已）；也就是儘量讓寫作獲得最高度的衆義性，不使其一以帝國主義的方式壓倒其餘（頁二〇六）。不過，從筆者的角度來看，對衆義性加以強調也不免是當代的文化語碼，當代的陳腔而已；似乎，我們是無法跳越這藩籬。

綜合說來，巴爾特所提出的五種語碼，與傳統批評要從書篇裏讀出讀入的東西不盡相同。疑問語碼及動作語碼接近傳統的所謂結構；內涵語碼及象徵語碼則接近傳統的所謂主題、意旨等。但這只是接近而非是相等。文化語碼似乎是比前面四種語碼更推進了一層，是一條通入隱在背後、支持著書篇的文化或意識型態（ideology）的門徑。這文化語碼是特別地有著記號學的精神，從「後面」看回來，把書篇底表面的所謂「自然性」或「合理性」粉碎。「書篇」所呈現的「天眞無邪」（nnocense）終被掀開。這社會文化的色彩也幾乎是巴爾特底文學理論一向所有的、值得讚揚的地方。閱讀是一個後設語言行爲，是一個「賦予名稱」的過程。巴爾特說：「去閱讀是去找意義，去找意義是用詞彙把這些意義命名出來；然而，這些名稱又將會掃及另一些名稱。名稱一一召喚著，重組著，而這些組合又要求賦予新的名稱。我賦予他們名稱，我把名稱去掉，我再賦予他們新名稱。於是，書篇就在這過程裏成長；它在如此名義的操作裏成爲一個不斷的衍生(becoming)，一個不休止的迹近（approximation)」（頁十一）。如此的一個「賦予名稱」的後設語言行爲，當然包括下面一前題：書篇本身之作爲一潛存的首度語言，與及讀者之作爲後設語言的操作者。每一讀者所擁有的後設語言（賦予意義以名稱並賴此以認知意義的語碼網）是不一致的，故閱讀當然也不一致。巴爾特所提供的五種語碼，與及每一語碼裏的某些系統或概念，都將有助於擴大我們的語碼網，擴大我們的閱讀反應。

第七章　艾誥的記號詩學

第一節　楔　子

艾誥（Umberto Eco）是義大利最重要的記號學家，也是目前國際上最負盛名的記號學家之一。他第一本主要的記號學著作，是「*La struttura assente*」(1968) 一書。其中包括對結構主義方法學及哲學上的評詁、記號學領域的綜論、記號學的一般概念、視覺記號系統、及建築記號系統。這些探討正代表著義大利記號學當時之傾向（義大利的記號學主要是循瑟許及法國的路綫），可稱爲早期義大利記號學的代表作（參 Lauretis 1978）。他於一九七六年出版其最主要的記號學著作，用英文撰寫，也就是「一個記號學理論」一書。書中綜合了瑟許與普爾斯兩大傳統、綜合了幾乎所有記號學的重要研究，把許多有關論述移入記號學一透視，把論述領域提升到一個相當高的抽象、廣延、邏輯層次，是目前最爲廣延、最爲受到推崇的經典之作。該書相當地注意到文化、意識型態在表義上所扮演的角色，認爲文化是一個記號行爲，意義是一個文化上的單元，記號學的思維同時帶動著現實，而人也就是其記號行爲的總和等（最後一點從普爾斯繼承過來），相當地反映著義大利記號學研究晚近的歷史辯證傾向。事實上，這個傾向也不妨可看作是世界性的，蓋晚近的記號學都不免指向這個事實：所有的表義行爲都不是天眞無邪的，連記號學本身都脫離不了這個歷史文化性。

在「一個記號學理論」裏，艾誥特闢出一章來討論「詩篇」，而這討論是經由書中所提出之記號學概念來進行的。從記號學的角度，他指出㈠一個藝術的「書篇」乃是一個特殊的勞作，一個對表達層特別的操縱；㈡這個操縱帶來了內容層上的重估（同時，這個操縱也是由於內容層上的重估而獲致）；㈢這個表達層與內容層的相互作用帶來一個癖性的、高度原創性的記號功能。這癖性、原創性的記號功能是置於一般的語碼／規上來估量的，故其結果是帶來原來語碼／規的改變；㈣雖然這個操作過程是置於語碼／規這一焦點上，但事實上這語碼／規的改變會帶來一個對現實世界底認知的新模式；㈤詩篇的製作既預期著詩篇之被解釋這一勞作，那麼說話人得把受話人可能有的反應加以考慮；因此，詩篇成爲了一個雙邊的資訊交流網（3.7.1）。（對此書的參引皆以章目節爲準）。結果，由於上面所說的表達層上的操縱、表達層與內容層上的互動、語碼／規與話語的辯證關係、語碼／規改變帶來對現實的新視野、說話人與受話人的辯證關係等，「一個藝術的書篇底記號學式的定義乃是說書篇提供了一個結構了的模式以作爲一個尚沒結構的資訊交流的雙邊互動」(3.7.8)。

繼此書以後，艾誥就其關於文學的記號學研究論文結集而爲「讀者的角色」(1979)一書。論集中包括一些理論性的開拓，如對隱喻語意範疇的探討、藝術語言的滋生、普爾斯無限衍義說之發揮，以及一些對書篇的實際批評。書中尚包含一篇「緒論」，擁有相當的系統性，繼承了「一個記號學理論」裏讀者與作者雙邊交流透視，提供了一個敍述體的「書篇」模式（此模式與前面提及之詩篇模式可互爲補充），謂讀者在「閱讀」中把「書篇」衍化爲一個多層次或多元互動的「書篇」結構；當然，這多元互動的「書篇」結構在另一方面而言也就是「書篇」原涵攝著的表義架構。這架構是從 Potofi 的模式發展而來，遵循其「內延」、「外延」的相對待角度。艾誥這模式裏，把「書篇」依閱讀順序而展開的「表達層」作爲基本點，在其下則有其表義所賴的「語碼／規」一範疇，在其上則有在閱讀中作用出來的「內容」一範疇。這表達層（話語）底上下二大範疇裏，作左右分爲內延與外延兩大綱領；同時，在其上之「內容層」上更就目前對敍述體研究所得，再細分爲四個內延範疇及其相對之三個範疇。一個敍述體「書篇」遂共擁有十個範疇或層次，而成爲其架構；艾誥作圖解如下（下面的圖解裏把一些解釋省略了）：

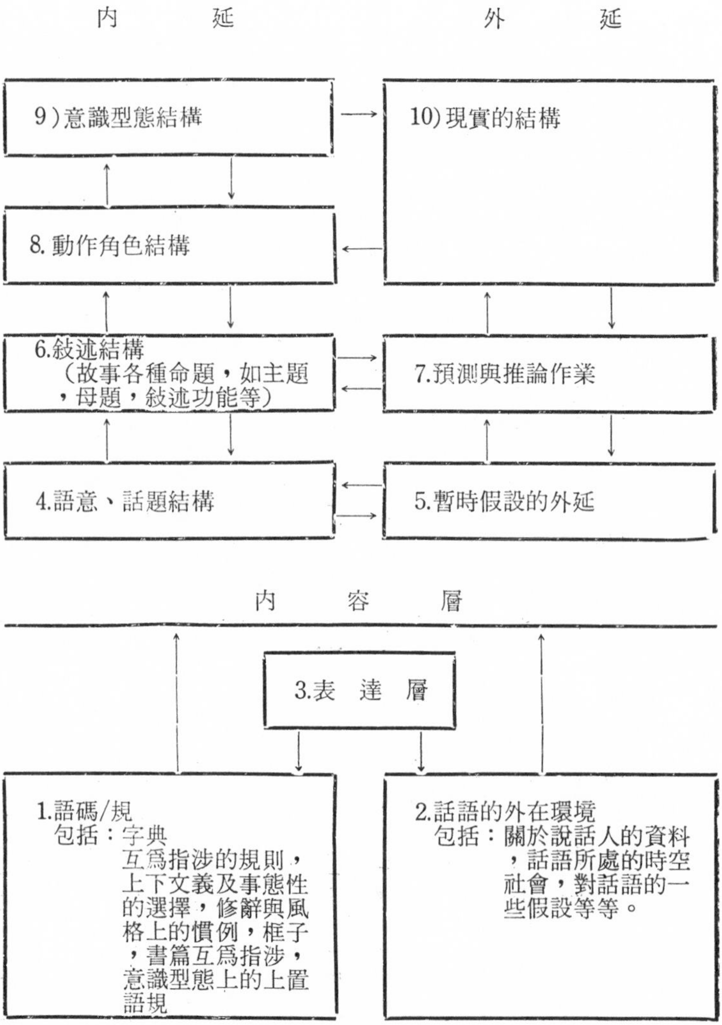
內延
外延
9）意識型態結構
10）現實的結構
8.動作角色結構
6.敍述結構
（故事各種命題，如主題，母題，敍述功能等）
7.預測與推論作業
4.語意、話題結構
5.暫時假設的外延
內容層
3.表達層
1.語碼/規
包括：字典
互爲指涉的規則，上下文義及事態性的選擇，修辭與風格上的慣例，框子，書篇互爲指涉，意識型態上的上置語規
2.話語的外在環境
包括：關於說話人的資料，話語所處的時空社會，對話語的一些假設等等。

無論在「一個記號學理論」裏所提出的或在此處所圖解的「書篇」模式，都需要放回艾誥對「模式」上各層次各種關連的記號學式的論述上，才能賦予這兩個相輔的模式以「品質」。同時，要了解艾誥對「書篇」的記號學式的論述，尙需放回支持於其背後的一般記號學上，才能見其廣延的基礎。無庸贅言，對任何「模式」的了解都必須進入其「品質」才不致於把它誤解爲貧瘠。然而，我們在這裏却冒著以貧瘠的面貌來把艾誥底「書篇」理論來呈現的危險，把其先後提出的「書篇」綱領拓出如上，然後就把他們放下了。爲什麼呢？筆者總覺得書篇的架構層面總是可依不同的模式來建構，不容易有絕對的，常常能容納某種差異。同時，如果我們要逐步來討論艾誥「書篇」模式的每一層面及關聯，實非本章篇幅所能容納，也似乎沒有必要如此。事實上，記號學概念往往對「書篇」的表義行爲直接或間接地提供了了解，而這些概念又非全可直接地納入上述書篇模式之中。職是之故，我們把其「書篇」模式略提如上便放下，而於下兩節中論述艾誥在「一個記號學理論」及「讀者的角色」二書中某些記號學概念及某些記號詩學概念，這樣更能顯出艾誥所作的努力及貢獻，更能增進我們對記號詩學的認識。無庸贅言，這些概念對艾誥前面所提出的兩個相輔的「書篇」模式上有關的層面及關聯作了「品質」上的界定。

第二節　一些記號學概念

在「一個記號學理論」裏，艾誥提出了許多概念，這些概念皆或多或少地可對文學的表義過程有所啓發，蓋記號學乃研究表義過程所賴之諸面及通則，而文學爲記號系統之一。記號詩學不免不斷地回顧其所根植的土壤，回顧記號學本身。本章卽沿著這個信念，選擇若干概念來論述，以作記號詩學的背景了解，並增進記號詩學開拓的可能性。這選擇往往是基於本書的結構，也就是本書一直關注的模式與概念，基於其對詩學的關聯性，基於其深入及嶄新度等。爲了眉目清晰起見，我們將用數目字表出我們選擇了的概念而或詳或略地論述並評詁之。

㈠**記號學底知識論上的界限**。艾誥在 0.9 節裏提出了記號學知識論上的界限一問題。他指出記號學要留意其「純」度的問題，要對其目標及其所用的一套範疇加以詢問，是否在企圖建構一個一般性的理論架構，帶有高度的抽象性與廣延性，還是處理一個在某特定時空的社會現象（一個書篇也是一個社會現象），可隨時空而轉移。最重要的，他指出記號學不免有知識論上的上限，記號學的研究「像在一個森林裏作探測一樣，其所留下的車軌與足迹正改變著正在探測的風景；因此，探測者對此風景之描述應把他對這風景所作了的生態上的改變納入其考慮中」。記號學是一種後設語言，是一種「講述」的「講述」，不免影響著這表義與資訊交流世界。

艾誥這個知識論上的上限是絕對不能忽略的前題，也是最富有當代的反省精神。這反省精神可見於馬克斯文學理論的歷史辯證（參 Jameson 1971），見於結構主義後的解構主義（de-construction）等。這一個反省精神應爲記號學所不可或缺，蓋記號行爲與自然現象有異，前者不免是人爲的建構，是一種不斷的約定俗成與衍變，而表義所賴的面與規則在許多複雜的表義行爲裏與其說是明晰不如說是晦暗不明。記號學的「純」度不免是相對性的，其所建構的範疇與規則雖經由其強度的邏輯性與抽象性而獲致高度的廣延性與不變性，但這範疇與規則不免是一個零架構，與實際的記號現象而言，僅是一個廣延的可能基礎，一個「相近似」而已。這知識論上的上限，很顯然地也是記號詩學知識論上的上限。富有這個反省精神的詩學模式，都往往能把內延系統開放以容納這個「生態」因素，前面洛德曼所說的規範系統一概念，巴爾特詩學中的社會文化傾向，都可置入這個知識論的角度來。或者，我們不妨說，記號學或記號詩學有著這個知識論上反省之餘，是掙扎在一個「純」抽象架構的建立與其終不免產生生態上的影響的一個永恆的辯證中。

㈡**記號學的主體**。在「一個記號學理論」裏，艾誥不得不在結束其龐大的理論之前，以一個極短的「章」來論述記號學的主體，也就是發放這記號行爲的主體——人。在「一個記號學理論」裏，艾誥遵循「語言的了解把握」(competence) 和「語言的實際演出」(performance) 二種能力的分別，建立了兩大建構，卽一個語規理論 (a theory of code) 和一個記號製作理論 (a theory of sign production)。前者是後者的基礎，是一個話語成立之條件，是從各種話語歸納出來的假設上的一套成規；但這套成規並非全體語意世界(global semantic univerce) 的自然條件，而是某種約定俗成；同時，這一套語規也並非在複雜的表義過程底下一成不變的結構。事實上，讀者每回閱讀一個「書篇」時都不免對存有的語規挑戰，設一些假設以作爲包容更廣的暫時性的規則，以求了解這「書篇」，蓋讀者往往在閱讀時會碰到一些尚沒成規化了的東西。（2.13;2.14.1-4)。「記號製作理論」則指陳記號使用者製造話語所需的勞力（說話、繪畫皆需勞力），如何把表達層這一連續體（expression-continuum）塑造成一個系統，如何使這造型了的表達系統與可能的內容相連接而成爲記號，如何把這些記號組合以指稱這個世界等（3.1.3）；或者，就語規與其指涉相啣接而言，如何以「語規」來加諸其要指稱、但却是不穩定的對象上。(2.1.4)。但正如艾誥自己在書末處所承認的，無論其語規理論或記號製作理論，甚或在後者裏的說話人與受話人一雙邊軸上，這記號的主體——人，都只是一個現象學式的超越我（a phenomenological ego），而非一個具體、歷史、生理、心理的主體。因此，並沒有談到所謂主體的創作慾望等等。艾誥在此一方面謂某些探求應交給其他的學科，如心理分析學等；但如果這「主體」要置入記號學的領域的話，這「主體」必須用記號學的語彙來界定。這「主體」必須被認作爲一個話語底指涉的一個可能環節，這個「主體」的特性與態度等必須被讀作這話語裏的內容，這樣地論述「主體」才不致於超出了記號學的範疇。換言之，是要把「主體」內延到記號行爲的內部，內延到書篇的結構裏。在這記號學範疇的觀點裏，主體的主觀活動是經由其所作記號活動以界定之，看其如何把宇宙世界劃分爲若干單元，如何把語意單元和表達層單元聯接起來，如何用這些記號操作而不斷地把某一時空裏的系統性的現實加以瓦解並重組。這整個活動所表現出來的主體活動也就是記號行爲的主體——我。艾誥更徵引普爾斯的話以印證所論：人所用的記號也就是這人，我的語言也就是我的整體云云。艾誥承認，在書中的「主體」是方法學上的，並非實證的；也許環繞著這方法學上的「主體」之前、之後、之內、之外的東西是無窮的重要。但可惜，艾誥告訴我們，在目前的研究階段裏，對這問題所提出的探討是超出了其界定的記號學範疇。

無疑地，記號的「主體」是一個重要的問題，也是我們一再指出的把記號學底內延本質向外開放的一個可能性。但無論如何，艾誥是對的，這開放必須是一種把外延納入內延，在記號學的範圍裏進行。主要的關鍵也許是如何擴充記號學的詞彙與範疇，使能在記號學之內、在書篇結構之內能握住一個更具體更豐富多姿爲歷史文化所渲染著的一個「主體」。洛德曼「詩篇的結構」所涵攝的「書篇外」未嘗不可以以另一角度來陳述而使之與記號的「主體」掛鈎。以記號「主體」所演出之記號行爲回過頭來界定這「主體」是極好的南針；我相信如果艾誥一早就有意思更深入的接觸這個「主體」的問題，其所建構的語規及記號製作理論，將會比其所已建構者更爲豐富。然而，先假設一個形式上的不帶本質的主體以建構一個記號學架構，然後再把它擴展開放，也許會比一開頭在各種內延規則尚未明朗化以前便置入一個複雜的「主體」更來得紮實。艾誥的選擇是對的。

㈢**意義乃一文化單元**。艾誥把文化和記號學或記號行爲看作互爲表裏的東西；文化可採取一個記號學的角度來處理，而記號學與記號行爲可置於文化裏討論。他說：「在文化裏，任何的東西皆可變爲一個記號現象。表義的語規也就是文化的語規」（0.8.5）。一個記號的記號義（意義）並非是其代表的外物，而僅是一個其代表的「外物」（甚至不是外物）的一個抽象體。如「狗」這一個記號並非指在我們身旁的一隻特定的狗，而只是「狗」這一個抽象的類屬、這一個抽象的本體。一個抽象的類屬與本體總不免是依文化上的成規而界定，故意義乃一文化單元。而文化單元可以從記號學的角度界定爲一個語意單元，界定於一個文化裏所涵攝的語意系統裏，蓋文化對其所含攝的份子都細節地作了界定、解釋與分辨。每一個份子或詞彙的字義皆經由解釋而界定，一個解釋帶來另一個解釋，這就是普爾斯所說的記號無限衍義云云。(2.6) 文化爲自己建構其語意世界可明顯地見於各國語言對其語意世界所作的造型看出來。卽使是最客觀的視覺色彩世界，不同的文化仍在這色彩連續體上作不同的造型與分辨。英文的「藍色」(blue) 在光譜上是486-460mu，而俄文則把這譜階上的藍色細分爲兩個關於顏色的文化單位，卽 *goluboj* 和 *sinij*。愛斯基摩人 (the Eskimos) 把雪分爲四種，以指陳其經驗上之需要。(2.8.3) 總結說來，意義是一文化的單元，一個單元與另一個單元之區分在文化裏成形；經由對記號之研究，我們可以組成一個由相對組構成的系統，也同時由於以這語意系統爲前提我們得以解釋一個記號之意義如何從這系統上產生(2.8.5)。艾誥採取雅克愼在語音學上的方法，謂一個基本語意單元 (sememe)，好比一個基本語音單元 (phoneme)，可視作是一個由一羣的語意指標 (semantic markers) 所界定，而整個語意世界則是這些語意指標的全場域。(2.9.1) 因此，一個記號具可以涵攝幾個不同的文化單元，也就是不同的語意指標；如「老鼠」在「有無生命」這一相對組而言，是「有生命的」；在「益損動物」這一相對組而言，是「損」的。對基本語意單元（sememe）的描述應是百科全書式的而非字典式的（2.9.6），並隨著文化的發展而擴大（2.10.2）。當然，對一個語意單位或一個記號的描述，除了考慮它在其文化中的語意系統的位置及與其他單位與記號的語意關係外，尙要考慮它在組合軸上的限制，如能與什麼作連接而不能與什麼相連接等等，艾誥的語意學模式都把這些及其他因素加以考慮，我們上面的簡述只是著重在語意場域上的構成與一個語意單位或記號在這場域背景上的意義表出。

用語意系統來分析語意單位及記號，把分析降落到厘辨因素層，是語意分析的一大進步；這種分析在結構主義家手裏已開始，葛黑瑪（A.J. Greimas）的「結構語意學」（1966）在這方面已有相當的成就。艾誥所提出的記號無限衍義、百科全書式的構想，以容納因文化經驗而擴展的語意及以指涉範疇以界定語意等，都能對原有的內延有所擴充。誠然，語意系統與文化是息息相關甚或互爲表裏的，這個現象不僅見於各國別文化及其語意系統之差異上，卽在同一國別文化裏，不同時代的文化亦可從其語意系統的重點移轉而看出。就以我國爲例，玉是我國古代文化一個重要環節，無論在經濟上、美學上、及禮節上等都可見出其重要性；這情形正與古代的語意系統裏，對「玉」的形狀、物質性、文化功效性等所作複雜的分辨上看出。我們只要打開「說文解字」玉部，這文化與語意系統（語彙）的互爲表裏便一目了然。再如魏晉南北朝時，人物品藻爲當時文化的一個重要環節，其時經由一套特殊性的語彙（如氣韻、風采、骨氣等等）構成了一個特殊的語意系統（或者說，二度的語意系統吧！），與其所表達之文化相表裏。當這「玉」文化與特殊的「人物品藻」文化消失或退縮到文化的後台遠處時，其相對的語意世界也遭受到同樣的命運了。就文學而言，當我們受到結構主義及記號學對語意所作的系統性（降到厘辨因素層）分析的刺激之同時，我們不難感到一般的主題討論過於粗枝大葉，而一般意到的詮釋與發揮，屑碎不足而甚或無據。我們不難想像，我們對「書篇」內容或意義之研究，也應降到語意指標這一個厘辨層次；我們不難想像，這樣的分析與閱讀「書篇」，將會爲我們對「書篇」底語意世界提升到一個新領域。

㈣**上置語規與下置語規行爲**（over-coding and under-coding）。艾誥說，「語規」只是一個操作上的設計，作爲一個「話語」的解釋基礎，假設爲一個爲說話羣所擁有的集體的語言能力。這個語規不妨看作是一個複雜的網，內含許多二度的語規。記號學雖一面把這些語規界定出來，把他們視作爲存在著的一般通則，但同時也知道，當這些通則被界定時，在這表義世界裏新的東西已出現，使到這些通則不是完全可依賴（2.13）。因此，無論在話語的製作行爲或解釋行爲裏，這「語規」都被挑戰，還沒有成規化了的表義與解釋方法便出籠，而終至影響了整個「語規」。職是之故，表義行爲裏是包括著一些「沒有納入成規」的因素（2.14.1）。艾誥提出了「上置語規行爲」與「下置語規行爲」以幫助了解這「語規」不斷擴大與複雜的現象。上置語規行爲是在現存的語規之上上置一個「次語規」；如禮貌性的語言、修辭上與風格上、甚或肖象性上有所耕耘的語言，都是上置語規行爲，而支持著這些表義行爲的「次語規」，即是上置於一般語規上的「次語規」。這些上置語規行爲往往有其創意性，但往往又因納入了「語規」而立刻死去；或者，通常是擺盪在成規與創意之間吧！(2. 14. 3) 下置語規行爲是當記號使用者沒有現存而可信賴的「語規」可循以製作或解釋話語時，擬出一個暫時性的不準確的「語規」以應用，以求一個大概性。最明顯的例子莫如當一個人到了一個陌生的國度，他不懂其語言，但慢慢會了解到一些東西，模糊地感到某些一般性的態度、某些行爲隨伴著某些聲音手勢面部表情等。這整個行爲就是下置語規行爲，握住話語的大概，假設一些不精確的語規以認知。總結說來，「上置語規行爲是由現存的語規擴至更爲分析性的次語規，而下置語規行爲是由現存的語規擴至有希望成爲語規的語規。」然而，在實際的語規行爲裏，兩者往往同時交叉進行，不易分辨，可綜合名之爲「額外語規行爲」(extra-coding)。(2. 14.4)

艾誥這一個對「語規」的雙重透視，一方面承認有「語規」的存在作爲表義之條件，一方面又承認「額外語規行爲」的幾不可避免性，使到「語規」在表義行爲裏能充分扮演著複雜通變衍生的功能。這雙重透視好像是先建構一個不可靠不完備不足夠的系統，然後把它跨越違反；初看來好像是先建立一道牆然後把它拉下來那麼自找麻煩那麼庸人自擾。仔細看來却不然，因爲我們總不能從無開始，從無規範開始，從毫無憑藉開始（那只能是在遠古之初表義行爲在最初形成時期才能如此），因爲我們是誕生在一個已有相當發展的表義世界裏。我們所能做的，是在已有的系統之上，經由不斷地對系統之挑戰與打破以擴大之，蓋這打破後而形成的「次語規」或「有潛在能力成爲語規的臨時語規」終會再度落於這不斷吸收不斷壯大也不斷忘記的「語規」底廣涵範疇裏。這是一種已建立與將建立、完備而先天性地註定永遠不完備的無休的辯證。這「語規」與「額外語規」與洛德曼所言的「系統的」與「非系統的」之互爲對待，其精神是一致的。

無庸贅言，我們這裏所作的論介工作是掛一而漏萬的；其他記號學概念，諸如構成一個「複製」(replica) 的兩種「類型與個別指標率」(type-index ratio)，或爲「容易」(*ratio facilis*，爲語規所預先決定)，或爲「困難」(*ratio difficilis*，沒有背後之類型，與「內容層」直接相連)；內容層上之霧團狀態 (content-nebula)，不能就現有的語規而認知與析之爲若干單位，需經由「記號功能」之轉變以應付；「話語」(不是單指口說之話語) 之製作所牽及之各種勞動力及其所構成之類型學；表義系統底單重或多重系統及其「規劃」(articulation) 之有無等；都或多或少與「詩學」有關，但由於篇幅所限，只好割愛了。無論如何，這些概念之背後皆洩露出一個事實，洩露了表義行爲之複雜性、動力性、辯證性這一事實。

第三節　一些記號詩學概念

在第一節裏我們對艾誥在詩學上所提出的大型架構已略爲介紹，在這一節裏，我們將挑出若干個記號詩學概念來論述，以見其在詩學上之開拓。我們將彷照上節的方法，逐條論述如下。

㈠記號具底物質性的表義功能——表達層上的顯微結構。

艾誥在「一個記號學理論」裏討論「藝術書篇」時指出，藝術書篇之創造乃是一種特別的勞動，不妨看作始自對表達層上連續體之操縱。記號學在這方面的研究，已經不再逗留在一般結構上，而進入了其顯微結構裏。以建築表義系統爲例，把建築分爲若干單元，分爲若干石塊，是屬於對表達層上連續體之操縱。然而，每一塊石頭所有的肌理呢？其所產生的觸覺上的刺激呢？許多建築之魅力所在卽在於此。當代的美學已經進入了這些物質底形式的顯微結構（micro-structures）裏去考察，考察這些結構在美學感受裏所扮演的角色。這種的顯微的研究，使到古典的美學家只能採取「不知其所以然」（*Je ne sais pas quoi*）來形容的美學經驗，得以有著實的、進一步的論證基礎。要從記號學的角度來論這些顯微結構，就得把這些顯微結構看作是這些物質的再度細分而顯出來的結構，看作是表達層上更爲基本的形式。在這樣的一個處理下，這些記號具的物質性（the matter of the sign-vehicle）就不再僅是「材質」（substance），而是在藝術書篇裏扮演著新的功能，成爲了表達底「形式」（form）的一個面。許多的美學家已在各種藝術表義系統（不同媒介）上作這方面的探討，而當代科技之發達亦有助於記號具底物質性作再度細分的分析以顯出其顯微結構。現在電腦掃描器已經可以分析綫條、交接點、空間隔局等的結構關係；錄音示波器已可把聲音的音譜顯示出來，不再像以前只能以頻率、長度、及輕重作爲音色的基準了。音色的差異、色彩的強度、物質底穩定性與揮發性、觸覺上的感覺、五官的交接、與及一般所謂的情緒性的演出，這些認爲是不爲語規所囿的因素，都正被記號學家所研究中，把它們視作次元的資訊交流。在語言學來說，音色之高低大小等等，以前不爲語言學家所認知爲語言的表義因素，現皆已歸入「超語言學」(para-linguistics) 的範疇來研究。(3.7.3)

誠然，這些對記號底物質性的形式研究，示出其顯微結構，作爲表達層上更基本的構成，著實開放了一個美學與記號學研究上的一個新領域，而這新領域是與當代科技的成熟互爲表裏的。當然，對這方面物質性的注意，是由來已久；「語音」在詩篇美學上的功能，一直爲詩學家所注意；但由於分析工作之不足，其分析之精密度與結論恐怕與專攻此道的記號學研究是有一段距離的吧！

㈡**一個最簡單的藝術語言滋生模式**。艾誥在「試擬伊甸園藝術語言之滋生」一文（「讀者的角色」一書中之第六章），根據 G. Miller 的文法語滋生模式，設計一個小規模極爲簡單的語言模式，以討論藝術語言如何從這簡單的語言系統裏從已習慣的語言應用及法規裏滋生出來，討論了形式與內容的互動、語言與現實的關係。這樣的一個設計，目的是要避免現存的語言模式裏（如中文、英文等）的繁複性而使這滋生過程及各種互動淸晰地呈現出來。在這最原始的伊甸園語裏，艾誥假設亞當夏娃是用相對組法來歸納他們的現實經驗，用A與B兩個音作爲表達層的基元，而其語音規則（把音組成爲一個個詞彙的語音）是「XnYX」，卽取一個A爲始，中納若干個

B，然後以A作結。如以B作始，其規則相同。最初的語意系統裏是由五個相對組構成而成爲二串，即「可吃＝好＝美＝紅＝是」一含蓄義鍊（connotative chain），與「不可吃＝壞＝醜＝藍＝否」另一含蓄義鍊。在這個語意世界裏，亞當與夏娃似乎生活得很愜意。然而，困境來了。上帝告訴他們，「蘋果」不可以吃。這麼一個禁令把整個語意世界弄翻了。「蘋果」是「紅」的，應該屬於「可吃、好、美、是」的一邊，但現在事實上（根據上帝的禁令）却是屬於不可吃的一邊。在「視覺」而言，「蘋果」是「紅」的；但在含蓄義鍊上它却是「藍」的（不可吃），於是，說這蘋果是「紅」既不是，說這蘋果是「藍」也不是，結果，亞當與夏娃創意地用比喻性的語言稱「蘋果」爲「紅藍」（red-blue）。

在艾詰創造的這一個伊甸園裏，這時亞當與夏娃覺得這不尋常的語彙「紅藍」很有意思：「亞當說著紅藍，不向蘋果看却稍微的感到昏眩而幼稚地重複著這堆在一起的奇特的音串。也許這是他首次觀察語言本身而不是語言所代表的事物」。他再審視這構成「紅藍」的音串，發覺這音串的中央竟夾著一代表「不可吃」這一語彙所用的音串。居然這音串在表達上也含著「不可吃」一義！當然，從我們讀者這一個角度而言，這不免是艾詰的詭計。不過，在文學理論而言，這小小的情事表示，如果我們要找尋內容與表達上的互動或一些偶然或內在的關聯，總是可以找到的。這屬於語言美之一。回到伊甸園故事本身，這時，亞當開始作新的試驗，一種給予表達底材質(substance of expression)的試驗。他找來一塊大石頭，用藍色的櫻桃汁塗寫「ABBBBA」(

伊甸園的紅字），用紅色的櫻桃汁來塗寫「BAAAAAB」（藍字）。無可疑義的，這兩者都是比喻語言，指「蘋果」。寫完以後，他退後一步欣賞着自己的作品，帶著某種程度的滿足。接著，亞當突發地迅速寫出：「ABBBBBA」。這音串裏竟有六個B。亞當本來是要寫「紅」字，却神來之筆地多出了一個B。這表達底形式層(form of expession)的強調能帶來內容底形式層 (form of content) 的相對反應嗎？表示一比其他紅更紅的顏色嗎？於是，在艾誥的神話裏，亞當爲這新字找尋其相對的「指涉」時，開始注意到周遭不同程度的紅色。艾誥更以敍述者間接的批評口吻說：「他在表達底形式層上所建立起來的原創東西引誘他在內容底形式層上孤立起一些單元來」。正如艾誥在其寓言裏所說的，「那也許是多餘去補充夏娃終於鼓勵亞當吃了這禁果」，我想我在此處也不必再細述自此以後亞當與夏娃對語言底形式的各種試驗了。

在上面這一個簡單可愛的故事裏，我們清晰地看到了藝術語言之滋生及藝術語言所牽涉到的內容與形式的辯證。因爲這模式爲艾誥所設計，這模式不免帶有作者已先存的思想模式與一些概念。誠然，如艾誥開宗明義地引用雅克愼對詩的看法，這模式不妨可認作是這詩語觀底記號學式的論證。在雅克愼底詩語觀的大前提下，艾誥用了詹姆斯尼夫底記號實含攝四次元的看法。詹氏考察不同的語言系統，以爲不同的語言在表達層上或內容層上都可假設共享一共同分母，而把表達層及內容層皆再細分爲二次元，卽形式與材質，藉此界定不同語言實質上的分別。於是，一個記號在理論的結構式裏卽涵有四次元，卽表達底形式、表達底材質、內容底形式、與內容底材質。艾詰把詹氏之說稍變而用於詩學上，以闡述內容與形式的互動，成功而別緻。同時，這藝術語言滋生模式與其在「一個記號學的理論」所提出的「詩篇」理論，實是異曲而同功。

㈢**一個模範讀者的假設**。 艾詰在「讀者的角色」的「諸論」裏，提出了一個「模範讀者」的觀念。所謂模範讀者，是作者在建構一個書篇時，心目中假設一個共享著其在書篇中所用語規的一個讀者類型，如此，這個「書篇」便能作爲雙邊交流的一個橋樑。在最根本的層次裏，作者所假設之模範讀者，是假設其能共享某一個語規，某一個風格，某一個專門的領域。有時，「書篇」裏相當明白地表明它假設上的模範讀者（如兒童讀物），甚或表明它的模範讀者要有某些閱讀知識。簡言之，作者在「書篇」裏一方面假設了其模範讀者所擁有的「閱讀能力」，一方面又把其所要求的「閱讀能力」經由其「書篇」內的各種手段建立起來。(0.2.1) 艾詰把「書篇」分作兩種型態，一是封閉性的，一是開放性的。這「封閉性」與「開放性」二詞很容易產生誤解，那是指在「書篇」結構裏，作者是否考慮到讀者是否會把「書篇」以不同的語規來讀而做成的差異，作者是否把「模範讀者」假設爲最平庸的讀者並在其「書篇」裏把讀者拉向某一預先安排好的路上去，還是預先知道其「模範讀者」會有不同的讀法因而在「書篇」裏建構一個迷宮樣的結構（maze-like structure），讓可能有的不同解釋相互對玩而爲其總結構。前者，艾詰稱之爲「封閉的書篇」(cosed texts)，後者則爲「開放的書篇」(open texts)。前者可以連環圖裏的超人(superman) 的故事爲代表，後者可以喬埃斯(James Joyce)的「*Finnegans Wake*」爲代表。我們得注意，剛與這兩個書篇類型的名字相反，「封閉的書篇」雖在結構上意圖使其讀者推向一個固定的方向，但事實上，眞正的讀者（他們不願意扮演書篇所預想的模範讀者的角色時）往往都能以不同的方法來「違讀」這「書篇」，故「書篇」在這意義言是「開放」給不同的解釋。相反地，「開放的書篇」在書篇結構上預先考慮到不同的解釋而讓這些解釋在「書篇」內作迷宮式的相互對玩，就等於在「書篇」內作了一個「封閉的策略」(a "closed" projeet)；這「書篇」內由諸種解釋所構成的封閉的策略反而使這「開放的書篇」不易爲實際的讀者所擺布、所違讀；在這意義裏，「開放的書篇」並不是眞正「開放」給所有的解釋。換言之，在「封閉的書篇」裏，實際的讀者可以用他自己的力量來「違讀」，來作不同的解釋。在「開放的書篇」裏，實際的讀者嚴格地爲「書篇」底迷宮式的結構所限制，不太容易作有意的「違讀」。同時，要作一個「封閉的書篇」的模範讀者是不難的，因爲它只要求一個平庸的水準。但要作一個「開放的書篇」的模範作者則需有相當的水準，「開放的書篇」一方面以其語彙、語法及迷宮樣的結構嚴格地限制著其「模範讀者」的閱讀，一方面把閱讀過程中產生的「書篇」，也就是語意語用的建構，交給其「模範讀者」。(0.2.2; 0.2.3) 在「書篇」裏，無論是封閉與開放的，敍述者可經由其直接或間接的解釋與批評，明說或暗示其「模範讀者」應如何操作，以求這「書篇」正當地進行下去。如此，「模範讀者」成爲了篇書底設計 (the textual strategy) 的一個環節，是書篇裏一套方便的法門，使「書篇」這一語言行爲得以實現。(0.2.4)

如果我們把這「模範讀者」的假設放在雅克愼的語言六面六功能模式裏，我們不難發覺對雅克愼底模式有所充實。綫路功能、後設語功能將特別地與「模範讀者」的塑造有著密切的關聯。如果我們置之於較傳統的文學理論，尤其是敍述體的理論時，我們不難看出敍述者的各種敍述聲音（如敍述者之現身說法，直接與間接的批評以操縱及指引讀者的思考及閱讀方向等），與這「模範讀者」作爲「書篇」底必然條件有關。

㈣**小規模語言行爲裏的故事——敍述體之擴大**。當艾誥在其「讀者的角色」一書的「緒論」提出了一個敍述體「書篇」的整體結構，並當他討論其中之「敍述結構」時，他曾作了一個很有開拓性的概念，那就是：像問答、命令等最小規模語言行爲裏，究竟有沒有敍述結構可論呢？究竟是否可以從其中建立一個故事（*fabula*）呢？在這裏，艾誥充分發揮其語意學上的開拓能力，證明出了這個可能性。

艾誥邀請我們看下面一段小對話：

保羅：彼得在哪兒？
馬莉：出去了。
保羅：原來如此。我還以爲他仍正在睡著覺哩！

艾誥指出，從其中我們可以抽出一個故事出來。這個故事告訴我們：⑴在保羅與馬莉所認識的世界裏，有某一個叫彼得的人；⑵保羅相信A（彼得仍正睡著覺）；而馬莉認爲她知道B（保羅出去了）；⑶瑪莉告訴保羅B以致保羅不再相信A而認爲B是事實。當這個故事確定以後，我們還可以引申到與這對話相關涉的諸面；如保羅是男的，瑪莉是女的，對話的場所很可能出現在屋子裏，而對話很可能出現在稍晚的早上等。同時，我們還可以爲這對話的「故事」建構其整體的命題：保羅正在找尋彼得，保羅向瑪莉詢問彼得，瑪莉給予保羅預期以外的關於彼得的訊息。推而廣之，在「來」這一個命令語裏，我們可以認爲其命題結構爲「這裏有一個人想我去他那邊」；顯然，一個「故事」是可以從其中建構出來的。(0.7.1.2) 事實上，艾誥告訴我們，史賓諾莎 (Spinoza)，「論理學」一書開頭裏所作的一個形而上學的命題句、普爾斯闡發其記號學時對鋰金屬製造所作的化學定義，都可以從其中建構出「故事」來。有著這麼一個概念，艾誥告訴我們，我們可以從被認爲沒有「故事」的當代前衛的「敍述體書篇」裏認出其「故事」來。(0.7.1.3)

艾誥這個開拓是富有深遠影響的。任何「書篇」(text) 的基本架構似乎都可歸結到艾誥所說的「故事」。而任何現象都幾可建構爲「書篇」，超級市場的陳列是一個「書篇」，一個室內的布置亦可看作爲一個「書篇」，都可以在其中「建構」出「故事」來。這無怪小說家能在任何的現實裏建構其故事！在次一個層面來看，單從文類這個角度來看，敍述體遂得以伸入更廣延的文學範疇，而敍述結構可以在很多傳統上並不以爲是敍述體的作品裏引致了分析上的興趣。

除了上述諸概念外，艾誥尚作了許多其他精闢的論述。他以喬埃斯的「*Finnegans Wake*」一小說裏的喻況語言作爲研究素材，爲喻況語言作語意學的構成分析，以語意場域的結構網來探討隱喻與旁喻所擁有的局部構成 (mechanism) 的相互關係。（「讀者的角色」第三章）。他把當代語意學研究與普爾斯經由居中調停記號而產生的記號無限衍義相接合，終而謂普爾斯的記號理論爲書篇底表義的開放性 (openness) 提供了一個記號學的基礎。其在闡發普爾斯記號學過程裏所耕耘的許多概念，都不妨視作與詩篇理論有直接或間接的關聯。舉例來說，作爲記號行爲基礎的「習慣」一概念——帶有反應性、規則性、意圖性、普遍性、文化性、貫通自然界與人文界——顯然與當代文學理論裏「成規」(convention) 一概念互爲表裏，而普爾斯或艾誥賦予前者的性格將有助於使後者成爲更有動力的概念。（同上，第七章）。他把 Alphonse Allais 的「*Un drame bien parisien*」一短篇小說界定爲一個「後設書篇」(meta-text)，謂「書篇」可容有三個故事；卽關於書篇裏諸角色的故事，關於一個可能有的天眞的讀者 (a naive reader) 的故事，關於一個可能有的批評性的讀者的故事（第三者也就是關於這個書篇的故事）。艾誥這個分析或閱讀，無形是他在「緒論」中所提出的書篇模式及其所含攝之模範讀者的實證；除此以外，他尚在閱讀中特別探討「書篇」中「可能世界」是如何構成一問題。（同上，第八章）一方面由於篇幅所限，一方面由於（也許應該說最重要的原因吧！）在這幾篇論文裏，其所作的精緻的討論與建構，是無法以簡短的語言複述而不大大地傷害了原來的精采與品質！因此，爲了避免造成這傷害，我只勾劃了其所做的大概如上而不妄圖複述其精緻的建構。

第八章　結語

第一節　從語言學及結構主義兩個透視為記號詩學定位

怎麼樣來回顧上面所勾劃的記號詩學呢？

我打算從兩個角度來透視這個問題：一是記號詩學從語言學開拓出來的角度，二是記號詩學從結構主義開拓出來的角度。但在我未進行這兩個討論之前，讓我先界定一下記號詩學的特質。這個界定是最簡易的：記號詩學是研究文學或文學書篇表義過程裏所賴的主要面及其法則，是一個形式的（formal）、類向的（normative）的零架構（zero-structure），是一個後設語言的行爲（meta-language）。因其所重爲表義過程，故實亦可名之爲表義詩學。當從文學或文學書篇作發出時，我們是設想這個零架構，我們是歸納演繹以建構這個零架構。當從一個假設的零架構出發時，我們是觀察這個零架構在文學或文學書篇的具體顯現、觀察這個架構如何深化、具體化、歧異化，並藉以擴展這個零架構。這個辯證關係顯然解釋了本書分作兩大部分的安排與及其不同的處理。

現在讓我們來處理第一個透視。瑟許以爲語言學可以作爲記號學的通體模式，巴爾特以爲記號學應屬於處理較大的毗鄰單元的表義關係的那一部分語言學，艾誥則認爲記號學要打破以自然語爲特權研究對象這一視野，這些都顯示著記號學與語言學的曖昧關係。換一個角度而言，如果我們願意採取較爲粗淺的看法，我們也未嘗不可認爲事關於語言學的範疇，看語言學是否願意擴大其研究對象（超過語言記號）、擴大其研究範疇（超過句子層次、超過句子裏的語法關係）、擴大其研究視野（擴大至語言行爲的全部）等等。從這個透視來看，記號學是一直向語言學爲自己所限定的靦腆範疇挑戰，而一些雄心勃勃視野開濶的語言學家却不斷地擴大語言學之範疇與視野，而其著作終爲記號學舖下了奠基石，瑟許、詹姆斯尼夫，甚至雅克愼，皆可作如是觀。

雅克愼的詩學始自傳統的語言學範疇（語音學與語法學）但却能跨越之而進入了記號學的表義範疇。它的語音象徵，它的文法的喩況，雖然是植根於語言學傳統範疇裏的語音學與語法學，但其研究視野、其要發掘的東西，顯然超過了語言學的傳統。他所提出的語言行爲六面六功能模式與及詩功能所賴之對等原理，更顯然超過了語言學的觀察視野，甚或超過了巴爾特所構想的超語言範疇。巴爾特的記號學與結構主義皆源自瑟許的結構語言學，而巴爾特強調其二軸說及毗鄰單位一概念而硬稱其所建構者（容我暫時不準確地說）爲超語言學。他放棄了語言學爲自然語所劃分之層次（如語音層次、語法層次），而另立超語言學的層次，這點在其用諸於敍述體的結構主義所劃分之三個層次最爲明顯。（當然，我們得補充地說，這三層次之劃分是綜合了其時結構主義對敍述體之研究所得。）及至其在「S/Z」所發展的五個語碼，也未嘗不是其早期所構想的「超語言學」精神的延伸。如果我們說雅克愼的詩學並沒有放棄語言學的基礎（講語音、論語法），巴爾特顯然地把語言學丟棄如廢履了。洛德曼的情形比較複雜，他一方面繼承了語言學的各種合法層次，又延伸到結構主義所界定的超語言學層次，也許用兼容並蓄這一個詞彙來形容他是差強人意的。艾誥的情形又有所不同，一方面他是繼承瑟許及詹姆斯尼夫對「記號」一詞的概念（當然，他後來更倚重普爾斯的記號概念；此處是討論語言學問題，故暫時把普爾斯一問題擱著），一方面又繼承結構主義的超語言學層次，而不是以語言學傳統的語音語法來建構其詩學。然而，他卻用力於語意學（語意學並非語言學最傳統的範疇，但當然亦往往置於語言學內），並把語意學與普爾斯的記號學相連接。我們甚至不妨說，艾誥的記號學及記號詩學皆是以語意學作爲基礎的。語意學與書篇的表義連接起來，也就幾乎相等於他的記號詩學了。

讓我們接著討論第二個透視。結構主義是直接間接地與瑟許的語言結構學有很深的淵源。似乎，結構主義者從事其結構主義之研究作業時，在文學研究上，在人類學研究上等，是圍繞著語言系統與話語、並時與異時、聯想與毗鄰等相對組，以及記號的武斷性及敍述體的層次階級等。

當然，「關係」一概念是牢牢抓住的。他們似乎並沒有特別強調瑟許所提到的「記號學」一詞，然而他們稍後皆紛紛從「結構主義」轉到「記號學」一用語上。當然，他們在結構主義時期也會提到「記號學」一詞，但仍然不免追隨著瑟許的後塵，以將來式的姿態來提及之。但當他們隨著學術風氣而轉到記號學時，他們就圍在這記號學的旗幟下了。當然，上面的勾劃容或過於簡單而不精確。記號學爲瑟許所預言而首先寄居在結構主義裏，然後終於爲結構主義者所推崇出來。其中促進記號學突然成爲學術風氣之主要動力之一，也許是普爾斯的記號理論受到莫瑞士、雅克愼、薛備奥等人的推廣，爲世界的學術界所注意之故。於是歐洲與美國兩大當代記號學傳統便各顯特色、對壘、發展、溶滙而大盛。

目前的記號詩學家都是從結構主義過來的。他們的記號詩學可說都是把結構主義開放而來的。他們的記號詩學都是納入了一些新元素而開放出來的。他們都接受了普爾斯記號理論的一些概念，在一個最廣義的意義裏，普爾斯的記號理論是這麼的一個新元素之一。但這個廣義的說法是顯然不足的。對雅克愼及艾誥而言，普爾斯的記號理論扮演著一個相當的角色，但對巴爾特及洛德曼的記號詩學而言，普爾斯的影響是微不足道的。但卽使在雅克愼及艾誥的情形，我們仍不能謂普爾斯的記號學理論，使到他們從結構主義開放爲記號學。在我個人的意見裏，我寧願認爲雅克愼是因爲研究詩學之故，而開放了其語言學領域，辯證地反過來建構了其記號詩學。洛德曼是把神經機械學與資訊理論帶進來而把結構主義開放出來。巴爾特也許可以說是沿著瑟許、詹姆斯尼夫、雅克愼等結構語言學裏面的「記號」概念與及「毗鄰單位」概念而發展，加上了其原有的社會文化閱讀傾向，拉岡的心理分析學，與及環繞著其四周的歐洲文學批評的波瀾激盪而發展出來的。艾誥的情形更是兼容並蓄，其強烈的文化傾向、其對其他記號系統的研究而不讓語言記號獨尊、其對語意學的興趣與理論開拓，都不得不把傳統的結構主義開放出來。

我一直說「把結構主義開放出來」這究竟是什麼意思呢？結構主義的相對組法，其「關係」(relational) 概念，其「解體與重建」(decomposition and recomposition)，都一直爲記號學所遵從。但結構主義對「系統」的看法似乎是狹窄而有時甚或陷於殭硬不變，其相對組法又未能作爲最基本之運作而發展至更繁複的關係，其所建構的內延系統一方面未能充分考慮現實文化與這系統的可能辯證關係，一方面又未能納入異時因素、未能納入其他學科的因素。我心目中所謂對「結構主義的開放」乃是指把其系統開放，以容納這些因素；請讓我再強調一次，開放後而重建的記號詩學系統仍然是形式的、類向的、零架構的，甚或不妨說，是內延的。從這個角度來看，我們將更能欣賞雅克愼的語言六面六功能模式、其語音象徵；洛德曼的以詩篇的零架構作爲資訊交流的資訊容量度特高的基礎所在、其文學記號系統爲二度規範系統一概念；巴爾特的五個語碼構成的語碼網；艾誥所提出的廣涵的架構、其各個超乎語言學傳統範疇與透視的概念，如對記號學及記號詩學在知識論上的上限、表達層底材質的顯微結構、敍述體一概念的開拓等；無疑地，這些大家所提出的這些概念都大大地把傳統結構主義的內延結構打開，朝向一個更廣延更有容納力更有動力的系統。

第二節　一個科學的堅持

表義行爲本身，也就包括詩篇的製作與閱讀，並不是科學，但研究表義行爲、研究詩篇的表義過程，則可以採取科學之態度，而使之成爲科學。我要堅持的就是這麼一個朝向科學的定位。

大多數人都認爲語言學是在人文研究裏最接近科學的一個訓練；結構主義之以語言學作爲模式，原因之一卽是要把握這個科學傾向。記號學與記號詩學更是強調這個科學傾向。國際性的「記號學期刊」(*Semiotica*) 主張在科學的大前提下推進記號學之發展，這個態度是完全可以肯定的。在這個意義上，薛備奧所作的努力，是特別值得推崇讚美的；他著力把記號學推進自然科學的領域，希望記號學與自然科學能够連接起來。也許文化行爲與自然界行爲有別，但我們不能否認，文化行爲一方面與自然界相作用，要相當地接受自然界的規律；一方面與我們的腦神經系統獲得相當的配搭，而腦神經的結構是絕對可經由自然科學的努力而尋求答案的。當然，在人文科學的研究裏，在記號學及記號詩學的研究裏，「科學」這一個涵意是可以稍爲放鬆一點的；如尋求自然科學作爲表義行爲的基礎，模式上獲得高層次的抽象性與普遍性，推論與結構上的邏輯性等，都可說是對「科學」一詞的放鬆了的但仍然是非常強有力的涵義。雅克愼的語音象徵，雅克愼的用語言喪失症以佐證表義二軸說，可以說是尋求自然科學的基礎以支持表義理論。他的語言六面六功能模式所達到的抽象性與普遍性，也是「科學」這一個涵義的表達。洛德曼之記號規範系統是有神經機械學作支持的；他的詩篇結構是與資訊交流理論相接合的，而資訊交流理論是與電腦的硬體及軟體設計相連接的。巴爾特的記號詩學也許比較缺乏嚴格的「科學」涵義，但五個語碼所構成的語碼網，提供了一個很廣延的順變性的系統網；「系統網」(network) 一概念應該是有著放鬆了的「科學」涵義，對不斷改變的表義行爲未嘗不是一個恰當的「筌」，可以網住許多閃熠的意義。艾誥的概念也許最是記號學式的。艾誥的概念是放在廣大的記號學範疇裏思考的，奠基於廣涵的語意學上，爲語意世界（也許我們應說記號義世界吧！）作了系統性的、形式性的規劃。他的「科學」涵意在於他建構這些系統與形式時所涵有的強度的邏輯性——這邏輯性包括演繹與歸納等一般的邏輯性、精細的分辨性、視野上的涵蓋性、抽象層次上的規則性 (abstract regularity) 等。在是否爲「科學」這一角度上，「邏輯性」是絕不遜於「有自然科學作基礎」，前者與後者皆同樣接近「科學」一領域，而任一者都有機會更接近「科學」。這當然使我們回想到普爾斯是在邏輯學內建構其記號學，在其記號學上建構其邏輯學這一辯證事實。對「科學」有著正確認識的人（或者應說與我對科學有著同樣認知的人吧！），當不會誤解我崇拜「科學」，也不會誤解我硬把人文研究推進「科學」爲自貶身價。我想，我並沒說上述諸記號學家的記號詩學是成功地建立了一個表義行爲的「科學」；我只是說，記號學及記號詩學有著這麼的一個「科學」性格，而這個「科學」性格是要堅持下去，因爲它將會領我們到一個美麗新世界。

第三節　預言：記號學式的比較文學

我們要用什麼形容詞來形容本書的第二部分呢？站在記號詩學的角度，我們可稱之爲「記號詩學在中國文學研究上的實踐與開拓」。誠然，我是站在這個角度來撰寫，並且以此來命名。然而，換一個角度，站在中國文學的研究與開發這一個角度上，我們則可稱之爲「記號學式的中國文學研究」；換言之，就是用記號學或記號詩學的方法與概念來浮雕、閱讀某些文類與書篇。假如我們再換一個角度，站在比較文學的角度來看，這些研究可歸入我和陳慧樺先生以前所說的中西比較文學裏的「闡發法」：「由於這援用西方的理論與方法，卽涉及西方文學，而其援用亦往往加以調整，卽對原理論與方法作一考驗、作一修正、故此種文學研究亦可目之爲比較文學」（古添洪與陳慧樺，一九七六：序）。事實上，記號學與記號詩學在本質上就有著比較的性格，把各種表義系統與副系統納入其考慮當中，而其建構之零架構是朝向一般詩學（general poetics）的建立（假如研究者的學養及能力能達到的話），企圖貫通時空（經由把時空因素納入其考慮中）。比較文學的目的不外乎尋求文學的統一性與及在此統一性之下因時空之異而顯出之各種國別丰姿。我想，記號學本身所含有的比較性格，正有利於這「衆而一」的要求。

記號學及記號詩學將提供穩固的方法、模式與概念給文學的比較研究，給比較文學裏更正統的影響研究、類同研究與平行研究，給我不久以前所提出的所謂「中國文學的現代化與輸出入」

一課題（古添洪，一九七八）。如果繼此以後我要再寫一本屬於比較文學的書，我將會朝這個領域推進。

當要離開這首度語言與後設語言重重交織的記號森林之際，我願意遵循當代文學批評的反省態度，以艾諾爲記號學與記號詩學所作的知識論上的上限以提醒我自己及我的讀者：「像在一個森林裏作探測一樣，其所留下的車軌與足跡正改變著正在探測的風景；因此，探測者對此風景之描述應把他對風景所作的生態上的改變納入其考慮中。」然後，爲了證明普爾斯的無限衍義說，爲了證明洛德曼的系統外，讓我學究地說：「我們不再生長在一個自欺欺人的年代！」；同時，讓我帶點詩人氣質的語氣說，我在寫作孔雀東南飛一文時，不知有幾回哽咽。

参引書目 (REFERENCES)

Bailey, R.W., L. Matejka and P. Steiner, eds. 1978. *The Sign: Semiotics Around the World*. Ann Arbor: University of Michigan Press.

Baran, Henryk, ed. 1974. *Semiotics and Structuralism: Readings from the Soviet Union*. New York: International Arts and Sciences.

Barthes, Roland. 1964 (French 1963). *On Racine*. Trans. by Richard Howard. New York: Hill and Wang.

1967 (French 1964). *Elements of Semiology*. Trans. by Annette Lavers and Colin Smith. New York: Hill and Wang.

1970. *L'Empire des signes*. Geneva: Skira.

1972a (French 1957). *Mythologies*. Trans. by Annette Lavers. New York: Hill and Wang.

1972b (French 1964). "The Structuralist Activity." In Richard & Fernande de George, eds., 1972, 148-154.

1974 (French 1970). *S/Z*. Trans. by Richard Howard. New York: Hill and Wang.

1977a (French 1966). "Introduction to the Structural Analysis of Narratives." In Barthes 1977b, 79-124.

1977b. *Image. Music. Text*. Ed. and trans. by Stephen Heath. New York: Hill and Wang.

Burke, Kenneth. 1769. *A Grammar of Motives*. Berkeley: University of California Press.

Chatman, Seymour, ed. 1973. *Approaches to Poetics*. New York: Columbia Univ. Press.

Chomsky, Noam. 1957. *Syntactic Structures*. The Hague: Mouton.

1968. *Language and Mind*. New York: Harper and Row.

1971. "Deep Structure, Surface Structure and Semantic Interpretation." *Semantics*. Ed. by D.D. Steinberg and L.A. Jakobovits. Cambridge: Cambridge Univ. Press, 1971, 183–216.

Chou Ying-hsiung and William Tay (周英雄與鄭樹森), eds. 1980. 結構主義的理論與實踐。臺北：黎明。

Corti, Maria. 1978 (Italian 1976). *An Introduction to Literary Semiotics*. Trans. by Margherita Bogat and Allen Mandelbaum. Bloomington: Indiana Univ. Press.

Culler, Jonathan. 1975. *Structuralist Poetics*. Ithaca: Cornell Univ. Press.

1981. *The Pursuit of Signs*. Ithaca: Cornell Univ. Press.

De Geroge, Richard and Fernande, eds. 1972. *The Structuralist*. New York: Doubleday.

De Saussure, Ferdinand. 1959 (French 1916). *Course in General Linguistics*. Trans. by Wade Baskin. New York: McGraw-Hill.

Deely, John. 1982. *Introducing Semiotic: Its History and Doctrine*. Bloomington: Indiana Univ. Press.

Dijk, Teun A. Van. 1971. "Some Problems of Generative Poetics." *Poetics*, 2, 5–35.

Dijk, Teun A. Van, ed. 1976. *Pragmatics of Language and Literature*. Amsterdam: North Holland and American Elsevier.

Eco, Umberto. 1976. *A Theory of Semiotics*. Bloomington: Indiana Univ. Press.

1979. *The Role of the Reader: Explorations in the Semiotics of Texts*. Bloomington: Indiana Univ. Press.

Eisenstein, Sergei. 1942. *Film Sound*. Ed. and trans. by Jay Leyda. New York: Harcourt Brace Jovanovich.

1949. *Film Form*. Ed. and trans. by Jay Leyda. New York: Harcourt, Brace & World.

Elam, Keir. 1980. *The Semiotics of Theatre and Drama*. London: Methuen.

Erich, Victor. 1954. *Russian Formalism*. The Hague: Mouton.

Fisch, Max. 1978. "Peirce's General Theory of Signs." In Sebeok, ed., 1978. 31-70.

Foucault, Michel. 1972 (French 1969). The *Archaeology of Knowledge*. Trans. by A.M. Sheridan Simith. New York: Harper & Row.

Freeman, Donald, ed. 1970. *Linguistics and Literary Style*. New York: Holt, Rinehart and Winston

Gazzaniga, Michael. 1967. "The Split Brain in Man." *Scientific American*, 2, August 1967, 24-29.

Greenlee, Douglas. 1973. *Peirce's Concept of Sign*. The Hague: Mouton.

Greimas, Algirdas Julien. 1966. *Sémantique structurals*. Paris: Larousse.

1970. *Du sens. Paris:* Seuil.

Hawkes, Terence. 1977. *Structuralism and Semiotics*. Berkeley: Univ. of California Press.

Hjelmslev, Louis. 1961 (original 1943). *Prolegomena to a Theory of Language*. Trans. by Francis Whitfield. Madison: Univ. of Wisconsin.

Holenstein, Elmar. 1976. *Roman Jakobson's Approach to Language: Phenomenological Structuralism*. Bloomington: Indiana Univ. Press.

Ivanov, V.V. 1974. "The Significance of M.M. Bakhtin's Ideas on Sign, Utterance, and Dialogue for Modern Semiotics." In Henryk Baran, ed., 1974, 310-367.

1977 (Russian 1965). "The Role of Semiotics in the Cybernetic Study of Man and Collective." In Daniel Lucid, ed., 1977, 27-38.

Jakobson, Roman. 1956. "Two Aspects of Language and Two Types of Aphasic Disturbances." In Jakobson 1971b (*SW:II*), 239-259.

1960. "Closing Statement: Linguistics and Poetics."In *Style in Language*. Ed. by Thomas Sebeok. Cambridge: M.I.T. Press, 350-77.

1971a. "Toward a Linguistic Classification of Aphasic Impairments." In Roman Jakobson 1971b (*SW:II*), 289-306.

1971b. *SW (Selected Writings): II: Word and Language*. The Hague: Mouton.

1973. *Questions de poetique*. Paris: Seuil.

1981. *SW (Selected Writings): III: Grammar of Poetry and Poetry of Grammar*. The Hague: Mouton.

Jakobson, Roman and M. Halle. 1956. *Fundamentals of Language*. The Hague: Mouton.

Jakobson, Roman and Lawrence Jones. 1970. *Shakespeare's Verbal Art in Th'Expence of Spirit*. The Hague: Mouton.

Jakobson, Roman and Levi-Strauss. 1972 (French 1962). "Charles Baudelaire's 'Les Chats'". In Richard and Fernande de George, eds., 1972, 124-146.

Jakobson, Roman and Linda Waugh. 1979. *The Sound shape of Language*. Bloomington: Indiana

Univ. Press.

Jameson, Frederic. 1971. *Marxism and Form*. New Jersey: Princeton Univ. Press.

1972. *The Prison-House of Language*. New Jersey: Princeton Univ. Press.

Kao, Yu-Kung and Tsu-Lin Mei. (高友工與梅祖麟) 1978. "Meaning, Metaphor, and Allusion in T'ang Poetry." *Harvard Journal of Asiatic Studies* 38, 281-356.

Kristeva, Julia. 1980. *Desire in Language*. Trans. by Thomas Gora, Alice Jardine, and Leon Roudiez. New York: Columbia Univ. Press.

Ku, Tim-hung. (古添洪) 1976. 比較文學・現代詩。臺北：國家。

1978. 「中西比較文學：範疇、方法、精神的初探」。中外文學，vol. 7, No. 11, 74-94.

1981. "Towards a Semiotic Poetics: A Chinese Model in a Comparative Perspective." Unpublished Dissertation, University of California, San Diego.

1981a. "Syntactic Violations: Motivated or Unmotivated? A Semiotic View of Tu Fu's Controversial Couplet." *Tamkang Review*, Vol. XII, No. 2, 109-118.

1983. 「論陳明台遙遠的鄉愁五輯——從對等原理與語意化原理論其語言及語言所形成的詩質。笠，No. 113,47-55.

1984. "Toward a Semiotic Reading of Poetry: A Chinese Example." In press with *Semiotica*.

Ku, Tim-hung and Ch'en P'eng-hsiang(古添洪與陳慧樺)，eds. 1976. 比較文學的墾拓在臺灣。臺北：東大。

Kuhn, Thomas. 1970. *The Structure of Scientific Revolutions*. Second Ed. Chicago: Univ of

Chicago Press.
Laferrière, Daniel. 1978.*Sign and Subject: Semiotic and Psychoanalytic Investigations Into Poetry*. Lisse: The Peter de Ridder Press.
Lauretis, de Teresa. 1978. "Semiotics in Italy." In Bailey, Matejka, and Steiner, eds., 1978, 248-257.
Lévi-Strauss, Claude. 1966 (French 1962). *The Savage Mind*. Chicago: Univ. of Chicago Press.
1968 (French 1958). *Structural Anthropology*. Trans. by Claire Jacobson and Brooks Grundfest Schoepf. London: Allen Lane.
Lotman, Jurij. 1976a (Russian 1972).*Analysis of the Poetic Text*. Trans. by Barton Johnson. Ann Arbor: University of Michigan Press.
1976b (Russian 1973). *Semiotics of Cinema*. Trans. by Mark Susino. Ann Arbor: Univ. of Michigan Press.
1977 (Russian 1971). *The Structure of The Artistic Text*. Trans. by Gail Lenhoff and Ronald Vroon. Ann Arbor: Univ. of Michigan Press.
Lucid, Deniel, ed. 1977. *Soviet Semiotics*. Baltimore: Johns Hopkins Univ. Press.
Lyons, John. 1977. *Semantics: I*. Cambridge: Cambridge Univ. Press.
Matejka, Ladislav and Irwin Titunik, eds. 1976. *Semiotics of Art*. Cambridge: M.I.T. Press.
Medvedev, P. and M.M. Bakhtin. 1978 (Russian 1928). *The Formal Method in Literary Scholarship*. Trans. by Albert Wehrle. Baltimore: Johns Hopkins Univ. Press.
Metz, Christian. 1974. *Language and Cinema*. Trans. by Donna Jean Umiker-Sebeok.

The Hague: Mouton.

Morris, Charles. 1971. *Writings on the General Theory of Signs*. The Hague: Mouton.

Mukarovsky, Jan. 1977. *The Word and Verbal Art*. Trans. and ed. by John Burband and Peter Steiner. New Haven: Yale Univ. Press.

1978. *Structure, Sign, and Function*. Trans. and ed. by John Bubbank and Peter Steiner. New Haven: Yale Univ. Press.

Peirce, Charles Sanders. 1931–58. *Collected Papers*. Cambridge: Harvard Univ. Press.

Penfield, Wilder and Lamar Roberts. 1959. *Speech and Brain-Mechanisms*. New Jersey: Princeton Univ. Press.

Propp, V. 1968 (Russian 1928). *Morphology of the Folktale*. Austin: Univ. of Texas.

Riffaterre, Michael. 1979. *Semiotics of Poetry*. Bloomington: Indiana Univ. Press.

Ritterbush, Philip. 1968. *The Art of Organic Forms*. City of Washington: Smithsonian Institution Press.

Scholes,Robert. 1974. *Structualism in Literature: An Introduction*. New Haven: Yale Univ. Press.

1982. *Semiotics and Interpretation*. New Haven: Yale Univ. Press.

Sebeok, Thomas. 1976. *Contributions to the Doctrine of Signs*. Bloomington: Indiana Univ. Press.

1979. *The Sign & Its Masters*. Austin: Univ. of Texas Press.

Sebeok, Thomas, ed. 1960. *Style in Language*. Cambridge: M.I.T. Press.

1977. *A Perfusion of Signs*. Bloomington: Indiana Univ. Press, 1977.

1978. *Sight, Sound, and Sense*. Bloomington: Indiana Univ. Press.

Segre, Cesare. 1973. *Semiotics and Literary Criticism*. The Hague: Mouton.

Shukman, Ann. 1977. *Literature and Semiotics: a Study of the Writings of Yu. M. Lotman*. Amsterdam.

1978. "Lotman: the Dialectic of a Semiotician." In Bailey, Matejka, and Steiner, eds., 1978, 194-206.

Todorov, Tzvetan. 1981 (French 1973). *Introduction to Poetics*. Trans. by Richard Howard. Sussex: Harvester.

Tynianov, Jurii and Roam Jakobson. 1972 (Russian 1928). "Problems in the Study of Language and Literature." In Richard and Fernande de George, eds., 1972, 81-83.

Waugh, Linda. "The Poetic Function and the Nature of Language." *Poetics Today*, vol. 2, 12. (also in Linda 1982, 63-87)

1982. *Marks, Signs, Poems: Semiotics, Linguistics, Poetics*. Toronto Semiotic Circle. Victoria University, Toronto.

Wesling, Donald. 1980. *The Chance of Rhyme*. Berkeley: Univ. of California Press.

Yip, Wai-lim. (葉維廉) 1983. 比較詩學。臺北：東大。

Zeman, Jay. 1977. "Peirce's Theory of Signs." In Sebeok, ed., 1977, 22-39.

第二部分　在中國文學研究上的實踐與開拓

從雅克愼底語言行爲模式以建立話本小說的記號系統

——兼讀「碾玉觀音」❶

引子

雅克愼 (Roman Jakobson) 是國際上享有盛名的語言學家，並從語言學的範疇擴大至記號學 (semiotics)，並同時以語言學、記號學來探討詩學。他原是俄國文學形式主義 (Russian Formalism) 的健將，是莫斯科語言學會 (Moscow Linguistic circle) 及布拉格語言學會 (Prague Linguistic Circle) 的主要人物。受歐洲記號學先驅也同時是結構語言學家的奠基人瑟許

❶原載「中文外學」十卷十一期，臺北，一九八二，頁一四八—一七五。此處於文字上略有更動。

(Ferdinand de Saussure, 1857-1913) 的影響，其後又引進美國記號學先驅哲學家普爾斯(Charles S. Peirce, 1839-1914) 底「肖象性」(iconicity) 的觀念，擴大「記號」(sign) 的領域。他研究語言遺忘症 (*aphasia*) 以佐證其繼自瑟許的語言二軸說。其後，他在「語言學與詩學」("Closing Statement: Linguistics and Poetics") 一文中，提出語言行爲的六面及相對之六功能的模式，以解答「什麼東西使到一話語成爲一語言藝術品」一詩學上根本的問題。他指出語言行爲的成立，有賴於六個面的通體合作。每一面有其獨特的功能，在各種的話語裏，可由於這六個功能在其建立的階級梯次裏 (hierarchy) 的諸種安排，而成爲不同類型的話語；而詩歌者，乃是「詩功能」占據著最高層而占有最優勢的話語。雅克愼的模式，實不僅是語言模式，而是可以涵蓋其他表義系統或記號系統 (semiotic system)，故實爲一記號學模式。而「詩功能」一詞，實可擴大而稱爲「藝術功能」。故雅克愼的記號模式可以用來界定其他文類成爲藝術品的證詞。

雅克愼之所謂「詩功能」，乃從其語言二軸說以界定之。其謂：「詩功能者，乃把選擇軸上的對等原則加諸於組合軸上。對等於是被提升爲組合語串的構成法則」。關於這「對等原理」，俄國目前最享盛譽的用記號學以研究文化及詩學的記號學家洛德曼 (Jurij Lotman)，有很淋漓盡致的論述。他認爲，在詩裏，在語言的各種層次（即語音、韻律、辭彙、語法等層次）上，都朝向對等的建立。對等也者，即將兩單元或以上作一等號，以見其平行與對照。在某一層次上，兩單元可能是平行；但在另一層次上，却可能是對照；因此，產生錯綜複雜的張力。最主要的，這形式上的平行與對照，都可以連接到內容層上，而作語意的解釋；此之謂語意化(semantization)。而詩之成爲詩者，乃由於詩中諸語言層上的形式皆語意化，容納更多的資訊(information)。我們此文中即引進洛德曼的詩學以討論這詩功能的對等原理。

話本小說乃一寄生的文類，乃寄生並衍出自宋人「說話」。「說話」乃一完整的語言行爲，包括語言的及超語言的(para-linguistic)的成分。話本小說既衍生自「說話」，故必受「說話」之影響，故以雅克慎之語言模式以浮雕其系統之輪廓，實有其依據。因雅克慎之模式實爲記號學模式，故吾人藉此以浮雕之話本小說的體製，遂命之爲話本小說之記號系統。在建立話本小說之記號系統時，我們是以其寄生所自的宋人「說話」作爲其背景。於是，我們就雅克慎模式中的六層面及其相對之六功能，以探索及分析話本小說。我們發覺「後設語功能」在話本小說中除「指涉功能」(因話本小說乃敍事體，故其指涉功能必爲主要骨幹)及「詩功能」外，較其他功能顯著。對於其中之「詩功能」，乃文中探討用力之處；因「詩功能」之强度，乃衡量作品是否「藝術」的量針。我們認爲「詩功能」彌漫於話本中；而事實上，其他的諸功能也可轉化爲詩功能。上述的探討乃以「碾玉觀音」爲樣品。其後，我們更以雅克慎的模式，以論述原爲學者們已爲話本小說觀察到的體製——即開場詩、入話之轉折語，得勝頭回及其前後的過度語，正話及其中插入的詩詞，及散場詩——發覺話本小說這一體製實是對等原理，也就是詩功能的充分表現。我們視話本小說爲文學作品，並非偶然；不過前人並沒追究其美學基礎之所在而已。最後，我們得强調，一個文類的記號系統，可從不同的角度、觀念來浮雕；此處所建立之話本小說之記號系統，乃是雅克愼式的。然而，這話本小說記號系統，無疑地會促進我們對話本小說這一文類的若干了解。

（二）

「話本小說」本身是一個寄生的、後衍的文類，寄生於或後衍自宋人的「說話」。這類的「話本小說」，是指用宋人的白話寫成的「話本小說」，是指我們目前所看到的「京本通俗小說」、「清平山堂話本」、「古今小說」（後改稱「喩世明言」）、「警世通言」、「醒世恆言」等書的宋代的白話話本小說。至於上述書中的元明白話話本小說，我們概稱之爲「擬話本小說」；雖然兩者的體製相同，但由於後者爲「擬」，並不如前者之寄生或後衍自「說話」，故本文裏所試擬的記號系統是以前者爲對象。誠然，現存之宋人白話話本小說無一爲宋刻者，上述諸總集，據考訂皆爲明刻者；故或多或少之修改，在所難免。在容納後人稍事修改的條件下，據胡士瑩「話本小說概論」一書之考證，可目爲宋人者，有四十篇；據樂蘅軍「宋代話本研究」一書之考據，則有三十七篇；兩者取捨稍有出入❷。

❷本文話本小說的主要參考資料，除了話本小說外，皆來自這兩本書。胡士瑩部分，見其「話本小說概論」（上下册、北京、中華，一九八〇），頁二〇〇至二三四。樂蘅軍部分，見其「宋代話本研究」（臺北、臺灣大學文史叢刊之二十九，一九六九），頁一二八至一八〇。

筆者稱這類作品爲「話本小說」而不逕稱之爲「話本」或逕稱之爲「小說」，蓋有因者。原來，在近代語言學家之探討下，口頭語言和書寫語言，即使撇開字體上給讀者的影響不提，仍有著根本上的差異。一個完整的語言行爲 (language-behavior)，是包含語言性的 (linguistic) 及「超語言性的」(para-linguistic) 的成分。超語言的成分，又可細分爲帶音的 (vocal) 部分 (如快慢、音質等) 及不帶音的部分 (如手姿)。一般說來，語言性的部分主要担任陳述性的角色 (如「春天來時，校園裏充滿著生意」)，而超語言的部分 (說這句話時的音色、高低、快慢及伴隨的手姿等) 則洩露著抒情的及社會性的品質。口頭語言及書寫語言實際有著基本的差異。在文法上及詞彙上兩者有著差異。口頭語言所伴帶著的超語言部分，即語音及手姿等方面，只能在書寫語言裏用標點符號、斜體字或其他方法來粗略而不完整地代替❸。從這個角度來看，書寫語言顯然是一個不完整的語言行爲，以其缺乏了超語言的成分之故。顯然地，這個分別也就是「話本小說」和其原來的「說話」(完整的語言行爲) 的基本差別。筆者用「話本小說」一名而不稱之爲「話本」或「小說」者，即與這一媒介問題有關。撇開「小說」一詞的原來涵義，「小說」在目前的用語裏，是指閱讀性的，故全屬於書寫文字的範疇。「話本」雖仍以「書寫語言」作媒介，但它的指向是「說」，當然是朝向「口頭語言」，也就是朝向「口頭文學」。故「話本」

❸請參 John Lyons, "Language as a Semiotic System" (Chapter 3), *Semantics: I* (London: Cambridge University Press, 1977), pp. 57-94.

本身是兩棲動物。然而，現存的「話本」並非「說話人底本」的本來面目，是多多少少經過後人修定，而其修定似朝向閱讀性的「書寫文學」，故現存之「話本」更由兩棲地域向書寫文學這一邊靠攏一步。故稱之爲「話本小說」者，乃意指此小說之前身乃話本，乃「話本」與「小說」之合成。這一混合詞另有一好處，卽排除了其他非故事性的「話本」，蓋宋人之「話本」非止小說一端，尚包括講史及其他。

既然「話本小說」只是朝向口頭語言的書寫語言，故說話人憑之以向大羣的聽衆講故事時，卽使他不加鹽加醋，也不會直唸不誤。說話人必然用其活生生的口頭語言來重做這個「話本小說」。用記號學的語彙來說，這「話本小說」是一個「書篇」(text)，是一個不變體 (invariant)，而每一次的說故事，卽是這「書篇」可變的「演體」(variants)。就好比是一個劇本是一個不變體，而每一次的演出則是這劇本的「演體」。就「話本小說」而言，從不變的「書篇」到每一次說故事所實際演出的「演體」，在理論上來說，基本上是媒介上的差別，「口頭語言」和「書寫語言」的差別。雖然這「話本小說」已經是兩棲於「口頭語言」和「書寫語言」之間，就像小說裏的「對話」，雖是「對話」，但與實際的「對話」有差別。以此作一個簡單的比況，這「話本小說」所用語言媒介與口頭語言的差別，就像小說或其他文類中的「對話」與實際用口頭語言說出的「對話」的差別。關於後者，洛德曼有很好的論述：

> 口頭的話語與書寫的話語有著根本的差異。在語言的所有層次裏，從語音層次到語組層次，口頭的話語是基於重複、省略、與壓縮的口頭語系統上。但在書寫文學中重造的話語是根據書寫話語的規矩來組織的。………口頭話語能很深入地切入書寫敘事體的組織裏，尤其是在二十世紀的文學。但書寫話語總沒法完全拋卻書寫話語的結構，即使是在最極端的例子裏，文學作品裏的書寫話語仍無法真是口頭話語，它只能是口頭話語的反映。………我們用錄音機錄一段話語來與這書寫話語作一比較便可知其差別。現代最積極模仿零碎的日常話語的書寫仿製品，是如此地組成以致能重造所有的接觸，包括非語言的接觸，而這重造是透過語言來完成的。那麼，這書寫話語製造語言交流的完整型態而得以讓這話語自足而獲得了解。為錄音機所記錄的話語而再筆錄成書寫形式將失去其原隨伴的非語言的要素與及話語的抑揚，而只落得成為語言交流的局部，把它如此地抽離出來單獨地看，或會變成不可解[4]。

誠然，口頭語言和書寫語言是兩個不盡相同的記號系統，其所衍生的口頭文學和書寫文學當然也有相當的差異。如果我們再進一步的追索，我們尚得假設用來說故事的「口頭語言」與用來談話的「口頭語言」，還是有所差別的。那麼，從日常談話的語言過渡到「話本小說」裏的書寫語言，更過渡到一般供閱讀用的小說中的書寫語言，可綜合如下表：

❹Jurij Lotman, *The Structure of the Artistic Text*, translated by Gail Lenhoff and Ronald Vroon (Ann Arbor: University of Michigan Press, 1977), pp. 98-99.

> **日常談話的口頭語言→說話人用以說故事的口頭語言→話本（真正話本）的書寫語言→話本小說（現存的）的書寫語言→一般供閱讀用的小說中的書寫語言。**

如果我們要界定這「話本小說」的書寫語言，我們得比較這書寫語言與其前身的說話人用以說故事的口頭語言的差異，並同時比較這書寫語言與一般供閱讀用的小說中的書寫語言的差別。如果我們要了解說話人的語言藝術，我們得把說書人的口頭語言一方面與其時的日常談話的口頭語言相較，一方面與話本或話本小說中的書寫語言相較。既然我們的「話本小說」只是不面對聽衆的「書篇」，只是相當地失去嫣紅與芬芳的薔薇，要憑此來論說話人的語言藝術，要論述宋人的「說話」，實在有如莊子所譏諷，只能從其糟粕裏回味其酒香。我們前面的論述，只是建立在說話人忠於話本不加鹽加醋的假設的前提下；而事實上，說話人是大加枝葉，敷衍成更維肖維妙，驟鬆驟緊的大章。因何見得？胡士瑩綴拾當時文獻所述及證之於現在的書場情形，作如下的論述：

> **小說家有「隨意據事演說」的方便，最能發揮說話人的天才。像「西山一窟鬼」話本，寫**

成書面，只寥寥六千字，可是一到說話人口裏，便「變成十數回蹺蹊作怪的小說」。南宋初鄭樵「通志、樂略」中說：「又稗官之流，其理只在唇舌間，而其事亦有記載。虞舜之父，杞梁之妻，于經傳所言者不過數十言耳，彼則演成千萬言。東方朔三山之求，諸葛亮九曲之勢，于史籍无其事，彼則肆爲出入」。可見說話人在勾欄瓦市中講述時，根據其豐富的生活經驗和社會歷史知識，發揮其想像虛構的能力，隨時添枝添葉，「肆爲出入」，以迎合聽衆的趣味，本來是說話人的長技。「夢粱錄」所說的「談論古今，如水之流」，就是形容他們的口才的。這種口頭創作的豐富性，從宋代的瓦市勾欄，一直傳到現在的書場，七百多年來還保持著這種優良的傳統。

藝人在講話時不能光靠死板的脚本，有時要針對故事的內容，適當地插入些議論，才能談笑風生，但是要做不到「不僀搭，不絮煩」。就是說不能嚕嗦，要說得扼要爽利。此外還要做到「敷衍處，有規模，有收拾。冷淡處，提掇得有家數。熱鬧處，敷衍得愈長」。所謂敷衍，就是在原有的基礎上，增添一些細節，把內容豐富起來。……

……「清稗類鈔」說：「昔人謂善評話者于水滸之武松打店，一脚閣短垣，至月餘始放下，語雖近謔，然彈詞家能如是，亦豈易耶?」現在揚州的評話藝人王少堂，他講的「武十回」，能說到六十天，如講「武松殺嫂」這回書，說出武松颼地一下掣出一掣明晃晃的刀來，一手揪著潘金蓮的頭髮，正欲砍下來時，他便「剪口」不說了。以後講了幾天，武松的那把刀還未砍下去。其中穿插細節之多，可以想見❺。

引了這一大段文字，是要强調我們所看到的「話本小說」與當時坐在勾欄瓦舍的聽衆所面對的宋人「說話」，是有著相當差距的。我們實不能憑這些話本小說來充分論斷宋人「說話」的藝術。要重建宋人的「說話」，我們得重建其整個語言行爲；卽重建其藝術的口頭語言，重建其超語言的成分，說話人說故事的身姿、手姿、面部表情、聲調的高低、節奏的疾緩，其「使砌」（卽插科打諢開玩笑一類的滑稽話及其詩詞的朗誦調）及其故事的穿插敷衍。

（二）

要充分了解話本小說，要重建話本小說的記號系統，除了就話本小說本身著眼外，如上面所說，尙得置回其源自的「說話」底完整的語言行爲裏去考慮。雅克愼所提出的語言行爲六層面的模式，可以爲我們進一步的描繪話本小說的記號系統。語言行爲的模式很多，但雅克愼所提供的最爲文學批評界所應用。而其提出其模式的動機乃是藉此以探索「什麼東西使到一話語成爲一語言藝術品」這一基本問題。雅克愼這一個模式，雖說是語言模式，以其涵蓋性之廣度而言，實是一個記號學的模式。記號學乃研究各種記號（語言是記號之一，其他如圖象、姿式、樂音、物件

❺胡士瑩，「話本小說概論」，頁八六至八七。

等也是記號）以建立其記號系統，以尋求其共同法則及差異性。正如記號學的先驅瑟許所言，「語言是最複雜也是最具普遍性的表義系統，也是最具記號典型的。在這意義上，語言學可作爲記號學通體的模式，雖然語言僅是其中的一個記號系統」❻。誠然，雅克慎所提供的語言模式，實可移用於其他表義系統上。

雅克慎在其語言模式裏，指出語言行爲的成立，有賴於六個面的通體合作。每一面有其獨特的功能，在各種的話語裏，可由於這六個功能在其建立的階級梯次（hierarchy）裏安排不同，而成爲不同的話語型態。詩歌乃是「詩功能」（筆者按：此「詩功能」實非僅指詩而言，實可擴大至一切藝術，故實稱之爲藝術功能。在當代文學批評裏，詩學（poetics）一詞已非僅是詩，而包括其他文學的藝術本質。）占據著最高層而成爲其最具勢力的話語。雅克慎在「語言學與詩學」一文中圖解其模式如后❼：

❻De Saussure, *Course in General Linguistics*, trans. by Wade Baskin (New York: McGraw-Hil 1957), pp. 16–17.

❼見其 "Closing Statement: Linguistics and Poetics", in *Style in Language*, edited by Thomas Sebeok (Cambridge: M.I.T. Press, 1960), pp. 350–77。因此文爲主要參考文章，徵引之處甚多，故不一一註明頁數。「message」一詞，John Lyons 說得好，實指「message encoded as-a-signal」，即是已爲物態的記號具根據語規表達出來了的話語，故筆者逕譯作話語。雅克慎用「message」一詞，而不用

「utterance」或「speech」（兩者皆指講出來的話），或由於欲包括講出來的話及書寫出來的話兩者之故
。Lyons 的解釋，見 *Semantics: I*, p. 54.

指涉
CONTEXT

話語
MESSAGE

說話人 ———————— 話語的對象
ADDRESSER ADDRESSEE

接觸
CONTACT

語規
CODE

與這六面相對的功能則圖解如：

指涉功能
REFERENTIAL

抒情功能 EMOTIVE　　詩功能 POETIC　　感染功能 CONATIVE

線路功能
PHATIC

後設語功能
METALINGUAL

在一個語言行爲裏，說話人講一段話給話語的對象聽。但要這個「話語」產生作用，則尚賴於另外的三個面。其一，這話語中有所指涉陳述的內容，而其所指涉陳述的內容必須爲語言所勝任陳述而能爲話語的對象所能把握者。其二，說話人對話語的對象必須共有相同或大致相同的語規，這樣，這個話語才能被話語的對象所了解。其三，這個話語必須有效地到達話語的對象並爲其所接納，那就是說，話語的兩主體必須有著物理上的及心理上的聯繫，以確保此接觸，以完成其傳達的任務。

雖然每一語言行爲必包括這六個語言面，雖然每一話語的完成實統攝了其他的五個面；事實上，個別的話語可强調其中的一面，發揮該面之功能，而顯出該話語的特質。以下筆者用中文的例子來解釋這現象。「噢！我的天呀！」在這樣的句子，是抒情功能占著優勢。「您過來吧！」這句子是以話語的對象爲定位的。「台北車站是交通頻繁的地方。」這樣的句子是以指涉爲重心。據雅克愼的說法，第一人稱、第二人稱、第三人稱的句子分別强調著抒情功能、感染功能及指涉功能。線路功能的語句最常見於電話的對話，如：「你聽到我嗎？」，「你是在聽著嗎？」。後設語的功能是要看雙方是否用著同樣的語規，確保話語的不被誤解。如「你知道我這句話的意思嗎？」。至於詩功能，這是雅克愼著力之處，他界定如下：

> 整個安排是以話語本身爲依歸，投注於話語本身者，即爲語言之詩功能。

然後，雅克愼依據他多年前早已界定的語言二軸說來進一步界定這詩功能，而雅克愼的二軸說實源自瑟許，指出語言的表義過程賴於兩條軸的作用，即語序軸或水平軸（syntagmatic or horizontal axis）與聯想軸或垂直軸（associative or vertical axis）。語序軸即是講出來的有效的一串語言。但語義的表出不僅賴於這實在出現的軸，而尙得依賴那隱藏著的聯想軸，才能全面。要了解一個字的全面意義除了這字在語序軸的位置外（即與其他字的關聯），尙得放在這字和這字有聯想關係的諸字所構成的聯想軸裏去考察❽。用筆者的比喩來說，要了解神字，尙得與神字有聯想關係的祀、祟、中等字所構成的隱藏著的聯想軸去領會。雅克愼在其 *Fundamentals of Language*（The Hague:Mouton, 1956）一書中，沿用這兩軸的看法。他指出一幅語言的構成乃基於選擇（selection，相當於聯想軸）及組合（combination，相當於語序軸），而選擇乃基於類同原則（雅克愼行文上雖僅用相類 similarity 一字以名之，實乃包括同及其相反的異），組合則基於毗鄰原則（contiguity，這毗鄰關係，按主要實即語法關係）。雅克愼並根據語言喪失症（*aphasia*）的兩種狀態，或失去對同義詞的辨別能力，或失去組織片語及句子的能力，以佐證這語言二軸❾。雅克愼現即據此二軸說而界定其詩功能如下：

❽De Saussure, *Course in General Linguistics*, pp. 122-124.

❾Roman Jakobson, "Two Aspects of Language and Two Types of Aphasic Disturbances," in

詩功能者，乃把選擇軸上的對等原理（principle of equivalence）加諸於組合軸上。「對等」於是被提升爲組合語串的構成法則。

雅克慎底「對等」一詞，實統攝相類與相異（similarity and dissimilarity），同義辭性與反義辭性（synoymity and antonymity）。照理來說，所謂「對等原理」應是把兩單元作一等號，然後探求其平行（相類）及對照（相異）；但在形式的描繪上，雅克慎似乎多著眼於平行的一面。故其謂：「在詩裏，在語言層次裏任何突出的相類似得連接到語意上的相類或相異來評估」。同時，雅克慎也表示這「對等」原理不僅表達在語音層，也表達在辭彙層及語法層上。然而，眞正發揮這「對等」原理得淋漓盡致，把握住平行與對照的張力，把各形式層上的各成分作語意層上的解釋者，得推洛德曼。此後詳。雅克慎認爲這「把選擇軸上的對等原理加諸於組合軸上」的現象，使到這話語成爲「自我投注的話語」（self-focusing message），使到話語產生「模稜性」（ambiguity）。雅克慎並以此爲詩底不可或缺的品質。洛德曼雖未必反對雅克慎的看法，但他寧强調形式與內容的相作用，强調形式上的各因素得以作語意上的解釋而成爲內容層，使到詩容納更多的資訊（information），並以此爲詩的定義。在下列的討論中，筆者是朝洛德曼的詩

Roman Jakobson, *Selected Writings* :II(The Hague: Mouton, 1971). pp. 239-259. 此即其 *Fundamentals of Language* 的第二部分。

學而進行。

當我們把宋人「說話」及「話本小說」放在「口頭文學」（語言行爲的全部）與「書寫文學」相對照的大架構裏，然後用雅克愼的模式加以描繪之，可具體地圖解如下：

（甲）宋人「說話」

指涉

「說話」（可聽到）

說話人（在場）————勾欄瓦舍裏的聽衆（在場）

接觸（隨伴着可視可聽的超語言的因素，如手姿、語調）

「說話」的語規

（乙）話本小說

指涉

話本小說（抄本、刻本或印刷品）

說話人（不在場）————宋或以後的讀者（在場）

接觸（沒有隨伴的超語言因素）

話本小說的語規

兩圖表一比較，就可以看出兩者的差異，並藉此可擬測「話本小說」製作時所作的繼承與改變。在「說話」裏語言行爲是双邊的（雖然一邊占絕對優勢）；由於說話人是活生生的一個人，心理是屢遷的，也同時由於語言行爲双方產生的動力，故有臨時性的卽興及穿插敷衍；因此其「說話」是隨時變動，不穩定的。說話人可以從聽衆的反映中考察「說話」的指涉是否能爲聽衆所把握，考察其用的「語規」是否也爲聽衆所共有；同時，說話人也可用超語言的因素（手姿、語調等）來輔助其表達。從聽衆的角度來看，說話人的姿態音色等，使到整個語言行爲更豐富，而說話人之獲得聽衆之信賴與否，也會影響到聽衆的反應。從「說話」到「話本小說」就喪失了許多語言行爲的要素了。「話本小說」就成爲抄本、刻本、印刷品這一個角度而言，是一個不變的「書篇」。「說話人」不在場，不可以把這「書篇」作卽興或其他的改變。如果有改變的話，就只有因「讀者」不同，而產生對這「書篇」時閱讀的變異了。這些差異，前面已有所論述，不贅。

(三)

雖然宋人「說話」已不可重建，但有著這一個雖稍微空蕩的骨架，對我們討論「話本小說」還是有所裨益的。上圖所呈現的「話本小說」當然也只是一個空蕩的骨格，現在我們就在這骨格上重整其血肉。也就是，讓我們依照雅克愼的語言六層面及其相對之六功能，以進一步地刻劃話本小說這一個體制。說話人得用「話分兩頭」這一個技巧來處理其曲折的情節，筆者也無法把幾十篇的話本小說一起用筆來講述。故筆者願以「京本通俗小說」的第一篇「碾玉觀音」作爲樣品❿。誠然，在幾十篇的話本小說中，其品質或有差異；而「碾玉觀音」或者是較好的一篇。但就整個體制而言，整個表現手法而言，應不至於與其他話本有記號系統上根本的差異。如瑟許所言，一個具體的話語（*parole*）是爲其背後的語言系統（*langue*）所支持而得以完成其表達之任務。具體之話語實反映著其背後的語言系統。推此理說之，一篇之話本小說實蘊含著其後的記號系統（表義系統），假如我們懂得如何建立其背後的系統的話。然而，爲補單篇或有的闕失，我們在探討其樣本之後，仍就學者們已爲話本小說所勾畫出來的體制，放在雅克愼的模式裏察看，以窺其全豹。現在我們就從雅克愼的模式來讀「碾玉觀音」，以勾劃其背後之記號系統。

讓我們先討論「接觸」這一層面及其相對之「線路功能」。當說話人介紹女主角秀秀時，他先後用了兩個提問句：「是甚色目人？」和「生得如何？」。當秀秀與崔寧火場相遇、成親、出走、置家於潭州而又爲一郡王府中人所識破時，說書人又用一提問句：「那人是誰？」。然後說是郭排軍。「話本小說」主要用提問句來担任「線路功能」是相當地切合需要的。因爲「說話」本質上還是單面的語言行爲，實無法讓聽衆回話。用提問方式是提醒聽衆的注意。從記號系統的

❿此處之版本乃「京本通俗小說」（臺北、世界，一九七〇）。按「碾玉觀音」亦存於「警世通言」卷八；題作「崔待詔生死寃家」。其題下註：「宋人小說，題作碾玉觀音」。此篇之爲宋人小說，甚少疑義。京本通俗小說與警世通言所載無甚差異，故不再一一校其相異。

角度來看，這些「提問式」的句子，從通體的敍事形態中（「說話」或「話本小說」是敍事體）突將出來，可看作是「歧出」(deviations)。以話語的對象爲依歸的「感染功能」面以及以說話人爲中心的「抒情功能」面，並沒有作顯著的耕耘。然而，上述的「線路功能」也微帶有「感染功能」，而說話人的或明或暗的現身 (authorial presence) 於「話本小說」，可看作是弱勢的「抒情功能」。譬如：「那漢也是合苦，眞個寫一紙軍令狀來」。又如：「郭立是關西人，朴直，却不知軍令狀如何胡亂勒得」。這都表示著說話人的現身，微帶有所謂「抒情功能」。「碾玉觀音」有一個很有意思的例子，當郭排軍奉令去抓秀秀及崔寧時，說話人說道：「三個一逕來到崔寧家裏，那秀秀兀自在櫃身裏坐地，見那郭排軍來得恁地慌忙，却不知他勒了軍令狀來取你」。用「你」字取代了「她」，用第二人稱取代了第三人稱，充分洩露了說話人的投入，可看作含有「抒情功能」。同時，因爲說話人是對著聽衆說話，而「你」這一個人當不出現在「對話」裏時，應指聽衆。聽衆在聽到這一個「你」字時，也不免感到突兀，故暗中亦實帶有「感染功能」。用「你」而不用「他」又是一個「歧出」。凡是帶有功能的「歧出」都對作品的「詩功能」有所貢獻。

「語規」成分及其「後設語功能」在「話本小說」裏倒是頗爲重要而相當出色。在開頭的第二組詩裏，說話人對八首(節)引詩(詞)的解釋，都有著「後設語功能」。他把王安石的「春日春風有時好，春日春風有時惡。不得春風花不開，花開又被風吹落」解作是：「原來這春歸去，是東風斷送的」。誠然，說書人對這八首詩(詞)的解釋，並非透明於引詩中；從記號學的眼光來說，我們甚至可以說，說話人自造臨時性的語規，才能對這八首詩（詞）作如此的解釋。既然如此，聽衆絕不可能在驟聽諸引詩時，便據有說話人臨時自造的語規；故說話人得補入這些「後設語」，使聽衆了解。同樣地，當說話人說秀秀的父親說出其女孩的「本事」來時，說話人不直言此本事，却說：「有詞寄眼兒媚爲證：深閨小院日初長，嬌女綺羅裳，不做東君造化，金針刺繡羣芳樣。斜枝嫩葉包開蕊，唯只欠馨香。曾向園林深處，引教蝶亂蜂狂」。聽衆驟聽這修辭詞一大堆的詩，不易把握說話人引這詩的目的。故說話人緊接著引詩之後，說：「原來這女兒會繡作」。此時，我們才恍然大悟，原來在說話人的「語規」裏，這首詩是謎語式，而其謎底則在其中的「金針刺繡」四字。這種後設語的情形，是與「說話」的體裁有關，也與話語的對象有關。在「說話」的體制裏，有詩詞部分，詩詞是比較難懂，對在勾欄瓦舍裏聽故事的平民大衆而言，當然更有「語規」的問題。最重要的，從結構的角度來看，從上引的例子看來，說話人並非爲解詩而解詩，而是如此地解釋以引渡到他心目中構好的線索來；也就是說，要如此照說話人解詩，得依循另一暫時爲此解釋而設的語規，故「後設語言」顯得必須。話本小說中的「入話」用語，也可看作是後設語；因爲這「入話」用語把「話文」本身和話文前的部分聯起來。也就是說，把話文前的部分作如此地解釋以使其與「話文」息息相關地聯起來。在這話本小說裏，其「入話」用語乃是：「說話的因甚說這春歸詞？紹興年間，行在有個關西延州延安府人……當時怕春歸去，將帶著許多鈞眷遊春……」。（胡士瑩把這部分稱之爲入話，稱前面的兩組詩詞爲篇首。樂蘅軍則總稱之爲入話。）

「說話」或「話本小說」都是第三人稱的敘事體。雅克愼在「語言學與詩學」一文曾對詩中的分類作如下的說明：「各種詩體包含著詩功能以外的諸面的不同參與，伴隨著以詩功能爲其最占重量的關切。史詩，那是第三人稱的，強烈地含攝著指涉功能；抒情詩，那是以第一人稱爲定位的，是親切地與抒情功能連在一起；屬於第二人稱的詩是充滿著感染功能，帶有懇請性質或說服性質，這要看在這詩裏第一人稱附庸於第二人稱還是第二人稱附庸於第一人稱」。如果把詩類移作小說類也是如此。那就是第三人稱的敘事體是以指涉爲中心。誠然，難怪根據我們上述的分析，在話本小說裏以抒情功能與感染功能爲依歸的語句相當地闕如。話本小說這一文類的特色，也許是除了指涉功能爲其主幹外，就是線路功能及後設語功能的比重相當地加強。

沿著雅克愼以詩功能之成爲主幹作爲詩的（也就是藝術的）證詞的看法，我們得追問宋人白話話本小說是否富有詩功能？其詩功能的比量是否可使到它成爲語言的藝術品？雅克愼對詩功能的定義是：「把選擇軸的對等原理加諸於組合軸上。對等於是被提升爲組合語串的構成法則。」換言之，對等原理成爲了詩的標記。雅克愼同時說，詩功能並非僅限於詩，而詩之把握也不能僅限於詩功能。故詩功能應是一廣義詞，可用於其他文類及藝術上。當這裏應用詩功能一觀念時，即是看「對等」原理是否成爲話本小說的最基本最重要的構成法則。洛德曼也認爲對等原理是詩的根本結構原則，但他用另一辭彙，他稱之爲「重複」(repetition)。就一個詩篇本身，沿著語序軸而厘辨的重複，是屬於一類；不管語序軸的先後次序，而僅看語言單獨層面或各層面所造成的重複，又是一類。前者是語序軸上的重複，後者是諸元調度式上(paradigmatic)的重複。（但此處之諸元調度式是現存於詩篇，而非如瑟許的隱藏著的聯想軸。雖二人同用一詞。）洛德曼把詩篇分爲語音、韵律、辭彙、語法諸層面。一片語或一詩行或全詩篇，在每一層次上都可以建立許多的「重複」或「對等」，然後看這重複或對等的兩邊，是處於類似還是對照地位。如果是類似，則這類似將被加强；如果是對照，則這對照在其相類似的背景下而更爲顯明並產生張力。同樣的一個片語、句子等，在不同的語言層次上作考察，我們可以發覺在某些層次上是對比，某些層次上是對照，而產生加强或張力。但這些形式上的重複，應作語意上的解釋；即這些重複在語意層上或內容層上產生作用。如此，這些形式上的因素便成爲了內容的一部分；此稱之爲形式之「語意化」(semantization)。故其謂：「一個書篇之被稱爲詩篇者，乃是說它所有的元素皆已語意化」。故其認爲，從資訊交流的立場而言，詩的結構乃是能以最少的篇幅容納最多的資訊的結構。誠然，洛德曼對詩篇的原理，富有辯證性及社會性，各種技巧的是否起作用，尙賴於其對前面的傳統的辯證關係。現在只是就「重複」一問題而論，而筆者爲簡化起見，上述的簡述是平面化了的⓫。

我們現在就從「對等」或「重複」原理的角度來看「碾玉觀音」，以探討其「詩功能」。因爲這是一篇話本小說，語音和韵律上兩層次，將不會有顯著的詩功能。故我們不妨從詞組這一個

⓫請參其所著 *The Structure of the Artistic Text* 之第五章，第六章，第七章。引文見頁一四六。

層面來開始。在篇首第一組的三引詩裏，用了兩個「原來又不如……好」作聯繫：

原來又不如「仲春詞」做得好。

原來又不如黃夫人做著「季春詞」又好。

在這一對等組裏，「原來又不如……好」一詞組是重複著，而其中的「仲春詞」與「季春詞」則成爲對照。如洛德曼所强調的，完全不添新義的重複是非詩的重複（但幾乎很少的重複不產生新義）。像這一對等組的重複則同時有加强及對照的效果。當然這對照的效果，同時由於孟春、仲春、季春的時節順序而緩和。在第二組詩裏，就不是兩個句子構成的對等組，而是由六個句子構成的對等組（王安石及王岩叟的部分去掉，因我們此處只著眼於詞組層）：

蘇東坡道：「不是東風斷吹春歸去，是春雨斷吹春歸去。」有詩道：

秦少游道：「也不干風事，也不干雨事，是柳絮飄將春色去。」有詩道：

邵堯夫道：「也不干柳絮事，是胡蝶採將春色去。」有詩道：

曾兩府道：「也不干胡蝶事，是黃鶯啼得春歸去。」有詩道：

朱希真道：「也不干黃鶯事，是杜鵑啼得春歸去。」有詩道：

蘇小妹道：「都不干這幾件事，是燕子啣將春色去。」有「蝶戀花」詞爲證：

我們可看出在這六個句子所組成的對等組裏，除了輕微的變異外，無論在語法上、語意上及長度上，都有著同一的基本型態。語意上在相同的基礎上，却又春風、春雨、柳絮等一一代換著。作結尾用的王岩叟部分，雖似是同樣的語型，但由於篇幅長，一連七個「也不干」，從這六句子所組成的對等組歧異出來，顯然有總結的功能。而作開首用的王安石部分，仍可找到相當的類同，這部分的類同性使到這部分與這對等組聯起來，作爲其起首而不會有突兀之感。這樣來解釋，就把形式聯結到語意層上，使這形式成爲內容的一部分：因靠這些形式，春風、春雨、柳絮等內容的代換更爲顯著，而王岩叟部分的作結，更爲理所當然。單就王岩叟部分，我們發覺其中的重複，發揮著極大的詩功能：

王岩叟道：「也不干風事，也不干雨事，也不干柳絮事，也不干胡蝶事，也不干黃鶯事，也不干杜鵑事，也不干燕子事；是九十日春光已過，春歸去。」

七個的「也不干」是非常强有力的積極的否定，但其結尾是相當被動的帶有宿命的：「是九十日春光已過，春歸去」。從「對等」這一結構原則（也同時是分析原理）而言，我們是把上引節文分作兩部分：「不干甚麼」是一部分，「是什麼」是另一部分。然後，我們在兩者之間作一個等號，憑此以彰明其或同或異。誠然，兩者是對等的。但從語詞的角度來看，兩者却又是相反的。

在前者，「不干」是一種否定，本身是消極的，但七個的重複，却可使這「否定」產生積極感。所否定的內容，却多多少少帶有主動性，風帶走春天等。反過來看「是什麼」這一部分。「是」帶有肯定作用，但肯定的內容却是消極的「九十日春光已過，春歸去」。在對等原理的照明下，這錯綜複雜的同時平行及對照終究為我們所握住。不用多言，詩的功能在這篇首裏，是發揮得淋漓盡致。但我們得注意，這些詩功能是源自說話人的白話敍述，而非所引之詩篇；故其詩功能，並非賴於詩篇之出現。而且，如我們前面所已說的，說話人這些句子，本身是「後設語言」，發揮著後設語言的功能。可見，詩功能以外的五種功能，亦可轉化為詩功能。如此說來，洛德曼說的話是對的，在詩篇裏，所有的元素皆轉化為語意的負荷，轉化為內容。

事實上，這「是九十日春光已過，春歸去」，就其所表達的宿命感而言，又可與篇末的散場詩作一等號：

咸安王捺不住烈火性
郭排軍禁不住閒磕牙
璩秀姑捨不得生眷屬
崔待詔撇不脫鬼冤家

這「捺不住」、「禁不住」、「捨不得」、「撇不脫」四個詞組都暗含著宿命的無奈。天生性格如此，夫復何言！同時，這四個句子語意上所表達的宿命感，又可與這四個句子的形式作一等號。這四個句子是並排的，沒有起承轉合的相互關聯（起承轉合是中國絕句的基本型態）。這並排的選擇（不選擇起承轉合），在與「是九十日春光已過，春歸去」作了等號之下，在宿命的無奈的語意層的對照下，似乎表現著即使這四個人之間沒有什麼瓜葛；他們的生命也將會宿命如此。

在正話裏，我們同樣可以建立（或者找到）許多對等。既然話本小說基本上是敍事體，我們除了談文字層的對等外，我們尙得談事件及人物的對等。而事實上，文字層上的對等，在敍事體裏，往往與事件及人物的對等聯結起來。

咸安王有兩把刀，其中一刀叫「小靑」。「小靑」在兩件事件上出現：其一是要殺秀秀及崔寧，其二是要殺郭排軍。就「小靑」重複這一角度而言，我們可以把這兩件事作等號。兩者都是要用「小靑」殺人，這是類似點。兩次都沒有殺掉，又是類似點。在此類似上，我們也同時看到對照點，所要殺的對象不同。秀秀及崔寧是反叛他的，而郭排軍是忠於他的。單從形式來看，兩次皆用「小靑」，產生故事底節奏感。但這節奏感放在內容層上，却相當地表出咸安王的機械反應。

秀秀從火場出來誘惑崔寧的一幕，也可看作由許多對等動作組成的對等組：

秀秀道：「崔大夫！我出來遲了……只得將我去躲避則個。」

秀秀道：「崔大夫！我脚疼了，走不得。」

秀秀道：「我肚裏飢，崔大夫與我買些點心來吃……。」

從秀秀主動爭取崔寧及計策上的類似一角度來看，這三話語皆可劃個等號。這重複有力地刻劃了秀秀主動的性格。

有時候，當我們把兩話語或敍述等作了等號，因而察覺了不易發現的齟齬，而這齟齬却或洩露了隱藏的意旨：

①明日要這人入府中來（郡王語）

②到明日寫一紙獻狀，獻來府中。（敍述者語）

從咸安王的態度而言，是要人，是強迫性的；但在敍述者語裏，無論璩老是否願意，寫的却是「一紙獻狀」，是「獻的」，是「自願的」。這個齟齬實是耐人尋味。同理：

①老拙家寒，那討錢來嫁人？將來也只是獻於官員子弟。（璩老語）

②當日捉我入府時，兩個去尋死覓活。（秀秀語）

這兩面詞可以作一對等號連接之，因其同論一事。但其中存著齟齬。從璩老的話，璩老是迫於窮困而自願的；從秀秀的話，則璩老夫婦是懾於咸安王之威勢。我們要信那一個人的話？就在這些言語所產生的齟齬之處，我們找到了一些線索，引渡我們至耐人尋味的隱義世界裏。

當咸安王把秀秀抓起來，欲殺之而爲夫人所勸時，說：「且捉秀秀入府後花園去」。聽衆或讀者皆不會想到咸安王會把秀秀打死，因「且」字屬於和緩的辭彙，而後花園是賞心之地。當我們把這一句話與「秀秀被我打死了，埋在後花園」這一事實作一等號，我們更强烈地感到前面一句話的語言世界與實際作爲的强烈對照。如此，這句話在此對等組內照明之下，產生形式與內容的很大張力。

在角色層上也同樣朝向對等組的建立。不要忘記，我們「對等」一詞，是包括平行與對照的。郭排軍和押發人恰是又平行又對照的對等組。兩者皆官差，兩者皆看到秀秀與崔寧生活在一起，兩者皆爲崔寧所款待，那是平行。但他們的反應却是對照的：一個多嘴告密，一個不多嘴不告密。這可歸於他們的性格。但另一對照，一是「王府中人」，一不是；這就與性格無關，而是與封建社會的主從關係有關。在這對等組裏，由於有三平行點，這兩對照點更形突出。

男女主角也組成一個對等組，圖表如下：

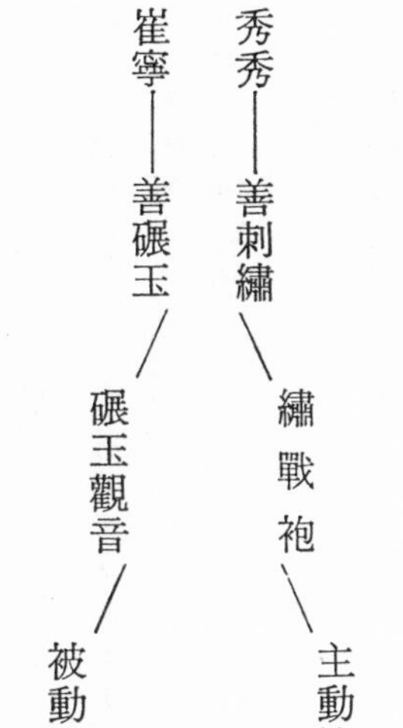

在這一對等組裏，其平行點是善於手藝。除此以外，都是對照點。如果刺繡代表女紅，而刺繡這工藝又蘊含著柔性；而碾玉代表男藝，而碾玉這工藝又蘊含著剛性；從這角度來看，刺繡與碾玉是對照點。但所刺之繡爲戰袍（剛性），所碾之玉却爲觀音（柔性）。那麼，所製作之工藝品與工藝本身所蘊含之寓指（connotation）却又自相矛盾。故事雖主要沿著「戰袍」與「觀音」這寓指而發展爲主動型的秀秀及被動型的崔寧，但「刺繡」本身所寓含的柔性與「碾玉」本身所寓含的剛性仍在秀秀及崔寧身上分別看出來。（當崔寧答應與秀秀成親，崔寧建議遠走他方，秀秀一切順從，說：「憑你行。」）沿著主動被動型這一對照組發展下來，結果秀秀給打死爲鬼，而崔寧却是「撇不脫鬼冤家」而隨秀秀爲鬼去。不同的人間收場，剛性的、反叛的、主動的、積極的終爲此而活活打死，在對等原理這一照明之下，所表達的社會消息是昭然若揭。這裏又證明形式與內容的息息相關，在平行或對照之下，形式帶上了語意（意義）上的品質，而內容層則爲形式所作用（activate）而加强。

從上面的分析，我們可以結論說，雅克愼所界定的「詩功能」在「碾玉觀音」一話本小說裏是彌漫著，無論在語言層上，事件層上，角色層上，我們都可以看出「選擇軸上的對等原理加諸於組合軸上。『對等』於是被提升爲組合語串的構成法則」的現象。雅克愼提出這語言六面六功能的目的，是要探討「什麼東西使到一話語成爲一語言藝術品」這一詩學的問題。這樣說來，由於其中詩功能的彌漫，由於「對等」原理之成爲了組合語串的法則，由於這些形式層上的因素已語意化（意義化），使到內容層作用起來，「碾玉觀音」所代表著的宋人的白話話本小說，這一用語文表義的話語，是進入了藝術的範疇。

上面的討論裏，我們只把話本小說作爲一普通敍述體來處理，並沒有强調話本小說這一體制在形式上或結構上的諸特殊面。就描述的層次上而言，如許多學者已觀察到的，可條列如下：

開場詩（原則上是一首，但亦可敷衍成繁複的形式）
入話用的轉折語（「說話」本身必有，話本小說則有時省掉）
得勝頭回（可有可無，其前後在「說話」裏應有過渡語）
正話（其中穿插有詩詞）
散場詩

從雅克愼底語言六層面及對等原理來看，這個形式是對等原理的又一發揮。開場詩、得勝頭回、正話、散場詩，可排成一列的對等；而其中，得勝頭回與正話之間的平行或對照更為顯著。同時，如果我們把「正話」看作是主體的話，開場詩、散場詩都有著後設語的味道。其中入話用的轉折語，及得勝頭回前後的過渡話，如果帶有解釋性的話，也有著後設語功能。就正話本身而言，其中的詩詞與居於詩詞前後的白話，則同樣有著「對等」關係；當他們兩者之間有著解釋功能時，也可以看作是隱含著後設語功能。回到我們原先建立的大架構裏（即把話本小說放回「說話」實際的「演」出時的大架構裏），我們可以看到這些形式或結構上的特殊面，是與話本小說的前身為「說話」有關的，是有著「線路」功能。篇首的詩及入話時的轉折部分，當然可拉長及放短，以備話語聽衆的聚集。得勝頭回也有此功能。說話人與說話聽衆的「線路」是複雜的，說話人要等候聽衆的齊集，要引起他們的興趣讓他們留下，要找最適當的時機向聽衆收錢（聽衆不見得預付錢），故入話及得勝頭回有等候聽衆齊集及收錢的功能。同時，入了正話以後，也不能一口氣講完，聽衆隨時加入也隨時離開，故得找空檔來收錢。據胡士瑩的推測，正話中的詩詞有章回的作用，可以停下來向聽衆收錢⑫。當然，用記號學的詞彙來說，這些是「書篇以外」（extra-textual）的因素；然而，這些因素卻是決定話本小說作如此形式上結構上安排的最重要的動因之一。誠然，要建立一個文類的記號系統，除了書篇內（intra-textual）的成分外，是不能不把這些「書篇以外」的因素加以納入。這又把我們帶回話本小說的源頭「說話」及其扎根的社會文化上。

⑫胡士瑩，「話本小說概論」，頁一四二至一四五。

試擬王維「輞川二十首」的二度規範系統❶

(一)

俄國的記號學家把記號系統(sign system 或 semiotic system)與神經機械學(cybernetics)連起來觀察，指出任何一記號系統皆是對我們的周遭現實、對我們的行爲有所規範的「規範系統」(modelling system)。

❶本文所據版本爲趙殿成注王右丞集(臺北，中華)。原書稱作「輞川集」，現爲了清晰起見，稱爲「輞川二十首」，或有時簡作「輞川詩組」。爲了讀者方便起見，現把原序及原詩二十首抄錄如下(卷十三)。

輞川集並序

余別業在輞川山谷，其遊止有孟城坳、華子岡、文杏館、斤竹嶺、鹿柴、木蘭柴、茱萸沜、宮槐陌、臨湖亭、南垞、欹湖、柳浪、欒家瀨、金屑泉、白石灘、北垞、竹里館、辛夷塢、漆園等，與裴迪閒暇，各賦絕句云爾。

新家孟城口，古木餘衰柳，來者復爲誰，空悲昔人有。(孟城坳)

飛鳥去不還，連山復秋色，上下華子岡，惆悵情何極。（華子岡）

文杏裁為梁，香茅結為宇，不知棟裏雲，去作人間雨。（文杏館）

檀欒映空曲，青翠漾漣漪，暗入南山路，樵人不可知。（斤竹嶺）

空山不見人，但聞人語響，返景入深林，復照青苔上。（鹿柴）

秋山斂餘照，飛鳥逐前侶，彩翠時分明，夕嵐無處所。（木蘭柴）

結實紅且綠，復如花更開，山中倘留客，置此茱萸杯。（茱萸沜）

仄徑蔭宮槐，幽陰多綠苔，應門但迎掃，畏有山僧來。（宮槐陌）

輕舸迎上客，悠悠湖上來，當軒對樽酒，四面芙蓉開。（臨湖亭）

輕舟南垞去，北垞淼難卽，隔浦望人家，遙遙不相識。（南垞）

吹簫凌極浦，日暮送夫君，湖上一迴首，山青卷白雲。（欹湖）

分行接綺樹，倒影入清漪，不學御溝上，春風傷別離。（柳浪）

颯颯秋雨中，淺淺石溜瀉，跳波自相濺，白鷺驚復下。（石溜瀉）

日飲金屑泉，少當千餘歲，翠鳳翔文螭，羽節朝玉帝。（金屑泉）

清淺白石灘，綠蒲向堪把，家住水東西，浣紗明月下。（白石灘）

北垞湖水北，雜樹映朱欄，逶迤南川水，明滅青林端。（北垞）

獨坐幽篁裏，彈琴復長嘯，深林人不知，明月來相照。（竹里館）

木末芙蓉花，山中發紅，澗戶寂無人，紛紛開且落。（辛夷塢）

古人非傲吏，自闕經世務，偶寄一微官，婆娑數枝樹。（漆園）

桂尊迎帝子，杜若贈佳人，椒漿奠瑤席，欲下雲中君。（椒園）

根據他們的研究，當人們不能直接規範他們的行爲時，他們會用「記號」來間接規範其行爲。這是一種「內在化」(internalization) 的過程，把「外在」的記號「內在化」；此過程可比擬於電腦程式的自動操作(automation of programming)。他們研究兒童語的產生過程，發覺「語言」一方面有著資訊交流 (communication) 的功能，一方面有著成人規範兒童行爲的功能。語言作爲規範我們行爲的規範系統，記號系統之「內在化」行爲，充分地見於成人所不可或缺的內心的默語 (internal speech)；也就是說，成年人用默語，用記號，來間接地規範自己的行爲。成人底「內心的默語」這一現象可追源至兒童常出現的自言自語的獨白現象（這獨白一方面是兒童個人的獨白，一方面又煞像有第二者在場的雙邊語言現象）。這種介乎雙邊語言現象與成人內心默語之間的「自我中心」的兒童獨白（其功能亦在於自我規範），尙可見於某些原始部落的語言現象裏。「內心的默語」與「母語的學習」二現象，只是諸種文化軟體程式被「程式」入我們的世界並其後自動地不自覺地影響著我們一生的兩個明顯例子而已。每一個記號系統皆不可避免地把世界納入某種模式，而這記號的模式卽作用如一電腦軟體程式輸入於我們的腦裏而規範著我們的行爲。記號系統之建構，是與人類底神經系統的結構息息相關。以目前對「語言」這一記號系統研究所得，語法上的各種特質可說是要邏輯地表達一種思維以及人類底腦神經底結構兩者間相折衷所出現的折衷狀態。文化的整體就像一個龐大複雜而互相交接的軟體程式，由衆多的記號系統所組成，而生活在某一種文化之下的人們，卽爲這龐大的記號系統網所規範。這記號系統的規範功能也可以從反面證明之。心理治療學與社會心理學許多臨床的病例，證明這類病人對諸種記號系統的操作有所缺失：換言之，記號系統的規範功能已遭受到威脅與破壞。佛洛伊德（Freud）的一個女病人，當她神經發作時，她不講她的母語，而用一種她通常不用的外國語來表達。這充分證明記號系統與規範功能的息息相關❷。

俄國記號學家一般的看法，認爲我們日常用的自然語（natural language），如中文，英文等，是首度語言，也是首度對現實世界加以模擬，把現實世界納入其模式，並規範我們的首度規範系統（primary modelling system）。洛德曼（Jurij Lotman）的名著「藝術書篇的結構」（*The Structure of the Artistic Text*，俄文原著一九七〇）即持此看法。他認爲藝術（包括文學）、宗教、神話等，乃是二度語言，乃是二度規範系統（secondary modelling systm）。所謂二度者，乃是對自然語之爲首度規範系統而言。他認爲，自然語不僅是最早，而且是對人類最具影響力的資訊交流系統，伸入人類社會生活及心理的所有面。並且，二度語言是根據自然語的模式而建構的。音樂可以看作是由許多的毗鄰單元（syntagms）所構成，雖然樂音沒有所謂語意。繪畫及電影系統，皆可用毗鄰軸（syntagmatic axis）和聯想軸（paradigmatic axis）

❷Cf. V.V. Ivanov, "The Role of Semiotics in the Cybernetic Study of Man and Collective," in *Soviet Semiotics: An Anthology*, edited by Daniel Lucid (Baltimore: Johns Hopkins Univ. Press, 1977), pp. 27-38.

來建構。他歸結說：「只要我們承認人類的意識是語言化的，所有其他建構於這語言意識上的各種模式的上層結構，皆可界定爲二度規範系統——藝術卽爲二度規範系統之一」❸。文學是用自然語作爲其媒介，但它却在自然語的語法及語意之上建立其二度的語法與語意。洛德曼說：「文學是經由一獨特的語言系統而表達。這語言系統是從上加蓋於自然語之上而成爲一個二度規範系統。……說文學有其屬於自己的語言系統，與自然語不同而從上加蓋於自然語之上，等於說文學擁有其屬於自己的、內延的記號系統，有其不同的組合法則，俾能建構特別的話語，非經由其他手段所能建構者❹。」

要把文學作爲一個二度規範系統來評論，就不得不把這系統與自然語所構成的首度規範系統相對立，以描述其有各種特質。這是洛德曼「藝術書篇的結構」一書所從事的。現在筆者只能大略地就這兩者的關係根據該書以歸納其大要。在文學這二度規範系統裏，其自然語系統及建構於其上之二度系統並不互相取締，而是後者上置於前者上而並存。在自然語系統裏，在相較之下，其記號具與記號義，也就是其形式與內容，是截然分開的，這就是語言學上所謂的「二重安排」(double articulation)。但在文學這二度系統裏，雖在自然語的層次上遵守這「二重安排」原

❸Jurij Lotman, *The Structure of The Artistic Text*, trans. by Gail Lenhoff and Ronald Vroon (Ann Arbor: Univ. of Michigan Press, 1977), pp. 7-12. 引文見頁九。

❹Ibid., p. 21.

則，但在其所自屬的二度系統裏，則是「內容」與「形式」互相滲透，內容被形式化，形式被內容化，故最終能建構一些非自然語所能建構的話語。推進一步說，文學作為一個二度規範系統而言，它底資訊容量 (information load) 大大地提高，並能表達一些非自然語所能表達的東西。

筆者在此處興趣之所在，乃是文學作為一個二度規範系統而言，其二度的「語意」系統是如何建立於其首度的「語意」系統上，並進一步追問，這二度「語意」系統如何「規範」了我們的現實的世界甚或我們的行為。洛德曼在其前述的鉅著裏，縱橫論述詩篇或文學作品所依賴的表義系統；也由於其縱橫論述，故並沒有就筆者上述所感興趣之問題加以獨立而簡賅的討論。但筆者仍可就書中所及，試圖歸納出一簡賅的模式。這簡賅的模式包攝兩個透視：一是並時 (synchronic) 及內延的 (internal)，一是異時 (diachronic) 及外延的 (referential 或 external) 的。就前者而言，其二度「語意」系統之建立，是據「對等原理」(principle of equivalence)，經由「內延的對譯」(internal recoding) 而成。就後者而言，這二度「語意」系統是與不同時期的其他二度「語意」系統相對待，並與外在的「現實」世界相對待，可經由「外延的對譯」(external recoding) 而討論。茲分別略為進一步闡述如下。

先就並時及內延這一範疇而言。洛德曼說，在詩篇裏，許多不相等的單元被對等化了；那麼，在自然語帶著不同指涉的語彙却在二度「語意」系統裏被認為帶著同一的指涉。他以俄國詩人 Lermontov 的詩句「月亮從多雲裏滾出／像一具華侖基之盾或像一塊荷蘭的乳酪塊」為例，其中的華崙基「盾」與荷蘭「乳酪塊」是等義的，雖然在自然語裏兩者之語意不同❺。洛德曼用相對組法（也就是對等原理），經由「內延的對譯」而對浪漫主義底「語意」系統的簡賅刻劃，是一個很有意思的作業。洛德曼用「內延的對譯」以界定「天才」一詞，並進一步藉此勾劃浪漫主義的「語意」系統。他說，在浪漫主義裏，「天才」與「羣衆」相對待，這一相對組從上置於其他的相對組上，如「偉大」與「小器」，「獨特」與「平凡」，「心靈」與「物質」，「創造」與「動物性」，「反叛」與「屈從」等。我們可以在這些相對組間作一等號，把它們排成左右兩大欄，「偉大」、「獨特」等在一邊，「小器」、「平凡」等在另一邊。這些相對組都是一個廣延的相對組（「天才」與「羣衆」）的變異體而已。同時，洛德曼也指出「天才」尚與其他的相對組連接而產生不同的意義。要緊的是，這種「內延的對譯」是進行於封閉的系統內，而「語意」之產生是界定於系統之內，而不必靠外在的連接❻。洛德曼於書中特闢一節以討論文學作品中的「空間架構」(spatial structure)。他指出文學作品中，其「空間架構」常與「內容」相連接而語意化，從上蓋於自然語的語意上。這「上置」情形亦可看作是二度記號系統中二度語意產生的一個現象。洛德曼指出，在文學上扮演著角色的空間相對結構，如「高與低」、「右與左」、「近與遠」、「開與閉」、「界限與沒界限」、「斷隔與延續」等，在社會、宗教、政治、道德

❺Ibid., p. 47.

❻Ibid., p. 37.

等架構上，都帶上了特殊的語意，幫助了這些架構的建立；也就是說，這些空間架構與社會、宗教等層次上的諸種概念，如「有價值與無價值」、「好與壞」、「自己的與他人的」、「可及與不可及」、「倏忽與不滅」等相連接起來❼。

現就異時及外延這一範疇而言。所謂異時，是把某一文學作品所構成的二度規範系統放入前已建立了的諸種規範系統裏考察以界定其位置；所謂外延，是把文學作品所構成的二度規範系統與現實世界相連接，觀察其將現實世界納入了何種的模式裏面而因此規範了我們的現實世界。大致說來，浪漫主義、寫實主義、象徵主義等都在不同的時代裏以不同的規範系統來把現實世界來加以觀察、加以規範。上述都是顯而易見的普通知識了。洛德曼深入之處，是指出了一篇作品所實際表達出來的二度規範世界，遠不及此作品底二度規範世界所賴的、支持於其背後的系統，來得更有普遍的價值；或者說，文學作品所表達的二度規範世界，遠不及其背後所賴的二度規範系統，更有規範能力。他說：「經由系統所創造之宇宙模式是比經由話語所創造者更來得有普遍性，蓋後者在創造過程裏是最富有個別性者。我們也許可以同樣地說，個別的詩篇為某些具體的現象創造了一個藝術模式，而文學底系統却以其最具普遍性的諸範疇把宇宙納入了一個模式；在這模式裏，這些最具普遍性的範疇乃是宇宙底最具普遍性的內容，乃是具體事物與現象底存在之形式。因此，研究文學作品所賴之系統不單對文學底資訊交流這一獨特的模式有所了解，同時也等

❼Ibid., pp. 217-231.

於把文學中所塑造的宇宙模式重建起來，以其最具普遍綱領的姿態重建起來❽。」洛德曼這一段話，深刻地指出了文學底系統（也就是二度規範系統）與現實世界的關係；同時，在縱而異時這一面來說，也指出了要研究一篇文學作品，研究其採用某一個已經建立了的文學系統或文學語規，是最爲深探本源的。

（三）

自然語所構成的首度規範系統可以從該自然語的諸種構成而探索，如該自然語的整個語彙庫，整個語音系統及語法系統等；這三個自然語的主要組成將提供給我們該自然語如何透過它們而把世界納入某種模式並如何規範了該自然語的應用者對世界的看法及其行爲。「文學」作爲二度規範系統而言，是在這自然語之上，也就是在這首度規範系統之上，建立其二度的系統，作二度的規範。就語音系統而言，在文學作爲二度系統而言，其中的詩歌就明顯地經營著一套自身的音律系統，上蓋於自然語之上（雅克愼所界定與闡發的語音象徵或語音肖象性（sound symbolism）可併於此❾）。在語彙庫來說，我們也可看出文學作品中在自然語的大範疇裏自經營其小範疇（文學作品以自然語作工具，文學作品中所創建的語彙在理論上已立刻成爲了自然語底語彙庫的部

❽Ibid., p. 18.

❾Roman Jakobson and Linda Waugh, *The Sound Shape of Language* (Bloomington: Indiana Univ.Press, 1979), pp. 179-232.

分），詩歌中的浪漫主義、象徵主義等，未嘗不可於其中歸結出屬於這些詩派的語彙庫。在個別的詩人裏，其狀況有時更或明顯，如形而上派詩人 John Donne，未嘗不可視其擁有自己的語彙庫。無用贅言，這自形獨立的語彙庫已經大大地為其所建構之二度語意系統，提供了基礎。在語法上，這情形也是如此。詩歌裏語法上的變異，如倒裝句等，已是很普遍的事實。小說家如喬埃斯（James Joyce），詩人如 John Hopkins，都耕耘著屬於自己的語法，上置於自然語語法之上。上面所陳述的文學以其屬於自己的語音、語彙、語法系統而上蓋於自然語之上，當然只是在對比之下的兩極分法，也只是一種文學理論上的策略，以幫助我們把文學跟非文學分別開來，這策略是有用的，而文學的發展也事實上往往是自然語所展開的首度規範系統與文學所展開的二度規範系統的相互辯證、激盪的歷史。這二度系統別於首度系統的情形，也有其客觀的事實；事實上，每一個人都在為大家所共享的自然語的基礎上，有屬於個人的語言世界；作家何嘗不如此？文學作品何嘗不如此？自然語所代表的首度規範系統及文學所代表的二度規範系統，尚在超過一般語言學所識別的層次上（即上述語音、語彙、語法諸層次）而有差別。前面洛德曼所提到的內容與形式之相互滲透、詩篇內「對譯」等現象，都有助於我們對文學作為二度規範系統的了解。

基於上述對文學作為二度規範系統的了解，筆者打算在本文作三個重點的作業。我將會在本節裏首先對王維「輞川二十首」作為一文學系統而與自然語系統相對待這一情形作初步討論，並闡述內容與形式相滲透一現象。然後在下兩節裏，著重於二度語意的建構與分析。我將先把王維「

輞川二十首」的內延的語意世界建構起來，勾劃這世界所賴的系統。然後，我將會從事外延的討論，把這世界與它以前的某些二度語意世界相啣接討論，並同時把這語意世界與現實世界相對待，以顯示其如何規範了這現實世界及我們（及詩人）的行爲。

王維的「輞川二十首」（本文有時簡稱爲「輞川詩組」）是他晚年之作。正如其「序」所言，「余別業在輞川山谷，其遊止有孟城坳……等，與裴廸閒暇，各賦絕句云爾」，該詩組是以二十首的絕句來描述王維在輞川產業上的二十處攬勝之地，而裴廸亦寫有二十首絕句以唱和之。在語音層次來說，很顯然地，五言絕句所要求的格律（包括分行、平仄與押韻）便自成一系統上蓋於自然語系統之上；此點甚明，不必贅言。但要指出的却是這「上蓋」現象，影響到了語彙層及語法層；也就是說，這上蓋於自然語之上的格律系統，變成了一種力量，影響著語彙的選擇及語序的安排。試以第一首「孟城坳」的押韻爲例：

新家孟城口▲
古木餘衰柳▲
來者復爲誰
空悲昔人有▲

「口」、「柳」、「有」三個韻脚字之選擇與語序都未嘗不可看出其受到這上蓋於自然語之上的五言絕句音律系統的影響。這三字都屬於「有」韻。第一行的「口」字的選擇，不跟隨詩題的「坳」（「肴」韻）而用「口」可看出其背後的音韻要求。第四句，根據我的讀法，其正常的語序應作「空悲有昔人」；現倒裝爲「空悲昔人有」而置「有」字於句末，也可看出韻律在選字及語序上所產生的力量。用較爲理論的話來說，這詩格律上蓋於自然語一現象，影響了語言行爲所賴的聯想軸 (paradigmatic axis) 與毗鄰軸或語序軸 (syntagmatic axis) 的操作。同時，這押韻及平仄的要求，是詩歌上「對等」(equivalence) 的傾向；這就是雅克慎所界定的「詩功能」(poetic function) 及其所賴的「對等原理」(principle of equivalence)⑩。在詩人寫作的時候，這聯想軸與語序軸都是兩兩開放的，而在實際運作時，這兩條軸都互相給予對方某些約束。這實際的運作情形，眞如天馬行空，可容納太多的可能性；因此，要厘定其運作背後的諸種影響力，是相當地困難的，也難免有相當程度的臆猜，上述音韻系統作爲語言二軸運作背後的某一種影響力，是較爲有跡可尋；在許多情形裏，就很難具體地擬測了。

就語彙層而言，這二十首絕句既是對二十攬勝的「賦」，其語彙應多屬於景物層。我們有了這個了解以後，我們就開始詢問：如果這「輞川詩組」裏，在景物語彙之外，是否尚有相當的語彙自構另一系統？如果有的話，那麼這另構一系統的語彙羣就顯然深具意義了。假如我們不能

⑩Roman Jakobson, "Closing statement: Linguistics and Poetics," in *Style in Language*, edited by Thomas Sebeok (Cambridge: M.I.T. Press, 1960), pp. 350-77.

規劃出景物語彙以外的另一系統，我們仍可以追問：在景物語彙裏，是否尚含有不止於景物描繪的功能？如果有的話，那麼我們可以說這景物描繪以外的「功能」是深具意義了。現在讓我們大略地觀察一下。

我們現暫時依第一個假設來進行。我們不很嚴格地把一些不屬於景物的語彙及句子抄錄如下：

來者復爲誰，空悲昔人有。（「孟城坳」）

上下華子岡，惆悵情何極。（「華子岡」）

不知棟裏雲，去作人間雨。（「文杏館」）

暗入商山路，樵人不可知。（「斤竹嶺」，此處指後一句）

山中倘留客，置此茱萸杯。（「茱萸沜」）

應門但迎掃，畏有山僧來。（「宮槐陌」）

當軒對樽酒，四面芙蓉開。（「臨湖亭」，指第一句）

不學御溝上，春風傷別離。（「柳浪」）

日飲金屑泉，少當千餘歲，翠鳳翔文螭，羽節朝玉帝。（「金屑泉」全首）

家住水東西，浣紗明月下。（「白石灘」，尤其是上句）

深林人不知，明月來相照。（「竹里館」，尤其是「人不知」三字）

古人非傲吏，自闕經世務，偶寄一微官，婆娑數枝樹。（「漆園」，前三句）

桂尊迎帝子，杜若贈佳人，椒醑奠瑤席，欲下雲中君。（「椒園」全首。此爲全詩組最後一首）

我們立刻發覺三個現象：㈠這類非景物語彙所占全詩組的比例相當驚人。㈡這些語彙往往是絕句中的後二句（我們立刻就想到中國從景入情或意或志的抒情傳統）。㈢有些僅有幾個語彙，有些是下半首；有些全首皆是非景物語彙。如果我們再進一步對這些語彙加以分析，我們將會進入其特構的語意世界。但筆者在此暫打住，我想等待到下一節討論詩組中的二度語意世界時，再把這些語彙與詩中所表達的「母題」(motif) 連起來綜合討論。

其實，我們似乎不必依第二個假設來進行，因爲，第一個假設已經帶給我們一個相當明朗的視野了。不過，筆者還是打算完成這個小作業。這個小作業，也許能把不像前者那麼明晰的、由非景物語彙所構成的非景物世界也能鈎沈出來。但筆者要如此從事時，却遭遇某些困難，也同時獲得了某些認識。第一，筆者發覺在前面進行非景物語彙分析以刻劃非景物世界時，已實際上牽涉了這第二個作業，因所舉例子中，已包攝有景物語彙，而這些語彙却在其上下文裏所構成的整體結構 (macro-structure) 或整體意義 (macro-meaning) 裏被增加上非景物的意義。如其中的「華子岡」、「棟裏雲」、「人間雨」、「商山路」、「茱萸」、「芙蓉開」、「金屑泉」等，它們不再是不受其上下文的整體結構或整體意義所影響而僅屬客觀自存的景物語。就「華子岡」而言，它是「華子岡」或是其他名字的山岡、或屬於其他空間時間，都沒有太大的影響。「棟裏雲」與「人間雨」不再是以其本身「棟裏雲」、「人間雨」的景物或景物語身份而出現，而是在「不知棟裏雨，去作人間雨」這一整體意義之下而扮演其擔任的表義角色。其他例子亦可照如此推衍。於是，所得的反省式的結論是：前面的第一作業裏，非景物語彙占相當份量，構成一整體結構或整體意義，構成一非景物的語意世界，而同時使其中的景物語相當地喪失其景物語自存的地位。從這個經驗裏，筆者知道要發掘景物語非景物意義，雖從非景物語裏去界定。第一作業裏，非景物語所構成的整體結構與整體意義是明顯地從上包攝著這些景物語而使其改變它們的角色；那麼，在此處進行的第二作業裏，我們大概可以反過來，觀察一些表面看來是以景物爲主的單元(syntagms)，觀察其中所包攝的非景物語，並進一步觀察這些非景物語如何或多或少地構成一近乎前述的整體結構，而使這以景物語爲主的單元裏的諸景物如何或多或少地帶上一些景物以外的意義。現抄下我們所見的例子，並用圈在旁點出那些非景物語彙：

飛鳥去不盡，連山復秋色。（「華子岡」）

空山不見人，但聞人語響，返景入深林，復照青苔上。（「鹿柴」）

結實紅且綠，復如花更開。（「茱萸沜」）
輕舟南垞去，北垞淼難即。（「南垞」）
跳波自相濺，白鷺驚復下。（「欒家瀨」）

我們基本上的作法是把五官所能接納的景物語與賴超乎五官的知情意的心之活動語分開，而用圈點在旁圈出後者。（不過，我們在這些例子裏，我們把不怎樣深入心之活動之語彙，如方位語等，擱在一旁，以免對景物語作過份的局限。）我們發覺，這些非景物語毫無疑問地洩露出在這景物之背後有著心之活動，景物並非純然地演出。同時，這心之活動語有時也很幽微地含蓄著某些中國詩學上所謂的「意」，如「欒家瀨」的「自」與「驚」二語則頗有此功能。事實上，無論非景物語所涵攝的語意及景物語所涵攝的超乎景物的語意，都只是我們要勾劃二度語意所賴的客觀基礎；要實際勾劃二度語意，必須在此基礎上與母題連起來，方能竟全功。這將在稍後處理。

最後就語法而言。由於每一絕句皆僅有四詩行，而每一詩行均為五言，並且又要符合格律的要求，其語法不多不少地會有些歧異。就語序而言，因為符合格律之故，產生了一些所謂倒裝句，前已述及。「輞川詩組」裏（中國古典詩大致皆如此）以自成句子的詩行（end-stopped lines）為極大多數，跨句的詩行（run-on lines）很少。文法的模稜性，據筆者的觀察，主要是由兩行組成的毗鄰單位裏所含或單句或繁句或複句之不易確定。如「新家孟城口／古木餘衰柳」

，就很難很明確地指出究竟是由兩個簡句構成，還是由一個繁句或複句構成。其他如「結實紅且綠／復如花更開」等等，也是如此。另一可歸屬於語法來討論的，就是對仗的傾向。如我們所知的，律詩中間的諸聯，按體製是要對仗的。但其他體製則不必。然而，律詩以外的古典詩裏，仍有若干的對仗句。不過，輞川二十首裏，其對仗的耕耘相當強，似乎超過一般絕句所從事者。不用贅言，這對仗的加強，是加強了雅克愼所界定的詩功能，又是對等原理作爲詩底原理的一大證明。然而，筆者於此處不擬詳述輞川二十首此一特質。指出其對仗之強度，只是間接地指出因其耕耘而必然帶來的語法上的特色與其帶來之模稜性。毫無疑問地，要用四個每行是五個字又其中有著對仗耕耘的一個話語來表達，必然地異於沒有行數字數對仗限制的自然話語，而其語法上之歧異也是可想像的。不過，饒有趣味的是，無論如何歧異，它們仍然是合乎中國語法的，這就是語法底高度容納歧異的本質與及詩人能縛於枷鎖而仍能左右自如而不嚴重違規的藝術操作能力。

上面是大概地陳述了詩篇作爲一個二度規範系統上置於自然語之上這一批評策略，並就語音、語彙、語法三層次略爲討論，並以輞川二十首作爲例證。同時，因爲語彙層與語意層關係最密切，前者可謂後者之基礎，我們更就景物語與非景物語兩者的關係連接到「輞川詩組」中二度語意這一範疇來討論，以爲下一節裏直接地勾劃詩組中二度語意系統作舖路。在沒進入下一節以前，筆者現在討論詩篇這二度規範系統裏內容與形式相滲透的現象以結束此節；這樣，一方面可看出詩篇之「意義」恐非自然語所能表達，因詩篇之「意義」包攝於內容與形式二者合一之中，而不能單就一方面而獲得；另一方面，也爲我們先作辯解，在其後二節所從事者，乃是把其二度語意抽出獨立討論，而這被抽出之二度語意，不等於詩篇「意義」之全部，以免受到把詩篇抽象爲母題並以母題代詩篇之指責。我們仍以第一首爲例；爲方便閱讀起見，再抄於下面：

新家孟城口
古木餘衰柳
來者復爲誰
空悲昔人有

詩篇之形式是指其音韻上的格律、其分行、其語法構成、其平行與對照等可以抽象出來的諸形式要素；然而，詩篇之內容是指什麼呢？一些記號學的文學研究者傾向於把內容細分爲二層，一是詩篇中各語彙就自然語的角度而閱讀所展示出來的語意（就此詩篇言，我們不妨說，一字一句地把「孟城坳」讀完所獲得的字面上的語意，卽屬於此層次之語意），一是這層次以外的所謂「意」(significance)，是傳統批評上所謂的「意義」、「主旨」等。這「意」可能由許多的單元組成，也可能僅由一單元所組成；就前者而言，諸單元仍可假設有著統一的中心。這「意」是詩篇中的衍義中心，是詩篇中各單元所共享的記號義。衍義中心與各單元的關係是互爲定義的；詩篇中各單元是沿此衍義中心而出現、成形、而賦上「意」；從另一角度而言，這「衍義中心」是從詩篇中各單元抽出來以解釋其統一性的。這衍義中心，有時可以傳統的母題來界定（如「及時行樂」母題），有時却無法用傳統的母題來界定。既然文化及文學中所表達的「意」不斷在演變中，「意」層不可能已經有條不紊地毫不遺留地被歸爲若干「母題」，故詩篇中之「意」往往未能爲傳統已界定了的「母題」來界定。事實上，把衍義中心的「意」簡化爲「母題」是一種後設語言的行爲，只是一種「迹近」而已。如果在這後設語言行爲裏，我們未能把詩篇的衍義中心或意用傳統的母題來界定，我們也可以用一個字或用一個句子來界定。這界定衍義中心的母題或字或句，相當於 Michael Riffaterre 所謂的「詩眼」(hypergram)⓫。

從上面的模式看來，「形式」是從「內容」上的語意層抽象化出來的，而「內容」上的「意」層則是詩篇之衍義中心，詩篇中各單元所共享的記號義，也是詩篇中各單元藉此而獲得超乎語意的根由所在。內容與形式的互相滲透，出現於「形式」與「意」之間，而非僅出現於「形式」與「語意」之間。然而，詩篇之「意」往往在詩篇中或明或暗地指出，往往在詩篇中諸單元間語意的斷離裏產生，也往往用某些傳統的指標標出，也往往用某些技巧（如重覆）來標出，甚或有時用半透明的陳述句直述。「孟城坳」一詩，其「意」是在最後二行裏靠半透明的陳述句直述

⓫ Cf. Michael Riffaterre, *Semiotics of Poetry* (Bloomington: Indinan Univ. Press, 1978), pp. 1–22

：「來者復爲誰，空悲昔人有」。這「意」、這「衍義中心」，可以用傳統的「人生倏忽」一母題來界定。雖然這二句所隱含的「人生倏忽」母題已是相當明顯，但決不會明顯到說：「我這詩篇的母題所在是人生倏忽」。因此，用「母題」來界定詩篇之「意」，未免是後設語行爲。同時，如果我們詢問從間接的陳述到達直接的母題的界定過程，我們可以看到許多條件在作用中。其一是「成規」的作用，詩歌以「人生倏忽」爲母題的非常普遍，促使我們對這二個有此傾向的句子作如此的界定。其二是語意上的斷離；詩中「答」非所「問」，故其問並非字面語意的「誰會繼我而來」，而是與「答」相連而成爲「人生倏忽」的「悲」的表達。當這衍義中心被暫時界定作「人生倏忽」這一母題後，與前面的二句相連接起來，我們察覺到這兩個單元（前者是景物單元，後者是非景物單元）可共享一個統一的記號義，也就是「人生倏忽」這一母題。這時，在景物單元裏略帶有非景物性質的語彙「餘」就走進閱讀的前景；「餘」內攝著「以前如何如何」，內攝著「時光倏忽」這一因子。於是，景物單元內諸景物的對照（「新」與「古」之對比）也就不只是表面的，而是內攝著「時光倏忽」這一「意」。從這裏，我們可以看到「內容」與「形式」的互相滲透。事實上，單就後二句的非景物單元裏，我們也可以觀察到「內容」與「形式」的互相滲透。「來者」與「昔人」一語意上的對照，已經首度與這「人生倏忽」母題相啣接。仔細的觀察，「現在」這一刻是隱含不現的，但却現象學地從詩人底「悲」嘆或詩人底這一個「話語」裏藏著。「過去」、「現在」、「將來」是接連地更易著；「今人」卽將變爲「昔人」，而「

來者」即將變爲「今人」；重要地是，詩中「今人」是隱而不存，幾乎沒有存在，但見「昔人」與「來者」；「今人」之「倏忽」不正是與此形式上的安排相表裏嗎？

詩篇中的「衍義中心」並不得於詩篇，更遑論用來界定衍義中心的「母題」或單詞片語了。詩篇所表達的「資訊」(information)不僅是我們抽象出來的衍義中心，不僅是我們抽象出來的母題，而是內容與形式相表裏不可分割的整體，是感官與知性的溶合。然而，無論幸與不幸，我們下兩節所要從事的，却是要勾劃「輞川二十首」背後的諸衍義中心，諸母題或接近母題的單詞片語。然而，我們知道，這樣的作業，有其自身的功能，可以幫助我們了解詩人在「輞川二十首」中如何規範了世界及他自己與讀者。

(三)

在上一節裏，我們是從語音、語彙、語法三個主要組成及朝向對等與內容形式相滲透這二特質來闡述了詩篇作爲二度規範系統而上置於自然語之上之現象；這現象見諸於所有詩篇，非爲「輞川二十首」所特有，我們不過僅就「輞川二十首」作例而已。職是之故，對於「輞川二十首」在作爲一個完整的二度規範系統所具有的特色，而有別於其他詩篇所展示者，我們在上一節裏並沒有充分陳述，蓋此非本文的重點所在。

「輞川二十首」所構成的二度規範系統，應是指諸詩篇中內容與形式不可割裂的諸整體所構成之系統，指其對現實世界作了一規範行爲。然而，本文重點所在，如前面所言，是要勾劃其二度語意系統。也就是說，我們試把其語意系統從二度規範系統的整體裏獨自拿出來討論；也就是前面我們分析「孟城坳」一詩所從事者，把詩篇的「衍義中心」拿來獨自討論，並把衍義中心抽象爲「母題」或近乎母題功能的單詞片語。簡單地說，「輞川詩組」中的二度語意系統也就是諸詩篇中的「意」層，諸詩篇中的母題或單詞片語所描述的半母題所構成的系統。要勾劃這二度語意系統，我們第一步應是描述性的；也就是指出每一詩篇的作爲衍義中心的「意」，經由「母題」或「半母題」以界定之。第二步將是結構性或理論性的；也就是進一步分析諸詩篇中所表現的母題或半母題，給它們賦予結構式的系統，以擬測其背後所賴的基本組成法。

要對「輞川詩組」中的每一詩篇加以分析，指出其衍義中心，用母題或半母題的方式來界定其衍義中心，並非是頂容易的事，而其中所滲雜的主觀性與及因置於不同透視而產生的差異性，是勢所難免的。筆者下面雖然將輞川二十首彷照分析「孟城坳」的方式加以一一分析，但由於沒有需要如此耗費篇幅，筆者將不會把細節的分析過程一一寫出，而僅僅把所據的重要理由指出。讓我們在這裏重溫一下詩篇底「意」或「衍義中心」或明或暗地自我指稱的途徑：或賴語意之斷離、或賴某些傳統之指標、或賴重覆、或賴陳述語（statement）等。而我們用母題或半母題來界定時，除依賴上述各指標外，尙考慮詩篇所據之文化上、文學上之各種成規，以幫助我們建立這些母題或半母題。下面是諸詩篇的母題層（含半母題）的暫時界定：

孟城坳——人生倏忽母題（其相對之宇宙無窮性未被標出）

華子岡——人生倏忽母題（其相對之宇宙無窮性被標出）

「析」：「惆悵」即此「人生的倏忽」所帶來的惆悵。前面兩句的景物所表達的宇宙之無窮，即與「人生之倏忽」相對照。「上下」與「孟城坳」詩中的「昔人」與「來者」有同樣的功能。

文杏館——遊仙母題（仙境與人境處於一微妙的辯證關係）

「析」：由於「棟裏雲」去作「人間雨」之故，文杏館已被改變爲遊仙所居之館。同時，此詩與郭樸遊仙詩「雲生梁棟間，風出窗戶裏，借問此爲誰？云是鬼谷子」有「詩篇間」的關連。故爲遊仙母題。遊仙母題本身是一個複合的母題。

斤竹嶺——隱逸母題（其相對之「仕」或「經世」未被標出）

「析」：「樵夫」在古典詩中，已成爲了「隱逸」母題的指標，蓋在有樵夫出現的許多古典詩裏，詩裏都帶有隱逸母題之傾向。

鹿柴——山水母題（自然與人之辯證隱約地標出）

「析」：山水母題是一個複合的母題。在這詩篇裏，其自然與人之辯證程序經由「不見人」但仍「聞人語響」而到達自然的觀照。

木蘭柴——山水母題（「自然」所相對的「人間」並沒標出）

「析」：詩篇中的四個詩行事實上是表達同樣的記號義，他們之間是可以作一等號的。故其共享的記號義爲「自然」與其所不可避免地隱含的相對的「人間」。

茱萸沜——隱逸母題（兼含酬對母題或遊仙母題）

「析」：「山中」的功能已近乎「斤竹嶺」之「樵夫」，指示著此詩之隱逸母題。同時，「倘留客」則含攝著酬對母題。此處之酬對母題包攝著「友儕」與「孤獨」一相對組。但如果此「客人」乃遊仙或被轉化爲遊仙者，則又近乎遊仙母題，蓋餐花未嘗不是自楚辭以來的遊仙的一個可能指標。

宮槐陌——生命慵懶（經心）與振作（不經心）半母題

「析」：此詩的母題層很不易用抽象概念來界定。聽到敲門聲而應門以後便立刻忙著打掃，爲怕山僧來而見落葉滿地。也就是說，詩人是採取慵懶不經心的生命態度，但他却同時知道這樣的生命態度是不爲世間所認同贊許者。同時，也表示待客殷勤，暗含酬對母題。由於「宮」字的可能暗示，詩中的說話人未必是詩人，可能採取宮女的身份；那麼，詩中的母題又有不同了。同時，王維在宦海一生，其對「宮槐陌」之「宮」字當有若干反應。

臨湖亭——酬對母題（或遊仙母題）

「析」：「迎上客」與「當軒對樽酒」標出了詩篇之酬對母題，是一種人際的接觸。如

「茱萸沜」一樣，此詩之「酬對母題」亦含著「友儕」與「孤獨」一相對組。然而，「萬首唐人絕句」作「仙客」而非「上客」（見趙注），則可能是遊仙母題；事實上，九歌中有輕舸迎神的語句，故即使詩中用「上客」，也未嘗不可以視此文學成規爲遊仙母題的指標。換言之，臨湖亭是實存於時空之亭，但在詩人的幻覺或視覺裏，未嘗不可以轉化爲神仙所居之亭，一如前面的文杏館。也就是說，遊仙的幻覺從上蓋於實際的視覺上。

南垞——人間與遠離人間半母題

「析」：南垞與北垞是輞川山谷的兩個攬勝之地，二者或均建有房舍，但不可逕解作南宅北宅。據趙殿成注，垞，按集韻爲小邱名，誠是。就「南垞」「北垞」二詩而言，是指水之南浦北浦與浦上之丘嶺。據陝西「藍田縣志」的「輞川全圖」，南垞竟在東北，而北垞竟在西南；南垞沒有房舍，而北垞則有。就房舍而言，是與輞川詩組相合。而據上述縣志所載的「王右丞輞川圖」則是北垞居東北，南垞居西南；北垞南垞均有房舍⑫。「南垞」詩是輕舟往南垞而去，舟行快而北垞已遙遠難即，回頭望北垞，人家已不可識。當然，此詩是如此的記事，但在此記事裏，在母題的層面裏，由於人家之不可識，我們可以讀進人間與遠離人間的半母題；同時，南垞與北垞遂賦上了相對組式的對立，一爲人家，一爲遠離人家。

⑫陝西藍田縣志，頁七五六至七七九。

欹湖——或爲楚辭九歌母題（神仙境母題，其相對之「人間」未標出）

「析」：「夫君」，乃「此君」的意思。如果我們用「詩篇間」指涉這一角度來看，此詩很可能與「九歌」中的「湘君」有關。該詩謂：「君不行兮夷猶，蹇誰留兮中洲，美要眇兮宜修，沛吾乘兮桂舟……望夫君兮未來，吹參差兮誰思……望涔陽兮極浦……」。這與「欹湖」前兩句之「吹簫凌極浦，日暮送夫君」有密切的關係。據輞川圖，欹湖在水中央，符合「湘君」中之「中洲」。故詩中吹簫極浦以送神一幻覺，乃是上置於欹湖的母題。

柳浪——宮庭與民間、人間與自然、仕與隱母題

「析」：詩中基本的對照是御溝上的「柳」與自然界的「柳」的對照。但這母題可以連接到人間與自然，仕與隱等諸相對組，前者皆爲「傷別離」，後者則能保養眞元。

欒家瀨——山水母題（「自然」相對之「人間」未標出）

「析」：山水母題是依賴其相對組的另一邊而成立，也就是成立於其對「人間」的辯證式否定。其中的「自」有「自然如此」之「意」，而「驚復下」握住了自然的律動；那麼，這兩點與人間的「人爲性」與「驚而走或報復等」相對。

金屑泉——遊仙母題（長生：其相對之「人境」未標出）

「析」：詩中遊仙母題非常明顯。金屑是製藥煉丹的一個元素。駕龍朝玉帝，更是遊仙

幻覺。

白石灘——宮庭與民間母題（民間標出，宮庭不標出）

「析」：「家住水東西，浣紗明月下」很可能是對西施一故事的指涉。西施一故事，是唐詩人相當喜愛的典故，王維及李白等都有詩詠西施。據傳說，西施未入宮前，浣紗於若耶溪。如果用這典故來續此詩，詩人是把白石灘比作西施浣紗之溪，而這幻覺上蓋於白石灘上。就本詩而言，此詩富有民間歌謠況味，「家住水東西，浣紗明月下」是詩中的女角的唱辭。當然，我們也可以想像全詩爲一想像中正浣衣的女子之唱辭。故此詩之「意」是一個幻覺，一個像西施一樣美的女子於白石灘浣紗的幻覺，而其所含的抽象含義很難界定，但似傾向於「宮庭」與「人間」一母題。

北垞——與「南垞」詩同義。

「析」：如果我們追隨南垞北垞爲相對組的看法，南垞代表仙界或非人間，則北垞代表人間，蓋在北垞裏有的是「雜樹映朱欄」。往南垞遠去，則遠離北垞的人間；而從北垞看南垞，則是「明滅」青林端。當然，南垞北垞二詩，也未嘗不可看作是一般的山水詩，但在山水詩這一大前提下，我們也未嘗不可讀入上面所觸及的可能的「意」或「母題」。

竹里館——山水母題（「自然」與「人間」之辯證隱約地標出）

「析」：就「人不知」與「明月來相照」的相對來看，我們可看出詩中經由人間的某種否定而達到自然的某種相親。此外，獨坐、彈琴、長嘯三者都是道家修煉之法。郭樸遊仙詩「中有冥寂士，靜嘯撫清弦」即爲一例。而「獨坐幽篁裏」與九歌中「山鬼」的「余處幽篁後終不見天」或有「詩篇間」的相連關係。此詩或帶有道家修仙的色彩。

辛夷塢——山水母題（宇宙時間：「自然」與「人間」之辯證隱約標出。）

「析」：從「紛紛開且落」這一時間壓縮而看，我們看到詩中所表現的宇宙時間：萬物的生命對宇宙而言不過爲一瞬。這宇宙時間之獲致，是對「人間」的一種否定而來。從「詩篇間」的互爲指涉而言，首句「木末芙蓉花」是把楚辭中常出現的「辛夷」與「湘君」的「搴芙蓉兮木末」組合而成。辛夷不是芙蓉；該句是謂「辛夷木端的花有如芙蓉」；故裴迪相答詩謂：「況有辛夷花，色與芙蓉亂」。

漆園——隱逸母題（仕與隱的辯證）

「析」：莊周曾爲漆園吏。詩中以莊周爲指涉，以指出出仕經世對生命眞元的傷害。「婆娑數枝樹」乃省略自晉書殷仲文之語：「此樹婆娑，無復生意」；見趙殿成注。

椒園——楚辭九歌母題（神仙境母題；其相對之「人境」未標出）

「析」：此詩爲楚辭九歌母題甚明。詩中之香草、美人、雲中君等皆出自楚辭九歌。

回顧上面冗長的作業，對其中所遭遇的困難與及所作之調整，有需要在此說明。筆者最初的構想，是以母題或半母題層作爲詩篇的意義層，而所謂母題與半母題是在我們的文化及文學傳統裏界定，用抽象的概念來界定。但從事這作業時，筆者發覺在文學上用的母題往往既非建立在抽象層次上，亦非建立在單一的場域，而往往具體並擁有若干的屬性，就猶如一個語彙乃一個語意場域，由許多語意指標（semantic markers）所界定。我們在「輞川二十首」裏所遭遇到的山水母題、遊仙母題、楚辭九歌母題等，都可說是複合的母題，蓋其可涵蓋若干個的「屬性」。故我們標出了「類屬性」的山水母題、遊仙母題等之後，再標出其下的「屬性」母題，如山水母題中之「宇宙時間」，遊仙母題中的「長生」等。至於「倏忽」母題這類單純的母題，我們把它看作只有一個屬性母題的類屬母題。當然，所謂單純不單純，也往往因我們所採取的分析觀點而定。在表面上，我們對母題的取名，很不一致，有的根據觀念（如「倏忽母題」），有些根據文學傳統（如「遊仙母題」）。但事實上，這些根據文學傳統或其他而取名的母題，皆以所涵蓋的基本概念（一如「倏忽母題」之「倏忽」）爲歸。同時，此處之任一母題，其定義皆與前人略有差異，蓋此處之任一母題皆由其所牽涉之正反二面而界定。此點稍後會有進一步的說明。我們遭遇到的另一困難是同一山水母題或其他母題，即使在較次的層次上相同，但仍有某些相當重要的識別。這識別可以用「標出」(presence) 和「不標出」(absence) 及「幟識」(markedness) 與「不幟識」(unmarkedness) 兩個相對組以界定之。相對組法是結構主義以來最有力的分析工具，雅克愼在語言學及記號學上、李維史陀 (Levi-Strauss) 在人類學上，充分地發揮了這分析工具的效力⓭。我們講山水母題時，我們得注意其背後所支持的「自然」與「人間」（或「人爲」）相對組。終極地說，單是自然或山水是不表示意義的，自然或山水必須把與其有相對關係（binary opposition）的「人間」（或「人爲」）併起來考慮，才產生「母題」，才產生「意義」。同樣地，在「遊仙」母題裏，遊仙界必須在「人間」相對之下才產生意義；「隱逸」必須在「入世」之背後下考慮才有意義。從這裏我們可以看出相對組法在表義過程（signification）中所扮演的角色。然而，單是如此地應用相對組法，尚嫌不足；因爲，某些詩篇裏僅標出相對組的一面，某些却兩者皆標出而成爲一辯證型態（dialectics）。這標出與不標出其相對組的另一面，產生很不同的現象：後者「不標出」會給人以爲詩篇乃自然、遊仙、隱逸等的純然演出，而「標出」却給人以爲詩篇的人間味未盡去除。這個現象尚可與記號學上「巇識」與「不巇識」這一現象併合起來應用。這「巇識與不巇識」概念是包括雅克愼在內的布拉格語言學家羣（Prague

⓭相對組法可謂貫通了雅克愼及李維史陀的著作。雅克愼在語音學上應用相對組法以刻劃語音系統，可參上述的*The Sonnd Shape of Language*一書。他對語音喪失症的研究沿瑟許的二軸說，把語言喪失症分爲二型，及其所界定之詩功能亦是相對組法之應用。李維史陀用二分法而加上中間調停（mediation）以研究神話，其典型的例子，可見其“The Structural Study of Myth”一文；收入The *Structuralists form Marx to Lévi-Strauss*, edited by Richard and Fernande de George (New York: Anchor, 1972), pp. 169-194.

school) 研究語言學及詩學所發展出來的一個概念。在一個相對組裏，其一往往被「幟識」而被認爲具有實際的品質，而另外一個則僅被認爲缺乏前者的品質以致其原有品質「不被識別」爲品質。如語音上「母音」(vowel) 被看作具有 "voiced" (響音) 的品質，而「子音」(consonant) 則被看作是缺乏「voiced」這一品質，而其「unvoiced」(啞音) 這一品質不被幟識爲本身自具的品質。在時態而言，「過去時態」被「幟識」，而現在時態往往不被幟識；故我們常說「過去時態加詞尾-ed」等而不會說「現代時態沒有詞尾-ed」。也就是說，在一相對組裏，一個品質被「幟識」而另一個「不被幟識」。這「幟識」一概念，在記號學家的手裏，尚發展到文化上各層面上⓮。在一個相對組裏，如果僅一方被提及，這被提及的一方往往（但並非必然）被「幟識」，而不被提及的一方爲「不被幟識」。如果兩者都被提及，就可看出兩者之間的辯證，並從其中界定其何者爲「幟識」者何者爲「不被幟識」者。在文化的層面裏，在「生」與「死」這一相對組裏，往往「死」被「幟識」，因此也就有了「生命倏忽」這一母題。但在文學作品裏，未必全然跟隨文化所賦予這「生與死」相對組的「幟識」差異；也有可能轉過來以「生」爲被「幟識」者

⓮See Roman Jakobson and Linda Waugh, *The Sound Shape of Language*, pp. 90–92; and Linda Waugh, "Marked and Unmarked—A Choice between Unequals in Semiotic Structure," *Semiotica*, Vol. 39, 1982. Jurij Lotman在上述之 *The Structure of the Artistic Text* 及其對電影的記號學研究 *Semiotics of Cinema*, trans. by Mark Suino (Ann Arbor: Univ. of Michigan Press, 1976) 一書中，也把「幟識」與「相對組法」合用。

。回到「輞川詩組」裏所界定的山水母題及遊仙母題等，我們可以看出來「自然」與「非人間」一面爲被「幟識」，而屬於「不被幟識」的「人爲」與「人間」或出現（標出）於詩篇或不出現（不標出）於詩篇。卽使出現於詩篇，這「人爲」與「人間」仍處於「不被幟識」的地位。雖然「人爲」與「人間」處於「不被幟識」地位，但旣出現於詩篇，則仍對「自然」及「非人間」產生某種的辯證關係。上面把山水母題及遊仙母題中的「自然」與「非人間」作爲被「幟識」者來看，乃就界定「幟識」一般所依的通則而從事，乃就其與其相對的「人爲」或「人間」而言，具有被識別性、較爲罕有性、較爲特定性而言。但相對組往往可以逆轉其關係（黑格爾所說的主奴關係卽爲好例子），故就另一角度而言，以「山水母題」及「遊仙母題」的詩篇，其眞正的「意」，其隱藏地被「幟識」者，也未嘗不可以說是「自然」與「非人間」所相對的「人間」。這就帶來了某種的「不決定性」(indeterminacy)。我們在上述作業遭遇到的第三個困難，也正是這「不決定性」。當我們要界定某些詩篇的「母題」層時，我們產生了許多猶豫。某些半母題是否可併入某些類屬母題而成爲其屬性母題之一？卽「宮槐陌」是否可併入「隱逸母題」？事實上，母題與半母題之分往往竟是我們是否願意把半母題列入某類屬母題之下或索性給予它一個類屬性的母題而已。某些類屬母題是否可降格併入另一類屬母題而成爲其一項或變體？卽「酬對母題」是否可併入「隱逸母題」？卽「宮庭與民間母題」是否可併入「隱逸母題」？我們是否應該把「白石灘」及「漆園」二詩另立母題，如「西施母題」或「莊周母題」之類以涵蓋其他指涉這兩個人物的中國古典詩？我們是否應該加强一首詩可同時容納幾個母題的看法？更遑論構想妥當的概念性母題以指陳詩篇中的「衍義中心」時所有的猶豫不決了。但這困難幾乎是先天性的（當然，在技術層面上是可以改進），蓋這「不決定性」一方面根源於詩篇底不決定性而能招致多重閱讀之本質，一方面也根源於以後設語言系統來描述詩篇本來就能容納多方的設計這一事實。

我們下面試圖給予這些母題與半母題一個內延的系統，觀察其相互之間的關係，以便爲下一節外延的探討作舖路。我們現在分別就毗鄰軸與聯想軸以建構之。

在毗鄰軸而言，「輞川詩組」顯然非如一首長詩或一篇小說那樣地有極爲有機的互爲關涉，我們只需作短暫的觀察便足。「輞川詩組」是始自「人生倏忽」母題而終於最爲明顯的「遊仙」母題。這一個安排顯然有著某種意義存在，尤其是當我們把這詩組的順序（由「孟城坳」而至「椒園」）與實際的輞川山谷的地理順序相較，前者與後者是不盡符合的；其著意之安排可知。在詩組裏，連續以二詩重覆「人生倏忽」母題以作詩組之始，可見「人生倏忽」母題的主導作用。從「人生倏忽」母題而歸結到「遊仙」母題（當然，這遊仙母題包括了長生、非人間等等屬性），是有其心路歷程上的辯證關係的，蓋後者克服並超越了前者。在「人生倏忽」母題爲始「神仙境」母題爲終的這話語裏，中間插入了隱逸母題、山水母題、酬對母題等所包攝的諸種屬性母題，並重覆了遊仙母題所包括的諸屬性母題。這一方面可以看作詩組這一話語所包含的豐富的母題層，也同時看出其心路歷程之反覆，看出其互相的關連性。

談到其相互的關連性，就帶引我們走進詩組諸母題所構成的內延的系統裏。我們如何建構其內延的系統呢？

我們先把各「類屬」母題及隸屬於其下的「屬性」母題列於左，以便進一步的分析（＋等於標出；－等於不標出；＋－等於不明顯地標出。同時，置於前者為「幟識」，後者為「不幟識」。）：

甲、倏忽母題

- →人生倏忽母題
  - →人生倏忽（＋）；自然永恆（－）（孟城坳）
  - →人生倏忽（＋）；自然永恆（＋）（華子岡）

乙、遊仙母題

- →遊仙境與人境之辯證
  - →遊仙境（＋）；人境（－）（文杏館）
- →長生
  - →遊仙長生（＋）；人間不長生（－）（金屑泉）

丙、九歌母題

- →神仙境母題（僅涉及）
  - →神仙境（＋）；人境（－）（欹湖）
- →神仙境母題
  - →神仙境（＋）；人境（－）（椒園）

丁、隱逸母題
↓遠離世間及其閒適↓隱逸（十）；仕宦（一）（斤竹嶺）
↓閒適（並含酬答母題）↓隱逸（十）；仕宦（一）（茱萸沜）
↓隱逸與仕宦之辯證↓仕宦（十）；隱逸（一）（漆園）

戊、山水母題
↓暗含自然與人間之辯證↓自然（十）；人間（十一）（鹿柴）
↓山水之呈現↓自然（十）；人間（一）（木蘭柴）
↓山水之呈現↓自然（十）；人間（一）（欒家瀨）
↓自然與人間之辯證↓自然（十）；人間（十一）（竹里館）
↓宇宙時間母題↓自然（十）；人間（十一）（辛夷塢）

己、酬對母題
↓有朋自遠方來母題↓友儕（十）；孤獨（一）（臨湖亭）
（茱萸沜及宮槐陌亦兼含此母題）

庚、宮庭與民間母題
↓宮庭傷身民間存眞↓宮庭（十）；民間（十）（柳浪）
↓宮庭傷身民間存眞↓宮庭（一）；民間（十）（白石灘）

申、（近乎隱逸母題）↓經心與不經心半母題↓不經心（十）；經心（十）（宮槐陌）

壬、（山水隱逸遊仙混合）↓人間與遠離人間半母題↓遠離人間（十）；人間（十）（南垞、北垞）

當我們進一步考察這初步勾劃出來的架構，我們發覺下列諸點。㈠這些類屬母題，就名稱看來，好像頗不一致；「九歌母題」偏重於「詩篇間」關係，「隱逸母題」偏重於概念，「山水母題」偏重於描寫對象等。但事實上，這些母題都可以抽象爲一基本概念，由其所含攝之相對組的正負面構成；而這相對組尙與「標出與不標出」及「幟識與不幟識」相連接。㈡某些類屬母題事實上可以合併。「酬對母題」事實上可以歸入「隱逸母題」而成爲其中之一的屬性母題，或作爲「隱逸母題」的一個變異體。「宮庭與民間母題」也可以照同理置於「隱逸母題」之下。然而，把他們分別開來，也能顯出某些特色。就「酬對母題」而言，在輞川詩組裏，雖然是植根於隱逸母題，但也能自成一格，並洩露著王維閒居輞川時，有朋相聚訪這一面。就「宮庭與民間母題」而言，這兩首詩都很可能以女角的口吻出現，自成一格。同時，「遊仙母題」與「九歌母題」也可以合併的，蓋「遊仙母題」可認爲自楚辭發展下來，「遊仙境」與九歌所表達的「神仙境」似乎大可不予辨別。因此，綜合而處理，「輞川詩組」的母題層，基本上不出「倏忽母題」、「遊仙母題」、「隱逸母題」、及「山水母題」四大項。㈢每一類屬母題可說是單一母題也可說是複合母題，就其必擁有正負二面並與「標出與不標出」及「幟識與不幟識」而言，是單一母題，而其正負之含義已先天地決定。「倏忽母題」已先天性地決定了人生倏忽（負面）而自然永恆（正面）這一含義。「遊仙母題」已先天性地決定了仙境爲正面，人間爲負面。「隱逸母題」已先天性地決定了仕宦之傷身（負面）而隱逸之存眞（正面）。「山水母題」已先天性決定了自然之正面而人間或人為之負面價值。如果這先天性的指向被逆轉，我們會得到他們的「反母題」，如「反隱逸」母題，「反山水」母題等。然後，就類屬母題所涵蓋的衆面而言，則是複合的，如「遊仙母題」可涵蓋長生不死、逍遙自在、非人間領域等等，而這些「面」成為了不同詩篇裏的重點所在，也就是「幟識」之所在。不過，「倏忽母題」看起來是如此的單純。無庸贅言，表裏所列陳的諸屬性母題並不能涵蓋其所屬的類屬母題之全部，只是就輞川詩組所表現者而言而已。這同時開放了「輞川詩組」與其他詩篇在此領域上相比較的可能性。㈣這些類屬母題是互相關連著的。「人生倏忽」母題顯然與「遊仙母題」的「長生」母題相對待；遊仙母題中的「遊仙境」與「隱逸母題」之「隱逸」及「山水母題」之「自然」相平行，而遊仙母題中之「人間」與「隱逸母題」之「仕宦」及「山水母題」之「人間」相平行。因此，我們可以用「對等原理」或內延的「對譯」把這些相對組連接起來如下：

相對組

(正面)		(負面)
自然永恆↓	←倏忽母題→	人生倏忽↓
遊仙境↓	←遊仙母題→	人境↓
神仙境↓	←九歌母題→	人境↓
隱逸↓	←隱逸母題→	仕宦↓
自然↓	←山水母題→	人間↓
友儕	←酬對母題→	孤獨
↓民間↓	←宮庭與民間→	↓宮庭↓
不經心↓	←半母題→	經心↓
遠離人間	←半母題→	人間

最引人思索的是「酬對母題」所含攝的「友儕與孤獨」相對組；這一相對組與其他相對組作「對譯」而串聯起來時，產生某種窒礙。「孤獨」最少在表面上不能與「經心」、「人間」相平行，也很難與「隱逸」相對待；同樣地，「友儕」很難與「不經心」、「遠離人間」、隱逸、自然等平行。我們可以從多方面來解釋這一個歧異現象，並試圖解答其蘊含的玄機。我們可以把這這相對組單獨提出來，認爲它不與其他相對組相調和，洩露著這系統中的矛盾，一個沒有解決的矛盾(paradox)。在此系統裏，既要走向自然永恆、遊仙境、隱逸等，照理應不把「友儕」作爲一正面元素來看待，不應把「孤獨」作爲一負面元素來看，但却如此離不開這原屬於「人間」的「友儕」。在另一方面，我們也可以從辯證關係這一個角度來看，認爲這相對組已經過轉化，而認爲這相對組可以與其他相對組平行。那就是說，本來「友儕」應與「人間」這一面平行，但在「人間」裏却得不到「友儕」，而得到「孤獨」，故「孤獨」與「人間」這一系列相連；同時，却在本與「友儕」相反的另一系列裏得到「友儕」。「竹里館」的「深林人不知，明月來相照」，從「明月」裏獲得「友儕」，洩露了這辯證的逆轉。至於在「世間」的孤獨感，也許也可以隱約從「空山不見人，但聞人語響」（「鹿柴」）及「澗戶寂無人」（「辛夷塢」）裏略略感到。無論如何，在酬對母題裏，這「孤獨」與「友儕」相對組裏，「孤獨」是未被標出、未被幟識的；故在系統裏是屬於隱性的。總結說來，這矛盾、這逆轉或轉化，是饒有深意的，是不宜忽略的。

如果我們要找尋這系統中最基本的相對組，找尋這系統中的「衍義中心」，使到其他母題，使到詩篇中的任一選擇都可以看作是從這衍義中心出來，也許我們會認爲「倏忽」與「永恆」這一相對組是最佳的入選者。事實上，當我們觀察我們從「輞川詩組」界定出來的諸母題裏，最能成爲相對立的，莫如是「倏忽母題」與「遊仙母題」這一對。前者代表著「倏忽」，後者代表著「永恆」（人經由超自然手段而獲得的長生不死）。「仕宦」的負面屬性很多，但在「輞川詩組」中被標出並被幟識者，乃是其「傷生」的一面：「不學御溝上，春風傷別離」（「柳浪」）；「偶寄一微官，婆娑數枝樹」（「漆園」）。另一原因有利於把「衍義中心」置於此相對組上，乃是系統中的「眦鄰軸」是以「倏忽母題」始以「九歌母題」（「神仙境」母題）終。當這一「倏忽與永恆」相對組從上置於其他領域裏，就有了「人間」（倏忽）與「自然」（永恆）的對立。如果「輞川詩組」上沒有遊仙及九歌母題，這基本的相對組也許會落在「人生倏忽」與「自然永恆」這一相對組上。但由於遊仙的道家修煉正面地與「人生倏忽」這一問題相對，經由超自然的道家修煉以達長生不死，故基本的相對組落在「倏忽母題」和「遊仙母題」所代表著的「倏忽」與「永恆」（長生不死）這一相對組上。當「倏忽」被擴大爲「人境」，與「遊仙母題」的「遊仙境」相對待時，附屬於他們的各種屬性母題也得在這「衍義中心」的涵蓋下而活躍起來。而原有相當獨立性的相對組，如「仕宦與隱逸」，也在這涵蓋的「衍義中心」下帶上其色彩而活動。總結來說，在衆多的類屬母題與屬性母題所構成的母題系統裏，各母題共享有一衍義中心，並享其不同程度的獨立性與附庸性，而形成既統一又有著各自面貌的複合系統。要想像這一個系統，我們不妨把前面諸平面圖打散，把各母題打散而把它們重新建構成一立體的空間性的關聯譜（paradigm）。或者，我們想像各母題的關係，像一盤棋，各有其空間距離及功能上的差距，而通體就像一個陣勢排開。要制定標準並相當準確地來衡量這些母題的相互關係，以便能建構其關聯譜或棋陣，是相當困難；我們現在只打算賦予我們的腦袋這個特權，止於在腦海裏的自由建構。

(四)

上一節主要是用系統內的「對譯」的方法，運用相對組法、標出、幟識等觀念，以勾劃王維「輞川詩組」在母題層上的內延系統。現在我們將在這一節裏，作這二度規範系統的外延系統的探討。這可就這二度規範與其外延的三個不同客體而分爲三：其一，與王維（同時是我們）所處的現實客體世界相對待；其二，與在王維以前便對此現實客體世界已作成的諸二度規範系統相掛鈎，以界定「輞川詩組」底規範系統中所作了的選擇。其三，與王維本人（或一個中性的讀者）相掛鈎。

在第一範疇裏，我們可以根據前面已勾劃者作下列幾點描述。如我們前面所說的，詩篇所建構的世界是內容與形式相表裏的世界；因此，這二度規範系統是把現實世界規範爲內容形式互爲滲透的詩篇世界。但這一點並非本文重點所在。就「規範」這現實世界而言，眞正地起著規範作用，莫如這二度規範世界所建構的語意世界，也就是本文所謂的母題層。母題層的建立，使我們有了一條具體的途徑來談論詩篇的二度規範系統，蓋詩篇正是用著諸母題來規範這現實世界，正把這現實世界納入其所建構的母題系統裏來了解。那麼，上一節我們所勾劃了的內延的母題系統，就可以直接地應用於這外延的範疇上了。也就是說，我們前面所勾劃了的「輞川詩組」的母題系統把現實世界規範著，也就是用了倏忽母題、遊仙母題（包括九歌母題）、山水母題、隱逸母題等母題所構成的系統來規範著這世界。我們知道，「輞川詩組」是「賦」寫輞川山谷二十處攬勝之地，故詩篇中實寫其客觀世界者，應屬「模仿層」(mimetic level)。詩篇中的「模仿層」可假設與現實世界相平行。我們不妨擴大洛德曼「外延的對譯」一概念，以討論這問題。⓯從這個角度來看，輞川山谷的客觀世界與輞川詩組可以「對譯」的比例並不多。「對譯」率最高的應算是屬於山水母題的詩篇（共五篇）。「對譯」率最低要算是遊仙母題及九歌母題（共四篇，但除此外還有許多篇帶有此傾向）了。在隱逸母題下的諸詩（包括宮庭與民間母題，兩者共五篇），「對譯」率也不高。在「倏忽母題」下的兩首，「對譯」率一約爲二分之一，一約爲四分之三。總結來說，「輞川詩組」雖是「賦」寫輞川山水，但其「對譯」率不高，而「母題」功能甚高。

單就內延的母題系統來探討「詩篇」對現實世界所作的規範是不全面的，應該把這系統與這

⓯洛德曼認爲意義之產生有二途徑，一是經由系統內的對譯，即前面所說的 internal recoding（內延的對譯），一是外延到系統外的對譯，也就是 external recoding（外延的對譯）。後者包括從一系統到另一系統的對譯。但洛德曼似沒把「現實」與「詩篇」之可能對譯視作這兩種對譯的任一種。

系統以前已經供應了的各種二度規範系統相御接，看此系統如何從在它之前各種系統裏作選擇，這樣才能竟全功；這就把我們帶入這外延考察的第二範疇了。

許多文學史的工作者，往往從作者的社會文化環境來討論作者，過份地强調了社會文化環境的影響（或直接影響力），未能給予文學傳統及「詩篇間」的塑造力量應有的注意。然而，這個忽略已經爲當代文學理論家，尤其是有記號學背景的理論家補正。王維「輞川詩組」正證明著文學傳統及「詩篇間」指涉在詩篇中所占有的影響。「輞川詩組」中的遊仙母題及九歌母題，充分看出文學傳統及「詩篇間」指涉所扮演著的重要角色。同時，山水母題與隱逸母題經過魏晉南北朝詩人的作品，已經是詩篇中常出現的類屬與母題了。至於倏忽母題，雖未必爲其時的詩評所充分注意，但其本身之存在已是由來有漸了。這「倏忽母題」相當顯著及相當有勢力地出現在古詩十九首裏。但這「倏忽母題」却往往與「及時行樂」母題（*carpe diem*）相複合。古詩十九首中之「青青陵上柏，磊磊澗中石。人生天地間，忽如遠行客。斗酒相娛樂，聊厚不爲薄」及「生年不滿百，長懷千歲憂。晝短苦夜長，何不秉燭遊」，是典型的「及時行樂母題」的表達。也就是說，「及時行樂母題」內含著「倏忽母題」。但在「輞川詩組」裏，「倏忽母題」單獨自存，不附庸於「及時行樂母題」。也就是說，「輞川詩組」不走「及時行樂」的路綫，而走「遊仙」路綫，以規範其現實世界。

同理，隱逸母題往往與山水母題相連接，也往往與田園母題相連接。陶淵明部分的詩篇屬於後者。但在「輞川詩組」裏，隱逸母題不與田園母題相連接，也就是，田園母題被排於系統之外。如果把田園母題納入「輞川詩組」的母題系統內，會產生怎麼的變動呢？我們不難看出，遊仙母題（靠道家的修煉而長生不死）與田園母題（樂於田園的人間生活）是相左的。照理，田園母題與隱逸母題是最爲密切的，現取隱逸而去田園，不正意味著遊仙母題的主導性嗎？從前面所勾劃出的內延母題系統（無論就毗鄰軸或聯想軸而言），都可看出遊仙母題的重要性。遊仙母題與九歌母題在郭樸的遊仙詩裏已經有著揉合的傾向，但在郭樸遊仙詩裏，楚辭九歌中的神人未免站在陪隴的地位。但在「輞川詩組」裏，並不如此，兩者似乎相當地叠合一起。「輞川詩組」中沒有任何具名的遊仙出現，但「金屑泉」所表達的道家修丹以求長生不死的遊仙母題却絲毫不苟；在另一方面，「輞川詩組」却以九歌母題的「椒園」作結，而九歌中之神「雲中君」赫然出現於詩中。也許，我們可以相當安心地說，在「輞川詩組」裏，遊仙境與九歌的神仙境已是合而爲一。

在可以應用的諸文學傳統裏，「輞川詩組」用了楚辭傳統、遊仙詩傳統、隱逸母題（但不用田園母題）、山水詩傳統、古詩十九首的「倏忽」母題，但似乎却捨棄詩經傳統以及樂府傳統（此處及以下皆指國風與樂府中民歌部分所代表的傳統）。也許「輞川詩組」中的「白石灘」可看作部分地接受了樂府傳統，但該詩却含有特有的「宮庭與民間母題」，與樂府傳統也不全相同。詩經傳統與樂府傳統，都是較爲「人間」的，與「輞川詩組」中占勢力的「遊仙母題」相左；同時，大致說來，在詩經與樂府傳統裏，詩篇與現實的「對譯」率高，與「輞川詩組」著重「母題功能」以加强規範功能的傾向不符。

從上面的透視裏，從「輞川詩組」對文學傳統及文學母題的選擇、揚棄、不同的組合與加强裏，我們不難對「輞川詩組」的母題系統與居於其前的各有關的二度規範系統的關係有所了解，並同時對此母題系統加於現實世界的「規範」有進一步的認識。如果我們從文學傳統及文學母題這直接圍繞著「輞川詩組」的小範圍裏出來，走進廣遠的歷史文化傳統裏考察，情況就複雜多了。我們得勾劃出其時在歷史文化裏各種存在著而有勢力的母題，以界定「輞川詩組」底母題系統之取向。這是極困難複雜的作業，筆者不擬在此從事嘗試。不過，筆者願然說，文學傳統及文學母題對「輞川詩組」的影響力或更大於當時的歷史文化背景，而前者的影響已歷歷可數如前了。不過，就中國文化三大傳統——儒道佛——而言，支持著輞川母題系統的無寧是道家傳統——遊仙、神仙、隱逸、山水等母題顯然正正面地與道家傳統相連接，而倏忽母題則反面地與道家傳統相連接。

許多的批評家太過盲從於傳記式的解釋，認爲王維既是佛敎徒，對佛學有高深了解，便不加思索地强調了佛家思想對王維詩的影響。筆者無意謂王維詩不受佛家思想影響，而事實上，王維有許多詩明顯地以有關佛敎的事物爲題材，但這不等於說佛家思想對王維詩有深的影響。「影響」是一個含混不清的詞彙，蓋由於影響不易量度。在可能量度的範圍裏，除了一些直寫佛敎事物的詩外，佛學對王維山水詩的影響，是模稜不清而無法從詩篇內直接證明的。一些論家津津樂道地謂王維山水詩的意境，是受到佛學的影響云云。但他們並沒有拿出什麼使人可信服的證明。如果說只有佛學才能解釋他們所說的王維山水詩的意境與結構，那幾乎是無稽之談。自魏晉以來沿道家所發展的對山水的美學意識，已相當地足以解說王維山水詩中之意境⑯。當然，這山水意識之形成是以道家爲主流而受到佛學的某些影響。只有這樣間接地說王維山水詩受到佛學影響是可以成立的。王維詩爲什麼不受到佛學太多的影響呢？筆者的答案是：詩篇的影響往往主要來自既成的詩篇，而非大而概之的文化傳統。如果這文化傳統不在文學傳統裏成熟、生根，則相當地不會成爲詩篇的主要影響。佛學並沒走入中國詩篇的世界裏，佛學的詩篇並沒成熟，故王維詩並不怎樣受到佛學的影響。一些學者嘗提及佛學思想影響王維山水詩時，往往用了「輞川詩組」中屬於山水母題的詩篇，這是有問題的。蓋如我們前面所勾劃的「輞川詩組」母題系統，雖然山水母題可以獨立，但在系統裏仍不免受到其衍義中心所在的道家思想所影響。「竹里館」一詩，從其詩中之彈琴長嘯及詩篇間指涉而看，是帶有道家修煉的色彩的。同時，在筆者底相對組的處理之下，在肯定「母題」爲人文本質的大前提下，「山水」背後可假設必有其對待之「人間」；而其

⑯魏晉時代道家大盛所形成之美學及山水之意識（如孫綽的「山水是道」），已可提供給王維山水詩所達到的意境一個足够的美學背景。當然，當時之佛學對此沿道家而形成之美學意識之形成亦或有推波助瀾之功。關於道家美學及山水意識，可參徐復觀，「中國藝術精神」一書（臺北，學生，1966）；葉維廉，「中國古典和英美詩中山水美感意識之演變」一文，現收入其所著「比較詩學」一書（臺北，東大，1983）。

「人間」則可被標出與不被標出，而不被標出時，或會造成山水自存而沒有人文意義的錯覺。而事實上，如前面所分析者，「人間」仍在「山水」間隱約出現，「人文」仍在「山水」行間。筆者並不否認「山水」可經由辯證程序由「客體」而逆轉爲「主體」；但終極地說，當我們不把「人」去掉之大前提下，當「山水」爲「人」所看所摹寫時，「山水」不得不戴上「人文」的含義，無論這含義多麼的幽微。「說」、「寫」本身就是人文行爲，「詩篇」究竟是涵著「母題功能」，是涵著「人文」這一要素的。

把山水母題壓在最後來討論，一方面是由於其衆論紛紜之故，一方面也藉此指出過份地以自傳式解釋王維山水詩的缺失（駁斥王維信佛故王維山水詩受到佛學影響這一危險的論斷），以帶引本文進入第三範疇——輞川詩組底母題系統對王維可能有的規範功能。我們的作法是先把王維的「自傳資料」抽離出來，把他「中性化」，擬測這母題系統對這「中性人」（也就是任一人）會有如何的規範作用及其規範過程；然後把王維這一特定的人放回去，擬測其因個人特殊因素而產生的差異性，也就是把王維的「自傳資料」與這母題系統潛存的規範功能放回去試作連接。

如前面第一節所說的，當人們不能直接控制他們的行爲時，他們會用記號來間接控制其行爲；成人不可或缺的默語，就充分證明語言記號對說話人的自我規範其行爲的功能。詩篇這一記號系統是一模稜的資訊交流系統，兼備雙邊與單邊的個性。詩人在用「詩篇」這一記號系統時他不得不置身於這記號系統的成規而模稜地假設另一邊有著讀者，雖然他知道他並不是要寫給讀者；

同時，即使是寫給讀者，但他眞正要寫給的人也許還是他自己，故詩篇非常的接近獨語性質；這點，在抒情詩最爲如此。因此，「寫」詩本身就是一個「自我規範」行爲，藉著語言記號而進行。在這個理論架構之下，我們就可以追問：詩人需要自我規範什麼東西以使其身心平衡呢？但我們暫時不把詩人的「特殊性」放進行來考慮；那麼，我們的問題可改爲：在這詩組裏什麼使到人失去平衡的東西被提出然後被擺平呢？這樣地來提出問題，我們就可以把這問題和我們前面已勾劃出來的「輞川詩組」的母題系統連接起來了。

「輞川母題」系統中的毗鄰順序軸及聯想關聯軸已爲我們提供了這問題的答案。「倏忽母題」所涵攝的「倏忽感」（明顯地從第一首的「悲」、第二首「惆悵」二辭表達出來）顯然就是這麼一個擾亂「人」底行爲平衡的分子，而這擾亂分子必須被「擺平」(regulated)，這樣「人」的行爲才能被規範下來而不會出亂子，才不會危害此「人」的生存。擺平這作爲擾亂分子的「倏忽感」的高手，乃是「遊仙母題」的「長仙不死」。實際的煉丹修仙是採取實際行動的路綫，而用記號用遊仙母題來在內心「擺平」這擾亂分子的是記號行爲（詩人在實際上有沒煉丹修仙與此無涉）。煉丹修仙是否眞能長生不死是實際的問題，用記號系統來自我規範其行爲之成功度，也是實證的問題；但記號系統（詩篇）有「規範功能」則是上述實證層面以外的問題，是先天的必然性問題。即使詩人不信煉丹修仙可以長生不死，不信有遊仙世界，但當詩人在詩中不表達「不信」的時候，這「不信」是被「懸著」而不產生作用。我們甚至可以進一步說，這「信與不信」

一問題（只要詩篇中不表達不信）本身就被「懸著」，只要這遊仙世界被「說寫」於詩中，這遊仙世界就產生著規範功能，朝向擺平這系統中的「倏忽感」的方向前進。（因此，「標出」與「不標出」這一問題，當連接到記號底規範過程時，更顯出其重要性。）

一些傳統的母題（「反母題」則相反）往往已經先天地規範著價值的取向。「倏忽母題」已先天性地規範著「人生倏忽」的負面性，宇宙永恆的正面性。「遊仙及九歌母題」已先天性地規範著「遊仙境」的正面性與「人間境」的負面性。「山水母題」已先天性地規範著「自然」的正面性與「人間」的負面性。「隱逸母題」已先天性地規範著「隱逸」的正面性與「仕宦」的負面性。我們前面用相對組法標出其正負面以勾劃的母題系統已把這些歷歷可陳地展示出來了。故記號系統的規範功能，尤其是二度記號系統的規範功能，眞正的操作，幾乎可以說是建立在這正面負面的相對結構與取向上。詩人「說寫」這一個詩篇，「說寫」這一個記號系統，讓這個系統像一個電腦軟體程式般地規範其思想行爲，讓他自己沿著這系統的正面性走去。如果我們考慮到事實上每一面都有其正與負面性時（倏忽、人間境、人間、仕宦有其正面性，而永恆、遊仙境、自然、隱逸也未嘗沒有其負面性），我們更淸楚地看出這「兩極取向」在記號系統底「語意」範疇裏是如何地占有其重要地位。

在「輞川詩組」中，我們發覺這記號系統所展開的規範過程裏，除了賴「兩極取向」及其所賴的各種機械構成（mechanisms）外，尙有另一殺手鐧値得標幟出來；這殺手鐧也就是「幻覺」(illusion)的製造。終極地說來，所有文學作品都是「想像」(imagination)的產品，多少帶有「幻覺」的本質。但比較上說來，「輞川詩組」中的「幻覺」品質是相當地高。在「孟城坳」裏，是把「過去現在未來」納進來的一個「幻覺」，從上置於被選擇了的孟城坳的實景上，上置於「新家孟城口、古木餘衰柳」的實境上。此「幻覺品質」更明顯地出現於「文杏館」；在其中，遊仙幻覺上蓋於文杏館上。九歌的幻覺上蓋於欹湖，而西施的幻覺上蓋於白石灘，前已有所論述。至於「金屑泉」及「椒園」，也可以看作是極端的神仙境幻覺上蓋於其上。（當然，我們也未嘗不可以把他們看作是借題發揮，因金屑泉及椒園而發揮遊仙母題，但這是就題意發揮的角度而言，而「幻覺」則就詩篇所產生的「品質」而言。）從「輞川詩組」的「幻覺品質」，我們可以看出來「幻覺」也是「輞川詩組」的規範功能所賴的一個活躍著的手段：詩人進入一個幻覺裏以讓這幻覺所擁有的正負面來規範其行爲。

我們上面所構想的是一個抽空了的中性人「說寫」了這「輞川詩組」，然後觀察這系統提出了什麼擾亂這中性人心身平衡的分子，觀察這分子如何被另一分子所擺平，並著重在這系統裏面所賴以規範這中性人的各種手段，而認爲價值的兩極取向最爲關鍵所在。我們是否可以把一中性的讀者放進去，而認爲這輞川記號系統會對這中性讀者產生同樣的規範功能呢？不能！因爲「作者」是以其「所說所寫」者來規範自己的行爲，這規範功能對「作者」而言，是先天性的，因爲這「話語」是「作者」爲規範其行爲而做出來的「自言自語」。讀者沒有這個原先要做出這個「

話語」、這個「詩篇」所蘊含著的動力；因此，「輞川詩組」這個記號系統對讀者的規範功能是外加的。簡言之，一為主動的，一為被動的。孔子說：「不悱不啓，不憤不發」，這「輞川詩組」的記號系統高度發揮其規範功能之時，乃是讀者有著這個「需要」之時。但無論如何，這記號系統對任一讀者都多少有著規範功能，因為系統中的「擾亂分子」（倏忽感）有其普遍性；讀者讀此「輞川詩組」時，這倏忽感某程度地被提出，也某程度地因讀者追隨整個「輞川詩組」所構成的母題系統而被擺平。這「某程度」就得因人而異了。

說到「因人而異」，我們就順理成章地在此刻把「王維」這一個眞實的人放回去。但當我們要把這「輞川詩組」所展開的母題系統和「說寫」這「輞川詩組」的王維這一個人相連接時，我們才驚覺我們對這寫作的一刻的王維一無所知。所知的只是王維一生大略的輪廓與其思想的大概。我們能逕把這母題系統和這一個我們所認知的輪廓性的王維並排在一起嗎？當然，我們也知道王維寫這「輞川詩組」前的一段短時間所接受的政治上的打擊及他的心境等等。（但說實在話，我們的認知也是相當地模糊與輪廓性的！）我們就逕能把二者相提並論嗎？嚴格說來，不能。我們一方面確信這兩者存在著某個關聯（無論是遠鏡頭或近鏡頭），但我們同時對兩者之間有著必然的平行的關係加以置疑。這兩者關係往往是複雜而經過多重折射的。也許我們得用較迂迴的方法來說。我們先說「輞川詩組」裏的母題系統涵攝著人生的倏忽、仕宦與人間的傷損眞元、山水之追求、遊仙的追求與幻覺等，洩露著王維在「說寫」這「輞川詩組」時，前述諸母題所涵攝之諸負面性正在此刻（暫時性甚或偶發性）或從很久一直積聚或斷斷續續到此刻（非暫時性與偶發性）正以某程度有意識或無意識地打擾著其身心的平衡，故在「說寫」輞川詩組時有意或無意地以山水、遊仙之追求加以平衡，以達到自我規範的作用，這是記號系統先天賦有的功能。於是，我們接著用「也許……吧」的語氣說，就「從很久一直積聚而斷斷續續到此刻」這一個假設上來說，王維這種心境（從倏忽到遊仙等）也許與某某事件（如安祿山事件時被迫從叛軍而帶來的羞辱）、某某人生際遇（如年屆晚年）有相當的關聯吧！

（五）

這最後一節是理論的開拓、反省與餘話。

在我們前面的研究裏，強有力的分析工具是相對組法，貫穿各個層次。所有的相對組都處在辯證的關係，但其互相作用的情形似乎略有差異。就內容與形式而言，這兩者是互相滲透，而詩篇本身可說是其辯證式的綜合（synthesis），或者是李維史陀所謂的「中間調停」（mediation），涵蓋並超越了兩端的矛盾⑰。「幟識」與「不幟識」的關係，則似乎一直在相互的辯證關係裏，而帶著不知何者居勝的模稜性。至於每一母題之間所含的相對組，兩者是處在辯證關係，賴對方之存在而成立；而母題本身已先天性地決定了某一方為正面性，為勝利的一面。也就是說，

⑰見註⑫。

遊仙、山水、隱逸、永恆一面在母題裏是勝方一面，而人間、人爲、仕宦、倏忽的一面是負方。也就是說屬於「人間」的一面落敗了。但如果我們走出「詩篇內」來看，情形又恐怕是一逆轉。「說寫」，也就是「詩篇」，本身就是一種「人間的」行爲；「輞川詩組」本身就以其存在的姿式逆轉回來戰勝了遊仙等詩中的正面所代表的「非人間性」。「詩篇內」不斷地以「非人間性」來戰勝「人間性」，但「詩篇」却以本身的「人間性」戰勝回來。詩人要用「詩篇內」來戰勝「人間性」（而這「人間性」是無法被澈底征服的！），可見「詩篇」原負荷著規範功能；但這「規範功能」似乎是命定失敗的，命定不能一勞永逸地成功的；因此，詩人尚不得不繼續呢喃下去。誠然，「自言自語的默語」只能暫時性地「規範」我們，使我們暫時身心平衡；要長久地身心平衡，則尚需把使我們身心不平衡的那些因素從現實（而非僅從記號世界）裏拿走才行。但「倏忽」能在現實裏拿走嗎？「仕」能在王維時代的歷史文化與及其個人生活際遇裏拿走嗎？再推進一步說，「人間性」可以拿走嗎？「輞川詩組」中不與其他母題盡調和的「酬對母題」正反應著這種矛盾！

母題與半母題的界定及其辯證關係比筆者所原先構想的較爲模稜而不易處理。在筆者的視覺裏，是以「母題」指稱在文化與文學的長河裏定了型、被成規化了的；而「半母題」則是尚沒定型、尚沒成規化了的。從這觀點出發，文化與文學就是一種動力，不斷地把這些半母題加以定型及成規化，同時，把定型了的母題打破以復其半母題身份，並把渾沌不辨的現實世界筌爲半母題，以對這永遠不復前水的現實世界加以反應及解釋。這個視覺，在理論上是富有吸引力，也同時可以說是肯定的。然而，把這個視覺用之於實際的文學批評，要具體地開發這種動力，却是困難得有不知如何下手的感覺。

首先，「母題」與「半母題」在實際的文化及文學環境裏，不是容易辨別的。卽使先把這問題擱下來，我們仍有困難界定各種定型了的、成規化了的母題。在目前的研究階段裏，我們尙沒有用「母題」或近似於「母題」的觀念來描述整個文化及文學的「母題系統」。如果我們有了這麼一個系統，卽使這系統是多麼地粗糙，仍將會帶給我們對「輞川詩組」分析的莫大便利，並有利於把「輞川詩組」納入整個文學及文化領域裏去。前人對「詩篇」之某些分類，接近於我們的「母題」，也許是唯一比較可以作直接參考的資料。然而，這些「貌」似我們「母題」的「分類」，其「神」却離開我們的定義頗遠，因其中缺乏界定此「母題」之「理」。故我們雖斟酌用之，却一律以正負面等相對組來界定之，以提高其分析功能。

我們在前二節所遭遇到的把「輞川二十首」置入不同的母題（或更準確地說，凸出與揑造若干母題以把輞川二十首作歸屬）所產生的猶豫與及把「輞川詩組」的母題系統與前已有的系統相閱讀時，我們實際上是接觸到了母題與半母題的關係及其在文化動力上的演出。當我們前面追問是否應該把「酬對母題」納入「隱逸母題」之下而成爲其中的屬性母題或異體時，從另一個角度而言，我們正接觸著「母題」與「半母題」的辯證關係。「輞川詩組」中那幾首有著「酬對母題」的詩，本身就可以看作「隱逸母題」的「半母題」，是從「隱逸母題」擊破下來的片瓦。事實上，我們把兼含「酬對母題」的「茱萸沜」及「宮槐陌」納入「隱逸母題」裏。再進一步觀察，我們對「酬對母題」的描述是「友儕與孤獨」一相對組，是以「隱逸」作背景的，與一般的「贈答」詩不同，甚至與「酬對」二字一般的字義亦稍有出入。然而，在另一角度來看，這幾首詩是有著「酬對」這一通性，故吾人幾乎又可說這幾首詩是「酬對母題」的「半母題」，是從「酬對母題」擊破下來的。隸屬於「九歌母題」與「遊仙母題」的諸詩，也事實上與「九歌」及魏晉時代以郭樸等爲正宗的「遊仙」詩不同，也是從成規化了的母題裏「破」下來的。但兩個破下來的母題，却又得整合起來，而成爲一類；如我們前面所說，「輞川詩組」裏的遊仙境與神仙境實已合爲一。從後於王維的人來說，這個新的整合，也未嘗不可以說建就了一個母題；建就了一個母題，也就是這母題被定型、被成規化了。爲什麼「輞川詩組」破自九歌傳統與遊仙傳統的諸詩可整合爲一？因爲這兩個母題的差異性在「輞川詩組」裏不被幟識，遊仙境與神仙境皆爲人間與倏忽的另一面而被等同起來。「破」與「整合」可說是母題間與及母題與半母題間的辯證程序，也是母題與半母題在文化上演出的動力。

記號學之企圖與其在於告訴作品在「說什麼」，無寧在於這「什麼」後面所賴的表義系統。要就這「什麼」而批評這「什麼」，往往是徒勞無功的，因爲在這層次裏，一切都已被「自然化了」(naturalized)，不容易看出破綻了。只有從後面看這「什麼」所依賴的系統，批評這什麼所依賴的系統，才能一針見血，無所遁形。這後面的系統，也就是諸相對組組成的系統。職是之故，一篇帶有記號學精神的論文，並不想騙讀者，而把論文所依賴的各種手段、概念一一剖開在讀者的前面。因此，本文反覆地告訴讀者，筆者在建構「輞川詩組」的二度記號系統所遭受之困難及未臻完美及其因應之道（筆者有時用「我們」，只是依循論文的慣例，其實是筆者自己），不啻把論文裏脆弱的地方一一公開。我想，這是一個誠實的作法。

讀「孔雀東南飛」
——巴爾特語碼讀文學法的應用

巴爾特（Roland Barthes, 1915-1980）幾乎是法國當代最重要的文學理論家，他以結構主義及記號學的方法探討文學，成就卓著。他對文學的認識深厚，持文化社會的透視、歷史的辯證角度，兼採拉崗（Jacques Lacan）所發展的佛洛伊德心理分析，兼不斷隨著法國文學批評界的發展而兼容並蓄。因此，他的記號學大大地受到上列各因素的影響而相當繁富。在其後期的主要著作「S/Z」(Richard Miller 英譯，一九七四年，紐約 Hill and Wang 出版；法文原著於一九七〇年出版)裏，提出了一個用五種語碼／規（code，以下簡作語碼）來閱讀敍述體（narrative）的模式。事實上，這模式可擴大至其他文類，故本文稱之爲語碼讀文學法。他以巴爾札克（Honoré de Balzac）一篇幅較長的短篇小說「薩拉星」「"Sarrasine"」為例，著實地進行了這語碼讀文學法。巴爾特就其意之所至而把該短篇分為五六一個閱讀單位（lexica），在每一單位下略事解釋，然後註明這單位所涵攝的語碼，或一個或同時兼涵數個不等，而中間以星號分開。巴爾特在認為可再進一步加以理論化或深化或歸納之處，插入較長篇的他稱之為「鑰」（key）的闡發文字，作為閱讀上的另一筆。書中共有五十三個的「鑰」，一方面組成了很繁富的文學理論，一方面對該小說有較深入的探索及較有系統的歸納。這五個語碼乃是：㈠疑問語碼（hermenutic code）。這個語碼是指「那些以各種型態來經營一個疑問及其回應之各單位，其中當然也包括或細述或延遲其答案的各種偶發事件；這些單位甚或構結一個疑團並最終帶引至疑團之解開」（頁十七）。簡言之，疑問語碼是疑團之經營及解答，屬於故事結構上的一個層面。㈡動作語碼（proairetic code or code of actions）。動作語碼是用來指陳一些動作的連續體，是在閱讀中所建構的。換言之，我們在閱讀中抓住一大堆動作的資料，給他們賦予動作的名稱，以幫助我們對這些資料的把握（頁一九）。這些動作名稱往往是從我們的生活上或文學批評上所經常出現的，如敲門、約會、謀殺等。㈢內涵語碼（connotative code or code of semes）。內涵語碼是「書篇」裏一些閱讀片斷所內涵（connote）的一些意義的斷片，如巴爾特在其分析裏所命名的女性化、富有、國際化、空洞等等。這些語碼往往是與「書篇」中的角色、環境、物件相連接。巴爾特在分析「薩拉星」時，是儘量讓這些「意義的斷片」閃熠，而不把他們構結系統。㈣象徵語碼（symbolic code)。巴爾特的象徵語碼與內涵語碼在內容上有時不易分淸楚。大概言之，我們不妨認爲象徵語碼是有著象徵意味，有著象徵的普遍性與延伸性，與「書篇」全體的深奧的象徵義相連接。在形式上，巴爾特作了明顯的辨別。象徵語碼是經由相對組而建構。許多的相對組可聯接起來而成爲一個象徵語碼網。㈤文化語碼（cultural code）。文化語碼是指各種成規化了的知識與智慧，這些語碼在「書篇」裏作爲參考的基礎（頁十九）。從這個語碼裏，我們可以看出「書篇」背後的成規文化，看出「書篇」背後的不免陳腔爛調。

巴爾特所提出的五種語碼，與傳統批評要從「書篇」裏讀出讀入的東西不盡相同。大致而言，疑問語碼及動作語碼接近傳統的所謂結構；內涵語碼及象徵語碼則接近傳統的所謂主題、意旨、象徵等。但這只是接近而非相等。文化語碼似乎比前面四種語碼推進了一層，是一條通向隱在背後支持著「書篇」的文化或意識型態（ideology）的門徑。這文化語碼是特別地有著記號學的精神，從「後面」看回來，把「書篇」底表面的所謂「自然性」及「合理性」揭穿。「書篇」所呈現的「天眞無邪」遂無情地被掀開。這社會文化的色彩幾乎是巴爾特底文學理論一向所有的、値得讚揚的地方。

巴爾特在這模式裏企圖衝出其以前所從事的結構主義路向，企圖衝出「系統」這一個思想型態。他說，在「S/Z」裏，他要證明閱讀作品「不必把書篇組織起來；書中每一分子皆可無止地作數次的表陳意義，但他們並不需要被連接成一個終極的整體或結構」（頁十二）。然而，從我們現在的角度來看，對一個終極的結構的揚棄，並不等於對「系統」這一個概念之揚棄，只是迫使「系統」這個概念更爲廣延更有容納力吧了。事實上，在「錀」裏巴爾特對每一個語碼都作了近乎系統的綜述，並提出了一些近乎系統的形式架構。誠如 Jonathan Culler 討論巴爾特此點所表示的，說一個「書篇」並沒有一個敍述文法 (grammar of narrative) 所指派的結構，說一個「書篇」在閱讀行爲裏可經由讀者作各種的建構，說五個語碼可以使到「書篇」產生衆義性 (plurality of meanings)，並不等於說「系統」一概念被揚棄。「書篇」裏每一單位表義時，總離不開這五個語碼所建構的語碼網，而「書篇」的定義是經由這五個語碼網交接而成的。因此，說是要揚棄「系統」，實仍不免終極地陷於廣延的系統裏。（參 Culler, Sructuralist Poetics, N.Y, Cornell Univ. Press, 1975, p. 243.)

誠然，巴爾特說：「五種語碼構成一個語碼網，構成一個人已經走過的地帶，一個作品經由這網這地帶便在其經由裏成爲一個書篇」（頁二十）（筆者按：我大膽地把 *topos* 一詞譯作「一個人已經走過的地帶」）。這個「語碼網」就是「系統」，一個進行式的「系統」。而「閱讀」，也就是一個語碼網的實際演出，是一個後設語行爲，一個「賦予名稱」的行爲。巴爾特說：「去閱讀是去找意義，去找意義是用詞彙把這些意義命名出來；然而，這些名稱又將會掃及另一些名稱。名稱一一召喚著，重組著，而這些組合又要求賦予新的名稱。我賦予他們名稱，我把名稱去掉，我再賦予他們新名稱。於是，書篇就在這過程裏成長；它在如此名義的操作裏成爲一個不斷的衍生（beginning），一個不休止的迹近（approximation）」（頁十一）。每一讀者所擁有的後設語言是不一致的，故閱讀當然也不一致。巴爾特所提供的五種語碼，與及每一語碼裏的近乎系統性的勾劃與概念，都有助於豐富我們的語碼網，擴大我們的閱讀反應。

（二）

巴爾特這一個五個語碼閱讀模式在「S/Z」裏是應用在小說體上，現在我們試把它應用在敍事詩上。（鄭樹森曾用這語碼閱讀法分析白先勇的「遊園驚夢」一小說，撰就「白先勇遊園驚夢的結構與語碼」一文。見周英雄鄭樹森合篇「結構主義的理論與實踐」，頁一六三—七六）巴爾札克的「Sarrasine」與我們此處分析之「孔雀東南飛」，一是散文一是詩篇，但兩者皆爲敍述體。我們不採用另一篇小說而採用敍事詩，乃是在觀察這個閱讀模式在小說以外的文類上的應用性及可能有的差異；採用敍事詩而不採用抒情詩，顯然是因爲敍事詩乃是敍述體，能够讓疑問語碼及動作語碼充分運作。當然，抒情詩也有其疑問語碼及動作語碼這兩面的。這兩個語碼在抒情詩一定有相當的不同的風貌；我們目前不打算使這模式太複雜化，故選擇敍事詩而不選擇抒情詩。「孔雀東南飛」是我國古典詩歌裏最著名而篇幅長的敍事詩，共一千七百四十五字，卽三百四十九個五言句。

如前而所說的，巴爾特所提供的閱讀模式是企圖突破結構主義的「系統」概念，讓意義自由散播開來，讓片斷的意義閃熠。但事實上，這「系統」概念仍見於其模式中。也就是說，這模式是擺盪在「系統」與「自由散播與閃熠」之間。本文所從事的閱讀，也打算遵循這個精神。筆者不擬在這五個語碼中建立任何階級梯次的關係，而在每一個語碼裏，也不打算建構統一的系統；但我們將會彷照巴爾特的方法，作一些近乎歸結性的結語。我仍將在疑問語碼上作比較有系統的處理，因這個語碼比較適合系統的處理。同時，我將著力於內涵語碼及文化語碼；但這並不意味著要賦予他們「系統」，而是繼承巴爾特的社會文化精神，試圖把「書篇」底「自然性」(naturalness)掀開，俾能够接近「作者的書篇」底開放性與衆義性；掀開「書篇」的「天眞無邪」面紗，俾能够接近「書篇」所依賴的這個文化上的「已經」。

同時，筆者認爲「S/Z」裏的「鑰」實是閱讀的一部分，是巴爾特讀到某些閱讀單位而加以發揮的。大致說來，其發揮是朝向批評理論之建立或朝向一些總括性的歸納。筆者也決定在某些地方插入一些「鑰」，作爲閱讀的一部分。在這些「鑰」裏，我是作兩種互爲表裏的努力，即記號學上的耕耘與及意義上的詮釋。其基本精神是文化記號學的。但我願意強調的是，這些「鑰」是我閱讀的一部分，是我到了一些使我深思的地方而停步。

下面是我的閱讀。我沒有預先把全詩分作若干閱讀單位。我只是順著我閱讀之所趨，爲某些顯著的語碼所絆或吸引而停步時，我就停步。記號學的精神既是要把記號的面紗掀開，不爲記號所騙；因此，我得坦白在此聲明說，在從事下面的閱讀前，我已把「孔雀東南飛」閱讀了數回，每一回以一個語碼來讀，並大致地作了一些記錄。所以，下面的閱讀已不是一個天眞無邪的閱讀。下面的閱讀倒是五個語碼同時進行的，而各語碼的指出諒亦必與我前面幾回的「預讀」有出入。在下面的閱讀裏，我將於每一閱讀單位停步，指出其所含之一個或數個語碼並稍作解釋。每一語碼以△號間開。（所據詩篇乃「玉台新詠」所載者。中華書局四部備要本。徐陵編，吳兆宜注，程琰刪補。）

①**孔雀東南飛，五里一**徘徊。

△疑問語碼。疑團一（興與本事有否關聯）：疑問之始。爲什麼有這麼兩句呢？對文學傳統有認識的讀者立刻會知道這是民間歌謠的「興」，作爲詩篇的一個開頭。然而，我們仍然會問，孔雀、東南、飛、五里、徘徊等，在正文裏是否會有呼應呢？我們不妨預說，在最後的幾個閱讀單位裏，我們將得到這疑問的正面答案。

△文化語碼。文學成規：興。從這文學成規，我們可以進一步確認此詩篇底民間歌謠特質。郭茂倩把此詩編入「樂府詩集」裏之「雜曲歌辭」，卽在某程度上承認其民間性質。在徐陵的「玉臺新詠」裏，稱爲「無名氏」作，並題爲「古詩爲焦仲卿妻作」，並有小序如下：「漢末建安中，廬江府小吏焦仲卿妻劉氏爲仲卿母所遣，自誓不嫁，其母逼之，乃沒水而死。仲卿聞之，

亦自縊於庭樹。時傷之，爲詩云爾」。故得知是一篇相當寫實的詩篇，其內涵語碼與文化語碼或比較直接而未經太多的變換。對文學傳統有深一層認識的讀者，會知道此開頭或與古樂府「雙白鵠」（亦載於「玉臺新詠」）有「詩篇間」的關聯。前者之「五里一反顧，六里一徘徊」，已爲此詩提供了「悲哀」的底調。

②十三能織素，十四學裁衣。十五彈箜篌，十六誦詩書。

△內涵語碼。書香門第。

△文化語碼。女子教育。這裏的文化語碼洩露出一個書香門第的女子的教育，包括女工、音樂、與詩書。女工與音樂的功能不難了解，詩書的功能則未易決定。男子是學而優則仕，但女子讀詩書的功能則在那時的文化環境裏不易確定。

論一：記號系統規範功能的模稜與反撲

教育的基礎在於對記號系統規範功能的信賴，尤其是對其規範功能的穩定性有所信賴。這在二十世紀裏幾乎成爲白熱化，所謂意識型態之戰，而意識型態當然要賴記號系統作爲手段。故每一個社會裏提倡用某些課本來教育其成員，把某一套意識型態通過記號系統像軟體程式一樣輸入其成員的腦袋，以預期對其成員之行爲作某一種規範。他們甚至對一些古籍規定作某種的解釋，漢朝所充分發展的六經之教便是一個典型的例子。那些詩經博士硬把「詩教」套入本多屬歌謠的詩篇裏（國風卽如此。雅中亦頗有歌謠在）以規範學子。但記號系統本身却不是那麼聽話的。記號系統一方面有其不穩定性，一方面又有著其頑强性。教育設計者或意識型態設計者預期某些書篇會使受教育者產生某種規範行爲，但可惜，事實上這些書篇並不必然引導學子們走進其預期的方向；這充分證明記號系統規範功能的不穩定，文學書篇特別是如此。文學系統同時有其頑强性，不是可以隨意強加特種意義的；故漢朝之詩教終爲宋儒所識破。而事實，漢朝詩教之成立及其於宋朝之被識破而否定，乃是學術界內的事；筆者願意大膽假設，漢朝的普通讀者讀詩經時，一方面是把它們看作詩教，一方面也未免是把它們看作原來的情詩或其他本來類屬的。詩教很可能只是上置於詩篇本來面目的另一重意義，並沒有把原來的意義取消。這就是記號系統的頑強性。鍾嶸「詩品」中謂古詩、曹植詩出自國風，阮籍詩出自小雅，同時謂古詩「文溫以麗、意悲而遠，驚心動魄」，謂曹植詩「骨氣奇高、詞采華茂」，謂阮籍詩「陶性靈、發幽思」云云，都與詩教無關，可作旁證。對漢朝意識型態設計者而言，禮樂並擧，其主要功能卽是合乎社會規範所要求的禮節。「樂」之功能乃內部地輔助「禮」之遵循。蘭芝之樂教與詩書之教在詩篇裏被強調，但其教育之效果却甚模稜；詩書樂之教的規範功能並不一定朝向原設計者預想的那一邊。其婆婆謂：「此婦無禮節，舉動自專任」。然而蘭芝却認爲自己「奉事循公姥，進止敢自專？」。這一方關涉著「標準」的問題（各人有各人的標準），一方面也顯出了記號系統規範功能的不穩定性。站在規範功能的實際成果而看，蘭芝是「彈箜篌，誦詩書」的文化產品，其在「詩篇」所顯示之個性（如果我們撇開其他因素不談）應是此規範功能的結果；這就是說，樂、詩、書涵攝著的部分內容卽是蘭芝這個性。婆婆之失望就一如經學家硬把六經之教套在六經上而發覺其塑造出來的人物竟與其心目中之六經之教相忤。他們忽略了記號底頑強性。記號及記號系統的模稜性及頑強性使到他們不爲意識型態所奴役，挽救了我們這些記號使用者，不致於陷於封閉的意識型態裏，不致把自己淪爲機械人而爲人牽著鼻子走。

③十七爲君婦，心中常苦悲。

△疑問語碼。疑團二（爲何苦悲？這苦悲會帶來什麼的變遷？）：疑問之始。

④君旣爲府吏，守節情不移。
賤妾留空房，相見常日稀。

△疑問語碼。疑團二：部分答案。丈夫作府吏，相見常日稀。

△內涵語碼：仕宦。在我遵循的閱讀裏，「守節情不移」，是指仲卿在府裏作官，守仕

「節」而不移。

⑤雞鳴入機織，夜夜不得息。

三日斷五匹，大人故嫌遲。

△疑語碼。疑問團二（爲何苦悲?）：陷阱。疑團二現得進一步發展，讀者此時得知其「心中常苦悲」之眞正原因乃爲婆婆所嫌。但「大人故嫌遲」却是一陷阱，讓我們誤以爲蘭芝之被嫌，乃因其女工不良。（職是之故，詩篇其後表示出蘭芝女工之卓越，以點破其陷阱。）

△文化語碼：有兩個，一爲媳婦在夫家的勞動要求，一爲婆媳的關係。

⑥非爲織作難，君家婦難爲。

△疑問語碼：疑團二（爲何苦悲?）：模稜。雖然在閱讀單位⑤所設之陷阱或已在此得以消取，但這答案仍然是模稜。我們會進一步問：爲什麼君家婦難爲?

△文化語碼：婆媳關係。

⑦妾不堪驅使，徒留無所施。

便可白公姥，及時相遣歸。

△動作語碼：妻子的怨言。這一個動作語碼，是從閱讀單位②開始而到此完成。這個動作語碼同時涵攝著許多動作語碼：其幼時之教育、出嫁、夜織布，與婆婆之相忤等。同時，這個動作語碼也指向其動作的反應，也就是仲卿的反應。

△疑問語碼。疑團三（這遣歸會成爲事實嗎？）：疑問之始。或且，讀者會問：「遣歸」這要求是眞的首先爲蘭芝所提出？還是婆婆已提出？此處是怨言的成份多還是提出要求的成份多？這些疑團的分子是在詩篇裏黏住不能解的。

△文化語碼：婆媳關係（不和遣歸）。當蘭芝如此地怨懟或提出遣歸時，已指向蘭芝所接受的文化語碼，也就是婆媳不和以至媳婦之遣歸。

論二：對話裏涵攝著動作的回述與指向將來

對話本身是一個動作。但對話裏面需有對話的內容，其內容或指涉某些論述，但這些論述總與過去產生某些聯繫，而在某程度上指向將來。對話本身是如此一個複合的動作。但對話裏，有時特別傾向於過去動作的回述或對將來動作的指向；這種對話，其動作功能則相當地從其對話這一動作外殼裏爆裂開來。在「孔雀東南飛裏」，其動作語碼主要由對話構成，如此處之妻子之怨言，後來母子之對話，母子之爭論，媳婦辭別等等。如果我們僅以對話視之，而不洞察其本身所含攝的過去的動作與將來動作之指向，則不能明白全詩篇動作之發展。故打破其對話之外殼，而恢復其內涵之各動作，才見其全動作之流。

△動作語碼：丈夫的反應，爲妻子的怨言的相應行爲。但並非直接回應妻子，而對阿母說話。

⑧府吏得聞之，堂上啓阿母。

△內涵語碼：有二個，即(一)仕宦與(二)妻子的慰藉。

⑨兒已薄卿相，幸復得此婦。

△文化語碼：男子以求仕宦爲目標。「兒已薄卿相」一語洩露了在當時社會裏，男人以仕宦爲目標；如果在仕途上沒有發展，是一大失意。

論三：相對組——其連接成規與打破

「學而優則仕」是中國傳統讀書男士的基本人生路向與追求，此在「論語」裏已獲得最明確的陳述。但如果仕途失意或其他原因而厭惡仕途，其反面則爲隱逸。隱逸之士已在「論語」見到。「仕」與「隱」這一個相對組在陶淵明「歸去來辭」達到高度的表達。由於這相對組已不斷被重覆，「仕」與「隱」的關係變成牢不可破的關係；也就是說，兩者的相對關係被加強，而兩者涵有的武斷性與不必然性被抹殺。這是記號被重覆而其記號義及記號具的關係因其重覆而加強的過程。這同時也是「重覆」與記號底「規範功能」的關係。由於「重覆」之故，「仕」與「隱」變成牢不可破的相對組；而每一面不與其他文化單位連接；即使連接，也不受到注意。「兒已薄卿相，幸復得此婦」裏，「仕」與「妻子之慰藉」相連接，而不與「隱」不與「山水」所得的「慰藉」相連接。這是一個相當突破的連接。丈夫在仕宦上失意（「薄卿相」）而在妻子處尋求慰藉作為彌補者，幾乎就只有此處一個例子。當然，我是說出現在文學書篇裏，在記號系統裏，而非出現在實際生活裏。實際生活裏也許比比皆是。這可看出記號系統裏所造成的成規的驚人的規範力量；當人們運用記號系統來作業時，往往跟著成規而跑；「仕」與「隱」總連在一起而成相對組。「孔雀東南飛」能在此作一突破，也許與它本身為民間文學有關；在民間文學裏，「仕」與「隱」這一相對組並非主要的母題。同時，我們發覺，在非民間文學裏，愛情並非主要母題，夫婦之愛亦非主要母題（悼亡詩之主要母題在悼亡），更遑論丈夫可以從妻子裏獲得慰藉這一概念了。然而，民間文學則反是，家庭與和家庭有關的母題往往為著眼之處。誠然，文學作為一個記號系統而言，是一個複合的大系統，涵蓋著許多的小系統。

⑩結髮同枕席，黃泉共為友。

△內涵語碼。有二個，一為愛情，一為性愛。

⑪共事二三年，始爾未爲久。
女行無偏斜，何意致不厚？

△動作語碼。母子爭論㈠：兒子詰問。此動作語碼始自閱讀單位⑧。

△內涵語碼：合禮與否。這一個內涵語碼有其特別重要性。蘭芝、仲卿皆堅持蘭芝合禮無罪過。但婆婆則認爲蘭芝「此婦無禮節，舉動自專由」。

⑫阿母謂府吏，何乃太區區。

△內涵語碼：反愛情。「區區」有二義；一爲小義，一爲愛義。把「小」與「愛」相連，這個詞彙是武斷地規範著「愛」，是記號的橫蠻性。在我的讀法裏，「何乃太區區」意謂：「何別念著情愛這小事情」。故所持爲反愛情的態度。

⑬此婦無禮節，舉動自專任。

△內涵語碼：合禮與否。

⑭吾意久懷忿，汝豈得自由？

△內涵語碼：共有兩個，一爲懷忿，一爲自由。

△文化語碼：孝道。兒子要秉持孝道，沒有自由。故老母得秉此文化上的「已經」而振振有詞地如此說。

⑮東家有賢女，自名爲羅敷。
可憐體無比，阿母爲汝求。
便可速遣之，遣之愼莫留。

△動作語碼。母子爭論㈠：老母回責。始自閱讀單位⑫。
△疑問語碼。疑團三（遣歸與否？）：發展。婆婆要把媳婦遣歸。
△內涵語碼：反愛情。從阿母的角度而言，妻子可以遣歸而由另一女子所替代；故爲反愛情。
△文化語碼。有三個。其一屬於文化傳統。「東家有賢女，自名爲羅敷」是從文學的「已經」而來。「羅敷」已成爲許多民間歌謠通用的美女子名稱。「東家」亦是通用的語彙，非實指。其二是婆媳關係。其三是母子關係。母親可以命令兒子休妻，是當時文化上的「已經」。
△象徵語碼：㈠愛情主義與反愛情主義；㈡肖象主義與反肖象主義。

鑰四：肖象記號之被閹割。

記號具（signifier）和記號義（signified）兩者的關係可就其內在姻緣性之或有或缺之兩端而界定。朝向「有」的一端爲肖象記號（icon），朝向「缺」的一端爲武斷俗成記號（symbol）。我們文化裏所謂名實相符，堪稱是肖象記號在文化記號學上的一種界定。但一個原爲名實相符的記號，其「實」可逐漸被挖空，而終淪爲沒有「實」的空殼的「名」，我們可用巴爾特在「S/Z」一書中所發展的「閹割」(castration）概念，而謂這個肖象記號被閹割。文化上各種朝向形式主義的現象，都是這種肖象記號被閹割的過程。二十世紀的廣告事業是最爲囂張的如此一個現象。如果我們把「婚姻」看作一個名實相符的肖象記號，而「婚姻」之「實」當然也包括愛情這一因素。阿母此處之態度，好像婚姻的對象是可以相當任意地替代，是不啻把「婚姻」這一肖象記號的「實」相當地挖空。也由於這挖空，故記號具之轉移（由一女子轉換爲另一女子）得如其想像的順利進行。同樣地，如果把「愛情」看作是一個肖象記號，此記號之「實」當包括相當強度的不可代換性及持久性。那麼，阿母的行爲無寧是對這肖象記號的一種閹割。換言之，「婚姻」與「愛情」這些原爲名實相符的肖象記號，對阿母而言，已經淪爲名實無關的武斷俗成記號了。也許阿母的內心世界可從這個角度來認知。而蘭芝、仲卿與阿母之衝突，也就是前者把婚姻與愛情看作名實相符的肖象記號與後者把婚姻與愛情看作是名實無關的武斷俗成記號的衝突。於是，二而爲一的兩個相對組便於焉成立：㈠愛情主義與反愛情主義與㈡肖象主義與反肖象主義。

論五：象徵語碼之產生

巴爾特的象徵語碼是建立在相對組上的。這相對組是由兩個抽象的概念在意義層上相對而成，故詩篇裏實際的情事必須要抽象化爲概念。這概念性的相對組往往在詩篇裏重覆，其所含攝之母題與意義得以經由這重覆而被注意而得以表出。同時，由於「概念」及「相對關係」有其普遍引伸性，故一相對組得與其他相對組相連接，而構成一象徵語碼系統。這相對組互爲招引而成串的行爲，展開於詩篇內的語意世界（或更準確地說，母題世界），但亦可展開於該詩篇被置入了的文化環境裏。故象徵語碼之產生，賴乎四個條件，即爲㈠抽象概念㈡相對關係㈢重覆㈣串連波及。當這四個條件俱備而進入母題層或意義層時，我們即得實際的象徵語碼，蓋象徵語碼乃後設語行爲與母題行爲的連接。在「孔雀東南飛」裏，仲卿夫婦對婚姻愛情之堅持與仲卿母之對婚姻愛情之不堅持（可轉易），恰成一相對組。記號之爭執在詩篇中是一癥結問題。蘭芝認爲自己奉事循公姥進止敢自專，而仲卿母則認爲蘭芝無禮節而舉動自專由。因此，把「愛情」與「反愛情」這一相對組從記號衝突這一角度來解釋，而稱此衝突乃是「肖象記號」（肖象主義）與「武斷記號」（反肖象主義）之衝突，便顯得饒有意義。這兩個相對組成立並串聯起來以後，詩篇裏的許多情事都披上了這象徵語碼，也就是說，都可以作象徵語碼之解釋。在那一刻我們才確定象徵語碼之產生呢？那就往往因實際閱讀過程而異；故象徵語碼往往回溯於讀者發覺其誕生以前的閱讀單位裏。此處只是就某種方便，在象徵語碼產生之際，便把它點出。

⑯府吏長跪告，伏惟啓阿母。

今若遣此婦，終老不復取。

△內涵語碼。反抗。

△疑問語碼。假如遣歸，他會終老不復取嗎？

⑰阿母得聞之，搥床便大怒。

小子無所畏，何敢助婦語。

吾已失恩義，會不相從許。

△內涵語碼。有二個，即㈠忿怒；㈡權威。

⑱府吏默無聲，再拜還入戶。

△動作語碼。母子爭論㈠：結束。

△內涵語碼。屈服。

△疑問語碼。疑團三（遣歸與否？）：發展。向遣歸這個方向推前一步。

⑲舉言謂新婦，哽咽不能語。

我自不驅卿，逼迫有阿母。
卿但暫還家，吾今且報府。
不久當歸還，還必相迎取。
以此下心意，慎勿違我語。
△內涵語碼。妥協與權宜。
△動作語碼。夫婦對話：夫語。
△疑問語碼。疑團四（團圓與否）：疑團之始。

⑳新婦謂府吏，勿復重紛紜。
往昔初陽歲，謝家來貴門。
奉事循公姥，進止敢自專？
內涵語碼：合禮與否。蘭芝堅持其合禮，遵循公姥，沒有自專。

㉑晝夜勤作息，伶俜縈苦辛。
謂言無罪過，供養卒大恩。
△內涵語碼：㈠勤於女工；㈡合禮與否。堅言其無罪過。

㉒仍更被驅遣，何言復來還？
妾有繡腰襦，葳蕤自生光。
紅羅複斗帳，四角垂香囊。
箱簾六七十，綠碧青絲繩。
物物各自異，種種在其中。
人賤物亦鄙，不足迎後人。
留待作遺施，於今無會因。
時時爲安慰，久久莫相忘。

△動作語碼。夫婦對話：妻語。

△疑問語碼。疑團三（遣歸與否）：發展。向遣歸這個方向推進。疑團四（團圓與否）：發展。傾向不重聚。

△內涵語碼：㈠女工之優越。也許某些嫁粧是新婦自造的。㈡富有。嫁粧豐盛。㈢施捨心。㈣愛情。「時時爲安慰，久久莫相忘」與前面分析之「妻子之慰藉」有若干呼應。㈤心物相連。東西不帶回娘家，觸物會傷心，也不留給新人。

㉓雞鳴外欲曙，新婦起嚴妝。

著我繡裌裾，事事四五通。
足下躡絲履，頭上瑇瑁光。
腰若流紈素，耳著明月璫。
指如削葱根，口如含珠丹。
纖纖作細步，精妙世無雙。

△動作語碼：裝扮而準備辭行大歸。

△內涵語碼：㈠文（服飾）質（身體）精妙；㈡自持不敗。蘭芝雖無法抵抗這遣歸之命運，但嚴妝以辭行；以其本身精妙之品質作證，自持而不敗。

△文化語碼：美的觀念。在服飾方面，是裌裙、絲履、玳瑁簪、與明月耳璫。在身體方面，是軟腰、纖指、紅唇，及細步。這些都是其時這類文化上的「已經」。用「精妙」二字作形容詞，是合乎漢魏的美學觀念。

論六：「鹿」的自持不敗與隱逸母題

一個記號放在不同的指涉範疇與記號系統裏會因其所處記號環境不同而產生某些差異；也就是說，它的記號義會產生某些差異。這是很自然而必然的事。但如果這個記號放在一些以把記號來侮蔑、來誤用、來挖空爲能事的記號系統裏，如廣告宣傳等，其記號義會受到很大的扭曲。「

蘭芝」這一個記號（人當作記號）在婆婆的記號系統裏，在婆婆的語碼裏，是「此婦無禮節，舉動自專由」；然而，在蘭芝自己的記號系統裏，却是「奉事循公姥，進止敢自專？」。

一個肖象記號是名實相符的，我們總不能指鹿爲馬吧！但如果一匹「鹿」給某人或某一羣人硬指爲「馬」，這一匹「鹿」在此「硬指」的權威之下是註定失敗，只好被指爲「馬」。這匹「鹿」能够做到的，就只能在自己的記號系統裏，確認其名實相符，確認其「鹿」性，經由這種自持，而在心理上不被擊敗。「鹿」自持著其毫無瑕疵的肖象性而自持不敗。蘭芝大歸辭行時之不爲失敗情緒所呑沒而自我修飾自己（與屈原在「離騷」裏的披蘭帶蕙以修飾自己是完全同義的！）而敍述者以「精妙世無雙」一語以承認其肖象性，充分看出這種自持不敗的品質與及這品質之被認知。這自我修飾而自持不敗的品質恐怕是在封建社會裏中國女性在「指鹿爲馬」的惡劣環境下（這裏其意已擴大而包括所有不合理的制度）孕育出來的唯一出路。

隱逸行爲對仕階層而言，也未嘗不是一種蘭芝式的「自持而不敗」行爲，是記號堅持其名實相符的肖象性。當一個男士發覺在仕途裏，許多的肖象記號（包括他自己本人之作爲一肖象記號）要被挖空、被閹割時，他只好放棄仕途（這個失敗就猶如蘭芝之無能抵抗遣歸一文化語碼）而以隱逸的方式來維護其名實相符的肖象性世界，以「自持」維護其「不敗」。陶淵明之不爲五斗米而向鄉里小兒折腰而辭官，是因爲對淵明來說，「仕宦」並不是「束著腰帶向鄉里小兒折腰」；這樣的官場行爲，是對「仕宦」一記號之閹割，是對淵明這一記號的閹割。（按：「孔雀東南飛」之作者應是一文人，而在當時社會裏文人往往是仕人，往往是男士。在這一閱讀單位裏，蘭芝底「自持不敗」的風姿及其確認，未嘗不可謂有此關聯在。要敍述「自誓不嫁，其家逼之，乃沒水而死」一憾事，不必一定要賦予其主角蘭芝自持不敗的風姿。）

△內涵語碼：忿怒。

△疑問語碼：疑團三（遣歸與否）：接近完成。

△動作語碼：辭行㈠（向婆婆辭行）。

㉙**上堂拜阿母，阿母怒不止。**

㉚**昔作女兒時，生小出野里。**
本自無教訓，兼愧貴家子。
受母錢帛多，不堪母驅使。
今日還家去，念母勞家裏。

△內涵語碼：自持不敗。

△文化語碼：㈠聘金；㈡婆媳關係。這裏，聘金與侍候公婆連在一起，暗裏強調兩者的關係。

㉛却與小姑別，淚落連珠子。
新婦初來時，小姑始扶牀。
今日被驅遣，小姑如我長。
勤心養公姥，好自相扶將。
初七與下九，嬉戲莫相忘。

△動作語碼：辭行㈡：向小姑辭行。

△內涵語碼：感情（離情）。

△文化語碼：媳婦與小姑的關係。媳婦與小姑的關係是一個大變數，此處之選擇（相方感情深厚）故特具意義。

（「玉臺新詠」吳兆宜注謂一本無「小姑始扶牀，今日被驅遣」二句；「樂府詩集」亦無此二句。）

㉜出門登車去，涕落百餘行。

△動作語碼：大歸。

△疑問語碼：疑團三（遣歸與否）：答案（成爲事實）。

△內涵語碼：感情（傷心）。

㉝府吏馬在前，新婦車在後。
隱隱何甸甸，俱會大道口。
下馬入車中，低頭共耳語。

△動作語碼：在路上㈠。包含三個語碼：㈠一前一後車行；㈡聚合；㈢耳語。

△內涵語碼：感情（離情）。這個語碼與動作語碼特別地息息相關。

㉞誓不相隔卿，且暫還家去。
吾今且赴府，不久當還歸。
誓天不相負。

△動作語碼：誓言。

△疑問語碼：疑團四（團圓與否）：重覆。（閱讀單位⑲裏已提出。）同時，在這閱讀單位裏，又衍生一個疑問語碼：誓言相守兌現與否？是爲疑團五。仲卿作誓。疑團五實已於閱讀單位⑯裏預告。

△內涵語碼：誓言。誓言亦可作爲一個語意單位，因爲它指稱著仲卿這一記號。值得注意的是「誓」字之重覆。

㉟新婦謂府吏，感君區區懷。
君見若見錄，不久望君來。

△疑問語碼：疑團四（團圓與否）：傾向團聚。閱讀單位㉒以來的不傾向團聚在此被扭轉。

㊱君當作盤石，妾當作蒲葦。
蒲葦紉如絲，盤石無轉移。

△疑問語碼：疑團四（團圓與否）：再進一步傾向團聚。疑團五（誓言相守兌現與否）：蘭芝作誓。

△內涵語碼：㈠誓言。雖然這裏沒有誓字，但這強度的語意裏已含有誓言義。㈡感情。㈢喻況主義。喻況中之喻依乃取自自然界，這樣會做成自然與人事的平行、對照，及或兩者的移情作用。故喻況主義乃是對「比喻」的信賴，是一種感情之移注，其內心世界得賴盤石之固與蒲葦之紉而獲得安頓。

△文化語碼：喻況語言作誓言。這種「喻況」與「誓言」合而為一的操作似乎在此以前並不多見。

㊲我有親父兄，性行暴如雷。

恐不任我意，逆以煎我懷。

△疑問語碼：疑團五（誓言相守兌現與否）：複雜化。預言蘭芝之兄長或加以逼迫，使二人之誓言之能否諾守複雜化。

△內涵語碼：忿怒（其兄長的性格）。

㊳舉手長勞勞，二情同依依。

△動作語碼：依依惜別。

㊴入門上家堂，進退無顏儀。

△動作語碼：大歸返至家。

△內涵語碼：羞愧。

㊵阿母大拊掌，不圖子自歸。
十三教汝織，十四能裁衣。
十五彈箜篌，十六知禮儀。
十七遣汝嫁，謂言無誓違。

汝今無罪過，不迎而自歸？

△動作語碼：母責女。

△內涵語碼：㈠誓言；㈡書香門第（與閱讀單元②相同）；㈢罪過；㈣遣歸。

△文化語碼：㈠女子教育（與閱讀單元②相同）；㈡母親與大歸女兒的關係。在封建社會，母親負責把女兒教養並遣之出嫁，等於有契約（「誓」）嫁後得守禮儀侍候婆婆。蘭芝之大歸，蘭芝之母被認爲負疏忽之責任。故蘭芝母據此文化之「已經」而發言如此。

㊶**蘭芝慚阿母，兒實無罪過。**

△動作語碼：女自辯。

△內涵語碼：㈠羞愧；㈡無罪過。當蘭芝離開夫家時，她並沒有「羞愧」之感，只有「無罪過」之感。但當其返至娘家，則有「羞愧」之感，其中或可看出一個大歸女子與其娘家及夫家不同的契約與及不同的心理層次。

㊷**阿母大悲摧。**

△內涵語碼：㈠悲傷；㈡無罪過。阿母之不作相反之語即默認蘭芝之無罪過。

㊸還家十餘日，縣令遣媒來。

△動作語碼：作媒一：開始。

△疑問語碼：疑團六（作媒成否）：開始。疑團六與疑團五（誓言相守）互爲否定。

△文化語碼：作媒。

㊹云有第三郎，窈窕世無雙。
年始十八九，便言多令才。
阿母謂阿女，汝可去應之。
阿女含淚答，蘭芝初還時。
府吏見丁寧，結誓不別離。
今日違情義，恐此事非奇。
自可斷來信，徐徐更謂之。
阿母白媒人，貧賤有此女。
始適還家門，不堪吏人婦。
豈合令郎君，幸可廣問訊。
不得便相許。

△動作語碼：作媒一：結束。拒媒。

△疑問語碼：疑團六（作媒成否）：結束。拒媒。疑團五（誓言相守兌現與否）：複雜化（因行媒而複雜化）。

△內涵語碼：㈠誓言；㈡情義。

△文化語碼：作媒。媒人、信物、作媒之特殊語言等構成這文化語碼。但此詩篇中的作媒語碼裏，當事人（蘭芝）之意見受到尊重。比較引起爭論的却是在漢末建安中，大歸之婦人能否會得到社會地位如此高而年紀又如此輕（比蘭芝少一至二歲）的男士行媒？就文化語碼而言，這文化行爲（行媒）的可能性與蘭芝持有的優良品質成正比例，故無論是紀實（「時傷之，爲詩云爾」）或虛構（文學之虛構性與局部虛構性），此閱讀單位皆表出蘭芝底品質（「精妙世無雙」）的後効。如據「玉臺新詠」所載，此事此詩之創作皆在建安時代，則載於「玉臺新詠」時，已經流傳於民間三百年之久，其間或經增潤，此爲民間歌謠流傳之通例，想「孔雀東南飛」亦必不免也。同時，我們得注意，對「第三郞」之描述，乃出自媒人之口，媒人只講好的一面，並且有所誇張，故吾人亦不得僅憑媒人之言而謂行婚者有此品質也。下一閱讀單位之「第五郞」亦應作如是觀。

㊺媒人去數日，尋遣丞請還。

說有蘭家女，承籍有宦官。
云有第五郎，嬌逸未有婚。
遣丞爲媒人，主簿通語言。
直說太守家，有此令郎君。
既欲結大義，故遣來貴門。
阿母謝媒人，女子先有誓。
老姆豈敢言？

△行動語碼：行媒㈡：前一半。拒媒。

△疑問語碼：疑團五（誓言相守兌現與否）與疑團六（作媒成否）。對前者而言是肯定與後者而言是否定。

△內涵語碼：㈠誓言。我們此處值得注意的是：「誓言」一語碼由仲卿而及蘭芝而及蘭芝母，活像一傳染性的因子。事實上，這「因子」早存於蘭芝及其母親間的語碼裏（閱讀單位㊵謂「十七遣汝嫁，謂言無誓違」）。㈡仕宦家庭。

△象徵語碼：誓言與反誓言。經由「誓言」若干次之重覆，我們發覺蘭芝、仲卿、蘭芝母皆站在誓言語碼這一邊，相對地，仲卿母及蘭芝兄站在反誓言語碼這一邊。此象徵語碼確認後，可溯至前面含有誓言之閱讀單位。

△文化語碼：行媒。

論七：重覆爲一表義功能

自從瑟許 (De Saussure) 的結構語言學以來，我們知道語言的表義需賴兩條軸，即水平軸或語序軸 (the syntagmatic) 和垂直軸或聯想軸 (the paradigmatic)。並且，自從雅克愼（Roman Jakobson)的「語言學與詩學」("Closing Statement:Linguistic and Poetics," 1960) 一文發表以來，我們知道一個完整的語言行爲包括六個面與其相對的六功能。然而，在這二軸及六面的語言行爲模式裏，意義的表達尙賴許多較低層次的策略。從表面的語意而進入「書篇」裏的「意義層」或「母題層」往往賴一些策略，包括母題指標（應用特定的人或物以作某些特定母題或雛形母題的指標，如「樵人」在某些詩篇裏可視作是隱逸母題的指標），文義上的斷離，與及重覆。（關於母題指標及斷離原則可參考本書內「試擬王維輞川二十首的二度規範系統」一文。）「重覆」這一策略是一種反覆的叮嚀，引起閱讀者的注意，而「重覆」往往（幾乎可以說是不可避免地）衍生出意義，使閱讀者從表面的語意滑入書篇的意義層或母題層裏。兩次的高門子弟之行媒並非僅是「有這兩回事」這樣一個平鋪直述的語意，而是表達著蘭芝的本質之精妙世無雙。「誓言」這一個語碼，一再地重覆出現，終於衍爲一個母題，一個主要的意義單元，一個主要的疑問語碼。當這語碼首次被提出時（閱讀單位㉞）已經以「重覆」的姿態出現（重覆兩次。

其後，這誓言語碼以喻況的語碼而暗藏（「君當作盤石，妾當作蒲葦，蒲葦紉如絲，盤石無轉移」。見閱讀單位㊱）。行媒㈠時（閱讀單位㊹），蘭芝卽以「誓言」語碼而拒媒。同樣，於此處行媒㈡時，蘭芝母以「誓言」語碼拒謝媒人。在蘭芝大歸時母女的對話裏，我們得知「誓言」語碼已是她們之間的語碼（閱讀單位㊵）。「誓言」語碼之不斷重覆，閱讀者（或者說，經過訓練之讀者）遲早會發覺這誓言語碼之重要性。從這誓言語碼去分析，仲卿、蘭芝、蘭芝母是在一邊，他們是對「誓言」的支持者，而仲卿母及蘭芝之兄則缺乏這語碼，並不支持這語碼。於是一個相對組便於焉成立。詩篇中的其他各種「重覆」（如「無罪過」）同樣是經由「重覆」這一表義功能而進入了意義層或母題層。

㊻阿兄得聞之，悵然心中煩。
舉言謂阿妹，作計何不量。
先嫁得府吏，後嫁得郎君。
否泰如天地，足以榮汝身。
不嫁義郎體，其往欲何云？
蘭芝仰頭答，理實如兄言。
謝家事夫婿，中道還兄門。

處分適兄意，那得自任專？
雖與府吏要，渠會永無緣。
登卽相許和，便可作婚姻。

△動作語碼：行媒㈡（後半部）。

△疑問語碼：疑團四（團圓與否），疑團五（誓言相守兌現與否），疑團六（行媒成否）都受到影響。但對這些疑團之眞正答案而言，都是「陷阱」；因爲，最後的答案（投水而死等等）與此閱讀單元所提供者不一樣。

△內涵語碼：㈠誓言。要，約也，與誓言相近。㈡合禮與否。理實如兄言，那得自任專等，是指向這語碼。蘭芝與婆婆的癥結在於這「合禮」與否（合乎媳婦之道），而此處之癥結亦在於此（合乎作爲大歸之妹妹之道）。在婆媳這一爭執裏，其根在於有兩個不同的界定，婆婆認爲蘭芝無禮節而擧動自專由，而蘭芝則堅稱奉事循公姥那敢自任專，堅言其無罪過。然而，在這兄妹的範疇裏，本亦可獲致兩種的界定，一如婆媳之情形。但此處蘭芝用自己的語言說出哥哥心目中界定的禮（「理實如兄言：中道還家門，處分適兄意，那得自任專？」）而遵守之，並不說出從蘭芝自己立場、從愛情、誓言以界定之「禮」以抗衡之。深藏於兄之心中之「理」現出諸蘭芝之口，無寧是帶有諷刺味道的。這裏，把我們帶入了另一個語碼：自我毀滅性（語碼㈢）。現在回想起來，蘭芝是不惜被遣歸而不妥協，也未嘗不與此自我毀滅性有關。但這自我毀滅性是與其

堅持名實相符的肖象主義息息相關。故其自我毀滅性並不朝向破壞其心目中之肖象性（合禮、愛情、誓言等）這一方向，故其終不再嫁而朝生命之毀滅這一方向而走。㈣反感情（蘭芝兄之反感情一如仲卿母）。

△象徵語碼：㈠感情與反感情主義；㈡誓言與反誓言主義；㈢否泰。值得注意的是蘭芝兄對否泰之看法與蘭芝顛倒。

△文化語碼：大歸之婦女在兄門的地位。

㊼媒人下床去，諾諾復爾爾。
還部白府君，下官奉使命。
言談大有緣，府君得聞之。
心中大歡喜。

△內涵語碼：㈠歡樂（府君）；㈡官宦家庭。

㊽視曆復開書，便利此月內。
六合正相應，良吉三十日。
今己二十七，卿可去成婚。

△動作語碼：擇吉日。
△內涵語碼：吉祥。
△文化語碼：曆書、擇吉日。

㊾交語速裝束，絡繹如浮雲。
青雀白鵠舫，四角龍子幡。
婀娜隨風轉，金車玉作輪。
躑躅青驄馬，流蘇金鏤鞍。
齎錢三百萬，皆用青絲穿。
雜綵三百匹，交廣市鮭珍。
從人四五百，鬱鬱登郡門。

△動作語碼：準備迎娶。
△內涵語碼：富有。
△文化語碼：迎娶之禮之物質基礎。

㊿阿母謂阿女，適得府君書。

明日來迎汝，何不作衣裳。

莫令事不舉。

△文化語碼：嫁女自作衣裳。

㊿阿女默無聲，手巾掩口啼。

淚落便如瀉。

△內涵語碼：㈠緘默。其實，在閱讀單位㊻裏蘭芝答兄之言，只是把兄之意表達出來，並沒有眞正表達自己的心意，亦可看作另一種緘默。在此閱讀單位以前，蘭芝則有作答，如自言無罪過等。㈡悲傷。

㊾移我琉璃塌，出置前窗下。

左手持刀尺，右手執綾羅。

朝成繡裌裙，晚成單羅衫。

△內涵語碼：㈠自持不敗；㈡合禮與否（嫁女自作衣裳）。

△文化語碼：女工。女工是古代女子的主要勞動，也是其主要品質之一，詩篇中一直強調蘭芝女工之優良，卽強調其品質之精妙世無雙。

(53)晻晻日欲暝，愁思出門啼。

△內涵語碼：悲傷。

(54)府吏聞此變，因求假暫歸。
未至二三里，摧藏馬悲哀。
新婦識馬聲，躡履相逢迎。
悵然遙相望，知是故人來。

△動作語碼：路途上㈡：相迎。

△內涵語碼：㈠人畜相應；㈡悲傷。

△文化語碼：人畜的相應關係。主人與馬相聚久而產生某程度的相應一方面是一事實，一方面也因文化對此事實的加強。史記「項羽本紀」裏項羽與其騅馬的關係可看作此文化語碼的里程碑。

(55)舉手拍馬鞍，嗟歎使心傷。
自君別我後，人事不可量。
果不如先願，又非君所詳。

我有親父兄，逼迫兼弟兄。

以我應他人，君還何所望。

△動作語碼：路途上㈡：對話。

△內涵語碼：㈠逼迫。「逼迫」這一語碼已隱含於閱讀單位⑭⑮及㊻中，而於此處出現於「詩篇」內而成爲一標出的語碼。故內涵語碼往往由隱而顯，而加強，而終成爲一個重要語碼。

△文化語碼：歌謠的成規。在「詩篇」內，蘭芝之父及弟並沒有出現，而其母則並沒有不了解蘭芝，但「詩篇」卻謂「我有親父母，逼迫兼弟兄」；這種內容上互爲枘鑿的地方恐怕只是歌謠上的成規，因兄而及弟，因母而及父，或因兄而及父（「長兄爲父」的傳統）與及因歌謠上的「對句」成規而造成。當然，也許此歌謠經後人增刪而造成此枘鑿現象，亦未可料。

㊺ 府吏謂新婦，賀卿得

△疑問語碼：得什麼？

△內涵語碼：反諷。但這反諷是形式多於實質的。

△文化語碼：文學與語言的成規（反諷）。

在閱讀過程裏，我們可以於任何地方停下來；因此，所謂閱讀單位，是極爲武斷而臨時動議性的。任性地在任何地方「停」下來這一閱讀策略將提供我們一些機會識破「詩篇」表面的「自然性」，識破其「自然性」乃建築在某種的語言、文化成規上而已。同時，在任何地方「停」下來，也可以讓「詩篇」開放出來，看其如何與「詩篇」內的世界甚或「詩篇」外的世界成網狀的連接。我們在這裏，幾乎是任性地停下來，看看我們能獲得什麼。如果從疑問語碼的角度而言，我們會產生「得什麼」這一個語碼。從內涵語碼及文化語碼裏，我們同樣會得到「反諷」這一個語碼。同時，我們發覺必須進入文化語碼來討論「反諷」，才能進一步界定內涵語碼裏的「反諷」。

「得什麼」？「得」字涵攝著正面的字義（在古代漢語裏，「得到失敗」這一類由「得」而帶領負面價值的受詞的語法是罕有的），故其所「得」必爲「正面」的品質。但我們在「詩篇」的上下文裏，蘭芝是被逼迫的，並非有所「得」，故「得」是一反諷；故無論所得爲何，皆爲反諷，故「得」下面的受詞，本身就是一個虛架子。如果把「得」放在它的聯想軸裏去考察，「得」比其他可代替的詞彙（如「獲」）比較有豐富的輻射狀連接功能。「得」與「得意」、「得失」等相連；「得意」與「得失」當然能豐富「詩篇」裏此處之含義。如果我們把「得」字放在其語序軸上來考慮，我們可看出這個「得」字也未免是架空的；或者，更準確地說，其「反諷性」已在其前面的「賀」字裏註定了。故這個句子「賀卿得——」的反諷性是爲「賀」字所先天決定了的。「賀」字一出來，無論「賀什麼」都不得不在「詩篇」的上下文裏成爲反諷。但「得」字以其豐富的輻射功能而自存。但如果我們從另一個角度來看，「得」字也不見得是什麼神來之筆，蓋「賀×得××」是相當現成的語句，「賀」與「得」之連接是相當傳統的。

當我們認知到「賀×得××」爲相當現成的語句時，我們不難開始考慮「反諷」的應用也是相當地傳統的。換言之，詩人要仲卿用「反諷」的口吻來說，或者仲卿用「反諷」的口吻來說，都是相當地遵循文化上的「已經」。但文化上的「已經」是豐富而容納相當選擇性的，仲卿本身也可以不採取「反諷」，詩人本身也可以不把「反諷」塞到仲卿的嘴裏。從「詩篇」的上下文來看，仲卿相當地未必有反諷的心意，因爲我們可以想像仲卿對蘭芝的了解。如果他眞的如此「反諷」地說了，這「反諷」的語句與其是眞正具有「反諷」的內涵（即仲卿眞正地諷刺蘭芝），無寧是因遵循了語言及文化而這樣地用了這「反諷」的語句而已；換言之，這「反諷」語是有其名而不怎樣有其實的。同樣地，當詩人把這句「反諷」語塞進仲卿口裏，也只是遵循語言文化的成規（即一般人到了如此境地便會如此地說，不自覺地受到語言與文化的成規而做出了近乎陳腔爛調的語言反應），而並非認眞地要表達此刻仲卿有「反諷」的心意。因此，從文化語碼回到內涵語碼，我們無寧謂這「反諷」未必眞指向仲卿的性格。

㊼高遷。

△疑問語碼。對閱讀單位㊻（得什麼？）而言，這是答案。但如前面所言，是一反諷，並

非眞正的「高遷」。

(58)盤石方可厚，可以卒千年。
蒲葦一時級，便作旦夕間。

△內涵語碼：誓言。在閱讀單位㊱時，蘭芝卽以磐石蒲葦作誓言，而於㊹㊺用誓言以却媒，而於㊻以帶有自我毀滅性的姿態破壞此誓言而答應媒人；仲卿於此以其曾用之磐石蒲葦責其違反誓言。

△象徵語碼：誓言與反誓言。

△文化語碼：喻況語言作誓言。蘭芝以喻況語言作誓言，謂「君當作磐石，妾當作蒲葦，蒲葦紉如絲，磐石無轉移」；今仲卿以同樣的喻況語言及喻況物以破之責之，謂「磐石方且厚，可以卒千年，蒲葦一時紉，便作旦夕間」。

(59)卿當日勝貴，吾獨向黃泉。

△內涵語碼：㈠怨懟；㈡反諷；㈢死亡。

(60)新婦謂府吏，何意出此言。

同是被逼迫，君爾妾亦然。
黃泉下相見，勿違今日言。

△內涵語碼：㈠逼迫。由於這個語碼在此已是第二次在詩篇中正式標出，它已演變爲一個標出的重要語碼。㈡誓言。雖然「詩篇」中並沒直接用「誓言」二字，但「勿違今日言」一語之語意已強烈到相等於「誓言」。㈢殉情。

△文化語碼：殉情。在「詩篇」所處的文化環境裏，在蘭芝及仲卿在「詩篇」內所處的文化環境裏，似乎沒有其他的途徑。當然，這「殉情」已是相當違反文化上的「已經」，但這文化上的「已經」並不完全排除「殉情」這一行爲，蓋「殉情」這一行爲，與其他「殉國」、「殉職」等行爲，有一個共通點，也就是「契約」之遵守。當某人不能遵守某「契約」，便以死殉之。蘭芝此處之「殉」亦可作如是觀，但同時亦包括兩種契約之衝突：夫婦誓言與及兄妹關係。

△疑問語碼：疑團七（殉情與否）：建立。「詩篇」之疑問語碼已經由疑團六(作媒成否)之獲得答案而另起一疑團。但這新疑團是以誓言姿態出現，相約殉情。

鑰九：契約與疑問語碼

一個動作的結構及其發展可就契約一角度而探討，即契約之建立、其實行及破壞與否、與及其實行與破壞所帶來之賞罰或互易的後效。當然，其中也牽涉到契約的品質與及契約雙方對這契約之解釋之不同，而使動作產生大幅度的動力甚或模稜性。就本「詩篇」而言，我們可以看到「誓言」，也就是契約的一種，貫通了動作發展的主流。蘭芝母對蘭芝教育之責任與及遣之出嫁而善奉公婆，是蘭芝母女在文化傳統裏的契約，故當蘭芝大歸時其母女之對話如此。蘭芝與仲卿母之爭執，在對於對這婚姻契約，尤其是事奉公婆的解釋有所不同所致，而事實上各執一詞，而頗產生模稜性。蘭芝與其兄之契約也是如此：「中道還兄門，處分適兄意，那得任自專」。故其帶有自我毀滅性的答應行媒，是此契約之實踐。當然，蘭芝也可以對這「契約」內容行不同的解釋，而把這「契約」之爭執由契約之實踐與否改易爲「契約」解釋之爭執。但蘭芝不採取此途徑，是略帶有自我毀滅性的。然而，各契約之間有所衝突，蘭芝與其兄「契約」之實踐，當是其對仲卿「誓言」之破壞。這「誓言」是絕對不能破壞的，它是應優先於「兄妹契約」；故其出路只好另闢途徑；「死亡」超越了這些契約在世間層次之涵義。這「契約」問題顯然地與疑問語碼相當密切地連接在一起，與我們所提出的「疑團」息息相關。

(61) 執手分道去，各各還家門。

△動作語碼：路途上(二)：結束。

(62) 生人作死別，恨恨那可論。

念與世間辭，千萬不復全。

△文化語碼：敍述體成規：敍述者的話語。敍述體的成規裏，可以容許敍述者在「動作」之外插入他自己的話語。此閱讀單位裏的四個句子，是動作之外的敍述者的話語，不是角色的聲音，不是動作或是景物的描述。

論十：敍述者的聲音

敍述體之構成，主要是由一個敍述者以及其所敍述的一個動作所構成。由於「動作」往往過度地占據著敍述體的前景，我們有時會忽略了述敍者的聲音無所不在，蓋動作是經由敍述者敍述出來的。敍述者聲音顯然出現之時，是敍述者離開了其敍述之動作而闖入其話語中以作閒談、品藻、批評之時。如果我們把動作與及這闖入的部分作爲一幅譜的兩極，則一端是角色間的對話（敍述者最沒有自己的聲音），另一端是敍述者以「我」的姿態出現而作的話語（敍述者的聲音最爲明確），而在兩極之間可有角色內心的獨白、外在行爲的敍述、景物的描寫（這三者仍可容納敍述者的存在及其影響）與及一些關於這內心獨白、外在行爲、景物的一些特有的解釋、品藻、批評與操縱（敍述者的聲音是相當地被感到！），而顯出了一個敍述體繽紛的聲音。「生人作死別，恨恨那可論」是這種帶有解釋、批評性的敍述者的聲音。「念與世間辭，千萬不復全」雖或仍是解釋性的，但與角色却相當地黏在一起，因其略帶有角色內心獨白的功能。我們雖感到敍述者的存在，感到敍述者的聲音，但敍述者終究尚沒有以「我」的姿態走出來。這與「詩篇」中結尾的「多謝後世人，戒之愼勿忘」之以「我」姿態的闖入相較，便一目了然。然而，這些帶有解釋、批評性的聲音，與敍述者建構動作時而依據邏輯與其他文化行爲所作的解釋又有不同。一活動於動作之外，一活動於動作之內。「阿母怒不止」是敍述者根據某些文化行爲而把「怒」與「不止」（我讀作不止其大歸）作因果的聯結。「悵然遙相望，知是故人來」也是依據某些文化行爲而作的因果式的解釋。我們仍可於其背後感到敍述者的聲音。在景物描寫方面也是如此。「府吏馬在前，新婦車在後」表面是客觀的描寫，但由於這工整而又內容與形式相滲透的對句所產生的感染性，我們仍可感到敍述者的存在。其後接著的「隱隱何甸甸」，這連綿字所作的狀聲詞所帶有的表意功能，所帶有的內容與形式相滲透的感染性，幾乎可看作是敍述者的「解釋」了。誠然，一個敍述體是以繽紛的聲音出現，是以繽紛的敍述者的聲音出現。

⑹府吏還家去，上堂拜阿母。
今日大風寒，寒風摧樹木。
嚴霜結庭蘭，兒今日冥冥。
令母在後單，故作不良計。
勿復怨鬼神，命如南山石。

四體康且直。

△動作語碼：母子對話（辭母作不良計）。

△內涵語碼：㈠超自然（天人相感應）。㈡怨。㈢死亡。

△文化語碼：超自然（天人相感應）。天人相感應在古代思想裏相當普遍，就中國而言，可推至尚書、左傳等古籍，而形成漢朝所謂災異之說。

論十一：天人相應

人與天（或自然）的關係是最爲模稜的，是一個黏著的冥冥不可解。李維史陀（Lévi-Strauss）認爲，神話的一個功能即是以神話來超越這人究竟是從父母生出來還是從地上（從自然）自生出來這一個黏住不可解的問題。即使在今天，這問題恐怕仍是黏住不可解的。一個精子和一個卵子結合而衍生爲一個嬰孩是一種人的行爲還是自然的行爲？換一個角度來看，如果人是自然的一部分，而人却偏偏要把「人」和「天」分開來；這是一個怎麼樣的行爲呢？分開來以後，人又要用「天人相應」來把它們重新合起來。這又是一個怎麼樣的行爲呢？同時，人把「天」「人」分開以後，人一方面謂「天地不仁以萬物爲芻狗」，又一方面謂「人定勝天」。這又是一個怎樣的行爲呢？

人把「天」、把「自然」推出去，這樣才能界定自己，才能產生自我與自我意識；也許，更重要的，是藉此把推出去的「天」看作是一個記號；這樣子，我們就有能力可以控制這個記號，這個「另一個」。我們藉以規範自己的自言自語行爲，也是同樣的現象。我們把自己裂爲二，把自己推出去，於是一個自己與另一個自己對話，以達到自我規範的功能。當一個小孩子對自己說「晚了，要睡覺了」，然後睡下去了，是要另一個「自己」來規範自己。但這個以另一個自己來規範自己的行爲，何嘗不是這個「自己」要規範自己的設計？然而，經過如此一個「我衍生另一我」的辯證過程，這「另一我」儼然自存；於是，「天」儼然自存。然而，從「自然」的角度來看，什麼東西不是「自然」的產物、「自然」的衍生？這一個「我衍生另一我」的以「我」爲中心的視野，又不得不隱沒於這冥冥、這繩繩不可名的「天」裏！眞是一個黏住不可解的模稜膠著！

由於這「天」「人」的冥冥的模稜膠著，於是「在天垂象」，於是顯示出各種的「賾」讓人來詮釋；於是，宇宙是浸透在記號羣裏；於是有占卦；於是有災異之說；於是有賦比與之互相滲透。充滿動力而又隱秘的喻況語言往往一頭接在「人」，另一頭接在「天」，於是在喻況語言的並置裏，兩兩對待，保持著其張力，保持著其模稜，保持著其相應。蘭芝、仲卿、蒲葦、磐石，人與天，模稜地膠住一起。但我們信任語言，語言給予我們一個「邏輯性」或「自然順當性」的假象，於是再也不給這「模稜膠著」困惑我們，而覺得很安全。「君當作磐石，妾當作蒲葦。蒲葦紉如絲，磐石無轉移」這一喻況語言，以其「A等於B」的邏輯給予我們安全感，宛然地蹲在那兒；但裏面却是含著「天」與「人」相膠相撞的無窮動力與模稜。當「喻依」與「喻旨」各別分開來時，都顯得蒼白、單薄、無力。蘭芝與仲卿底感情的無窮動力與膠住，不得不付諸於磐石蒲葦這冥冥的世界裏，當誓言與天人喻況語言連接在一起，誓言者再也不能把自己從這膠住裏抽出來；否則，這天會被牽動，誓言者曾投在內面的動力會反過來把他壓死！但語言究竟只是由空氣的顫動捏成的記號，誓言也未嘗不可隨著風的掠過而改變了其頻率！如果誓言者願意，這誓言就是如此一列空殼式的武斷俗成記號吧了！

災異是人事底和諧受到嚴重破壞而波及於自然的現象，其前提是天人相應。這是一種記號學式的對自然的閱讀，把這些災異看作是人事和諧被破壞的記號，並且往往指涉著進行中的人事的乖離。「今日大風寒，寒風摧樹木，嚴霜結庭蘭」，不會被看作純爲自然性的自然現象或偶發現象，而是看作一個災異的記號，一個災難的正在進行。仲卿是如此讀著這自然現象，我們讀者是如此地讀著這自然現象。仲卿的讀法是根據文化上的「已經」，我們則尙加上文學成規上的「已經」。這讀法影響著仲卿的行爲取向，也影響我們對這「詩篇」的期待取向。「災異」的構成與「喻況」的構成實無二致，「天」與「人」，「喻依」與「喻旨」並置著、互相滲透著、模稜地膠著。那樹木、那庭蘭，是仲卿，那寒風、那嚴霜，是摧殘著仲卿的力量；然而，那樹木、那庭蘭、那寒風、那嚴霜究竟是那「天」，是那「仲卿」之外；然而，仲卿又曾經歷過那「景」、那「景」的影響仍籠罩著仲卿。整個現象是一個幾回的辯證、幾回的模稜的分而膠住。

(64)阿母得聞之，零淚應聲落。

△內涵語碼：感情（悲傷）。屬於阿母的內涵語碼，前面有權威、忿怒（出現兩次）；現首次出現「悲傷」，但似乎是遲來了。

(65)汝是大家子，仕宦在臺閣。
慎勿為婦死，貴賤情何薄。
東家有賢女，窈窕豔城郭。
阿母為汝求，便復在旦夕。

△動作語碼：母子對話（母勸子勿殉情）。

△內涵語碼：㈠反感情主義；㈡反肖象主義。「貴賤」與「高下」等同義，在我的讀法裏，是指夫婦之關係為一貴一賤、一高一下。阿母仍遵循其反感情主義與反肖象記號主義。

△象徵語碼：㈠感情與反感情主義（反感情主義被標出）；㈡肖象與反肖象記號主義（反肖象主義被標出）。

(66)府吏再拜還，長歎空房中。
作計乃爾立。

△動作語碼：空房中㈠（長歎、作計）。可與閱讀單位④之「賤妻留空房」相掛鈎。

⑰轉頭向戶裏，漸見愁煎迫。

△動作語碼：空房中㈡（轉頭向戶裏）。雖然動作語碼取決於閱讀者的後設語言，閱讀者在閱讀過程裏往往在同一層次裏運作其動作語碼。在這一閱讀的韻律裏，我們突然碰到這一個小動作「轉頭向戶裏」，覺得很特殊，同時其內涵的內心動作「漸見愁煎迫」也特別有壓迫感。這個小動作一方面從故事的綱領裏歧離出來，對故事發展沒有貢獻；一方面又有點像口吃的重覆，蓋仲卿此時已在空房中，並且他必須先頭看外，才可轉頭向戶裏。同時，「詩篇」裏又沒有告訴我們「轉頭向戶裏」以後，將來是否會再轉頭向戶外。這個小動作從整個動作韻律裏歧異出來，抓住了我們的注意力。

△內涵語碼：感情（悲傷）。

⑱其日馬牛嘶，新婦入青廬。

△動作語碼：入青廬準備交翟。

△內涵語碼：天人交感。牛馬悲鳴與蘭芝入青廬相交感。

△文化語碼：婚禮習俗。

(69) 菴菴黃昏後，寂寂人定初。

△內涵語碼：寂靜。

(70) 我命絕今日，魂去尸長留。
攬裙脫絲履，舉身赴清池。

△疑問語碼：疑團七（殉情與否）：答案（蘭芝殉情）。

△動作語碼：投水自殺。

△內涵語碼：純潔。所投之水爲清池，意味著以死來保持其純潔。

△文化語碼：敍述體的人稱模稜與感情換位。在第三人稱的敍述體裏，敍述者由於感情的移位，有時竟用了第一人稱以代替第三人稱。「我」應指蘭芝，但敍述者卻用了第一人稱，彷彿敍述者因感情之換位而片刻間成了蘭芝。當然，我們也未嘗不可把「我命絕今日，魂去尸長留」作爲蘭芝之獨白。總之，這人稱模稜與感情換位有著相當關聯。從這個角度來看，「自掛東南枝」之「自」也略有此種色彩，但其模稜性則更甚。

(71) 府吏聞此事，心知長別離。
徘徊庭樹下，自掛東南枝。

△疑問語碼：疑團七（殉情與否）：答案（仲卿殉情）。疑團一（與與本事有否關聯）：答案。「徘徊」與「東南」二詞在此得到廻響。疑團四（團圓與否）：人間世的答案：不團圓。

△動作語碼：上吊自殺。

△內涵語碼：心事盤桓。「徘徊庭樹下」並非對死之恐懼與猶豫，而是死前一生過去的心事盤桓，而其中當以其與蘭芝之愛戀爲衍義中心。仲卿在下決心以後（作計乃爾立），在自知長別離以後，在自掛東南枝之前，詩篇告訴我們，他徘徊在庭樹下。「徘徊」這兩個連綿字，「徘徊」這一個由動作構成的記號，負荷了無窮的語意（愛之眷戀，生之眷戀，歡娛與不復），彳亍迂廻不止。

⑫**兩家求合葬，合葬華山傍。**

△動作語碼：合葬。

△內涵語碼：愛之承認。

△文化語碼：葬禮（合葬）。合葬表示夫婦關係之承認。蘭芝既已被遣歸並已進入青廬進入另一嫁娶儀式，此處之標出合葬是恢復蘭芝仲卿夫婦之名份；同時，也是對其愛情之承認。

⑬**東西植松柏，左右種梧桐。**

> 枝枝相覆蓋，葉葉相交通。
> 中有雙飛鳥，自名爲鴛鴦。
> 仰頭相向鳴。

△動作語碼：㈠植樹；㈡自然或超自然界的動作。「詩篇」之動作語碼可於閱讀單位⑪或⑫結束，而「詩篇」本身之結束亦可如此。故此閱讀單位所含之動作乃是詩篇主幹動作的特殊延伸，也是「詩篇」之特殊延伸，從人間世延伸入超自然界。「植樹」一動作雖沿於文化語碼，但其眞正功能在於其後「自然或超自然界的動作」的演出。此處之動作語碼，包涵著時間之壓縮，蓋「枝枝相覆蓋，葉葉相交通」僅接在種植松柏梧桐之後，而沒有時間副詞以表明時間之轉移。此時間之壓縮與其超自然之內涵語碼相表裏。

△內涵語碼：㈠超自然；㈡團圓。松柏梧桐之枝葉相覆蓋交通雖可爲自然現象，但在上下文意裏富有超自然色彩，乃天人交應的結果，是蘭芝仲卿死後得同塚同團聚的超自然後效。同時，鴛鴦已成爲二者靈魂之化身。

△象徵語碼：㈠愛情與反愛情主義；㈡肖象與反肖象主義；㈢誓言與反誓言主義。當然，是愛情主義、肖象主義與誓言主義獲勝，蓋「枝枝相覆蓋，葉葉相交通」是愛情與死後團圓的一個肖象記號。由於「枝枝相覆蓋、葉葉相交通」一天人交感景象與前面的「寒風摧樹木，嚴霜結庭蘭」一天人交感景象恰爲相對組，故我們在此又得一個新的象徵語碼：摧毀與和諧。一如前三

個象徵語碼，是「和諧」獲得最後勝利。

△疑問語碼：疑團四（團圓與否）：超自然答案。閱讀單位⑫提供一人間世的答案，蘭芝與仲卿不復團圓。但詩篇同時在此提供一超自然的答案，兩者終獲團圓。

△文化語碼：㈠葬禮（墓木）。墓旁植松柏梧桐爲文化成規上所通常從事者。㈡文學傳統：草木鳥獸之象徵。「鴛鴦」在中國文學傳統裏，往往有合歡及夫婦之象徵，如古詩十九首「文綵雙鴛鴦，裁爲合歡被」卽爲一例。同時，搜神記所載韓憑夫婦故事，已有枝葉交疊而魂魄化爲鴛鴦二母題，故此類象徵或已是文化上的「已經」。

⑭**夜夜達五更**

△內涵語碼：警世。鴛鴦之鳴聲就閱讀單位⑬而言，應是合歡和諧之鳴。但鳴而至五更不止，則使到這閱讀單元⑬所含攝的絕對性的和諧與團圓產生某種模稜性：也許和鳴裏未免帶點遺憾吧！不過，就接著的閱讀單位⑮而言，這鳴聲的功能似乎是警世而多於其他可能有的含義。這對鴛鴦可看作是整個動作的壓縮了的記號，是一個警世的記號。

⑮**行人駐足聽，寡婦起傍徨。**

△動作語碼：人們的反應。是動作的又一波。又把我們帶回人間世，尤其「寡婦起傍徨」

一語，其人間世意味特濃。

△內涵語碼：徬徨。

⑯多謝後世人，戒之慎勿忘。

△內涵語碼：警世。

△文化語碼：文學傳統。道德結尾。此處道德性的結尾也同時是敍述者最明顯的闖入詩篇而作的話語。

鑰十二：回歸於沉默與閃熠

巴爾特在「S/Z」裏最後的一個「鑰」裏說，書篇像一個沉思者的臉，好像充滿著意義，其頭因充滿不可言說的意義而垂下來。雖然，「孔雀東南飛」有著這麼一個封閉的、道德性的結尾，詩篇最後仍如一沉思者的臉，其臉部受著各種隱約的光源而在這裏那裏明暗的閃熠。雖然詩篇的結尾好像已界定了一個意義路向，雖然我們的五個語碼好像已構成了一個衍義系統，讓我們裏裏外外地左穿右梭，但當我們回顧這「詩篇」，這詩篇又彷彿回歸爲一個沉思的天空，裏面是散著閃熠的星星，閃熠在我們建構的語碼網裏。「詩篇」的結尾好像一根繩把一個袋子封起來，而我們的語碼網就像這麼的一個袋子（顯然，這根繩與這個袋子是沒有關聯的，出自不同的工廠），但當我們把手一放，那一千七百四十五個字又彷彿再度分散爲閃熠的意義碎片，然後這裏一堆那裏一堆地磁石般地黏附起來，然後或明或暗或一大片一小片地閃熠著。閱讀的終止是一種回歸，詩篇又彷彿重新回復其沉默的閃熠，再度招引著逗弄著我們的語碼系統。

中國古代記號學的一些概念與傾向❶

一、何謂記號學？

記號學（semiotics）乃當代西方新興的學術。對記號學一詞的定義、其範疇、其精神等作一簡扼的了解，其捷徑乃是從近代諸大家對記號學一詞所下的定義中窺探並規劃出來。近代記號學有兩大先驅，即在語言學上發展的瑞士語言學家瑟許（Ferdinand de Saussure, 1857-1913）以及在邏輯及哲學上發展的美國哲學家普爾斯（Charles S. Peirce,1839-1914）。承瑟許傳統者蓋用 semiology 一詞，而承普爾斯傳統者概用 semiotics 一詞；然於一九六四年的國際記號

❶此篇原載於「教學與研究」，五期，臺北，一九八三，頁一七—三六。此處於文字上略有修改。

學會議上已決議採用 semiotics 作爲通名，而事實上這兩傳統在目前已有合流的趨勢。

普爾斯把記號學看作是記號 (sign) 底律法（此觀念從陸克繼承過來）。普爾斯說：「記號學（普爾斯蓋用 semiotic 而不用 semiotics）乃記號衍義 (*semiosis*, 相當於今日通用的 signification) 底本質及其基本面貌背後之律法」(5.488)。普爾斯充分了解記號的普遍性及重要性，我們面對的是一爲記號所滲透了的世界。他說：「如果我們不能說這宇宙是完全由記號所構成的話，我們至少可以說這宇宙是滲透在記號裏」(5.448n)❷。誠然，我們面對宇宙諸物時，我們往往並非面對其本質或物態，而只是把他們看作記號；或者，更準確地說，我們同時把它們看作是物也同時看作是記號。從我們現在的角度來看，任何物只要進入了記號衍義或表義過程裏就換上了記號的身份了。瑟許從語言學出發，界定記號學爲一包括了語言的記號系統。他說：記號學乃是「一科學，以研究記號在社會上的生命。……記號學（瑟許用 semiology 一詞）將展示構成記號的要件及其法則。……語言學只是一般記號學的一部分。記號學所發現的法則將能應用於語言學上，而語言學將會在廣大的人類學的諸事實上自規劃爲一妥善地界定的領域。……語言問題主要是記號學的。……如果我們要發現語言的眞諦，我們需研究語言與其他記號系統息息相關的地方。……把禮節、社會習俗等當作記號來研究，我相信我們將會給予他們新的洞察並同時了解把他們列入記號學的範疇而加以記號學的法則來解釋他們的需要」。瑟許雖強調記號學大於語言學

❷Charles Peirce, *Collected Papers* (Cambridge: Harvard Univ. Press, 1931-58).

，他認爲語言仍是記號學的主幹及模式。他說：「語言是最複雜也是最具普遍性的表義系統，也是最具記號典型的。在這意義上，語言學可以作爲記號學通體的模式，雖然語言僅是其中的一個記號系統」[3]。法國記號學家及文學理論家巴爾特（Roland Barthes, 1959-1980）沿著瑟許的範疇，把各種語言以外的記號系統更清晰地規劃出來。他說：「記號學（semiology）企圖把任何的記號系統納入其研究範疇，不管其品質及局限；舉凡圖象、姿式、樂音、物件、以及上述諸品所構成的複合品——此複合品乃是儀式、習俗、大衆娛樂底內容——皆納入其中。他們如果不能構成所謂語言，他們最少構成了表義的記號系統」。然而，巴爾特主張把語言以外的諸種記號系統總稱爲記號學（semiology），而認爲這些記號系統對語言來說皆是二度秩序的語言（second-order languages），其最低單元大於語言學上的最低單元。他認爲語言以語音單元（phoneme）爲最低單元，而語言以外的記號系統的最低單元已是構成一論述（discourse）的構成部份，本身已含有「語」義；故在此意義下，語言以外的記號系統可置於語言學裡的「超語言學」範疇（trans-linguistics）。巴爾特這種把語言學及記號學範疇大小倒過來的看法，目的是把語言學以外的記號系統綜合作研究，認定他們同爲二度秩序的語言；這樣，「我們可以期望把在人類學、

[3] Ferdinand de Saussure, *Course in General Linguistics*, translated by Wade Baskin (New McGraw-Hill, 1957)。引文一見 pp. 16-17; 引文二見 p.68.

社會學、心理分析學、風格學等研究在表義（signification）一角度上統一起來」❹。俄國記號學認爲所有的記號系統皆是規範系統（modelling system）。所謂規範系統也者，是說記號系統把現實（reality）納入記號系統的模式裏，以至我們的思想行爲受著這記號系統的模式的規範與控御。記號系統規範功能的發現，是得力於俄國記號學家把記號學置於神經機械學（cybernetics）上加以考察而來。伊凡諾夫（V.V. Ivanov）歸結說：「每一記號系統的基本功能乃是把世界加以規範。根據 N.A. Bernstejn 的神經機械心理學對人類活動的研究，每一記號世界所展示的模式皆可視作爲對社會群體與個人行爲的一個軟體程式」❺。沿著這個規範功能概念，洛德曼（Jurij Lotman）更認爲語言是首度的規範系統（primary modelling system），而其他的記號系統則是二度的規範系統（secondary modelling system），因爲語言乃最早及最有力的資訊交流系統，它對人類的心理及社會行爲有著莫大的影響。同時，二度規範系統是以語言系統所提供的模式而建立起來的。他歸結說：「只要我們承認人類的意識是語言化的，所有其他建構於

❹Roland Barthes, *Elements of Semiology*, translated by Annette Lavers and Colin Smith (New York: Hill and Wang, 1967), pp. 9-11.

❺V.V. Ivanov, "The Role of Semiotics in the Cybernetic Study of Man," in *Soviet Semiotics: An Anthology*, ed. and trans. by Daniel Lucid (Baltimore: Johns Hopkins Univ. Press, 1977), pp. 27-38. 引文見該書頁三十六。

這語言意識上的各種模式的上層結構皆可界定爲二度規範系統——藝術卽爲二度規範系統之一」❻。然而，近日的記號學研究，尤其是沿著普爾斯、經莫瑞斯（Charles Morris），而到薛備奧（Thomas Sebeok）的美國派，大大地擴大了記號學的領域，並同時鼓吹語言以外的模式。薛備奧對動物界的表義行爲的研究，成就卓然。同時，正如艾諾（Umberto Eco）在其集大成之作「*A Theory of Semiotics*」(1976) 一書所展示的，記號學是著力於發展廣延的觀念與模式，以能統攝語言及其他記號系統。於是，我們進入薛備奧爲當代記號學界定的較爲廣延而抽象的定義：「記號學乃爲一科學，研究諸種可能的記號，研究控御著記號底衍生、製造、傳遞、交換、接受、解釋等法則；記號學有兩大互補的範疇，卽資訊交流（communication）和記號底表義過程（signification）」❼。於是，我們進入了薛備奧所看到的記號學底龐大、駭人的領域及科學精神：「遺傳語碼、生化語碼（此指由荷爾蒙作爲媒介在細胞間的溝通程式），包括人在內而占著相當數額的有機體所用的非語言的語碼、唯屬於我們人類的語言記號與及其以不同形式參與的各種藝術功能、舉凡文學、音樂、圖畫、建築、舞蹈、戲劇、電影、以及各種綜合藝術，與及上述各

❻Jurij Lotman, *The Siructure of the Artistic Text,* translated by Gail Lenhoff and Ronald Vroon (Ann Arbor: Univ. of Michigan Press, 1977), pp. 9-10.

❼Thomas Sebeok, Preface to *Sight, Sound, and Sense,* edited by Thomas Sebeok (Bloomington Indiana Univ. Press, 1978), p. viii.

項間的比較，皆列在二十世紀記號學的研究議程上」❽。簡言之，記號學是探求人類的表義過程及資訊交流；如可能的話，尋求其科學與生物的基礎，藉相互的啓發而促進兩者的了解。在如此雄心勃勃的一個視野裏，記號學的終極可說是科學地解開人類成爲文化動物之秘密。

二、易經的肖像性

古希臘人卽指出一個記號由兩個不可或缺的面構成，卽五官所感知的面 (perceptible or sensible) 及理智所認知的面 (intelligible or rational) ❾。這個記號模式一直爲人們所遵循，雖然以不同的兩個詞彙稱之。目前所通行的，是由瑟許所界定而用的記號具 (signifier) 及記號義 (signified) ❿。記號具與記號義間的關係是開放的，可隨不同的記號類型而異。普爾斯在此問題上，提出了三個大類型，卽兩者間有類似關係的肖象記號(icon)，有因果或鄰近關係的指標記號 (index)，與及沒有關係而主要靠強制的俗成而產生的俗成記號 (symbol) ⓫。英文「sign

❽Thomas Sebeok, "Iconicity," *The Sign and Its Masters* (Austin: Univ. of Texas Press, 1979) Chapter 6, pp. 107-127.引文見頁一二五。

❾Thomas Sebeok, Preface to *Sight, Sound, and Sense,* p. 1x.

❿Ferdinand de Saussure, *Course in General Linguistics,* pp. 114-122.

⓫Charles Peirce, *Collected Papers,* 2.247-9.

」這個字的一般字義，可統攝與記號義有內在關聯或沒有關聯的記號具，故用諸於各種場合裏，此字皆不會顯得突兀。但當此英文字「sign」譯成「記號」時，則有時在語意上產生某些障礙。「記號」一詞，在中文一般的詞義裏（卽不用作記號學的特有詞彙）是傾向於指陳外在化、沒有關連的記號具，故用於記號具與記號義有血肉關聯的狀態時，記號一詞就顯得有困難。把「sign」譯作記號，是在沒有恰當的對等詞之下而作的選擇。於是，從記號而到記號學。事實上，把 sign 譯作記號，把 semiotics 譯作記號學，並非筆者所先創，而是跟隨何秀煌「記號學概論」一書中所用的譯名⑫。

記號及記號系統之存在及運作乃必然之人文現象（如果據薛備奧的說法，記號及記號系統尚擴展至生物界），但記號學却本質上是後設語言，是後設的學問。故嚴格而言，古代未必有記號學。而事實上，中國古代並沒有什麼記號學，甚至連相當於記號一詞之辭彙亦不可得。故有的僅是某些概念而已。但從事學術研究，一門學問的溯源往往是必須的，而往往能發現某些有關、甚或有啓發性的觀念。而溯源往往是在當前的學術氣候去溯源，故不免染上當前學術的色彩。

在我國古代思想裏，有記號學傾向的概念，當推源遠流長而在易經系統裏有相當發揮的「象

⑫何秀煌，記號學導論（臺北：大林，一九八〇），該書原於一九六五年由臺北某出版社出版。該書是遵循莫瑞斯（Charles Morris）的結構，分語用學、語意學、語法學三部份，但內容以論述語用，語意，及邏輯上之謬誤爲主，與一般記號學不類。

」概念。據馮友蘭之考察，中國古代象數之學（易經爲中國象數之學之源頭，到易緯而有發展，到宋朝而大盛）與古希臘之畢達學派，極多類似之處。馮氏謂：

> 所謂象數之學，初視之似爲一大堆迷信，然其用意，亦在於對於宇宙及其中各方面之事物，作一有系統的解釋。其注重「數」「象」，與希臘之畢達哥拉學派，極多相同之點。……德歐真尼斯引亞力山大所述畢達哥拉派之教義云：「一Monad爲一切物之始。自一生不定的二Indefinite duad，二屬於一；一爲二之原因。自一及不定之二生數Numbers；自數生象Signs。……

然後，馮友蘭略爲比較畢氏學派與中國易傳及易緯中象數之學，論其同異⓭。尤值得我們注意的，馮氏把畢氏自數入sign之說與中國象數之學相提並論，逕把「sign」譯作「象」，可見「sign」概念與「象」概念有相通之處，足證易學中「象」這一概念密切地與記號學有關。

易系統之構成及出現次序，是先有六十四卦，然後卦辭、爻辭，然後有所謂十翼的易傳。「象」作爲一概念而言，並不出現於卦、爻辭，故「象」一概念實是易傳的產物。然而，據余永梁

⓭馮友蘭，中國哲學史（臺北原版盗印，不著出版社及出版日期），見二篇三章「兩漢之際讖緯及象數之學」，頁五四八——五五二。

的考察，「商代無八卦；商人有卜而無筮。筮法乃周人所創，以替代或補助卜法者。卦及卦爻等於龜卜之兆。卦辭爻辭等於龜卜之繇辭。」⓮故卦、爻辭之製作是本於兆象，爲「象」概念之實踐，故易傳把「象」概念從實踐中抽出，加以發展，乃順理成章之事，相當符合今人所謂之後設語言（meta-language）。故論「象」一概念，宜本易傳及易傳所本之卦爻辭及其所本之六十四卦綜合而論之。然而，另一方面，如馮友蘭所指出，易傳已受到老學及陰陽之說之影響⓯，故易傳中「象」一概念也未必與老子中「象」之概念無關。老子謂：

> 道之爲物，惟恍惟惚。惚兮恍兮，其中有象。恍兮惚兮，其中有物。窈兮冥兮，其中有精。其精甚真，其中有信。（二十一章）⓰

據上面之引文，道中有「象」。章十四謂：「視之不見名曰夷，聽之不聞名曰希，搏之不得名曰微，此三者不可致詰，故總而爲一。其上不皦，其下不昧，繩繩不可名，復歸於无物。是謂无狀之狀，无象之象，是謂恍惚」。然而，「无象之象」仍然是「象」。只是強調此「象」超越了感

⓮引自馮友蘭，中國哲學史，十五章「易傳及淮南鴻烈中之宇宙論」，頁四五七。

⓯同上書，頁四六四。

⓰樓宇烈，老子、周易王弼注校釋（臺北：華正，一九八一）。

官而已。似乎，象或旡象之象乃是道向外之顯現。左傳僖公十五年，韓簡說：「龜、象也；筮，數也」⓱。其意謂：用龜甲烤火裂痕以預言是建立在「象」這一原則上，而用蓍草的筮法來預言是基於「數」這一原則上。所謂「象」原則，也就是「相像」原則；用記號學的辭彙，那就是「肖象」(iconic)原則。(前討論普爾斯三種記號類型時已論及，此概念於本文稍後將有進一步的陳述)。易繫辭謂：「象也者，像也⓲。」亦卽此意。用記號學的詞彙來說，記號具與記號義之間的關係，是肖象關係。「象」這一概念指涉肖象性，應無問題，而且是該詞通用的涵義。故老子中之「道之爲物，惟恍惟惚。惚兮恍兮，其中有象」，其中之「象」可視作是道的肖象記號(icon)。那就是說道是以肖象的姿態顯現的。易繫辭說：「是故闔戶謂之坤，闢戶謂之乾；一闔一闢謂之變，往來不窮謂之通，見乃謂之象」。乾坤代表宇宙總原理及構成之基本二元，而其顯現則稱之爲象。老子引文中所隱含的「道以肖像姿態顯現」的看法在易繫辭引文中是較清楚地說出了。

「象」在易繫辭裏是出現最多的一個詞彙，也是最重要的一個概念。我們現依出現之次序把重要的話條抄錄如下以見其大概：

聖人設卦觀象，繫辭焉而明吉凶。

⓱引自馮友蘭，中國哲學史，二篇三章「兩漢之際讖緯及象數之學」，頁五四八。

⓲易經(臺北：藝文，十三經註疏本，一九六八)。

聖人有以見天下之賾，而擬諸其形容，象其物宜，是故謂之象。

是故闔戶謂之坤，闢戶謂之乾，一闔一闢謂之變，往來不窮謂之通，見乃謂之象。

天垂象，見吉凶，聖人象之。

子曰：書不盡言，言不盡意。然則聖人之意，其不可見乎？子曰：聖人立象以盡意，設卦以盡情僞，繫辭焉以盡其言。

八卦成列，象在其中矣。

象也者，像此者也。

古者包犧氏之王天下也，俯則觀法於地，觀鳥獸之文與地之宜，近取諸身，遠取諸物，於是始作八卦，以通神明之德，以類萬物之情。

是故易者，象也。象也者，像也。

八卦以象告。

爲討論之便，我們先把易經系統圖解如下：

意或法或天下之賾 → 六十四卦 ＝ 卦象 → 辭（卦辭、爻辭）→ 再度解釋語言（易傳）

如果我們暫把「六十四卦」看作一種語言（language），那麼我們不妨說卦辭爻辭爲其後設語言(meta-language)，而把易傳看作二度的後設語言。六十四卦作爲一語言來看，很特殊。據易繫辭的說法，是先有「天下之賾」，然後聖人加以模擬形容而賦之以象。也就是說，天下之賾本有「象」之傾向，而聖人以「象」模擬之。聖人「設卦觀象」一語，可謂先有象後有卦；兩者之間，也未嘗不可有辯證的關係，即因設卦故能現其象，如沒有卦之設，象之形成或未必然。此點用俄國把任何記號系統看作規範系統來解釋，或可明晰：卦之設給予我們的視覺有所規範而以「象」的視覺來觀察並擬象宇宙人事。卦成立以後，其象與卦已不可分，故謂「八卦成列，象在其中矣」；又謂：「八卦以象告」。易卦之表義過程，是由陰爻陽爻組成八卦而重爲六十四卦的卦象。吾人可於三者中構成一階級梯次（hierarchy）：由爻而八卦而六十四卦。每一梯次上，每一記號皆以「近取諸身遠取諸物」的觸類旁通法含攝一系列的概念或東西。

就陰陽二爻而言，如我們以陰及陽爲其本義，發展下來，則陰代表柔、夜等，而陽則代表剛、晝等。坤卦及乾卦各爲陰爻及陽爻所構成，故其各擁有陰陽二爻之涵義，而同時吾人亦得謂陰陽二爻各擁有坤乾二卦之涵義。就八卦而言，根據說卦的說法，每一卦各以一物以代表之，即乾爲天、坤爲地、震爲雷、巽爲木、坎爲水、離爲火、艮爲山、兌爲澤。然後，以觸類旁通之法，每一卦象引申爲一系列的指稱，如乾爲天、爲圜、爲君、爲父等等。及至六十四卦亦如是，每一卦有卦名以表其卦象，然後觸類旁通地伸入宇宙人事間以解釋各原理及現象。如繫辭所謂的「作結繩而爲罔罟，以佃以漁，蓋取諸離」、「日中爲市，致天下之民，聚天下之貨，交易而退，各得其所，蓋取諸噬嗑」云云。

語言學及記號學皆同意每一語言是由兩個各自安排處理的系統而成（英文稱此爲 double articulation），即記號具有自身的安排處理以及記號義自身的安排處理。就易系統而言，其六畫系統乃是記號具系統，此系統除了陰陽爻（闔戶闢戶）及以三爻爲一卦（天地人）有肖象基礎外，可說是根據數學上的排列組合法而成。至於其相對之記號義系統，就很複雜了。基本之態度，如前面所言，是把宇宙人事之各種現象以觸類旁通之手法分別置於六十四卦之下，而成爲六十四個義類。要把宇宙人事各種現象置於一定數目的六十四卦之下，某程度的困難及其武斷性又可想而知，而文化氣候之作用其中亦屬必然。至於每一記號具與記號義之關係，可以傾向武斷的，也可以傾向肖象的，一如普爾斯對記號之分類所示。然而，繫辭却強調兩者間的肖象性，逕謂「易者，象也。象也者，像也」。我們贊同繫辭的觀察，我們並將細論其肖象關係。顯而易見，易系統裏記號具與記號義的肖象關係比其他記號系統來得複雜，原因之一是由於易系統裏含攝著幾個層次的記號義。據前面的圖解，其記號義一面指向其前面的「意」，又一面指向其後面的卦辭、爻辭。就以後者而言，如果我們再把易傳納入考慮，則其中的「大象」，地位超然獨立，相當地可以與卦辭、爻辭鼎足爲三，蓋其以文字表出全卦之象。德國易學大家衞禮賢（Richard Wilhelm）在其權威的德譯易經裏，即把這三者等量齊觀，把卦辭、爻辭、及大象置於諸卦之下，看作是易經的主要部分，而以易傳裏其他文字歸入進一步的詮釋裏⑲。當然，卦辭、爻辭是先於大象，故他們的關係可圖解如下：

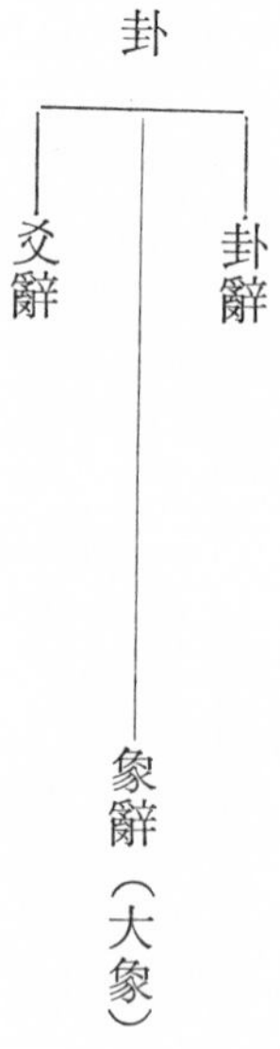

換言之，每一卦（記號具）統攝三個不同類的記號義，分別由卦辭、爻辭，及象辭來負責。卦辭本身是卜筮用的語辭，是以元亨利貞等基本斷語及有攸往，利建侯、利涉大川、利見大人、利建侯行師、取女吉等當時社會關切而詢之於占卜之事來構成。爻辭則往往根據卦名而創立某些象徵，於各爻間有著結構上的關聯，或明或晦地表出一些人事活動的原則及人生的智慧。象辭與爻辭接近，但却是綜合全卦象而言。其體例是簡明地指出該卦之由上下卦構成及其所含攝之基本之自然象（八卦代表天地雷木水火山澤）與及此自然象用諸於人事而引申成的人事象。卦辭與卦象的肖象關係或不甚明晰，但象辭及爻辭分別與卦的肖象關係却相當地強烈。並且，兩者的肖象關係

⑲Wilhelm/Baynes, *The I Ching: the Richard Wilhelm Translation rendered into English by Carry Baynes* (New Jersey: Princeton Univ. Press, 1950).

均屬原則性，此於「象」「爻」二詞之詞義中表達無遺；蓋象者，像也；而爻者，效也。象辭與卦象的肖象關係是整體性的，而爻辭與卦的肖象關係是結構性的。所謂結構性也者，是說每一卦所含攝的錯綜複雜的關係（由六爻複雜地構成）在爻辭裏加以肖象地表達出來，以表達自然及人事交互錯綜的關係及其理。說文謂：「爻，交也」。繫辭謂：「爻也者，言乎變者也」。又謂：「爻也者，效天下之動者也」。換言之，六爻是以六爻之交錯以表達宇宙人事之交錯變動。

我們上面把卦辭、爻辭、象辭（大象）看作是六十四卦的記號義只是暫時性的。如果我們把語言文字作爲語言的模式的話，我們知道當我們發「樹」這個音或在寫「樹」這個字時，我們立刻知道其記號義——那就是「樹」的概念或特定的一棵樹。換言之，記號義是內攝於記號具內。但我們看到「☰☰」（乾）這個記號具時，我們沒法在我們的思維裏立刻浮起其卦辭、爻辭、象辭，或浮起這三者所代表的涵義。(也許一個精通易學的學者能够，那我們也許可以說，對這學者而言，六十四卦是記號具，而卦辭、爻辭、象辭是記號義。)基於此，也許我們可以把卦辭、爻辭、象辭看作是三種對六十四卦（記號）的後設語言，就猶如文學批評之對文學作品：用另一種語言來解釋一種語言。那麼，一個有趣的問題產生了：六十四卦作爲記號具，他們的記號義在那兒？我們也許可以從兩個角度來處理。一是把六十四卦（記號具）與其下的卦辭、爻辭、象辭作一等號，視後三者爲用語言表達的記號具而前者爲用非語言表達的記號具；那麼，卦辭、爻辭、象辭所含攝的記號義，也就是前者的記號義了。另外的一個方法，是把六十四卦看作是記號具，把卦辭、爻辭及象辭（把他們看作包括記號具及記號義的記號）看作居中調停的詮釋說明用的記號，而占卦者或運用易系統者透過這居中調停的記號而與實際卦事或宇宙人事實際處境而獲得的訊息，作爲是六十四卦的記號義。如此，六十四卦的記號義是開放的，隨卜者或讀者把他們連接於個別的宇宙人事而產生（這樣，記號義又可以回歸到卦前的「天下之賾」上）。這卦辭、爻辭及象辭作爲記號具（六十四卦）及記號義（實際宇宙人事）的居間地位，頗類普爾斯衍義過程中「居中調停記號」(interpretant) 的地位。普爾斯說：「一個記號經由這記號所產生或界定的概念而代表某一東西」（原句艱澀，兹附錄如下："A sign stands *for* something *to* the idea it produces or modifies"）(1.339) 普爾斯稱這記號而產生的概念爲 interpretant，今譯作「居中調停記號」。我把它如此翻譯，乃因「inter」略有居中義，而 interpretant 在其系統中確有居中義。同時，在其他文字裏，普爾斯說：「interpretant」也是一記號。因此，我們得以一記號調停解釋另一記號，不斷無限地推衍下去；普爾斯稱之爲無限衍義 (unlimited *semiosis*)。回到普爾斯上面的引文裏，在我的讀法裏，其涵義乃謂：記號只是代表其所代表的東西，並不等於其東西；但記號則產生及界定一個概念，而記號則是經由這概念，這作爲居中調停解釋用的概念而到達其代表的對象。用筆者的比喻，「樹」這一個記號，是代表而不等於樹（樹的全概念或實在的樹），而「樹」這個記號却產生並界定一個概念，這個概念是居中於記號與其東西代表的東西（不一定是實物）而對這代表的東西有所界定指陳。普爾斯的記號衍義理論很艱澀，筆者對此處所作的解釋尙未敢有過份的自信⑳。

綜合以上所論，可見易系統乃是根據肖象性而成，也就是繫辭所謂「易，象也；象也者，像也」。然而，我們不難發覺，其肖象性是錯綜複雜而繁富，記號具與記號義的肖象關係，跟人之與其相片之肖象關係不可同日而語；這有助於我們對肖象性底含義之擴充，而文化性所扮演之角色，重要得無法忽略。（然而，本文因體制之關係，對此論述甚少，不無遺憾。所謂文化性在記號系統裏的動力也者，卽在某一文化裏，使到某些觀念特別加強，某些東西得以作關連等等。這點將會在討論會意文字時加以發揮。）肖象性在原始文化裏占很重要的地位，圖騰、偶像崇拜、某些儀禮（ritual）、某些魔法（如以痲捏成人形以害之）、比喩語言（易經裏比比皆是：「見龍在田」與「利見大人」卽有比喩關係）都是肖象性的表現。薛備奧對肖象性寫有權威性的論文，指出肖象性本身有生理的基礎，孩子肖像父母親卽爲肖象關係之表現，蓋我們遺傳因子卽有其語碼（code）以界定其後裔面貌上之複製。而肖象行爲在動物界也比比皆是㉑。

⑳對普爾斯衍義理論用力最勤的當推艾誥。請參 Umberto Eco, "Peirce and the Semiotic Foundations of Openness: Signs as Texts and Texts as Signs," in his *The Role of the Reader*, chapter 7 (Bloomington: Indiana Univ. Press, 1979), pp. 175-199.

㉑Thomas Sebeok, "Iconicity," *The Sign and Its Masters*, pp. 107-27.

三、表義之飛躍

上面是把「象」概念與易系統聯起來討論，用記號學以讀易系統並同時把「象」概念讀出來，故其法是辯證式 (dialectical) 的。下面更是用此辯證式的方法，來讀中國文字的會意原則以及道家的得意忘言論，以讀出一些表達上的問題。這些問題可歸結爲表義的飛躍。在本文裏，這表義的飛躍是圍繞著詩學上「書篇理論」(text theory) 而提出並加以考察。請容我依照我底論述而逐步展開。

用什麼來界定一個 "text" (暫譯作「篇」或「書篇」) 呢？記號學家對此享有大致共同的概念。首先，一個「詩篇」(既然此處討論詩學，爲行文方便，直接用「詩篇」以代「篇」) 在物理事實上其上下首尾有其界限，就像一幅畫，因其存在而與畫以外的世界割開而其邊界處作用如一個框 (frame)。這「框」使到這「詩篇」成一自存的空間，對其空間內各物行使其結構上的、表義上的規範。同時，一個詩篇是在話語上 (message)、語規上 (code)、表義層上 (significative levels) 的錯綜複合體。用艾誥的話說，「一個詩篇是由憑藉許多不同的語規而成的許多話語在不同的表義層上的通力合作」。並且，一個詩篇有著整體性的表義，一個詩篇是一個記號，是一個語意單元 (sememe) 底百科全書式的表達。艾誥據普爾斯的無限衍義理論，對此觀念有高度的發揮。其謂：「一個語意單元本身是一個胚胎性的 text，而一個 text 是一個擴展了的語意單元」。艾誥同時指出，上述的「框」概念，話語、語規、表義層的綜合體概念，以及百科全書式的語意單元概念，都不免是指向構成 text（詩篇）的同一品質，只是以不同的角度不同的策略來指陳而已㉒。

以上面的基本概念作基礎，當中國文字的會意原則、道家的得意忘言說被置諸於「書篇理論」上而考察時，在筆者可以說是預設的透視裏，是含攝著兩個主要的書篇問題。其一是「記號具」與「記號義」兩者表裏關係的問題。也就是說，把「詩篇」作爲一個記號，其記號具眞能涵蓋了記號義嗎？讀者如何或眞能進入記號義嗎？而其記號義實爲何？其二是部分與全體的關係。把一個「詩篇」看作一個記號，那「篇」內的諸話語是其組成部分。我們能透過其組成部分獲得「篇」之全義嗎？這全義爲何？無容贅言，這兩個都是棘手的問題，而他們顯然地密切相互有關。

中國文字裏的會意字提供了探討這些問題的基本模式。顯然，一個會意字是一個記號，但同時也是一個「書篇」，因爲其中含攝著兩個或以上的組成部分。許慎說文解字序稱其表義過程爲：「比類合誼，以見指撝」㉓。指撝就是指向之義。「指撝」二字，饒有趣味，使到記號義得以

㉒關於"text"的全盤分析，當推洛德曼的鉅著 *The Structure of the Artistic Txet* 。艾誥據普爾斯的記號衍義理論，給予 text 理論一深遠的基礎及視野。關於艾誥的理論，請參其所著 *The Role of the Reader*, 尤其是其中的"Introduction"（緒論）及第七章。文中二引文分別見頁五及頁一七五。

㉓許愼，說文解字註（臺北：蘭臺，一九七三）。

開放。所謂開放也者，是說會意字的組成部分其組合只是意義之指撝，而非直接地毫無模稜地意義之到達。其組合只提供了一個指向，而非一個到達。止與戈之合義只指向「武」概念而並非一定到達「武」概念。如此說來，「止」與「戈」之合義由指向而到達「武」，尙賴一種力量，此卽所謂約定俗成之力量。用記號學的辭彙來說，其內在的肖象性（武與戈的合義）只指向其所代表之會意義；其外在的語言必具的俗成性 (conventionality) 給予內在的肖象性幫助，而得必然到達其所代表之會意義。中國文字可有三種肖象性，卽字音上的（如「戔」音多有「小」義），字形上的（在相對組的觀察下，我們不難發現某些字形與字義的關連；如「空」與「實」兩字字體的繁簡與其字義有肖象性）與及記號具內部的「義構」構成上的。此義構卽所謂六書之法。其中以象形、指事、會意最具肖象性，而形聲則次之。職是之故，我國文字被稱爲象意文字。英文譯作「ideogram」甚佳，「ideo-」相當於意，而「-gram」則相當於象或形。我統稱這三種肖象性爲語言肖象性 (linguistic iconicity)，與語言的俗成性相對相成（此語言肖象性可用於任何文字，而有程度之分）㉔。然而，筆者願意再度地說，語言之肖象性只能達到指向，唯賴其俗成性，才能完成把語言或書寫文字轉化爲記號的任務。

㉔筆者在博士論文裏曾以首章討論語言的肖象性。"Towards a Semiotic Poetics: A Chinese Model in a Comparative Perspective," Unpublished Dissertation (Univ. of California, San Diego, 1981), Chapter I.

我國文字的義構肖象性（即前面賴內部義構的造字法）達到很高的層次，其指向在若干例子裏已強烈到迫近。電影大師艾山斯坦（Eisenstein）對中國文字的會意原則大事發揮，其著名的所謂「蒙太奇」(montage) 手法與這會意原則有所淵源。其謂：

> 一個象意文字（ideogram）是從割開來的幾個書寫組成熔鑄而成。憑藉著兩個可以摹寫的物象的組合，我們得以表達某些描繪上無法摹寫的概念。舉例說來，水的圖象加上眼睛的圖象綜合起來表達哭泣（筆者按：當指「泪」字）。耳朵的圖象靠近門的圖象等於「聽」。於是：
>
> 犬＋口　＝狗吠（按即「吠」字）
>
> 口＋小孩　＝驚叫（未詳）
>
> 口＋鳥　＝唱歌（按即「鳴」字）
>
> 刀＋心　＝悲傷（按即「忍」字）
>
> 然而，這就是蒙太奇㉕。

顯然，艾氏所選的都是典型的好例子。然而，即使在這些例子裏，我們仍不得不懷疑其記號具底

㉕Sergei Eisenstein, *Film Form*, translated by Jay Leyda (New York: Harcourt, 1949), p. 30.

義構肖象性與其記號義的必然關係。如果我們縱容我們的想像力，「犬」＋「口」也可以指狗咬人；「口」＋「小孩」也可以指食人族吃小孩；「口」＋「鳥」可以指「鳥吃」；「刀」＋「心」可以指謀殺或致命的一擊。也就是說，記號具內含的義構肖象不免是幅射型地開放的，雖然，有著走向某特定方向的傾向。這傾向並非純然是肖象性的力量，而尙賴文化環境的力量及其尋常性。假如我們想像在某一個文化環境裏，狗咬人的情形非常嚴重尋常，比狗吠更尋常的話，恐怕「犬」＋「口」眞的是表達「狗咬人」了。「止」＋「戈」之指向「武」，文化的因素更是顯然了。如果我們依照說文的解釋，眞正的武乃是停止干戈，那顯然是一個文化概念。假如我們把「止」解作「趾」，而非「停止」；那麼，此字的圖象是「持戈而行」（按：從「止」的字往往有步行義）。用「持戈而行」以指向「武」概念，而不指向侵略或兇暴或殺人等等，也充分看到文化的作用，使到某原作幅射性散開的義構肖象指向某特別方向。如果記號具所含攝的義構肖象本是相當開放的，當記號義尋求記號具時也是同樣地開放，即使它所尋找的不是一個武斷的而是肖象性的記號具。就「武」這一個記號義來說吧！它可以用很多不同的肖象來表達：如「以一敵百」、「手執大斧」等肖象。事實上，前面對「武」義構的兩種解釋皆屬可能這一事實，即充分表示出從記號義走向記號具原有的開放性。再以「然」字爲例，以「火燒犬肉」來指向「然」（燒也）㉖，從記號具走向某一記號義，或從記號義走向某一記號具都不是必然的。「火燒犬肉」

㉖據說文，「然」爲形聲字。然而，如近世學者所常言，形聲字多經會意。就此字而言，應是可以看作會意字。

可指向很多概念，如盛宴或歡樂等。「燒」這一概念也不一定要靠「火燒犬肉」來表達，可以「鑽木取火」來指稱。即使是用「火燒東西」這一個肖象來表達吧，可以用火燒森林，火燒豬肉等。王弼論「象」時，謂：「是故觸類可為其象，合義可為其徵；義苟在健，何必馬乎㉗？」王弼之語實可作為此處兩者開放性的註脚。總言之，即使是在會意文字裏，記號具及記號義皆同時是開放的，記號具的肖象性只是指向記號義，而記號義在理論上或實際上都可以不同的肖象性來表達。使到兩者湊泊為一，必然的動力或原則必歸諸語言底必備的俗成強制力，而促進這兩者之往來，則有文化等力量作用其中。

文字建立在強制俗成上：無論記號具與記號義間有否肖象性，這強制俗成原則硬把記號具拉到記號義來使其湊泊為一，而記號具所含攝的記號義在該語言系統裏也相當穩定。就「武」這一會意字而言，無論它是由「停止干戈」或「持戈而行」，甚或任何的義構肖象來表達，它的涵義總是在我國的語言系統裏所表達的「武」概念底假設的全部（這概念用於不同的時代或上下文義裏稍有不同的重心），也就是艾誥所謂的這字底百科全書式的定義。

當我們把會意字看作同時是一記號及一書篇來觀察，我們看出會意字底二或以上的組成部分只是指向其表陳的記號義，其到達則賴語言的構成原則：強制俗成性。而其記號義可以在該語言系統裏獲得相當穩定的百科全書式的界定。然而，當我們把這整個現象移到一個實際的「篇」或

㉗ 樓宇烈，老子、周易王弼注校釋，頁六〇九。

「詩篇」時，也就是把「會意字」換作一「篇」或「詩篇」時，就困難重重，而「篇」或「詩篇」底表義過程的特殊問題所在便顯露出來了。「詩篇」裏並沒有語言的強制俗成性，以把「詩篇」這一通體的「記號具」拉到其「記號義」上；也由於此，其記號義是開放的，因爲記號具所含攝的義構肖象原是開放的。同時，我們也無法建立像語言系統那麼穩定的「詩篇系統」(text system) 以界定這「詩篇」百科全書式的定義。然而，事實上，當代文學理論已著眼於詩篇系統的建立，以幫助我們對一「詩篇」底涵義作界定。同時，以會意字作爲借鑑，我們知道「文化」扮演著居中的角色，使到開放性的義構肖象朝向某一方向，我們也可以沿這個方向來努力以對個別的「詩篇」底記號義有若干程度的規範。現代文學理論一再強調文化及文學的成規 (cultural and literary conventions)，也就是這個道理㉘。

莊子一書裏對語言的不信任態度及其提出之得意忘言說所含攝的問題，與上述的會意原則所含攝的問題不盡相同。莊子是這樣說的：

> 世之所貴道者書也。書不過語，語有貴也。語之所貴者意也。意有所隨。意之所隨者，不可以言傳也。（天道）

㉘關於詩篇系統及文學成規等觀念，皆可見於前引洛德曼、艾諾二人之著作（見㉒）。此外，尚可參 Jonathan Culler, *Structuralist Poetics* (Ithaca: Cornell Univ. Press, 1975), pp. 113-160.

> 可以言論者，物之粗也；可以意致者，物之精也。言之所不能論，意之所不能察致者，不期精粗焉。（秋水）
>
> 筌者所以在魚，得魚而忘筌。蹄者所以在兔，得兔而忘蹄。言者所以在意，得意而忘言。（外物）㉙

我們得注意，在莊子的論述範疇裏，「言」並非指單獨的字而是由話語（verbal message）構成之「書篇」，而「意」並非單詞的語意或全書篇的語意，而是「書篇」底語意以外的「意」。事實上，任何記號系統都可以在兩個範疇內來討論。一是在該記號系統內討論，其記號義也就是在該記號系統的語意，一是延伸到該記號系統以外來討論，延伸到記號及其所組成之話語所引起使用者的各種反應及功能等，而與其他人文現象交接。「書篇」之構成往往與各種人文現象相接，故其牽涉記號底內延與外延之兩面，而含攝「語意」及此「語意」以外之「意」。引文中所謂「可以意致者，物之精也」，正顯示著這「意」的世界並非語意世界，而是我們的「意」（心意）與「物之精」相接觸的產物。換言之，「言」與「意」是占有不同的存在境地。成玄英在「得意忘言」後疏曰：「夫得魚兔本因筌蹄，而筌蹄實異於魚兔；亦由元理假如言說，言說實非元理」。亦指出言及意為不同的存在境地，雖然此處之「意」多指玄理而非前者心物交感之意。同理，

㉙郭慶藩，莊子集釋（臺北：華世，一九七四）。

「意之所隨者」，也就是「意之所不能察致者」，簡言之，也就是「道」，又高占著另一存在境地。三者各占著不同的存在境地，而其間有著不可直接通達的斷離。其關係可圖解如下：

但這斷離似乎可以經由所謂「忘」而跨越。假如說「言」乃「意」之筌，我們不妨說，「意」乃「道」之筌。假如說，根據莊子，可以經由「喪我」、「心齋」等手段而飛躍（「飛躍」一詞是筆者的，因筆者認爲先有斷離，故用「飛躍」一詞以名之）入「道」；那麼，「言」乃可以因其「忘」而得飛躍入「意」。當然，在莊子原文裏，是說「得意而忘言」而非「忘言以得意」，但以「喪我」「心齋」以入「道」作爲借鑑，「忘言以得意」將不會有違莊子本意。王弼「得意在忘象，得象在忘言」之說，也就是順著「忘言以得意」的立場而用於易之解釋㉚。

如前面所言，莊子所提出的問題，原是廣義的語用學的問題，帶上濃厚的道家色彩。語言的

㉚樓宇烈，老子、周易、王弼注校釋，頁六〇九。

外在性過份被強調，也就是把「言」及「意」的存在境地分得太開。這點是可以非議的。（易繫辭則不持這種看法，賦予言很大的內在關聯。其謂：「鼓天下之動者存乎辭。」）語言與我們心志與外界的接觸有相當的不可分處，不到語言層次的明晰程度有時很難確定我們某些反應之有無。單以語言是人類獨享的東西，而人類幾乎有不用語言就無法保持心理平衡（最少就人類有了語言算起大致如此）這一事實而言，語言與人類心志的聯繫是無可置疑的㉛。

就「得意忘言」一引文而言，成玄英把「意」解作「元理」，也就是道家的哲理，是有其基礎的。蓋接著該引文後，說者謂：「吾夫得乎忘言之人而言哉」。同時，我們知道莊子一書好用寓言，而寓言背後往往含有所謂哲理或教訓，因此需「忘」言而進入其所表達之玄理。莊子有寓言篇，寓言一詞卽有「寓意於言」的意思。如此，我們又可以從「語用」的範疇再度回歸到屬於語言系統內的「書篇理論」範疇：所謂「意」乃就是全篇的「意旨」，在道家的論述範疇裏，也就是成玄英所謂之「元理」。因爲莊子的論述模式或文類傾向於寓言體，故書篇的語意與書篇的意旨未免有所斷離，不靠一表義上的飛躍不爲功。否則，就得在「寓言」之後，把「意旨」說出來，如一般寓言所爲者。在莊子一書裏，這類的體例並不匱乏。舉例來說，在逍遙遊篇裏，說者

㉛目前西方學者裏，將語言學與心理分析學合一而研究的大家，當推拉岡（Jacques Lacan），其在這方面的主要著作是 *Ecrits* (Paris: Seuil, 1966)。

戲劇地敍述完鯤鵬的故事及蜩與學鳩的反應後，謂「小知不及大知，小年不及大年」，以說明這一論述階段裏這小寓言的「意旨」。大致說來，莊子裏的「寓意之言」都是反反覆覆地表達相同幾個基本的「玄理」，故「得意忘言」之說，其用意未嘗不是提醒讀者不要拘泥於「書篇」（寓意之言）的語意，要把它看作寓意之言來看。再套用王弼的話來說，「是故觸類可爲其象，合義可爲其徵。義苟在健，何必馬乎？」。也就是說，要獲得寓言中之寓意，言中之用鵬用鯤等物象或故事皆無關宏旨，猶如其義在「健」，用「馬」或用其他動物或物象來代表「健」都無關宏旨。如果執於「馬」，那就有礙於其所代表的「健」的了解；執於鯤鵬蜩鳩，則有礙於其背後所代表之「意」。也就是說，要把它們看作寓言，在寓言裏所有的東西都可以是揑造的，而其功能是結構上與象徵上的。正是因爲寓言裏的組成分子依賴結構上、象徵上的關連甚或多於其各自所有的語意，故特別需要「忘」言。如此說來，這得意忘言說，當置於「書篇理論」上來考察時，遂大大地開放了篇章底寓意層次。顯然地，寓意層次是把「書篇」作爲一個完整的記號具，而把其所寓之意看作是這記號具的記號義。「得意忘言」之說暗示著書篇中之「意」並不等於書篇中之「語意」，兩者有所隔斷。現代若干用記號學來研究詩學的批評家，鑑於詩篇中意義底全部之錯綜複雜，主張我們應該把詩篇中語言構成所表陳的語意，和其他任何可能寓於詩篇中的意義分開

㉜。莊子所提出之言意之別，置之於「書篇」理論，也可作如是觀。

四、結論

當如此地以讀出讀入的辯證法來讀易系統、會意文字、及莊子言意之辯，我們不難發覺「肖象性」爲貫通三者的傾向。「言」與「意」之間雖然有所斷離，但兩者之間，我們仍可以認爲存在著肖象關係。王弼綜合易系統並加以莊子言意之辯而產生的忘言以得象忘象以得意之說（其謂：言生於象，故可尋言以觀象；象生於意，故可尋象以觀意。意以象盡，象以言著，故言者可以

㉜舉例來說，李法德 (Michael Riffaterre) 即把篇章之語意稱爲 meaning，而把篇所含的「語意」以外的意義層面稱爲 significance。請參其 *Semiotics of Poetry* (Bloomington: Indiana Univ. Press, 1978). 莫瑞斯在其所著 *Foundations of the Theory of Signs* (International Encyclopedia of Unified Science 1-2, Univ. of Chicago Press, 1938) 中把記號學分爲三個範疇，即語法學 (syntactics)，語意學 (semantics)，和語用學 (pragmatics)。如筆者前面所說的，「語意」以外的「意」是與其他人文現象交接而產生。如果我們把「意」歸入「語用」範疇，也許可以更能彰明「意」是與其他人文現象交接而產生的品質，更能把它和「語意」分開。或者說，如果目前的「語用」範疇未能納入「語意」以外的「意」在其範圍內討論，「語用」範疇實應向此領域擴展。

明象，得象而忘言；象者，所以存意，得意而忘象。……得意在忘象，得象在忘言。）一方面顯示著象為言意之居間，一方面也未嘗不暗示著言意之間的肖象關係。

如前面所言，確保記號系統能成為記號系統而使記號具到達記號義的力量，是記號系統底強制的約定俗成力量。記號具與記號義之間有其肖象性之強弱，此肖象性有助於記號具指向記號義。易系統、象形文字、及莊子言意之辯皆洩露著我國古代表義行為中的肖象傾向（當然，我們得補說，莊子言意之辯所含攝之肖象性較弱）。同時，文化的力量也擔任著兩者間的肖象性之建立並促進記號具之迫近記號義。無論如何，記號具與記號義本身是斷離的，故由前者到後者（我們甚至不妨說，從後者到前者亦如是），得跨越其中之斷離（其斷離可隨不同的記號系統及實際表義環境而有程度之別），我們稱之為表義之飛躍。飛躍一詞是為了加強視覺效果，基本上是比喻性的。會意字裏從義構肖象至記號義之飛躍，莊子裏從書篇到寓意之飛躍，前面已詳論。事實上，在易系統裏，從「天下之賾」到「卦」，從「卦」到「辭」，也是含攝著一表義的飛躍。

究言之，記號具及記號義兩者都是開放的。「強制約定俗成」這一記號通則把原開放的兩者相當地封閉起來。肖象性及其助於肖象性之成立之文化因素等，是記號具及記號義間之橋樑。肖象性之調停於記號具與記號義之間，並非偶然的，正如薛備奧所言，遺傳因子中有決定兒女像父母的複製（duplication）密碼，而複製或肖象行為在生物間比比皆是。故我們甚至可以說，肖象性在表義行為裏扮演著一重要角色是屬於生物底種性的。

滄海叢刊書目（一）

國學類

中國學術思想史論叢（一）～（八）	錢　穆　著
現代中國學術論衡	錢　穆　著
兩漢經學今古文平議	錢　穆　著
宋代理學三書隨劄	錢　穆　著
論戴震與章學誠 ——清代中期學術思想史研究	余英時　著
論語體認	姚式川　著
論語新注	陳冠學　著
西漢經學源流	王葆玹　著
文字聲韻論叢	陳新雄　著
入聲字箋論	陳慧劍　著
楚辭綜論	徐志嘯　著

哲學類

國父道德言論類輯	陳立夫　著
文化哲學講錄（一）～（六）	鄔昆如　著
哲學：理性與信仰	金春峰　著
哲學與思想	王曉波　著
內心悅樂之源泉	吳經熊　著
知識・理性與生命	孫寶琛　著
語言哲學	劉福增　著
哲學演講錄	吳　怡　著
日本近代哲學思想史	江日新　譯
比較哲學與文化（一）、（二）	吳　森　著
從西方哲學到禪佛教 ——哲學與宗教一集	傅偉勳　著
批判的繼承與創造的發展 ——哲學與宗教二集	傅偉勳　著
「文化中國」與中國文化 ——哲學與宗教三集	傅偉勳　著

從創造的詮釋學到大乘佛學 ——哲學與宗教四集	傅偉勳 著
佛教思想的現代探索 ——哲學與宗教五集	傅偉勳 著
中國哲學與懷德海	東海大學哲學研究所主編
人生十論	錢 穆 著
湖上閒思錄	錢 穆 著
晚學盲言（上）、（下）	錢 穆 著
愛的哲學	蘇昌美 著
邁向未來的哲學思考	項退結 著
逍遙的莊子	吳 怡 著
莊子新注（內篇）	陳冠學 著
莊子的生命哲學	葉海煙 著
墨家的哲學方法	鍾友聯 著
韓非子通論	姚蒸民 著
韓非子析論	謝雲飛 著
韓非子的哲學	王邦雄 著
法家哲學	姚蒸民 著
中國法家哲學	王讚源 著
二程學管見	張永儁 著
王陽明 ——中國十六世紀的唯心主義哲學家	張君勱 著 江日新 譯
王船山人性史哲學之研究	林安梧 著
西洋百位哲學家	鄔昆如 著
西洋哲學十二講	鄔昆如 著
希臘哲學趣談	鄔昆如 著
中世哲學趣談	鄔昆如 著
近代哲學趣談	鄔昆如 著
現代哲學趣談	鄔昆如 著
思辯錄 ——思光近作集	勞思光 著
中國十九世紀思想史（上）、（下）	韋政通 著
存有・意識與實踐 ——熊十力體用哲學之詮釋與重建	林安梧 著
先秦諸子論叢	唐端正 著
先秦諸子論叢（續編）	唐端正 著

周易與儒道墨	張 立 文 著
孔學漫談	余 家 菊 著
中國近代新學的展開	張 立 文 著
哲學與思想 ——胡秋原選集第二卷	胡 秋 原 著
從哲學的觀點看	關 子 尹 著
中國死亡智慧	鄭 曉 江 著
後設倫理學之基本問題	黃 慧 英 著
道德之關懷	黃 慧 英 著
異時空裡的知識追逐 ——科學史與科學哲學論文集	傅 大 為 著

宗教類

天人之際	李 杏 邨 著
佛學研究	周 中 一 著
佛學思想新論	楊 惠 南 著
現代佛學原理	鄭 金 德 著
絕對與圓融 ——佛教思想論集	霍 韜 晦 著
佛學研究指南	關 世 謙 譯
當代學人談佛教	楊 惠 南編著
從傳統到現代 ——佛教倫理與現代社會	傅 偉 勳主編
簡明佛學概論	于 凌 波 著
修多羅頌歌	陳 慧 劍譯註
禪　話	周 中 一 著
佛家哲理通析	陳 沛 然 著
唯識三論今詮	于 凌 波 著

應用科學類

壽而康講座	胡 佩 鏘 著

社會科學類

中國古代游藝史 ——樂舞百戲與社會生活之研究	李 建 民 著
憲法論叢	鄭 彥 棻 著

憲法論集	林紀東 著
憲法論衡	荊知仁 著
國家論	薩孟武 譯
中國歷代政治得失	錢 穆 著
先秦政治思想史	梁啟超原著 賈馥茗標點
當代中國與民主	周陽山 著
我見我思	洪文湘 著
釣魚政治學	鄭赤琰 著
政治與文化	吳俊才 著
中華國協與俠客清流	陶百川 著
世界局勢與中國文化	錢 穆 著
海峽兩岸社會之比較	蔡文輝 著
印度文化十八篇	糜文開 著
美國社會與美國華僑	蔡文輝 著
日本社會的結構	福武直原 著 王世雄 譯
文化與教育	錢 穆 著
開放社會的教育	葉學志 著
從通識教育的觀點看 ——文明教育和人性教育的反思	何秀煌 著
大眾傳播的挑戰	石永貴 著
傳播研究補白	彭家發 著
「時代」的經驗	汪 琪、彭家發 著
新聞與我	楚崧秋 著
書法心理學	高尚仁 著
書法與認知	高尚仁、管慶慧 著
清代科舉	劉兆璸 著
排外與中國政治	廖光生 著
中國文化路向問題的新檢討	勞思光 著
立足臺灣，關懷大陸	韋政通 著
開放的多元社會	楊國樞 著
現代與多元 ——跨學科的思考	周英雄主編
臺灣人口與社會發展	李文朗 著
財經文存	王作榮 著

財經時論	楊道淮 著
經營力的時代	青龍豐作 著 白龍芽 譯
宗教與社會	宋光宇 著
唐宋時期的公園文化	侯迺慧 著

史地類

古史地理論叢	錢穆 著
歷史與文化論叢	錢穆 著
中國史學發微	錢穆 著
中國歷史研究法	錢穆 著
中國歷史精神	錢穆 著
中華郵政史	張翊 著
憂患與史學	杜維運 著
與西方史家論中國史學	杜維運 著
清代史學與史家	杜維運 著
中西古代史學比較	杜維運 著
歷史與人物	吳相湘 著
歷史人物與文化危機	余英時 著
共產國際與中國革命	郭恒鈺 著
共產世界的變遷 ——四個共黨政權的比較	吳玉山 著
俄共中國革命祕檔（一九二〇～一九二五）	郭恒鈺 著
俄共中國革命祕檔（一九二六）	郭恒鈺 著
聯共、共產國際與中國（1920～1925） 第一卷	李玉貞 譯
民族主義與近代中國思想	羅志田 著
抗日戰史論集	劉鳳翰 著
盧溝橋事變	李雲漢 著
歷史講演集	張玉法 著
老臺灣	陳冠學 著
臺灣史與臺灣人	王曉波 著
清史論集	陳捷先 著
黃　帝	錢穆 著
孔子傳	錢穆 著
宋儒風範	董金裕 著
弘一大師新譜	林子青 著

精忠岳飛傳	李　安 著
鄭彥棻傳	馮成榮 著
張公難先之生平	李飛鵬 著
唐玄奘三藏傳史彙編	釋光中 編
一顆永不隕落的巨星	釋光中 著
新亞遺鐸	錢　穆 著
困勉強狷八十年	陶百川 著
困強回憶又十年	陶百川 著
我的創造・倡建與服務	陳立夫 著
我生之旅	方　治 著
逝者如斯	李孝定 著
結網編	黃清連 著

語文類

文學與音律	謝雲飛 著
中國文字學	潘重規 著
中國聲韻學	潘重規、陳紹棠 著
魏晉南北朝韻部之演變	周祖謨 著
詩經研讀指導	裴普賢 著
莊子及其文學	黃錦鋐 著
管子述評	湯孝純 著
離騷九歌九章淺釋	繆天華 著
北朝民歌	譚潤生 著
陶淵明評論	李辰冬 著
鍾嶸詩歌美學	羅立乾 著
杜甫作品繫年	李辰冬 著
唐宋詩詞選——詩選之部	巴壺天 編
唐宋詩詞選——詞選之部	巴壺天 編
清真詞研究	王支洪 著
苕華詞與人間詞話述評	王宗樂 著
優游詞曲天地	王熙元 著
月華清	樸　月 著
梅花引	樸　月 著
元曲六大家	應裕康、王忠林 著

四說論叢	羅　盤　著
紅樓夢的文學價值	羅德湛　著
紅樓夢與中華文化	周汝昌　著
紅樓夢研究	王關仕　著
紅樓血淚史	潘重規　著
微觀紅樓夢	王關仕　著
中國文學論叢	錢　穆　著
牛李黨爭與唐代文學	傅錫壬　著
迦陵談詩二集	葉嘉瑩　著
西洋兒童文學史	葉詠琍　著
一九八四	George Orwell原著 劉紹銘　譯
文學原理	趙滋蕃　著
文學新論	李辰冬　著
文學圖繪	周慶華　著
分析文學	陳啟佑　著
學林尋幽 ——見南山居論學集	黃慶萱　著
與君細論文	黃慶萱　著
中西文學關係研究	王潤華　著
魯迅小說新論	王潤華　著
比較文學的墾拓在臺灣	古添洪、陳慧樺編著
從比較神話到文學	古添洪、陳慧樺主編
現代文學評論	亞　菁　著
現代散文新風貌（修訂新版）	楊昌年　著
現代散文欣賞	鄭明娳　著
葫蘆・再見	鄭明娳　著
實用文纂	姜超嶽　著
增訂江皋集	吳俊升　著
孟武自選文集	薩孟武　著
藍天白雲集	梁容若　著
野草詞	韋瀚章　著
野草詞總集	韋瀚章　著
李韶歌詞集	李　韶　著
石頭的研究	戴　天　著
寫作是藝術	張秀亞　著

讀書與生活	琦　君　著
文開隨筆	糜文開　著
文開隨筆續編	糜文開　著
印度文學歷代名著選（上）、（下）	糜文開編譯
城市筆記	也　斯　著
留不住的航渡	葉維廉　著
三十年詩	葉維廉　著
歐羅巴的蘆笛	葉維廉　著
移向成熟的年齡 ——1987～1992詩	葉維廉　著
一個中國的海	葉維廉　著
尋索：藝術與人生	葉維廉　著
從現象到表現 ——葉維廉早期文集	葉維廉　著
解讀現代・後現代 ——文化空間與生活空間的思索	葉維廉　著
紅葉的追尋	葉維廉　著
山外有山	李英豪　著
知識之劍	陳鼎環　著
還鄉夢的幻滅	賴景瑚　著
大地之歌	大地詩社　編
往日旋律	幼　柏　著
鼓瑟集	幼　柏　著
耕心散文集	耕　心　著
女兵自傳	謝冰瑩　著
詩與禪	孫昌武　著
禪境與詩情	李杏邨　著
文學與史地	任遵時　著
抗戰日記	謝冰瑩　著
給青年朋友的信（上）、（下）	謝冰瑩　著
冰瑩書柬	謝冰瑩　著
我在日本	謝冰瑩　著
大漢心聲	張起鈞　著
人生小語（一）～（八）	何秀煌　著
人生小語（一）（彩色版）	何秀煌　著
記憶裡有一個小窗	何秀煌　著

回首叫雲飛起　羊令野　著
康莊有待　向　陽　著
湍流偶拾　繆天華　著
文學之旅　蕭傳文　著
文學邊緣　周玉山　著
文學徘徊　周玉山　著
無聲的臺灣　周玉山　著
種子落地　葉海煙　著
向未來交卷　葉海煙　著
不拿耳朵當眼睛　王讚源　著
古厝懷思　張文貫　著
材與不材之間　王邦雄　著
劫餘低吟　法　天　著
忘機隨筆——卷一・卷二・卷三・卷四　王覺源　著
過　客　莊　因　著
詩情畫意——明代題畫詩的詩畫對應內涵　鄭文惠　著
文學與政治之間——魯迅・新月・文學史　王宏志　著
洛夫與中國現代詩　費　勇　著
老舍小說新論　王潤華　著
交織的邊緣——政治和性別　康正果　著
還原民間——文學的省思　陳思和　著
窗外有棵相思　逯耀東　著
出門訪古早　逯耀東　著

藝術類

音樂人生　黃友棣　著
樂圃長春　黃友棣　著
樂苑春回　黃友棣　著
樂風泱泱　黃友棣　著
樂境花開　黃友棣　著
樂浦珠還　黃友棣　著

音樂伴我遊	趙　琴　著
談音論樂	林聲翕　著
戲劇編寫法	方　寸　著
戲劇藝術之發展及其原理	趙如玲　著
與當代藝術家的對話	葉維廉　著
藝術的興味	吳道文　著
根源之美	莊　申編著
扇子與中國文化	莊　申　著
從白紙到白銀（上)、(下) ——清末廣東書畫創作與收藏史	莊　申　著
畫壇師友錄	黃苗子　著
水彩技巧與創作	劉其偉　著
繪畫隨筆	陳景容　著
素描的技法	陳景容　著
建築鋼屋架結構設計	王萬雄　著
建築基本畫	陳榮美、楊麗黛　著
中國的建築藝術	張紹載　著
室內環境設計	李琬琬　著
雕塑技法	何恆雄　著
生命的倒影	侯淑姿　著
文物之美 ——與專業攝影技術	林傑人　著
清代玉器之美	宋小君　著